莎士比亚论

Shakespeare's Soul

杨秀波 著

上海大学出版社
·上海·

图书在版编目(CIP)数据

莎士比亚论 / 杨秀波著. —上海：上海大学出版社, 2021.4 (2021.11重印)
ISBN 978-7-5671-4187-2

Ⅰ.①莎… Ⅱ.①杨… Ⅲ.①莎士比亚(Shakespeare, William 1564-1616)—戏剧文学—文学研究 Ⅳ.①I561.073

中国版本图书馆 CIP 数据核字(2021)第 074291 号

责任编辑　刘　强
助理编辑　祝艺菲
封面设计　柯国富
技术编辑　金　鑫　钱宇坤

莎士比亚论

杨秀波　著

上海大学出版社出版发行
(上海市上大路 99 号　邮政编码 200444)
(http://www.shupress.cn　发行热线 021-66135112)
出版人　戴骏豪

*

南京展望文化发展有限公司排版
句容市排印厂印刷　各地新华书店经销
开本 890mm×1240mm　1/32　印张 11.25　字数 262 千
2021 年 5 月第 1 版　2021 年 11 月第 2 次印刷
ISBN 978-7-5671-4187-2/Ⅰ·626　定价　58.00 元

版权所有　侵权必究
如发现本书有印装质量问题请与印刷厂质量科联系
联系电话: 0511-87871135

自序
寻找最适合阅读莎士比亚的方式

英国文论家尼古拉斯·罗伊尔(Nicholas Royle)的一句话堪称经典:"最适合阅读莎士比亚的方式——阅读字里行间的深意……"但,实现这一切,要去寻找。最初读莎士比亚作品的时候我十九岁,那时发现莎士比亚的作品优美有趣,便去图书馆搜寻索引盒里的卡片,找出所有能找到的他的书。一个个陌生却充满奇趣的崭新境界在我面前铺展开来……

那时读的是朱生豪的中译本,做梦也想不到,十几年之后,我竟然也开始阅读英文版莎士比亚了。在上海外国语大学读研究生期间,学校有专门讲授莎士比亚的教授,一次课只讲一首十四行诗,而我的整个夜晚也常常只看一首诗。我也时常去复旦大学蹭课,多是与一个活泼可爱的本科生一起。

第一次去听课,见台上站着一位浓眉大眼的老者,头上覆着新雪的皎白,不由心中震动。听同行女孩介绍,他叫陆谷孙——一位英文界的大家,还介绍说,他家人都在美国,只他一人留居国内。之后每每透过办公室敞开的门,看他拿着讲义,闭着眼睛,口中念念有词,显然是在备课,我心里满是感动! 一位名满天下的教授,教本科生的课却如此认真,令人赞叹!

有一次他问:"哪个是上外的?"我就在他眼皮底下,却一声不吭。平时,我只在学业困惑时才拿起手机,请教他我该怎么办,或者用稚拙的英文写邮件给他。后来,听经常一起去复旦的女孩告诉我,他在博客里盛赞我,说一个自学英语的学生,却能写下洋洋洒洒的英文长文,了不得。一次他在信中提醒我:"Be aware of the glaring mistakes。"展信读后,深觉羞惭,此后再写完英文信件,必仔细检查后方才发出。从他那里,我懂得了什么叫严谨。

陆老师睿智,又不乏风趣。一次上课的时候,正值冬去春来、天气转暖。我换下厚厚的秋冬服装,一上课,他看看下面,然后说:"You are the small version of yourself(你现在是缩小版的自己)。"闻听此说,深觉诧异——语言如此惊艳,果真不负盛名。他的博学多才浸染课堂,成为我那段生活的斑斓底色。

一次临近期末,许多学生在下课的时候跑去讲台,争相与他合影留念。我也凑热闹让一个同学帮我照了一张。再上课时他笑着说:"我的功能是——",停顿片刻,然后说,"道具",同学们不禁哈哈大笑……那些日子就在树木抽芽、开花、花儿凋谢中匆匆而过。我问过他:"如果毕业后我去了很偏僻的地方,如何读书?"他说:"我每年寄给你几本书。"一句话舒展了我心上郁郁的褶痕。

我很想听陆先生讲莎士比亚,一直期待着"下一个"学期他能开课,然而他说是他的学生在教,他不会再开这个课了。好遗憾!他是世上最好的老师,永远悦纳他人——即使我并不是他的学生。我请教他该用怎样的书作参考去读懂莎士比亚作品,他提笔写在了我复印的莎士比亚十四行诗的资料上,给予指导。

听课是我从事莎士比亚研究的基础。毕业时恰逢经济危机,英语专业首当其冲遭受冲击,我远赴西南边陲开始了新的职业生涯。

一次陆老要我的地址,我问意图,他向我做了"保证",我才放心地把地址给他。没想到后来便收到一张汇款单。他耐心劝说我接受,我不肯,他说:"我一个七十来岁的人了,在邮局排好几个小时的队才把钱寄给了你,你还要我去取吗?"话说到这个份上,我不便坚持……他体恤学子的殷殷之心让我感动不已。

人在天涯,难免苦辛。陆老却时而来信鼓励。他向我讲述他年轻时扛大包、腿上叮了蚂蟥的场景,鼓励我战胜一切困难。

毕业不久,我申请一个研究项目,没想到被批准了。我搜集各种国内外资料,用陆老赠予的那些钱买了些旧书,以节约开支,又向其他学者借阅一些,自己买一些。毕业后第一年只是阅读资料做笔记,没写一字。第二年开始利用积累的一些笔记检索新资料,陆续写下若干论文。

读莎士比亚也不断让我有新的感悟。

一些学界前辈如王佐良等人对莎士比亚有精彩评述。在我阅读资料的时候,也感觉出一部分老一代学者的评论受到旧时观念的过多影响;新一代学者有的解读是按照译本做的,但译文与原文有出入,而两种语言的差异、译者的审美取向、文化取向造成原文意义"弯折"。每每展读,发现无法同意许多评论的观点,于是我把自己的想法写下来。请编书经验丰富的资深莎士比亚研究学者史璠老师指点修改,前后达 16 次之多,删减了非常多的内容。此刻,想起了虞建华教授说过的话:"写多容易,写少不易。"只有想要做到言简意赅的时候才体会到这句话的深刻。就这样,我的第一本专著《读哈姆莱特》问世了。这本书是阅读莎士比亚"字里行间"的记录,是陆谷孙先生教诲、扶植的结晶,更是我研究莎士比亚的发端。

遇到不清楚的问题,我曾请教过东华大学美籍教授杨林贵老师,他热情地给我寄来各种书籍,还鼓励我尝试一下文学创作。

我的第一本书出版后,按照保留的汇款单图片地址第一时间找到陆老——尽管我从未想到我们的人生竟还会有交集!峰回路转,却让我们在转弯抹角的人生路上一次又一次相遇!当我进到他家里,惊讶一个闻名遐迩的大学者居然住那么简陋的旧式房子!见面时他刚刚出院,才回家几天。他为我写了出版赠言:"筚路蓝缕,可喜可贺!"虽病体羸弱,字迹却依旧挺拔——那是我们今生的最后一面。

之所以矢志不移做科研是因为陆老等学者不断的鼓励。我写出了国内第一本《哈姆雷特》人物研究专著——《读哈姆莱特》[1]后,书籍被英国不列颠图书馆和美国国会图书馆收藏并获颁证书,来信同时告诉我在英国各处都可查阅到这本书。

《读哈姆莱特》出版后受到关注的程度令我始料未及。南开大学学者王宏印到广西民族大学做讲座,我赶过去听。听说我写了关于哈姆雷特的书,他急切地想要看到。但我手边没有了,最后从别人那里临时调来一本给他。他接书时手竟在微微颤抖,激动地说:"没想到来广西有意外收获!"他称我"教授",还在赠言处写下:"遇见研究哈姆雷特的教授是一生的幸运!"很快他读完书籍,发短信来:"新见多多,不辱教授!"他还告诉我他最喜欢的是写奥菲利娅的那一部分。听他的讲座弥漫着浪漫色调,有一种醉人的旖旎,自然他是喜欢舞台上的浪漫传奇的。其实我并没有想涉足舞台演出,但是在查阅外文资料的时候,那一部分内容实在太吸引人了,没办法丢弃,只得将最精彩的部分写进去。上海戏剧学院曹树钧教授评论说这是将"文本研究与舞台研究结合"的"开创之

---

[1] 莎士比亚悲剧 Hamlet 通译为《哈姆雷特》,但该中文书名的人物名由于时代差异翻译不一,如部分为"哈姆莱特",在此保留原版中文书名,不作修改,后续其他书书名处理同此。

举"。哥伦比亚大学斯皮瓦克教授表示要"慢慢读",啃一啃这难懂的方块字。

出版《读哈姆莱特》之后,觉得有些问题有进一步挖掘的必要。莎士比亚这部恢宏的剧作有多元色调,几乎涉及灵魂生活的方方面面,但是在大学的各种教科书中无一例外地呈现众口一词的"单一"观点,赫然写着哈姆雷特"延宕",在拖延复仇。每每见到,总让我感到莫名的不安,似乎听任这种引导是我的过失——没法做到心安理得地"走自己的路,让人们说去吧"。文学史是一个开放、发展、与时俱进的体系,而我们的权威书籍似乎停留在历史中已然过去的某个时刻,没有随时间前行,没有新的声音"并置",没有呈现评论、理解、阐释的"众声喧哗"!

这是一种过去时代的认知。在原本五光十色、多姿多彩的内容上加之以"单一色调"的评论,与文本本身的复杂性颇不相称。名人评论固然有其存在的合理性,但认知却应随着文明的发展、社会的变迁逐渐深入,对莎士比亚这样的天才作家最优秀的著作来说尤该如此。剧作家经历了人生中的困顿、困苦,在激烈的竞争中脱颖而出,在市场经济浪潮中辟出一条成功路。莎士比亚集演员、剧作家、股东于一身,他是一位学者、一名艺术家,也是商人——一个繁杂多面、立体的形象。他的人生即便在他那个时代已呈辉煌。环球剧场的熙熙攘攘、人流如织见证了他辉耀的过往。在他卓越才华的背后是他复杂的人生。他的作品征服了千千万万人,源于他的天才和人生体验。作为一名研究者,对此怎能视而不见?

或许因我是理科出身,知识结构与其他人不同。在南京大学召开的一次莎士比亚学术会议上,郭英剑教授是我所在讨论组的组长。在听完我做的莎学与天文学研究结合的报告之后,他表扬了我在内的四名年轻学者,说我们选题新颖,并且特别指出我所做的跨学科研究"国内罕见"。我做报告时说:"我住在离世界很遥远的地方,那个地方离天空很近。当人们仰望星空,看到的是几十亿、几百亿年前从某个星球上发出的光。它旅行了漫长的时光,才进入人们眼中……"听完我这段话,大家脸上似乎焕发出奇异的光彩,气氛里有触摸得到的热烈。

研究莎士比亚难,难如从北坡攀登珠穆朗玛!在艰难的情况下,真想放弃!但是许多学者、专家老师鼓励着我,许多青年学生注视着我。在做莎士比亚研究最艰难的时候,老师们的教诲、学生的倾诉让我感受到了力量。我走过了一段陡峭的路,但终于走出来了。

莎士比亚是高山,是大海,是峰峦叠翠、山外有山的景观,永远说不完、诉不尽。所有的研究者都要在字里行间追索深意——正如本文开篇尼古拉斯·罗伊尔所言。

目 录
Contents

绪　论　莎士比亚再剖析   1
　　Introduction: Shakespeare, a Rare Genius

第一章　论《哈姆雷特》   28
　　Hamlet: An Everlasting Enigma

　　一　鬼雾重重的人生大戏   31
　　　　A Play Enveloped in the Clouds of a Ghost

　　二　"表演"：掩不住悲怆   35
　　　　"Playing" with Unutterable Sadness

　　三　生命的光与影   47
　　　　Light and Shadow of Life

　　四　附丽在痛苦上的思量   53
　　　　Brilliant Thinking in Pain

　　五　"延宕说"诸观点论评   57
　　　　Various Opinions on "Hamlet's Procrastination"

　　六　哈姆雷特形象流变   64
　　　　The Critical History of Hamlet's Image

七 《哈姆雷特》舞台形象的聚合与耗散 74
The Stage Performance of *Hamlet*

第二章 论《奥赛罗》 79
Othello: A Violent Volcano of Wrath

一 谗言摧毁的世界 82
The World Destroyed by Vicious Slander

二 "黑"的寓意与深刻 86
The Profound Connotations that "Black" Carries

三 被屏蔽的心理浪漫 102
The Psychology Blinded by Deception

四 社会诸因素垒聚人间罪恶 104
Evil Accumulated in the World

五 奥赛罗舞台叙事 107
Blazing Hellfire Othello on Stage

第三章 论《麦克白》 114
Macbeth: Total Failure of Tremendous Success

一 权欲掘出深渊 115
An Abyss Yawning for Those Thirsty for Power

二 女巫左右剧情 121
The Road Directed by Witches

目录

　　三　自我膨胀的迷魂　　　　　　　　　　124
　　　　The Soul Lost in the Pursuit of Power

　　四　恐怖的激情　　　　　　　　　　　　138
　　　　The Fierce Passion for Power

　　五　并非虚构的照鉴　　　　　　　　　　148
　　　　Images Based on Fact

　　六　《麦克白》剧场展现　　　　　　　　154
　　　　Various Performances of *Macbeth*

第四章　论《李尔王》　　　　　　　　　　　161
　　　　King Lear: Fathoming the Unfathomable

　　一　"爱的测试"透析人心叵测　　　　　163
　　　　"The Love Test" Set by King Lear

　　二　情感归属哪颗心　　　　　　　　　　171
　　　　Mistaken True Love

　　三　撕裂悲情　　　　　　　　　　　　　174
　　　　King Lear's Traumatic Experience

　　四　李尔王的性格变迁　　　　　　　　　194
　　　　King Lear's Multiple Personality

　　五　苦难与救赎　　　　　　　　　　　　198
　　　　Suffering and Redemption

　　六　舞台总有《李尔王》　　　　　　　　201
　　　　King Lear: Always on the Stage

第五章　论《仲夏夜之梦》　208
A Midsummer Night's Dream：Spectacular Wonderland

一　戏谑成梦　209
　　Dream from Fun and Games

二　筑梦空间的驰骋　212
　　Dream Space of Imagination

三　花汁幻生"爱情"　214
　　Magical Touch of "Love Juice"

四　荷尔蒙魔幻的精神作用　222
　　Thrilling Psychological Effects of Hormones

五　妙不可言的演出　223
　　Wonderful Performance of Fairyland

第六章　论《罗密欧与朱丽叶》　234
Romeo and Juliet：Pure Love

一　谜一样戏剧的回声　237
　　Echoes of Mysterious Play

二　生死相随的羁绊　248
　　Love Disregarding Life and Death

三　爱与不可预测的命运　250
　　Profound Love and Unpredictable Fate

四　不止于爱情　252
　　Beyond the Beauty of Love

五　青春之恋在舞台上　256
　　Everlasting Love on Stage

第七章　论《安东尼与克莉奥佩特拉》　266
Antony and Cleopatra: Legendary Romance

一　华丽的情节铺陈　267
　　Splendid Scenes

二　爱欲的人性表达　280
　　Love with the Milk of Human Kindness

三　兼收并蓄的潜力　290
　　The All-embracing Quality

四　被搁置的情节　293
　　Play on Ice for a Long Time

第八章　论大学校园上演的莎剧　298
Shakespeare's Plays Performed by University Students

一　大学校园莎剧演出　303
　　Shakespeare's Plays on Campus

二　校园莎剧演出特点分析　313
　　An Analysis of Campus Plays of Shakespeare

结　语　323
Epilogue

参考文献 331
Works Cited

后　记 342
Postscript

绪论
莎士比亚再剖析

莎士比亚是少见的天才。

威廉·赫兹里特(William Hazlitt)热切地赞誉道：

> 他的天才普照世间恶的与善的、聪明的与愚笨的、君主与乞丐："世上各个角落，国王、王后、国家、少女、妇人，甚至坟墓中的秘密"都躲不过他那探索的目光。他是人类中的天才，随意和我们异地相处，玩弄我们的心意，似乎那是他自己的。……他检阅世代的人们，检阅个人；他们在他眼前走过，带着他们种种不同的关切、热情、愚蠢、邪恶、美德、行动与动机……童年的梦、绝望时说的胡话都是他幻想的玩物。[1]

哈罗德·布鲁姆(Harold Bloom)在《西方正典：伟大作家和不朽作品》一书中也指出：莎士比亚就是"西方经典的核心人物"[2]。莎士比亚是文字运用大师。他文字的光华照亮了人类思想的夜空。"只有他的戏才真是感情的表现而不是感情的描写。……感

---

[1][英]威廉·赫兹里特：《莎士比亚与弥尔顿》(1818)，柳辉译，收录于杨周翰编《莎士比亚评论汇编(上)》，中国社会科学出版社1979年版，第183—184页。
[2][美]哈罗德·布鲁姆：《西方正典：伟大作家和不朽作品》，江宁康译，译林出版社2005年版，第1页。

情的迸发像风中的乐声那样来去。……他们在行动中每根神经与肌肉都在与别人的斗争中得到表现,显示出冲突与对比的一切效果、光明与阴影的各种变化。"[1]莎士比亚作品中的许多人物被命运转轮施与强力,在岁月溶解的每一瞬间散布命运的因子。

卓越的艺术才华造就了莎士比亚。

> 莱辛曾说,要想窃取莎士比亚的一行诗就像窃取赫拉克勒斯的木棍一样不可能……每个莎士比亚笔下的角色都说着他自己独一无二的语言,人们不会弄错。在李尔王和麦克白、勃鲁托斯或哈姆雷特、罗瑟琳或贝特丽丝那里,我们都听到这种个人的语言,它是一面反映个人灵魂的镜子……伟大的诗歌总是在语言的历史上造就轮廓分明的分期。意大利语、英语、德语在但丁、莎士比亚、歌德去世之时都已不同于这些人出生之时了。[2]

莎士比亚的人物内在丰盈饱满,充满戏剧张力与审美内蕴。即便激烈批评莎士比亚作品的伏尔泰也不得不承认"无上光辉的莎士比亚戏剧中的怪异人物,较之现代人的贤智更千百倍的令人喜爱"[3],而《哈姆雷特》"有着人们所能想象的最有力、最伟大的东西"[4]。

---

[1] [英]威廉·赫兹里特:《莎士比亚与弥尔顿》(1818),柳辉译,收录于杨周翰编《莎士比亚评论汇编(上)》,中国社会科学出版社1979年版,第187—188页。

[2] [德]恩斯特·卡西尔:《人论》,甘阳译,上海译文出版社1985年版,第286—287页。

[3] [法]伏尔泰:《〈哲学通信〉第十八封信》(1734),上海外国语学院教学科学研究室译,收录于杨周翰编《莎士比亚评论汇编(上)》,中国社会科学出版社1979年版,第351页。

[4] [法]伏尔泰:《〈塞米拉米斯〉序》(1748),黄晋凯译,收录于杨周翰编《莎士比亚评论汇编(上)》,中国社会科学出版社1979年版,第352页。

莎士比亚是说不尽的,"说不尽"蕴含了莎士比亚戏剧内涵的精神能量,也给研究者开辟了辽阔的探索空间。每一时代、每一个体心理认知的质性差异映照出不同的时代特色、不同的莎士比亚阐释。

在西方,莎士比亚相当于艺术之神。[1] 罗曼·罗兰说:

> 我又寻觅到一棵从我孩提时起就庇护我一生所有梦幻的老橡树——莎士比亚。它的枝条从未被折损,它的树干从未受到摧残,而今日横扫世界的暴风雨使得这生机盎然的竖琴发出了更洪亮的声音。……每个人都和拥戴他的人们一起在其面前流连忘返。这就是当你每一次翻开莎士比亚著作时会感受到一种慰藉和救助的原因。这仿佛是在一个闷热的午夜,一间密闭的屋子,风吹开了窗户,送进了带有泥土馨香的清风。[2]

罗曼·罗兰生动地描摹出莎士比亚的浸透力,说他浸入每一个接近他的灵魂,让人们感受到深刻、辽远。

莎士比亚戏剧早已超越戏剧本身。歌德说,莎士比亚是"我们的同时代人"。他的作品永远处于人们遥望的"地平线",在每一个时代都成为引领时代的前沿。它因自身的博大具有了世界性、广泛性,拥有了普世价值。

雪莱认为,"诗人是未经公认的世界立法者",莎士比亚承担了重组人们心灵世界的重任。诗歌以诗情洋溢的语言增强人们的

---

[1] 张泗洋、徐斌、张晓阳:《莎士比亚戏剧研究》,东北师范大学出版社1991年版,第5页。
[2] [法]罗曼·罗兰:《致我最好的朋友——莎士比亚》,李利译,收录于张泗洋主编《莎士比亚的三重戏剧:研究·演出·教学》,东北师范大学出版社1988年版,第335—337页。

感受力,让人们的心灵得到艺术的滋养。他的诗剧展示人性经纬,展示心灵与心灵的碰撞、震颤、危机、挣扎、成就与毁灭。诗剧以精细的艺术肌质展示出一个精美的艺术世界,将抽象的心灵世界形象化地展示出来。

莎士比亚的作品冠绝当世、力盖千古,发掘"古今中外贵贱贫富人所具之人性",直指人性幽微。[1]

> 有些人物,像哈姆雷特和克莉奥佩特拉,是有天才的。其他一些人,像奥赛罗、李尔、麦克白、科里奥兰纳斯的形象塑造是基于宏大的规模,他们的渴望、激情或意志的力量是可怕的。在几乎所有人物身上,我们都观察到明显的单面性——在某个特定方向上的倾向,在某种情况下完全无力抵抗施与他的力量;整个人有某种致命的倾向:某种兴趣、目标或者思维习惯。对于莎士比亚来说,这似乎是基本的悲剧特征。

> 那么,莎士比亚的悲剧人物并不需要是"好人",尽管总体来说是好的,因此能立刻因他的错失赢得同情。但在他的错误或覆灭中应有许多伟大的因素,使我们清楚地意识到人类本性之种种可能。[2]

浪漫派莎评的杰出代表柯勒律治(Samuel Taylor Coleridge)、赫兹里特、兰姆(Charles Lamb)等人强调探索人物的内心世界。歌德认为莎士比亚对生活的感受丰富深刻,才能说出人物内心多方

---

[1] 孟宪强编选:《中国莎士比亚评论》,东北师范大学出版社 2014 年版,第 83 页。
[2] Bradley, Andrew Cecil: *Shakespearean Tragedy: Lectures on "Hamlet," "Othello," "King Lear," "Macbeth."* Harmonds-worth: Penguin, 1991, pp.25 – 26, 38. 本书未标明译者的中英文引文均由本书作者译。

面的感受。在德国的狂飙突进运动中,莎士比亚成为反封建斗争的"同盟"。法国的斯达尔夫人(Germaine de Staël)和弗朗索瓦-勒内·德·夏多布里昂(François-René de Chateaubriand)都非常推崇莎士比亚戏剧中的激情与思绪。

在无数的评论中,唯斯图亚特(John Innes Mackintosh Stewart)这样说:

> 我宁愿相信这样一个人的判断:他成年累月坐在我们今天叫作警察法庭那里,就因为人本身引起他的兴趣;而不相信另一人的判断……还有,我宁愿倾听在真实舞台上为实际观众长期工作的聪明人的话,而不愿倾听天天访问"寰球剧场"的死人的那些同样聪明的话。所以,我感兴趣的是从事舞台事业的人对我们问题的想法,以及那些比较新近来到批评行业的人,那些深入钻研心理的学者对我们问题的想法。[1]

斯图亚特的观点切中要害:莎士比亚的戏剧为舞台而生,在真实舞台上工作的人的想法是宝贵的。此外,不受到过去束缚的"新人"的观点,以及研究心理的学者的想法也是可贵的。敏锐的批评家赫尔福特教授说过,"现代心理学由于揭露了双重和三重人格这类现象,可能会出人意料地把莎士比亚表面上的矛盾这个令人头痛的问题搞清楚"[2]。

莎士比亚的诗剧、诗歌中可以见出各种情感绰约的风致、栩栩

---

[1] [英]斯图亚特:《莎士比亚的人物和他们的道德观》(1949),殷宝书译,收录于杨周翰编《莎士比亚评论汇编(下)》,中国社会科学出版社1981年版,第213—214页。"死人"指专门钻故纸堆作考证的学者。

[2] [英]斯图亚特:《莎士比亚的人物和他们的道德观》(1949),殷宝书译,收录于杨周翰编《莎士比亚评论汇编(下)》,中国社会科学出版社1981年版,第214页。

的神韵……莎士比亚的作品见证了天赋才华是多么惊人!附丽于诗歌表面的是细致的肌理,挑战、检验语言表层的透明性,揭示人类语言中为理性、科学所无法操控与压抑的成分。[1] 兰色姆(John Crowe Ransom)说:"科学世界是生活世界经过了约简,它们不再鲜活且易于驾驭。诗歌试图恢复通过感知与记忆粗略认识到的那个更丰富多彩、也更难驾驭的本体世界。"[2]诗的冲动用意象重构生动的感觉世界。莎士比亚在这个难以航行的领域却游刃有余、驾驭自如,用轻灵的笔触描摹人世喜怒哀乐、悲欢离合。

"神圣的对象,仅只是影像借以隐藏自己的充满着秘密的威灵光圈。"[3]哈姆雷特的鬼魂似幻想令人眩惑,但却在这令人背脊侵寒的形象里注入真实内核。意象是真实的表象,却含藏本质的精粹。这个人们心中以往"边缘的存在"其实却是中心,是"实质漩涡"的入口。"外在客观事物转化或突然变成内在主观事物的瞬间。……'切断联想之锁'……意象独自出现……让事物及经验自行演出……"[4]

莎士比亚是知识之父。锡德尼(Philip Sidney)说:"诗曾是'无知'的最初的光明给予者,是其最初的保姆,是它的奶逐渐喂得无知的人们以后能使用较硬的知识。"[5]

莎士比亚的诗剧犹如生态聚落,层次井然、立体丰富,多数戏剧具有多重情节线索,一条主线与一重或多重副线交织,构成戏剧

---

[1] Litz, Walton A.: *The Cambridge History of Literary Criticism*, Vol.VII, *Modernism and the New Criticism*. Cambridge: Cambridge University Press, 2006, p.205.
[2] [美]约翰·克罗·兰色姆:《新批评》,王腊宝、张哲译,江苏教育出版社2006年版,第192页。
[3] [德]费尔巴哈:《费尔巴哈哲学著作选集(下卷)》,荣震华、王太庆、刘磊译,生活·读书·新知三联书店1962年版,第106—107页。
[4] 乐黛云:《跨文化之桥》,北京大学出版社2017年版,第139页。
[5] 马奇主编:《西方美学史资料选编(上卷)》,上海人民出版社1987年版,第299页。

的极大容量与丰富性,极大地拓展、深化了戏剧主题,达到了单个主线所无法达到的瑰丽。剧作中有现实主义成分,也有鬼魂、女巫、仙人、精灵、梦幻、预言、象征等浪漫手法,戏剧悲喜交集,呈现复杂的审美层次与错落感。多重艺术风格并置、交汇使其艺术造诣炉火纯青。他以史诗的豪迈、激荡、磅礴描写人类各种激情发生、发展、变化。英国于1588年战胜西班牙"无敌舰队",成为"海上霸主",豪气迸发。莎士比亚戏剧成为释放时代豪迈激情之所。无限激情如火山熔岩喷射而出,形成罕见奇观!激情时代成为他奔涌的激情力量之源。

> 一个既能描写庄严又能描写卑贱的才气横溢的全能大师,这是在准确地表现真实生活细节方面,在千变万化地运用幻想方面,在复杂深刻地刻划出类拔萃的激情方面最伟大的创造力,他有着诗人的气质,放荡不羁、灵感焕发,由于一种先知式的入神状态的突然启示而超越理性之上;他的悲欢这样趋于极端,他的步伐这样唐突奇特,他的迷恋这样凶猛强烈,只有这个伟大的时代才能诞生这样一个婴孩。[1]

莎士比亚的出现是世间伟大的奇迹,他是文艺复兴巨人辈出时代的巨星。在那个"畅饮知识、真理、爱情"的时代,他将千种情绪恣意挥洒笔端。他的"通天之心"了解一切人物的激情,他的戏剧是"生活的镜子",[2]他用诗的形式描绘大千世界风情,犹如雅典娜向最初泥土塑造的人形中吹入气息。他展示了人类内心各种

---

[1][法]泰纳:《莎士比亚论》,张可译,收录于《莎士比亚研究》,上海译文出版社1982年版,第74页。
[2][英]约翰逊:《〈莎士比亚戏剧集〉序言》(1765),李赋宁、潘家洵译,收录于杨周翰编《莎士比亚评论汇编(上)》,中国社会科学出版社1979年版,第41页。

情绪、情感的生动图景,使他笔下的人物获得了永恒的生命。

他的作品不是悲剧,而是在每一个细枝末节上透露人物内心最隐秘的思想与感受的"角色片段(character pieces)"[1]。

诗人的心境如一湾清澄的海水,没有风的时候,便静止着,像一张明镜,宇宙万汇的印象都涵映在里面……[2]

A poet's heart is like crystal clear water in the sea. It is quiet when there is no wind, like a mirror reflecting the images of everything in the world. (Translated by the author of the book)[3]

水静犹明,而况精神!圣人之心静乎!天地之鉴也,万物之镜也。[4]

When not stirred, water is especially clear. So is the human spririt. Being calm, a great and virtuous man's mind is the mirror of heaven and earth, of everything in the world. (Translated by the author of the book)

"莎士比亚与自然一样,美丑并举,悲欢并置,同样茂盛葱茏。"[5]纵使悲剧沉郁,亦有小丑肆意笑噱。谁又能说这不和谐?在真实生活中,正是有人欲哭无泪,有人谈笑风生。一松一紧、一

---

[1] Herder, Johann Gottfried: *Shakespeare*. Trans, edited, and with an introduction by Gregory Moore. Princeton: Princeton University Press, 2008, p.7.
[2] 郭沫若:《沫若文集·第10卷》,人民文学出版社1959年版,第205页。
[3] 本书重要词句均有中英双语,以便中外读者阅读检索相关信息。
[4] [春秋战国] 庄周:《庄子·南华真经卷第五》,四部丛刊景明世德堂刊本。本书古籍参考文献多出自北京爱如生数字化技术研究中心研制的"中国基本古籍库"(刘俊文总纂),原本无页码。
[5] [德] 施莱格尔:《论哈姆雷特》(1797—1796),杨业治译,收录于杨周翰编《莎士比亚评论汇编(上)》,中国社会科学出版社1979年版,第314页。

悲一喜,色调多元! 高山连深谷,平原邻洼地,溪水流大河,江河奔海洋……世界上存在辽阔的心灵空间,如织女将翩翩飞蝶、娇嫩的鲜花置入布匹,莎士比亚也将世间图景引入文字:雾霭重重、山峦隐现、杂花生树、落英缤纷。随处描摹,皆成风致!

莎士比亚在英国文化传统形成中起了关键作用:一是英国的戏剧表演传统。从莎士比亚时代开始到现在,在伦敦、斯特拉福等地不断涌现出表演莎剧的著名演员:17世纪的贝特顿,18世纪的加里克,19世纪的基恩,20世纪的奥利维尔、吉尔古德等,英国演员的表演历来为世界推崇。二是英国文学批评传统。从17世纪开始,琼森、德莱顿、约翰逊、柯勒律治、赫兹里特、布拉德雷、艾略特等人都评论莎剧及相关文艺问题。莎士比亚的生平、剧场、版本、时代都成为文学批评传统的重要组成部分。三是英语语言。莎士比亚生动、富有想象力的语言为普通人所模仿,成为"流转活泼"、富有生命力的示范。[1] 莎士比亚将起自英国民间的诗剧转化为酣畅淋漓地表述人类情感的利器。他将人的遭遇、痛苦、冲突写得惊魂动魄、风云迭起;他将现实与幻想、悲与喜、高贵与卑俗,将人的忧患、灵魂的孤独求索、罪恶的牵绊折磨、心灵的苦厄挣扎、繁华落尽的宁静消歇幻化成可见可感的形象,展露心灵深海情境,将靡集凝聚的纷繁情感铺展开来,化作一幕幕动人心弦的剧作。四百多年后,人们对他的眷爱不但未见稍减,却似更为深沉。莎士比亚的诗剧不是希腊罗马戏剧的翻版,而是起自英国草根阶层,其中注入丰厚的民间色调。在外省乡下崛起的莎士比亚在历史行进恰到好处时出现,成为英国诗剧的主将、成为无可匹敌的巅峰。

人生有三重境界:见天地、见自己、见众生。在莎士比亚的剧

---

[1] 王佐良、何其莘:《英国文艺复兴时期文学史》,外语教学与研究出版社2006年版,第152—153页。

作里,不但呈现芸芸众生、人生百态,更有未知境界。

> ……这里的风暴和号声像一只炼金炉,把台上台下融成有机整体,听到生活的脉搏,领会到生活法则。就像用听诊器听人体脉搏时听到血液像大西洋浪潮那样汹涌怒吼的声音而感到惊怕一样,莎剧使社会觉醒,看到真正的现实,而不是现实主义;不仅是脸面、四肢、雕刻得栩栩如生的躯体,而是更为坚实的、呼吸有节奏的精神,雷鸣般的音乐,一座圆穹颤动的宫殿。[1]

莎士比亚与其时代呼应。"他知道真正的宝石光焰,无论在哪里找到它,他都会将它置之高处。"[2]他如拉伯雷笔下的巨人,吮吸天下一切智慧,让自己的胸怀化为智慧涌流的大海,谱写天下最动人的诗章,让自然的微风吹得波光荡漾……在这样一个世界里充满累累果实、醇香佳酿,迷倒舞台观众……无数人啜饮他智慧的琼浆,仿佛其中诞出了一个新的世界:辉耀的阳光照进心灵森林,将人们忘却的音乐奏响。他开启了一个无比丰饶的心灵世界,让它的丰富惊艳世界。

莎士比亚人物的深度与张力吸引了全世界的目光。莎士比亚逝世后的四百多年里,在戏剧与教育两个文化领域中,他扮演了主导角色。在几个英语国家中有一个或几个重要的专业戏剧公司专门或主要演出莎士比亚戏剧。多数教育机构认为如果在英语文学中没有相当篇幅介绍莎士比亚作品将不可思议。莎士比亚的卓越

---

[1] [英]威尔逊·奈特:《莎士比亚与宗教仪式》(1936),杨周翰译,收录于杨周翰编《莎士比亚评论汇编(下)》,中国社会科学出版社1981年版,第426页。
[2] [美]拉尔夫·沃尔多·爱默生:《爱默生散文选》,丁放鸣译,花城出版社2005年版,第172页。

与杰出使他走向了全世界。在法国、俄罗斯、日本、巴西、印度等国家中,莎士比亚著作被人熟知、受人尊重。匈牙利诗人裴多菲说:"莎士比亚,您的名字如果是山名的话,它将高于喜马拉雅山峰!"人们阅读、研究莎士比亚作品,并且将它们搬上舞台。在德国,1958年莎士比亚戏剧演出达3 057场,远远超过了席勒、莱辛的戏剧演出场次。1939年在瑞士苏黎世莎士比亚戏剧节中,演员们用四种语言上演莎剧。法语《驯悍记》终场谢幕14次,观众群情激荡。即使在反法西斯战争年代也常有莎剧演出,莫洛佐夫说:"在战争最黑暗的日子里,他像一个患难的朋友和我们待在一起。"[1]苏联拍摄的电影《奥赛罗》曾获得四次国际电影大奖。一代又一代读者与观众以不同方式回应他的作品,"每个时代、每种文化都有自己的莎士比亚(Each age, each culture has its own Shakespeare)"[2]。

弗洛伊德(Sigmund Freud)在交谈、写信和创作心理分析文学时,总会有意无意地引用莎士比亚。莎士比亚的作品启发了弗洛伊德的思维与灵感。"弗洛伊德悄悄地追随了莎士比亚,展示了心灵地图。"[3]弗洛伊德开启了人类了解自身精神世界的新时代,成为近代社会科学的一座丰碑。布鲁姆强调莎士比亚对弗洛伊德的影响远比《圣经》要大得多,莎士比亚"是他的隐密权威,是他不愿承认的父亲"[4]。人们很难说清是现代心理的发现使人们发现了一个不一样的哈姆雷特,还是哈姆雷特启迪了现代心理的发现。

---

[1] 张泗洋、徐斌、张晓阳:《莎士比亚戏剧研究》,东北师范大学出版社2014年版,绪论,第7页。
[2] Mangan, Michael: *A Preface to Shakespeare's Tragedies*. Beijing: Peking University Press, 2005, p.1.
[3] [美]哈罗德·布鲁姆:《西方正典:伟大作家和不朽作品》,江宁康译,译林出版社2005年版,第353页。
[4] [美]哈罗德·布鲁姆:《西方正典:伟大作家和不朽作品》,江宁康译,译林出版社2005年版,第291页。

卡尔·威廉·弗里德里希·冯·施莱格尔（Karl Wilhelm Friedrich von Schlegel）在《关于戏剧文学的讲座》中对莎士比亚给予了特别的赞美：精神世界和大自然把一切财富都拱手贡献于他面前。论能力，他是半个神明；论思想的深度，他是一位先知；论穿透一切的智慧，他是精神世界的守护者。美国作家拉尔夫·沃尔多·爱默生（Ralph Waldo Emerson）在《代表人物》中说："莎士比亚超越了名作家的范畴，正如他超越了芸芸众生。他的智慧难以想象；别人的智慧却是可以想象的……就实干的能力、创造力而言，莎士比亚独一无二。"[1]

莎士比亚用极富表现力的技巧刻画隐微细节，发掘事物细致的美。他用超凡的智慧为人们开启一个绚烂的世界。他的作品被译成世界上几乎所有语言，他是全人类共同的财富。他的智慧不仅塑造了英语文学，也极大地影响了其他国家的文学。

> 他（指莎士比亚）是德国文学之父。多亏了莱辛对莎士比亚的介绍，以及维兰德和施莱格尔将他的著作翻译过去，德国文学才一浪接一浪地迅猛发展。直到19世纪，哈姆雷特的悲剧才找到这么令人钦佩的读者——这些思辨的天才就是一群活着的哈姆雷特。现在，文学、哲学与思想界统统莎士比亚化了。**可是他的思想，依然是我们望不到的天涯**。他的诗韵将我们的耳朵训练成了音乐的耳朵。[2]

"那充满生气的英格兰粗犷的热血在剧中奔流，如同在市井歌

---

[1]［美］拉尔夫·沃尔多·爱默生：《代表人物》，蒲隆译，生活·读书·新知三联书店1998年版，第159页。
[2]［美］拉尔夫·沃尔多·爱默生：《爱默生散文选》，丁放鸣译，花城出版社2005年版，第173页。

谣中奔流一样,把他所需要的躯体交给了那空灵、宏伟的想象。"[1]

弗兰西斯·米尔斯(Francis Meres,1565—1647)在《论我们的英国诗人与希腊、罗马和意大利作家》中写道:"奥维德充满风雅和机智的灵魂活在语言甜蜜的莎士比亚身上。"[2]

> ……当然我们强调莎剧普遍意义的同时,也不应忘记他对人类强烈而微妙心理的理解和他对人的同情,莎剧的价值正在于此。……我们接受并承认艺术具有仪式性,使我们看到普遍意义,但这并不一定排除具体的、个别的。相反,我们只有接受了压缩在莎剧中的具体事件和人物心理,我们才能注意到人类同情心的无限。[3]

莎士比亚的作品展示了浩瀚的世界,写尽人世间千百种情怀。他的作品,既有宏阔的视野,又有细致入微的描摹。"他属于那种感情细致的心灵,像一具精巧的乐器,只要略一触碰,就会颤动起来。"[4]

诞生自资本主义发生、发展时代的莎士比亚戏剧映射了其间的社会、文化冲突,成为折射现代性的多棱镜,也因此成为电影改编的常见题材。有人说:电影可分为两类,一类是莎士比亚戏剧改编,一类是除此以外的其他类别。夺得柏林电影节金熊

---

[1] [美]拉尔夫·沃尔多·爱默生:《代表人物》,蒲隆译,生活·读书·新知三联书店1998年版,第145页。
[2] 上海书局编:《莎士比亚》,上海书局有限公司1980年版,第14页。
[3] [英]威尔逊·奈特:《莎士比亚与宗教仪式》(1936),杨周翰译,收录于杨周翰编《莎士比亚评论汇编(下)》,中国社会科学出版社1981年版,第424页。
[4] [法]泰纳:《莎士比亚论》,张可译,收录于《莎士比亚研究》,上海译文出版社1982年版,第87页。

奖的《凯撒必须死》、阿尔·帕西诺的莎剧三部曲、英国BBC的《空王冠》将冷僻的莎士比亚历史剧拍成热播剧……2012年土耳其舞台上演本土版《哈姆雷特》,成为土耳其加入欧盟的文化标志;日本首次推出黑泽明改编自《麦克白》的《蛛网宫堡》,似日本"脱亚入欧"的文化证书[1]。1990年,林兆华的《哈姆雷特》现身舞台,2006年冯小刚的《夜宴》和胡雪桦的《喜马拉雅王子》都是《哈姆雷特》的改编版……

经典的形成需要经过漫长时间的考验,经过一代代人们阅读之后,生命力依然旺盛的方得以留存。戏剧在文艺复兴时的英国虽极繁盛,上至达官贵人、下至贩夫走卒无不喜欢看戏,但是戏剧在当时却只是通俗艺术,写诗才是"阳春白雪"。只是经过时间洗礼,莎士比亚作品的价值才慢慢为世人所知。一开始,评论家对莎士比亚这样自学成才、未受过高等教育的人心存鄙视,评论也多依据古典法则,对天才肆意生长的莎士比亚多有指责。

在王政复辟时期,莎士比亚说戏剧经常被指责为一个野蛮时代野蛮粗俗的产品。在一个尊崇古典模式的时期,批评家们对莎士比亚取材于"一些糟糕的编年史或是无聊的意大利作品"表示失望。例如,哈姆雷特的延宕是因为莎士比亚无法超越原有材料的卑俗而引起的荒谬情节。追溯后浪漫主义时期哈姆雷特一直作为现代戏剧的现象,玛格丽塔·德·格拉泽证实了这个情节的"荒谬"如何融入哈姆雷特的性格作为他复杂的内在以及现代性的表征。但是其他情节因素不那么容易融入哈姆雷特神秘的主观世界。浪

---

[1] 详见戴锦华、孙柏:《〈哈姆雷特〉的影舞编年》,上海人民出版社2014年版,第2—3页。

漫主义者及其继承者们依旧挑剔——歌德认定为哈姆雷特的"外部关系",人物被移置,或者"通过偶然事件以一种或另一种方式发生关联"。歌德认为这些"错误"作为戏剧结构支撑,但是并不像戏剧"内部联系"一样,它们并没有"在灵魂深处打下烙印"。

迪·格雷吉亚观察到,很少有18世纪读者抱怨哈姆雷特的延宕,他们把这视作情节问题,而不是性格问题。[1]

但是这些并未阻止莎士比亚在社会各阶层的渗透与接受。莎士比亚的作品超越了时间、空间,成为全世界人不倦的痴迷。这位伟大诗人把任何地方发出的光都聚拢在他四周。虽然他的作品取材于一些现成的材料,但他却以卓越的艺术化腐朽为神奇。

当时的社会这样评价他:

> ……一般说来,我们会注意到在他(指莎士比亚)的时代,多数戏剧都是基于一些低劣的编年史,或者一些无聊的意大利小说家的故事;但是这些材料越是低劣,我们对他的技巧就越是钦佩有加。他能够利用这些破碎支离、糟糕的材料建构出如此崇高的作品……[2]

他是德国文学之父,正是莱辛把莎士比亚介绍给德国人,

---

[1] Grazia, Margreta de: "*Hamlet*" *Without Hamlet*. Cambridge: Cambridge UP, 2007, p.172.
[2] Hanmer, George & Stubbes Thomas: "In an Extract from Shakespeare." *Shakespearean Criticism*. Ed. Laurie Lanzen Harris, Vol.1, Gale, 1984. Literature Resource Center, Accessed 7 July 2018. Originally published in *Critical Heritage: 1733-1752*. Ed. Brian Vickers, Vol.3, Routledge & Kegan Paul, 1975, pp.40-69.

他的作品被维兰德和施莱格尔翻译出来之后,德国文学才迅速迸射出靓丽的火花。……他的心灵还是我们目前望不过去的天涯。……他的卓绝的力量和美,像基督教一样,限定了那个时代,一切有教养的心灵都在默默地欣赏着它。

贝特顿(Thomas Betterton,约 1635—1710)、加里克(David Garrick, 1717—1779)、肯布尔(John Philip Kemble, 1757—1823)、金(Edmund Kean, 1787—1833)、麦克里迪(William Charles Macready, 1793—1873)这些名演员都献身于这位天才;他们对他做最后一次圆满的润饰,解释他,服从他,表现他。这位天才却并不知道他们。

关于生死,关于爱情,关于贫富,关于人生的目的,以及我们达到它们的手段;关于人的性格,关于影响人们命运的隐秘的和公开的势力;关于那些蔑视我们科学的神秘和恶魔般的力量,那些力量又把它们的恶意和才华与我们最光辉的时刻交织在一起。[1]

伍尔夫在《一间自己的屋子》中这样描述莎士比亚:双性同体的人是有心灵感应的,是开放的。它可以毫无障碍地传递情感。双性同体的人天生富有创造力,感情热烈,是灵与肉的结合。尽管我们不知道莎士比亚是如何看待女人的,但是我们可以认定莎士比亚是个双性同体的人,是个集男女于一身的人。[2]

---

[1] [美]拉尔夫·沃尔多·爱默生:《代表人物》,蒲隆译,生活·读书·新知三联书店 1998 年版,第 153、155、157 页。
[2] [美]弗吉尼亚·伍尔夫:《一间自己的房间及其他》,贾辉丰译,人民文学出版社 2003 年版,第 86 页。

绪论　莎士比亚再剖析

莎士比亚于1564年4月23日在埃文河畔的斯特拉福镇出生,1616年4月23日去世。他在同一个日子来到、离开尘世,似乎昭示着他的独特。他被安葬在圣三一教堂,靠着教堂北墙竖立着他的纪念碑和半身雕像,墙上刻着这样的铭文:

> 他有耐斯特(Nestor)[1]的处世智慧、有苏格拉底(Socrates)的天才、维吉尔(Virgil)的诗艺,
> 大地把他掩埋、人们为他哀悼、奥林匹斯山将他拥有。
> 驻足吧,过客;何必如此行色匆匆?[2]

莎士比亚能在寻常事物中发掘出魅力与神奇,他笔下的世界永远像朝露般新鲜。一件顶平常不过的事情他也写得生趣盎然。在《理查二世》第三幕第四场中,园丁这样描述自己在约克公爵在兰利的公园里劳作的场景:

> 去,你把那边垂下的杏子扎起来,它们像顽劣的子女一般,使它们的老父因为不胜重负而弯腰屈背;那些弯曲的树枝你要把它们支撑住了。你去做一个刽子手,斩下那些长得太快的小枝的头,它们在咱们的共和国里太显得高傲了,咱们国里一切都应该平等。你们去做各人的事,我要去割下那些有害的莠草,它们本身没一点儿用处,却会吸收土壤中的肥料,阻碍鲜花生长。[3]

---

[1] 耐斯特:特洛伊战争时希腊南部伯罗奔尼撒半岛皮洛斯的国王,以智慧著称。
[2] [英]西德尼·比斯利:《莎士比亚的花园》,张娟译,莫海波、北塔审校,商务印书馆2017年版,第14页。
[3] [英]莎士比亚:《莎士比亚全集4》,朱生豪译,人民文学出版社1978年版,第364页。

这段文字将寻常景致写得意趣盎然。在《第十二夜》第一幕第一场中,公爵谈起音乐的时候说:

> 假如音乐是爱情的食粮,那么奏下去吧;尽量地奏下去,好让爱情因过饱噎塞而死。又奏起这个调子来了!它有一种渐渐消沉下去的节奏。啊!它经过我的耳畔,就像微风吹拂一丛紫罗兰,发出轻柔的声音,一面把花香偷走,一面又把花香分送。[1]

莎士比亚妙语如珠,即使写音乐也轻松地展开一幅生动的自然画卷,用清风吹拂紫罗兰摹写音乐飘过耳畔的情境,使人恍若置身原野、感受清新怡然。

他笔下的人物语言"既有伊丽莎白(一世)时代考究妍丽的诗文和激越高亢的辞令,又有粗俗的村野俚语和油滑的江湖腔;唇枪舌剑,插科打诨,皆成佳趣"[2]。

"神性与人性……一个具有高度普遍意义和象征性,一个具有现实的人性,莎士比亚的戏剧就具有这两性。"[3]莎士比亚作品塑造出各色人物,展示出芸芸众生的千姿百态。"在所有现代或许还包括古代的诗人中间,此人心灵最为宽广,综合一切而无遗。"[4]这些人或追求权力、或追逐金钱、或追逐爱情,命运或悲或喜,令人动容。莎剧中表现人物时常运用意象手段,犹如图画般生动。这

---

[1] [英]莎士比亚:《莎士比亚全集4》,朱生豪译,人民文学出版社1978年版,第5页。
[2] 陆谷孙:《莎士比亚研究十讲》,复旦大学出版社2005年版,第102页。
[3] [英]威尔逊·奈特:《莎士比亚与宗教仪式》(1936),杨周翰译,收录于杨周翰编《莎士比亚评论汇编(下)》,中国社会科学出版社1981年版,第425页。
[4] 陆谷孙:《莎士比亚研究十讲》,复旦大学出版社2005年版,第103页。

绪论　莎士比亚再剖析

些意象加深了人物底蕴,在纵深处渲染出神秘、迷离的气氛。莎士比亚的戏剧和诗包含了从生命最清妙的芬芳到它最沉重的果实的厚味……

歌德曾对艾克曼说:"每个重要的、有才能的剧作家都不能不注意莎士比亚,都不能不研究他。一研究他,就会认识到莎士比亚已把全部人性的各种倾向,无论在高度上,还是在深度上,都描写得竭尽无余了。"[1]

这里,有必要用些篇幅剖析一下莎士比亚的"意象"。莎士比亚戏剧的成就是全方位的。他的悲剧沉郁厚重,将意象运用到了极致。意象映照发自深心甚至不为自我所察觉的隐秘欲望、向往、期待、罪恶。纵身一跃,跳入生活洪流,人物随环境激起自身深处的自卑、怀疑、野心或欲望。恰如黑格尔所说:"莎士比亚的意象和比喻,有时诚然是累赘的、过分堆砌的"[2],正是这种"累赘、过分堆砌",使其戏剧语言取得了重瓣、繁复、华美的效果。戏剧语言最初与最终目的都是用于舞台表演。语言出自演员之口,并不用于阅读,那么阅读所有的效果在这种情境下产生了变异。为了抓住语言所表现的思想,这种繁复的表现方式就成为浓墨重彩地表现思想的有力手段,通过意象、比喻重叠交织,加强了文字所表达的效果。这是戏剧语言的一种"聚焦"手段,将语言形象注入文本,输入观众心中。图形化或者说意象的使用是一种有效手段。输入图像,人们头脑中的想象迅速发挥作用,抓住演员所要传达的信息。

比喻、拟人、双关、排比、夸张……不顾一切奔涌而出的激情造成滔滔的气势与恢宏的气度。语言的闪电映出情怀激荡,让激情的能量如火山喷发,汹涌地冲击观众心灵,形成语言强悍的伟力肆

---

[1] [德] 艾克曼:《歌德谈话录》,朱光潜译,人民文学出版社1978年版,第15页。
[2] [德] 黑格尔:《美学(第2卷)》,朱光潜译,湖南人民出版社1981年版,第143页。

意奔流,震人心魄。

以一连串的意象作为起点,不断让读者身处于一波波想象的光照之下。丰沛、热烈的激情似奔腾的急流飞奔向前,如电光石火照亮思维的灼热。这激情是发自天性的热忱,"九天倾泻,一泻千里",产生强悍的语言势能,蕴涵巨大的心理、情感能量。

风格的雄浑、恢宏、遒劲多半赖"意象"而生。意象是对感性素材的超越,其生命在于乍现的灵光。朗吉努斯在《论崇高》中说:"诗的意象以使人惊心动魄为目的。"[1]诗通过"意象"图景达于人心魄之间,使灵魂激荡。

环球剧场中不仅有观众,也有卖小吃的。观众的聊天声、小贩穿梭时的叫卖声、吃客的招呼声不绝于耳。在这样热闹的喧嚣中,要取得观众注意必须使用有效的、富有感染力的聚焦手段。

> 波洛涅斯让人刺探儿子在巴黎的情况时说:"你用说谎的钓饵,就可以把事实的真相诱上你的钓钩。"原文是"Your bait of falsehood takes this carp of truth","carp"意思是淡水鱼,常常是达到了一定的尺寸的,原文意思是用假话的诱饵钓出真情的大鱼。"用这种旁敲侧击的方法,间接达到我们的目的",原文是"By indirections find directions out","indirections"是间接,"directions"是直接,同时又表示"方向",那么用间接的方法即可找到方向,即达到目的,同时也表示用间接的方式找出直接的结果。英语中"indirections"与"directions"通过前缀构成一对反义词,相互照应。语义交叠横生多重影像,如暗香疏影,产生生动的三维效果:眼前是诱

---

[1] 缪朗山:《缪朗山文集8·西方文艺理论史纲》,章安祺编订,中国人民大学出版社2011年版,第121页。

饵、大鱼、假话、真情……

种种意象产生生动的画面,使人获得深切印象,使其文字直接映入人们心灵深处。[1]

图像的聚焦产生了神秘效应,以文字传输图像的方式形成心灵通衢。

人的真正暴怒或恐惧,或为嫉妒或别的激情所困恼时,往往刚提出一点意思,便立刻奔入另一点,思理失常,语无伦次,然后又转回到出发点;在激动之中,宛若孤帆随风急转,他们的措辞和思想时而向东,时而向西,不断改换其格局,改自然的顺序为无穷的变化……[2]

莎士比亚的"意象堆砌"表述激情,犹如暴风雨倾泻而下、酣畅淋漓。

当年,莎士比亚所在的环球剧场无比兴隆,上至达官贵人、下至贩夫走卒,各色人等皆光临剧场。工场主、学徒、店主、商人、造船者、织布工、律师、药师、教师、抄写员等口袋里的便士不时充实着演员的金库。在1567—1642年间,露天剧场最低的入场费用是1便士。有钱的买个好座,穷困的站着看。熙熙攘攘的剧场造就了文艺复兴时期戏剧的鼎盛。一位戏剧历史学家指出,1567—1642年间光顾伦敦剧场的观众近5 000万人次[3]。

---

[1] 杨秀波:《读哈姆莱特》,广西人民出版社2015年版,第15—16页。
[2] 缪朗山:《缪朗山文集8·西方文艺理论史纲》,章安祺编订,中国人民大学出版社2011年版,第129页。
[3] Greenblatt, Stephen, ed.: *The Norton Shakespeare*. London:W.W. Norton & Company, Inc, 1997, p.3.

舞台虚拟的喜怒哀乐演绎真实的欢笑、泪水。那时中世纪的朝圣已被取缔，在这样一个特殊的"空档"历史空间，人们心灵中闲置的能量正好在剧场中得到宣泄、释放。

环球剧场招牌上画的是扛着地球的古希腊神话中的大力士赫拉克勒斯，下面是拉丁文题词——"Totus mundus agit histrionem"，意思是"全世界都在演戏"。剧场可容纳 3 000 名观众。舞台上的"时空凝缩"使虚拟世界真实化，观众在此体验千姿百态的别样情愫。

集剧作家、股东、演员身份于一身的莎士比亚以自己的方式获得了剧本舞台表现的成功，从一个别人眼里"借着别人的羽毛装点自己的乌鸦"脱身而成"金凤凰"。从大学才子派格林酸溜溜的嘲讽可以看出，在当时剧场竞争激烈的时期，"不懂拉丁、难知希腊语"的草根莎士比亚如何让大学才子们退避三舍，取得竞争的绝对优势，风靡伦敦。

"天才不仅在于能说服听众，亦在于使人心驰神荡。凡是使人惊叹的篇章总是有感染力的。"[1]天才不必非有文凭，文凭是颁给大众的——天才超拔的部分恰是大学教育无法抵达的"奇点"。新的、具有创造力的内容不是大学可以传授的。大学才子败在莎士比亚脚下，格林的名字流传后世仅仅是因他骂了那个"撼动舞台"的莎士比亚，才借这只他嘲讽的"乌鸦"的光得以青史留名。

朗吉努斯认为：雄伟的风格是重大思想的自然结果。莎士比亚作品中意蕴隽永的格言警句含存哲思精粹，令人一见倾心。他的作品吸引了无数人。"崇高的谈吐往往出自胸襟旷达、志气远大

---

[1] 缪朗山：《缪朗山文集 8·西方文艺理论史纲》，章安祺编订，中国人民大学出版社 2011 年版，第 119 页。

的人。""一个崇高的思想在恰到好处时出现,宛如电光一闪,照彻长空,显出雄辩家全部的威力。"[1]

莎士比亚的"意象群"不光是激情宣泄的方式,他惊艳的语言更成为他对社会精神的映射。莎士比亚诸多不同凡响的语言正显出其超越、大胆、身蹈险地的姿态。莎士比亚创造了许多词语,如雇主(employer)、经理(manager)、拥抱(embrace)、投资(invest)、退休(retire)、谈判(negotiate)……这种超前的"创新力"使他达到了常人难于企及的自由境界。

> 王上,娘娘,要是我向你们长篇大论地解释君上的尊严,臣下的名分,白昼何以为白昼,黑夜何以为黑夜,时间何以为时间,那不过徒然浪费了昼、夜、时间;所以,既然简洁是智慧的灵魂,冗长是肤浅的藻饰,我还是把话说得简单一些吧。你们的那位殿下是疯了;我说他疯了,因为假如再说明什么才是真疯,那就只有发疯,此外还有什么可说的呢?可是那也不用说了。[2]

这里的语言恰到好处地体现了人物的啰唆,看似废话却幽默传神。

莎士比亚词语形成诸多图像,每个图像化过程建构的意象意义深杳,饱含炽烈、巨大的情感能量,具备极强的聚合穿透力。这种意象超越历史、超越现实,向具有无限可能性的未来开放。在绝对的想象域,无论初心懵懂,抑或暮雪白头都保持着年轻的激情、

---

[1] 缪朗山:《缪朗山文集8·西方文艺理论史纲》,章安祺编订,中国人民大学出版社2011年版,第112、115—116页。
[2] [英]莎士比亚:《莎士比亚全集9》,朱生豪译,人民文学出版社1978年版,第41页。

生命能量的激荡。尘世乐园建立在意象基础上，建立在超越激情的"升华态"。这样一种激情的蓬勃给读者的心灵插上了一双想象的自由翱翔的翅膀。沐浴在莎士比亚的激情世界，那巨大的能量辐射激发、跃迁、升华，成为各种肤色的人们共同的执迷。

莎士比亚所使用的意象将读者的目光吸引至遥远之境。他作品中有"出于幽谷、凌于尘嚣、恍惚迷离、若有深意"之景，虽看去模糊含混，却含无尽深意。《哈姆雷特》中神秘的鬼魂，威严英武、神秘可怖，在北欧寒冷寂静的深宵向哈姆雷特昭示可怕的秘密；《麦克白》中似人非人的女巫守候麦克白，编织一张带着神秘光环的罗网；《奥赛罗》中的主人公是摩尔人，一个黑肤英雄，虽功勋盖世，在战场上叱咤风云，却藏不住他的黑色，受恶人构陷，黑色成为他脆弱的印迹。神秘的黑色里究竟蕴藏着什么，让英勇无畏的英雄颠仆于地、无以存身？也有《仲夏夜之梦》中轻灵的仙子，它们调制出"爱汁"，让人神魂颠倒、忘却前世今生所有的危险与不测。

意象虽似源自西学，但在中国古代也多有表述。虽所指略有差异，但实质并无二致。"象者所以存意，得意而忘象"[1]，莎士比亚笔下的意象鲜活、灵动，是他全部剧情的概要、闪现和总结。

意象以人类经验为路径，表现情感隐约的变迁。"象"可作为解读人物心灵本质的路径。见微知著，析事物运转、变化、消长之机。

"意象欲出，造化已奇。水流花开，清露未晞。要路愈远，幽行为迟。"[2]奇特的意象如凌空出世的另一世界，其陌生感生发的清新如露水晶莹的初绽花朵、娇嫩欲滴。"幽"意为"暗，深暗"，引申为"隐晦的、隐微的"。越重要的路越遥远，要在幽暗处潜行，欲达

---

[1]［三国］王弼:《周易·卷十》，四部丛刊景宋本。
[2]［唐］司空图:《二十四诗品·缜密》，清同治艺苑捃华本。

险远,必要在幽暗的路上行进良久。要洞悉世事,亦须通过迂回曲折的路径。

莎士比亚作品中各种意象也是一种"心象"。心境与外物之间通过意象获得关联,意象是心象的镜像,是心象在外物中的映照,发散出人物的情感纠葛、心灵物语。瓦尔特·本雅明说:"在一切语言的创造性作品中都有一种无法交流的东西,它与可言传的东西并存。"[1]莎士比亚剧中神秘的气氛、迷人的风色与这种"无法交流"的东西有千丝万缕的联系。

莎士比亚戏剧中的人物或盲目、或骄傲、或嫉妒、或冲动、或怀疑、或审慎……辟一处斑斓多姿的人物画廊,种种交织的悲喜与传奇展示出文艺复兴那一人类社会巨变时代的精神风貌和社会特征。

> 除非是普遍性质的表征,否则没什么能长久地取悦众人……在这一点上,莎士比亚凌驾于所有作家之上……他的人物不会为某个地点的风俗习惯所拘泥而不见于世界其他所在……他们是普遍人性的真正子嗣,正如世界上总是会发生、观察者总是会看到的那样——他笔下的人物说话行事总受那些普遍的激情和原则驱策,而这些激情和原则翻卷起所有人的灵魂波澜。[2]

这种激情是莎士比亚作品历久弥新的原因。

---

[1] Benjamin, Walter: "The Talk of the Translator: An Introduction to the Translation of Baudelaire's Tableaux Paris." *Illuminations*. Edited and introduced by Hannah Arendt, New York: Schoken Books, 1968, pp.69 - 82.
[2] Johnson, Samuel: "Preface to Shakespeare." *Selected Readings in Classical Western Critical Theory*. Beijing: Foreign Language Teaching and Research Press, 2002, p.274.

以"莎士比亚"和"意象"为关键词搜索,在中国知网检索到37篇论文(截至2021年1月1日)。这些论文都是关于翻译、主题、认知等。大部分探讨意象的意义和对作品背景和气氛的作用,部分论文探索意象自身,但实际上意象可指向人物,甚至可映射文艺复兴时代的风貌。莎士比亚剧作一些特定意象显示了人物精神状态,阐释了他们的行为动机。应用精神分析理论、文本分析可以剖析人物的潜意识。意象表征各种人物思想,促使他们走向自身的"命运"。这些意象像镜子一样反射出真实生活中的各种情感。

> 莎士比亚自己对于戏剧真正本质的隐喻通过《哈姆雷特》表达出来。他说,戏剧"是照临自然的明镜"……
>
> 作为自然的明镜,他的戏剧也是我们自己的镜像,是我们与神圣秩序关系的镜像。所有含存在莎士比亚的人物内在的一切也在我们心里存在。若非如此,我们就无法与他们产生共鸣——即使在肤浅的层面上。同样地,所有的人物冲突与困境也存在于我们内心。若非如此,我们也不该渴望它们解决。恰恰因为这种我们自身存在与莎士比亚人物之间的对应关系使我们能参与剧情,也正由于这种对应使这些人物具有普世意义,赋予了他们超卓的力量。[1]

"人们常说莎士比亚的戏剧是何等自然啊;人人都能看懂莎士比亚。莎剧的确很自然,它们深深植根于自然之中,深到这样的程

---

[1] Milne, Joseph: "*Hamlet*: The Conflict between Fate and Grace." *Shakespearean Criticism*. Ed. Michelle Lee, Vol. 123, Gale, 2009. Literature Resource Center. Accessed 14 July 2018. Originally published in *Hamlet Studies*, Vol.18, No.1 - 2, Summer-Winter 1996, pp.29 - 48.

度,以致我们多数人无从企及。"[1]莎士比亚笔下的人物超越时间与空间,为全世界各时代人们所阅读、搬演,抵达人们内心深处难以触及的柔软之处。

现在,莎士比亚戏剧已经传播到全世界。"像季节的飞逝一样,人生的喜怒哀乐也变换不停。"[2]莎士比亚作品里有我们经历的一切,也有我们正经历的一切,还有我们所无法经历的一切。对莎士比亚的追寻还在路上……

---

[1] [英]查尔斯·兰姆:《论莎士比亚的悲剧是否适宜于舞台演出》(1811),杨周翰译,收录于杨周翰编《莎士比亚评论汇编(上)》,中国社会科学出版社1979年版,第165页。
[2] [英]莎士比亚:《莎士比亚全集6》,朱生豪译,人民文学出版社1978年版,第143页。

第一章
论《哈姆雷特》

> 哈姆雷特是哲学冥想者之王。[1]
> ——赫兹里特

柯勒律治说,哈姆雷特是每个抚育英国文学的国家的宠儿。

塔尔科夫斯基说:"《哈姆雷特》是世界文学中唯一还没有得到解答的戏,它因此而不朽。"[2] "讲他(莎士比亚)深刻的艺术性和目的性,必然会选择《哈姆雷特》,因为没有另外一部剧本能引起这样多方面的、有趣的争论……"[3] 这是独一无二的"哈姆雷特"现象!戏剧主人公哈姆雷特成为世界文学史上最神秘、最迷人的人物之一。

> 《哈姆雷特》是现代欧洲文化的中心著作之一,人们关于这部著作的思考和写作大概比任何其他剧作都要多……《哈姆雷特》的强烈情感和复杂性激起了无穷无尽的反应,关于作

---

[1] [英]赫兹里特:《莎士比亚戏剧人物论》(1817),柳辉译,收录于杨周翰编《莎士比亚评论汇编(上)》,中国社会科学出版社1979年版,第214页。
[2] 戴锦华、孙柏:《〈哈姆雷特〉的影舞编年》,上海人民出版社2014年版,第9页。
[3] [德]施莱格尔:《论哈姆雷特》(1797—1796),杨业治译,收录于杨周翰编《莎士比亚评论汇编(上)》,中国社会科学出版社1979年版,第315页。

者和时代的和关于这部剧作的一样多。

> *Hamlet* is one of the central works of modern European culture, probably thought and written about more than any other play ... *Hamlet*'s intensity and complexity evoke seemingly infinite responses which say as much about their authors and periods as about the play.[1]

"一千个读者眼中就有一千个哈姆雷特",对哈姆雷特理解各异、评价纷繁。哈姆雷特现象生发出无尽的思考,留给人巨大的谜团。

哈姆雷特是文学史上最受争议也是被误解最多的人物。因哈姆雷特"佯作癫狂",剧中真真假假、虚虚实实,却被许多人作为论述依据。不仅许多立论从语境中游离,甚至哈姆雷特这个人物本身也从戏剧情节中脱离,形成形形色色的评论,几乎令人眼花缭乱。

> ……作为一个戏剧人物,哈姆雷特从戏剧中被抽象出来,被浪漫主义评论家及许多后来的评论家作为每个人的代表……
>
> ... Hamlet was, as a character, abstracted from the play and privatized as a representative of everyman by Romantic and later critics ...[2]

---

[1] Klein, Holger: "Hamlet: Overview." *Reference Guide to English Literature*. Ed. D. L. Kirkpatrick, 2nd ed., St. James Press, 1991. Literature Resource Center, Accessed 8 July 2018. Gale Document Number: GALE|H1420007252.

[2] Thompson, Ann & Neil Taylor: *Hamlet*. Beijing: China Renmin University Publishing House, 2008, p.14.

哈姆雷特的"游离"与其深邃的思想内涵一起形成最奇特的文学景观。

《哈姆雷特》是伴随持续、充满暴力的世界全球化进程的一部千古绝唱,交织着世界前进与苦痛呻吟的声响,充满"谋杀与暴力、复仇与阴谋、性与欲望、幻妄与疯狂",映照在生与死的人生歧路关于生死的玄想。其间既有光阴纵深处的追问,更有现实的投入与超越。

> 一部《哈姆雷特》,或史诗,或实验;可惊悚,可戏谑;既自辩,亦自讼;是弗洛伊德或拉康的独角戏,或政治舞台的生死搏……《哈姆雷特》……弥散于舞台,错落于时代:是现代人的自画像,世界"脱序"的推演盘,欲望与禁止的悖谬结,死神之舞的狂欢式,更是个人与行动废墟上的决绝宣判。[1]

哈姆雷特成为一个谜团,戴着彼此悖谬的若干假面。《哈姆雷特》是一部人们阐释最多的戏剧:从文学、戏剧、电影、哲学、政治学、精神分析、历史等各种角度,种种诠释、"回写"、再阐释,声光交错、余响交叠。剧本、舞台、电影、电视剧……《哈姆雷特》剧情谜团密布、雾霭重重。

《哈姆雷特》书写一个不幸的人在世间的遭遇。此在的生命与彼岸联结,逝去的鬼魂重现在丹麦王子哈姆雷特的生活里。未知世界的神秘影像让人浮想联翩。面对这飘忽的幽灵,何以告慰哈姆雷特生命中惊惶、无措的混乱!这个灵魂叙事纠集了多少求索的目光?是什么将哈姆雷特推向无底的幽暗,又有什

---

[1] 戴锦华、孙柏:《〈哈姆雷特〉的影舞编年》,上海人民出版社2014年版,第3页。

么能给哈姆雷特生命中被遗弃的黑夜带来光明？他的生命意志和价值意愿将编织出怎样的生命经纬？丝丝缕缕的心灵褶痕、无以尽述的恨怨纠葛、无以述说的无限凄苦——一场注定无法醒来的人生噩梦、死亡幽影里的漫步、苦涩的嘲讽、深沉的悲痛——生命中刻骨的孤独："昔我同门友,高举振六翮。不念携手好,弃我如遗迹。"[1]父亲被谋杀、恋人被利用、母亲与仇敌结缡、儿时的旧友成为刺探他的阴险间谍……悲哀的哈姆雷特——人世的惨淡、苍凉、瞬间坍塌的世界,从天堂跌落地狱的落差……哈姆雷特身上凝聚无限苦痛。这一个被背叛的生命成为生命荒漠中凄恻的、难以栖居的灵魂！

不只是刻骨的孤独,不只是生命中暗暗的长夜,还有敌人黑暗中的狞笑、看不见的屠刀在黑暗里闪烁寒光……

生命中的斯芬克斯之谜毫无征兆地降临,考验着年轻的哈姆雷特,汹涌的生命浪涛推翻了王子的锦绣世界。美好的一切成为无法追忆的过往。

复杂的生命意蕴在哈姆雷特的灵魂里掀起一阵又一阵波涛,时而骤起、时而回落……

"常新的哈姆雷特"现象是文学史上的奇迹,彰显了哈姆雷特这个人物的丰富内涵。

一 鬼雾重重的人生大戏

《哈姆雷特》描述了丹麦王子哈姆雷特因其父亲老哈姆雷特被谋杀而复仇的故事。但是这部戏剧却并非简单的复仇剧,它

---

[1][宋]何溪汶:《竹庄诗话·卷二·两汉》,清文渊阁四库全书本。

包含了深广的社会内容。令人困惑的剧情充满了不可思议的戏剧张力。

"似乎每次我们回头来读,这部剧作都已然发生了变化——这是一种神秘的效果,正如我们自己年龄变化一样在不断深化。"[1]

正因为这种精神上的深度与复杂性,哈姆雷特被认为是第一个"具有自我意识的现代西方人物"。这种地位他保持了整整两百年——这是非同寻常的事件,因为现代主体性的构成因素在发生持续变化。1950年或1900年的现代主体性与2000年的是不同的,与1800年的更不一样……他的价值是永恒的,正因为每一个接下来的时代都发现了他的及时性,他长久地保持了当代的先锋地位,早在1600年就预见到了最近时代的前沿。[2]

在《哈姆雷特》中,鬼魂飘忽的映像时而出现,时而消失。鬼魂标识着人生去向,同时,鬼魂呈现出老哈姆雷特的模样,它是哈姆雷特的父王的鬼魂——父亲的身份标志着一个人生命的来处。"父亲"是原初的、首要的他者,拉康关注的是个体符号意义上的父亲,是一种文化符码:自人类伊始,它便将父亲的人格与法权的形象等同。[3]

---

[1] Paglia, Camille: "'Stay, illusion': Ambiguity in *Hamlet.*" *Shakespearean Criticism.* Ed. Michelle Lee, Vol.111, Gale, 2008. Literature Resource Center. Accessed 14 July 2018. Originally published in *Ambiguity in the Western Mind.* Ed. Craig J. N. De Paulo, et al., Peter Lang, 2005, pp.117 – 130. Gale Document Number: GALE| H1420081745.

[2] Grazia, Margreta de: "Hamlet before Its Time." *Modern Language Quarterly*, Vol.62, No.4, 2001, p.357. Literature Resource Center. Accessed 14 July 2018. GALE | A80856584.

[3] 黄汉平:《拉康与弗洛伊德主义》,《外国文学研究》2003年第1期,第17页。

"鬼魂"标志着哈姆雷特自身生命的断裂——这种断裂切断了哈姆雷特作为个体生命的自由发展与成长。他自此落入生命中的巨大"裂缝",跌入命运罗网,落入万劫不复的深渊。"鬼魂使他成为过去的囚徒,成为老王被骤然切断的生命的仆从(The ghost makes him a prisoner of the past, a servant of the king's now, cancelled life)。"[1]从此,他要为守护荣誉而战,要为完成习俗设定的复仇义务而战,但是作为个体生命中最重要的组成——他自己所有的人生愿望却不得不因此搁浅。于是,他的生命成为完成"他者愿望"的载体,却无法指向自身——自我成为无依的幻梦,在命运的风里凄然凋零!作为本真生命的哈姆雷特自身的生命意愿被压抑,构成哈姆雷特生命彻底的悲剧。

作为生命来处与去处的鬼魂成为生命深不可测的神秘象征。他是与哈姆雷特生命密切相连的部分,标志着哈姆雷特的过去与未来。他使哈姆雷特的生命成为他者欲望实现的工具,因此压抑了自我生命。对此,拉康认为"无意识是他者的话语","人的欲望就是他者的欲望"。[2] 他要为"父亲的欲望"而活,放弃自我。人生指向的错位构成巨大的生命断层,形成人生惨痛。他失去自我实现的权力,却要为荣誉、习俗、父亲的愿望走入"死亡幽影",蹀足人生边缘。

鬼魂切断了哈姆雷特的生命之流,以强大外力构成对哈姆雷特人生的挤压,迫使他改变人生的方向。在面临这一"人生愿望移

---

[1] Paglia, Camille: "'Stay, illusion': Ambiguity in *Hamlet*." *Shakespearean Criticism*. Ed. Michelle Lee, Vol. 111, Gale, 2008. Literature Resource Center. Accessed 14 July 2018. Originally published in *Ambiguity in the Western Mind*. Ed. Craig J. N. De Paulo, et al., Peter Lang, 2005, pp. 117 - 130. Gale Document Number: GALE | H1420081745.

[2] 黄汉平:《拉康与弗洛伊德主义》,《外国文学研究》2003 年第 1 期,第 19 页。

置"的时刻,哈姆雷特清楚地知道复仇意味着什么。他这么年轻,他还只是威登堡的学生。生命尚未在他面前铺展开壮丽的景色,他却要突然面临死亡。他曾多么热爱生命,认为它是"壮丽的锦帐",他曾多么倾心于智慧的生命,认为人是万物灵长!而他所有的生命愿望此刻都要收拾起来,对于集学者、战士、朝臣于一身的哈姆雷特来说,人生本是展示生命潜能的舞台,但他生命的权力却在突然间被悉数剥夺。

鬼魂象征强大的社会力量的压迫、压制,象征生命中的异己力量,象征自我遭遇的毁灭性打击。鬼魂造成哈姆雷特人生断层,让他的心碎裂。鬼魂的出现令他心痛,既为父亲受到的惨烈谋杀、可怖的炼狱折磨,也为自我生命愿望凋零。蚌病成珠,对人世的洞见需痛苦磨砺,如高加索山上"被缚的普罗米修斯"的肝脏被恶鹰一口口啄食。如切如磋,如琢如磨——本真生命受到的碾压与切割使他每一步思索都含着淋漓的鲜血。血泪之路,百转千回的思虑与深痛,成为"延宕"旅程。

对鬼魂的探究贯穿"延宕"过程始终。所谓的"延宕"其实是思索、确证鬼魂身份、确证谋杀存在的过程。一旦鬼魂身份确认,谋杀被证实,哈姆雷特就知道自己该何去何从。这个神秘的存在是哈姆雷特人生抉择的关键,也是他认识人生、认识人自身的历程。"鬼魂"的形象深刻、深沉、幽远,扣合人生内在的神秘。

抉择的痛,鲜明地体现在哈姆雷特身上。放弃人生所有美好,放弃繁华的青春生命——抉择何其艰难!剧中哈姆雷特独白"To be, or not to be"[1]是世界上被引用最多的一句话。奥菲利娅"不

---

[1] Evans, G. Blakemore: *The Riverside Shakespeare*. London: Houghton Mifflin Company, 1974, p.1710.

活"、不再"心痛(heart-ache)"。[1] 雷欧提斯选择"不延宕",拿起武器杀死敌人,为荣誉而战,结果被人当"枪手"利用,犯下致命错误,导致无辜的王后、王子以及自己的死亡。

哈姆雷特的选择还在于在父亲和母亲之间做出选择。遵从父亲的复仇指令就一定会伤害母亲的现世幸福;若不复仇,就违反了习俗规定的义务。无论怎样选择,结局都很惨烈。因此哈姆雷特不免投鼠忌器、踌躇良多。无论如何,他生命里所有的选择都指向同一个方向——悲剧,他为此悲伤、绝望。这是一种"俄瑞斯忒斯"式的选择,具有"第二十二条军规"("Catch-22")式的悖谬!——命运的陷阱,哈姆雷特注定无法逃脱。

二 "表演":掩不住悲怆

《哈姆雷特》一剧魅力始终不减,与这部戏剧的艺术特征紧密相连。"须知诸相皆非相,若住无余却有余。言下忘言一时了,梦中说梦两重虚。"[2] 剧中人物表现虚虚实实、虚实相生。

戏剧开场谋杀与终局的谋杀照应,开始时鬼魂昭示的罪恶与结局哈姆雷特发现的国王新的罪恶呼应。处在人生噩梦中的哈姆雷特在深夜见到父亲的鬼魂,鬼魂向他倾吐惨烈的遭遇。哈姆雷特的父亲老哈姆雷特在戏剧开启时身死,在第一幕第五场,鬼魂向哈姆雷特讲述了毒药被灌进他耳中的一幕。

> 当我按照每天午后的惯例,在花园里睡觉的时候,你的叔

---

[1] Evans, G. Blakemore: *The Riverside Shakespeare*. London: Houghton Mifflin Company, 1974, p.1716.
[2] [唐]白居易:《白氏长庆集·白氏文集·卷第六十五》,四部丛刊景日本翻宋大字本。

父乘我不备,悄悄溜了进来,拿着一个盛着毒草汁的小瓶,把一种使人麻痹的药水注入我的耳腔之内,那药性发作起来……一无准备地负着我的全部罪恶去对簿阴曹。[1]

引文中提到的毒草汁(hebenon)是天仙子(拉丁文学名 Hyoscyamus niger,英文名 henbane)汁,不过"hebenon"一词可能最初的拼写方式是"enoron",是人们称呼"Solanum maniacum"这种植物的名字,这种植物又名颠茄(拉丁文学名 Atropa belladonna,英文名 deadly nightshade,意思是"致命夜影"),比天仙子毒性更大。[2] 剧中反复出现"毒药"意象:

> 我愿意这样做;为了达到复仇的目的,我还要在我的剑上涂一些**毒药**。我已经从一个卖药人手里买到一种**致命**的药油,只要在剑头上沾了一滴,刺到人身上,它一碰到血,即使只是擦破了一些皮肤,也会**毒性**发作,无论什么灵丹仙草,都**不能挽救**他的性命。(我要让剑尖蘸上这种烈性**毒药**,只要轻轻划破一点皮,也会**送了他的命**。)[3]

毒药之毒,毒不过人心。当克劳狄斯贪图王位杀死亲兄弟后,还有心腹之患——哈姆雷特未除掉,这就成了他的心病。他招数频出,想借刀杀人,借英王之手除掉哈姆雷特,却没成功。一计不

---

[1] [英]莎士比亚:《莎士比亚全集5》,朱生豪等译,新世纪出版社1997年版,第249页。
[2] [英]西德尼·比斯利:《莎士比亚的花园》,张娟译,莫海波、北塔审校,商务印书馆2017年版,第5页。
[3] [英]莎士比亚:《莎士比亚全集5》,朱生豪等译,新世纪出版社1997年版,第263页。

成再生一计,借着雷欧提斯与哈姆雷特比剑的机会,克劳狄斯与雷欧提斯设计毒药一节,在酒中下毒,在剑锋涂毒……

"使用毒药治疗疾病是冒险行为。戏中戏里过去的意象是毒药。它的作用引起了进一步的毒害。"[1]

哈姆雷特终于在临死前报了父仇。如此惨烈的结局,让他忠心的朋友霍拉旭也几乎想随他而去——倾尽毒药之杯,"毒药"再次出现:

> 哈姆雷特　　愿上天赦免你的错误!我也跟着你来了。我死了:霍拉旭。不幸的王后,别了!你们这些看见这一幕意外的惨变而战栗失色的无言的观众,倘不是因为**死神**的拘捕不给人片刻的停留,啊!我可以告诉你们——可是随它去吧。霍拉旭,我**死了**,你还活在世上;请你把我的行事的始末根由昭告世人,解除他们的疑惑。
>
> 霍拉旭　　不,我虽然是个丹麦人,可是在精神上我却更是个古代的罗马人;这儿还留剩着一些**毒药**。
>
> 哈姆雷特　　你是个汉子,把那**杯子**给我;放手;凭着上天起誓,你必须把它给我。啊,上帝!霍拉旭,我一死之后,要是世人不明白这一切事情的真相,我的名誉将要永远蒙着怎样的损伤!你倘然爱我,请你暂时牺牲一下天堂上的幸福,留在这一个冷酷的人间,替我传述我的故事吧。[2]

---

[1] Alexander, Nigel:"Poison, Play, and Duel." *Shakespearean Criticism*. Ed. Michelle Lee, Vol. 92, Gale, 2005. Literature Resource Center. Accessed 14 July 2018. Originally published in *Poison, Play, and Duel: A Study in Hamlet*, University of Nebraska Press, 1971, pp.1–29.

[2] [英]莎士比亚:《莎士比亚全集9》,朱生豪译,人民文学出版社1978年版,第142—143页。

临死前,哈姆雷特依旧牵挂着荣誉、声名——"名誉的损伤"比死亡更重。他倾尽生命之杯就是为还一个真相,维护荣誉。倘若忠义的霍拉旭死去了,谁来昭告世人这所有的阴谋、陷阱与哈姆雷特的牺牲?

倾尽年轻的生命,"倘不是因为死神的拘捕不给人片刻的停留……"[1]他带着无尽的遗憾走了。在这冷酷的世间,他短短的生命备受折磨与煎熬!

像是潘多拉的盒子散布的瘟疫,贪心成为剧毒的瘟疫,流布大地,带给哈姆雷特深重的忧郁,荼毒了他的人生,断送了一个才华横溢的王子的前程与生命。戏剧终了,舞台上尸体枕藉。"这儿还留剩着一些毒药"——毒药之毒,就是贪心之毒。毒药害死了哈姆雷特父子,也害死了雷欧提斯、王后,但是施毒者亦毙命。毒药不仅害死了无辜的人,还给生者带来巨大的、无尽的悲哀。

评说哈姆雷特时经常被提及的,可能最著名的要数卡洛琳·斯珀津(Caroline Spurgeon)的话:"在哈姆雷特那里全剧中有许多词语或词语组成的疾病概念图画,尤其是影响、戕害健康机体的处于隐蔽状态的腐败。"[2]黑暗的腐败毒害了许多无辜的生命。这种腐败使世界变成"很大的牢狱",而丹麦是其中"最坏的一间"。这种腐败使丹麦的花园里"长满恶毒的莠草"。这种黑暗,不仅有克劳狄斯出于个人野心的隐秘的罪恶,也有在光天化日之下彰显的"合法"罪恶。

在克劳狄斯那里,虽然他看上去还遵从道德规范,但实际上他

---

[1] [英]莎士比亚:《莎士比亚全集9》,朱生豪译,人民文学出版社1978年版,第142页。
[2] Spurgeon, Caroline: *Shakespeare's Imagery and What it Tells Us*. London: Cambridge University Press, 1935, p.213.

的行为已经造成"道德之死"。他内在的真实是实,他在世人面前的表现是虚。虚伪刻意掩盖了真实。真实被虚假小心翼翼地遮蔽。微笑暗藏杀机,诚挚的外表掩盖着他的狡诈贪婪。

在莎士比亚时代,伦敦商品经济兴起,市场发达、贸易发展,伦敦成为国际大都市。物质繁荣也唤起了人们心底的贪婪与欲望。虽然文艺复兴时代打破了束缚人们的精神枷锁,人们开始争取幸福与自由,但是随之也唤醒了人们隐藏的欲望与贪婪。克劳狄斯贪恋江山美人,明知不义,却依旧冒天下之大不韪,铤而走险。之后虽想忏悔,却舍不得既得利益。虽然内心承受道义谴责,但是权力诱惑如此之大,他没法真正去忏悔。

戏剧开场,老哈姆雷特死于毒药;戏剧结束,哈姆雷特也死于毒药,在戏剧情节上形成对称与照应;伶人演出的"戏中戏"《贡扎古之死》与之前的谋杀对应,而谋杀又与末尾比剑情节中的下毒相照应,虚实相应,形成多重"镜像"。比剑只是做戏,谋杀是真,含藏可怕的仇恨。戏剧中的毒药情节层层展开,似若一体,又有所推进,既繁复又浑然一体,犹如一个主干上延伸出的多个分支,同根多蒂,开端与终局都是毒药导致的死亡。

生与死的聚会成为人与命运、后代与先人、现实与命运的多重对话,包含了哈姆雷特"丰富的痛楚",形成诗意盎然的审美张力,奠定了沉重的悲剧基调。

情节幻影重重、扑朔迷离,令人眩惑。人世的"实"与彼岸的"虚"形成光与影,现实的毒药与内心的毒辣也是彼此映射的光影。虚实相生,预叙的虚幻藏"深玄之理"。迷离恍然的鬼魂意象预设了哈姆雷特的人生道路。超现实的格局充满对人生的透视感与预言感。无从参悟的人生终局由此生发,渗透到行文脉络,成为影影绰绰的叙事密码,使深沉的穿透力贯通戏剧始终。

《哈姆雷特》是一部引人不安的剧作,因为它是关于一个人下决心的故事。这部戏中决定的本质令人震惊,后果同样可怖……[1]

战争意象与战争的流言不断在剧中出现。正如毒药意象与疾病意象一样,战争意象具有结构作用与装饰功能。一次哈姆雷特将自己与叔父之间的战斗说成是"强大对手"之间的一场决斗。整个戏剧就是哈姆雷特与克劳狄斯的一场较量。军事意象的存在,正如凯尼斯·缪尔所说的:"强调了克劳狄斯和哈姆雷特正在进行一场殊死决斗,一场最终夺去了两个人生命的决斗。"[2]

战争意象、疾病意象、毒药意象将故事笼罩在惊险的背景中。两个智力超群的人斗智斗勇,"戏剧行动可视作长期的智慧较量,最后演变为使用武器的决斗(The action of the play can be seen in terms of a long duel of wits which eventually becomes a physical duel with weapons)"[3]。

剧中只有哈姆雷特与克劳狄斯知悉彼此隐秘,除霍拉旭外,其

---

[1] Alexander, Nigel: "Poison, Play, and Duel." *Shakespearean Criticism*. Ed. Michelle Lee, Vol. 92, Gale, 2005. Literature Resource Center. Accessed 14 July 2018. Originally published in *Poison, Play, and Duel: A Study in Hamlet*, University of Nebraska Press, 1971, pp.1 - 29.

[2] Muir, Kenneth: "Imagery and Symbolism in Hamlet." *Études Anglaises*, xvii (1964), pp.352 - 363. R. B. Heilman: "To Know Himself: An Aspect of Tragic Structure", *Review of English Literature*, v (1964), pp.36 - 57.

[3] Alexander, Nigel: "Poison, Play, and Duel." *Shakespearean Criticism*. Ed. Michelle Lee, Vol. 92, Gale, 2005. Literature Resource Center. Accessed 14 July 2018. Originally published in *Poison, Play, and Duel: A Study in Hamlet*, University of Nebraska Press, 1971, pp.1 - 29.

他人都蒙在鼓里。他们清醒、审慎地表演,其他人却浑然不觉。罗森格兰兹和吉尔登斯吞怀疑哈姆雷特的动机,以为他觊觎王位,却完全没意识到他们只是国王克劳狄斯的"工具",不知道自己的身份是"间谍",不知道克劳狄斯派他们带去英国的国书里藏着杀死哈姆雷特的阴谋,更不知自己成了国王谋杀的帮凶。他们在落魄的王子面前言语放肆,却丝毫不懂得哈姆雷特即使落魄依然可以决定他们的生死。他们"见风使舵、落井下石",其狂妄与势利体现了十足的无知、品性的恶劣。他们愚昧透顶,却自以为聪明,无怪乎哈姆雷特讽刺他们:"你自以为摸得到我的心窍……这支小小的乐器之内,藏着绝妙的音乐,你却不会使它发出声音来。哼,你以为玩弄我比玩弄一支笛子容易吗?无论你把我叫作什么乐器,你也只能撩拨我,不能玩弄我。"[1]

对于刺探他的两个间谍,哈姆雷特洞若观火。哈姆雷特的智识远远超乎他们之上,他们却以为自己有道德评判的权利和优势,完全不知自己已跌落深渊!认知与处境的巨大差异造成显赫的断裂,形成"人生悬崖",而他们却在悬崖边上洋洋自得!

即使单纯如一张白纸的奥菲利娅也无法逃脱罪恶的戕害。哈姆雷特佯作癫狂,单纯的奥菲利娅信以为真。虚虚实实的玄机她无法勘破,只能无限伤怀:"啊,一颗多么高贵的心就这样殒落了!……我曾经从他音乐一般的盟誓中吮吸芬芳的甘蜜……无比的青春美貌,在疯狂中凋谢!啊!我好苦,谁料过去的繁华,变作今朝的泥土!"[2]

---

[1] [英]莎士比亚:《莎士比亚全集5》,朱生豪等译,新世纪出版社1997年版,第290页。
[2] [英]莎士比亚:《莎士比亚全集5》,朱生豪等译,新世纪出版社1997年版,第278—279页。

事实上，像哈姆雷特和奥菲利娅之间这种深刻的爱情都包含一部分超越的爱，当一方怀有巨大的痛苦，尤其是当这种痛苦折磨着他的心灵但又不能向人倾吐之时，这苦痛的一方有权放纵自己来使用——即便是对自己最心爱的人——一种起暂时疏远作用的语言来表达自己的痛苦。但这并非真正的疏远，仅仅是一种烦乱，而且总是使对方感觉到确是如此；这也不是忿怒，而是隐藏在忿怒表面下的哀伤，爱笨拙地假扮成恨……[1]

恨的不是懵懂的恋人，恨的是残酷的命运。不得不唱的"戏"是内心不能畅然倾吐的块垒。哈姆雷特的名字被打上屈辱的印章，他被强行拉进罪恶的染缸。

奥菲利娅在恋人误杀父亲后疯狂，失足落水而死。她美丽的青春凋零了！剧本以轻灵的笔触述说她的故事。她的思想那么纯净，没有受到任何周遭污秽的浸染。她如此纯真，完全不知阴谋的存在。她的癫狂是哈姆雷特"癫狂"的映像。她似是理想世界的美丽，映衬现实的污浊。但这理想如此脆弱，她过早地离去了——她象征着哈姆雷特纯真年代与理想世界的消逝。

"春天的草木往往还没有吐放它们的蓓蕾，就被蛀虫蠹蚀；朝露一样晶莹的青春，常常会受到罡风的吹打。"[2]奥菲利娅是那样温柔，似五月娇柔的蓓蕾，她是珍藏在哈姆雷特心中的一抹深情、一抹柔情、一片美丽。

---

[1]［英］查尔斯·兰姆：《论莎士比亚的悲剧是否适宜于舞台演出》(1811)，杨周翰译，收录于杨周翰编《莎士比亚评论汇编（上）》，中国社会科学出版社1979年版，第168页。
[2]［英］莎士比亚：《莎士比亚全集5》，朱生豪等译，新世纪出版社1997年版，第242页。

图1 奥菲利娅吟,J. 吉尔伯特画
(引自《莎士比亚的少女和妇人》,第120页)

奥菲利娅去了，她是哈姆雷特深埋心底、却不得不戕害的爱情！她淹没在尘世汹涌的浊流，戏剧色调由此变得沉黯——这一刻是哈姆雷特悲愤欲绝、决心奋起的时刻。惨痛的代价让他的复仇变得凌厉！

他埋葬了奥菲利娅、埋葬了心底的柔情。

"戏中戏"散布戏剧中间，连人物自身也存在表演：哈姆雷特为保护自己、调查真相，"佯作疯狂"，借此试探国王克劳狄斯，因此他在奥菲利娅面前表演，在众人面前表演"疯癫"；克劳狄斯暗地里杀死老王，却把自己伪装成正人君子，用虚伪的言辞掩盖罪恶，他利用奥菲利娅、罗森克兰兹和吉尔登斯吞、王后等人做间谍刺探哈姆雷特的情报，图谋害死哈姆雷特，直到"比剑"一场被雷欧提斯揭发才真相大白。两大对立阵营的双方都在进行"表演"。

"比剑"一场名为比剑，实藏杀机——这也是一场"戏中戏"，克劳狄斯和雷欧提斯意在假戏真做，借机杀人。克劳狄斯清楚地知道，哈姆雷特心地淳厚，不会想到他们会在这里设阴谋，他对雷欧提斯说："他（哈姆雷特）是个粗心的人，一点想不到人家在算计他，一定不会仔细检视比赛用的刀剑的利钝；你只要预先把一柄利剑混杂在里面，趁他没有注意的时候不动声色地自己拿了，在比赛之际，看准他的要害刺了过去，就可以替你的父亲报仇了。"[1]

这一细节可谓"可怖"，克劳狄斯如此"知人"，老谋深算——他笃定哈姆雷特不会检查武器。于是，他们在原本的友谊赛中更换武器。比剑本是用钝剑切磋武艺，这里却被偷梁换柱，换成杀人的利剑，还在剑锋涂抹毒药，另备毒酒一杯，于是比剑成为一次暗藏三重谋杀的"表演"。比剑是假，谋杀是真。这一"致命表演"将

---

[1]［英］莎士比亚：《莎士比亚全集5》，朱生豪等译，新世纪出版社1997年版，第318页。

"谋杀"表演成"友谊"。

戏剧中鬼魂出现后,观众从霍拉旭那里得到的第一个信息是老哈姆雷特与挪威国王福丁布拉斯之间的决斗,这是法律允准的争夺冠军的比赛,其结果将对两个国家产生法律效力。显然,这个决斗也与戏剧结局的决斗相对照。开场交代的决斗光明正大,终局的决斗却深藏罪恶。荣誉与阴险对比,彼此呼应、相互诠释。

戏中戏是剧作的镜像,雷欧提斯是哈姆雷特的影身——一个思想、行为与哈姆雷特背道而驰的陪衬人物。"事实证明,他(指哈姆雷特)是一个比克劳狄斯想象的更为出色的演员、更危险的对手。哈姆雷特出人意料的表演虽然无法挽救自己于死亡,但是他却的确暴露了他的对手的'邪恶勾当'。"[1]

重重表演使戏剧犹如繁复的迷宫、雾霭重重。峰回路转之间精彩纷呈、引人入胜。"疯癫"与深刻的了然、深沉的思虑、罕见的才智并置、映照,使这部戏充满变化和玄机。剧中飘荡的幽魂贯穿始末,为戏剧涂上浓重的神秘色调。克劳狄斯在谋杀老王之后策划另一谋杀。其间的"间谍战"如此出人意表。在生命面临深重危机的时刻,在生死之间哈姆雷特无数次逡巡:"莎士比亚的作品没有哪部著作比这一部更多涉及意图、动机和行动;更多涉及角色扮演心理、表演心理及个体生命心理之间的关联。"[2]

哈姆雷特面对不幸命运及其引发的一系列众叛亲离的思索包

---

[1] Alexander, Nigel: "Poison, Play, and Duel." *Shakespearean Criticism*. Ed. Michelle Lee, Vol. 92, 2005. Literature Resource Center. Accessed 14 July 2018. Originally published in *Poison, Play, and Duel: A Study in Hamlet*, University of Nebraska Press, 1971, pp.1 - 29.

[2] Barnes, Dana Ramel, ed.: "Review of *Hamlet* in *Shakespeare's Imagined Persons: The Psychology of Role-Playing and Acting*." In *Shakespearean Criticism*. Vol. 37. Detroit: Gale, 1998. Literature Resource Center. Accessed 5 July 2018. Originally published in *Barnes & Noble Books*, 1996, pp.57 - 102.

含了深广的思想,人情冷暖、世态炎凉之间含蕴无限苍凉与悲欢。哈姆雷特处在人生骤变的旋涡,激流汹涌、置身无地,他要遭受惨苦现实的凄风苦雨,让癫狂宣泄无以承托的苦痛——天大的秘密只能像一颗灼热的火炭在胸中燃烧,汇聚巨大的能量。灾难注入超常能量,他无以消解,只能借癫狂状态以曲折的方式宣泄苦痛,减轻内心淤积的压力,使其不至于造成巨大破坏。

"人生寄一世,奄忽若飙尘。"[1]轻若无影的尘埃,在人世里随风漂泊。生命的影子如此缥缈!"浩浩阴阳移,年命如朝露。人生忽如寄……"[2]寄此身于红尘,充满无常!悲剧的苍凉感弥漫整个剧情,似从千古透出,氤氲了整个戏剧与人生。

我们似乎熟悉的一切其实是陌生的,正如我们不了解自身机体神秘的运行。哈姆雷特将我们带入这样一个熟悉的领域——生存与死亡,但这一切却充满陌生的况味。

> 甲胄、死一样的寂静、最初打破这沉寂的警惕性的问话、守望者所欢迎的换班、寒冷的天气和断断续续的不得不对肉体尚能控制的感觉表示注意的话——这一切都出色地符合于其后逐渐上升为悲剧的趋势,也为这悲剧的高潮作好了准备……这个悲剧的兴趣是突出的 ad et apud intra[3]……它那在普遍会话中的平凡性有助于产生真实感,并且立刻将诗人隐遁起来,使读者或观众迫近最高的诗篇将要出现的境地……

第四场一开始时的一段无关紧要的会话,是莎士比亚对

---

[1] [宋] 吕祖谦:《观澜集注·甲集卷五诗》,清嘉庆宛委别藏本。
[2] [宋] 郭茂倩:《乐府诗集·卷第六十一》,四部丛刊景汲古阁本。
[3] 拉丁文,意为内向的和在内部的。

人性的精细的学问的证明。这是一件众所周知的事实：每当面临任何严肃的企图，或将临的大事时，人们常常把注意力转向无关紧要的琐事或熟悉的环境，借以岔开他们自己思想的压力：就像这样，在平台上的这一段对话先从天气的寒冷说起，提出的问题间接地都与所期待的鬼魂来临的时刻有联系，表面上仿佛无话可谈，像谈到钟打了几下的话等。在哈姆雷特关于丹麦酗酒取乐的风俗的说明与评论也表现了同样的企图，想逃避那逼在眼前的思想……遮掩当时的不耐烦和不安的感觉……使观众的注意力为哈姆雷特这段讲话的微小的区别和插入的句子所缠住，莎士比亚使观众在鬼魂作为幻影的人物而出现时完全感到突然。

……在他的心理活动中有运动量，思想和语言的全部潮流都放在其中，而在他雄辩的热情中，他忘却了来这里的目的，这种忘却本身也有助于使鬼魂的出现不至于令人头脑呆迟。最后，这运动量像一种新的冲动似的起着作用，——猛然一击，增加了已在行动中的身体速度，同时使它转变了方向。……而在讲话者的思想的前面，他全部的意识都被鬼魂所充满、所吸引。[1]

悲剧深切的真实感烙印在人们心上，似乎直接触摸到了鬼魂到来时的惊悚、恐怖、悬疑！

三 生命的光与影

万千思想，凝成哈姆雷特的形象。与之遭遇的鬼魂，正是哈姆

---

[1] [英]柯勒律治：《关于莎士比亚的演讲(1818)(选)·〈哈姆莱特〉》，刘若端译，收录于杨周翰编《莎士比亚评论汇编(上)》，中国社会科学出版社1979年版，第148—149、153—154页。

雷特内在神秘的折光——在那寒夜蹑足深宵的精灵,正如一个人反躬自省、面对世界与自己的形象。它如此深不可测,联结生命过往。这个陌生化的精灵是哈姆雷特的变体,这个遭受人世苦难的幽魂是艺术思维的结晶。

鬼魂是哈姆雷特内在痛楚的映像,是哈姆雷特面对极端复杂难题的象征!它是这样一个陌生化的意象,人们凝视着它感到震惊、惊骇,不知它是怎样的存在——尽管听到过许多传说,但所有的传说都无法与它真实的况味匹敌。穿越生命极致的苦痛悲喜,个体生命突然丧失所依,整体生命瞬间坍塌,过往世界被摧毁,自我被撕裂,却正在这断裂的缝隙显出人生本质、人世的无常与短暂。这痛楚的断裂令哈姆雷特的思索超越了个体意义的悲欢,上升到人类生存状况的整体高度。人生难以描摹的痛楚时刻被贴上"延宕"标签,非为延宕,却正是在人世突现的深渊探寻人生真义时的逡巡与思索。

哈姆雷特的神秘色彩与剧中特殊角色——他父亲的亡魂密切相关。那个在深夜行走在大地上无法安顿的、鸣冤的灵魂植根于哈姆雷特的内心,使他的生命无法平静。这个灵魂是他生命的来处,驻在他生命深处,标识着他年轻生命的未来走向,并在他繁华的盛年降下无情的冰霜,使他命运"突转"。一叶生命小舟,挣扎在命运掀起的滔天巨澜之间!生与死犹如光与影,成为相互映衬的形象。

在《哈姆雷特》中,有这样一个"中心","延宕"形成的剧作核心、中心,所有事件的缘起,所有矛盾的核心,规定矛盾发展的走向甚至终局,它是整个事件的核心,同时却游离于事件之外。这个"蛛网之心"就是鬼魂。

在寂静的北欧寒冷刺骨的时刻,"它"在守夜的士兵面前出现,吓得他们魂飞魄散。"它"超出人们的认知范畴,没有谁能解释这个超自然的存在——"它"是常识无法描摹,却又毫无疑义的存在。

"鬼魂"作为生命精魂的载体,"它"是整个戏剧的谜面。幽魂是所有事件的起因、所有人物关系的结点,是哈姆雷特命运的关键与枢纽,也是整个戏剧的中心。

在"它"刚刚出现的那一刻,"它"的身份是未知的,从哈姆雷特的怀疑可知,它的身份究竟是魔鬼还是真的哈姆雷特亡父的鬼魂,这一点无法断定。幽灵身份直指谋杀案谜团。作为超自然的存在,人们无法知道它所属世界的情形;它昭示着人们心底深处信仰的传统;鬼魂代表着真实、真相,或者说真理性的存在;因为最终戏剧证实了鬼魂所述属实,而且"它"的存在规定了哈姆雷特的人生道路,它实际上是"异己"力量,将哈姆雷特的人生置于死亡的危险,最终使风华正茂的王子殒命。

这一团神秘驻扎在哈姆雷特心中,使哈姆雷特从此走上探索之路。

> 当霍拉旭向走向碉堡上城垛的鬼魂呼喊"停下,幻象"的时候,那就是,"停下"——他也在总结西方哲学的一个重要论题。真实只不过是飘摇的幻景吗——那个投射在柏拉图囚徒的洞穴中墙壁上的影子?或者存在某种稳定的隐性特质,可是,它会随时光流逝而变化形貌吗?哈姆雷特频繁地使用"梦"或"影子"的隐喻来描述生命(II.ii.260-69)。尽管超自然之物来访,鬼魂或"幽灵"代表了尘世表象的妄念。"停下,幻象"也表达了富有创造力的艺术家的渴念——莎士比亚与导演哈姆雷特合创自省式"戏中戏"——在想象境界中延宕,哈姆雷特称之为"虚构"和"激情之梦"(II.ii.562)。不是通过科学或

哲学的通透,而是通过艺术、通过更深刻的真实演绎生命。[1]

鬼魂是一个缥缈的存在,随时可以消逝,亦无从知悉其来处与归处。而文本中反复出现的"梦"或"影子"正加强了这种神秘与缥缈。

哈姆雷特　　上帝啊!倘不是因为我总作恶梦,那么即使把我关在一个果壳里,我也会把自己当作一个拥有着无限空间的君王的。

吉尔登斯吞　　那种恶梦便是您的野心;因为野心家本身的存在,也不过是一个**梦的影子**。

哈姆雷特　　一个梦的本身便是一个**影子**。

罗森克兰滋　　不错,因为野心是那么空虚轻浮的东西,所以我认为它不过是影子的影子。

哈姆雷特　　那么我们的乞丐是实体,我们的帝王和大言不惭的英雄,却是**乞丐的影子**了。我们进宫去好不好?因为我实在不能陪着你们谈玄说理。[2]

这个缥缈的存在是艺术的邈远,是人生深不可测的神秘。

女性巧妙的化妆属于戏剧中"物质与影子"经常对照的主题之一——女性在幻觉中穿行,她所提供的是谎言(The theme of women's crafty self-beautification belongs to the play's constant contrast

---

[1] Paglia, Camille: "'Stay, Illusion': Ambiguity in *Hamlet*." *Shakespearean Criticism*. Ed. Michelle Lee, Vol. 111, Gale, 2008. Literature Resource Center. Accessed 14 July 2018. Originally published in *Ambiguity in the Western Mind*. Ed. Craig J. N. De Paulo, et al., Peter Lang, 2005, pp. 117 – 130. Gale Document Number: GALE∣H1420081745.

[2] [英]莎士比亚:《莎士比亚全集5》,朱生豪等译,新世纪出版社1997年版,第263页。

between shadow and substance: woman traffics in illusion, and what she offers is a lie)。[1]

鬼魂是人的影子,妆容是真实的影子,炼狱是尘世创伤的影子,陪衬人物雷欧提斯和小福丁布拉斯是哈姆雷特的影子,戏中戏是谋杀的影子,比剑是谋杀的另一重影子……戏剧是真实的影子、是人生的影子……

戏剧中光影的"虚笔"如水晕墨染,虽似淡然,却空灵有致。两个世界的交接似乎那么缥缈,却又那么真切。

哈姆雷特看到了自己敬爱的父亲的幽魂——却深深明白他并不属于这个世界。爱恨情仇一时盈满心怀,狂烈的情感使他"佯作癫狂"的想法油然而生——这是哈姆雷特的噩梦!

萦怀的是虚幻,却也是真实;是生命的悲情、苍凉的际遇!无法拥抱的亲情,隔着生死、隔着阴差阳错的命运银河,虚幻的人生形影竟是那样切近的真实!

德国哲学家斯宾格日勒认为,人类的整个世界观发源于对死亡的认知,唯有人能意识到死,死亡意识推进自我意识觉醒。正因为意识到自我存在的限度,才能思考这个限度中的自由问题。即,人知其死,方知生,因而"对死的关注可视为人生哲学的发端"[2]。站在生与死的边界,哈姆雷特处于人生哲学的源头,他的形象笼罩了死亡的神秘与生存的迅忽。

死亡的阴影震撼着哈姆雷特,当他的命运也来到生存和死亡

---

[1] Paglia, Camille: "'Stay, Illusion': Ambiguity in *Hamlet*." *Shakespearean Criticism*. Ed. Michelle Lee, Vol. 111, Gale, 2008. Literature Resource Center. Accessed 14 July 2018. Originally published in *Ambiguity in the Western Mind*. Ed. Craig J. N. De Paulo, et al., Peter Lang, 2005, pp. 117 – 130. Gale Document Number: GALE | H1420081745.
[2] 方汉文主编:《东西方比较文学史(上)》,北京大学出版社2005年版,第25页。

的临界点时,他内心无法排解的悬疑迸发了出来。哈姆雷特笼罩在神秘色调里,他有着无法表现的内在("that within which passes show")。[1] 这种复杂的内在是因他要面对死亡,向死而生。

无法安顿的灵魂昭示无底的神秘,代表不为人所知的秘密。它承受着无以承托的生命中鲜血淋漓的罪恶,代表命运的不可预测。一个天神般的先王骤然间倒在亲人毒手之下,在他午睡——最没有防备的时候遭遇死亡,被剥夺了王位、生命。所有富贵繁华都无法抵挡这瞬间罪恶的毒药,这是丹麦最深的秘密,除当事人之外,其他人对此难以窥知。这个"秘密"吞噬了先王的生命,不仅折磨着老哈姆雷特的亡魂,也悄悄地折磨着年轻的哈姆雷特,折磨着罪恶深重的新王克劳狄斯。

新王克劳狄斯掌握着国家的最高权力,很显然,他是一个可怕的、有力的对手。年轻的哈姆雷特处于力量对比的弱势。除了他们两人,再没有谁知道这个天大的秘密。这个秘密成为哈姆雷特生命的刀锋——他从此踩在刀锋上舞蹈。

"当一个人被迫放弃自身的独立、真实的愿望、兴趣及意志,去接受并非来自他们自身,而是由社会的思想和情感模式强加于他们的意志、愿望,他的本性就受到压抑。"[2] 哈姆雷特处于压抑状态。那隐在的烈火、远在炼狱深处的火焰,烧灼着他的心灵。那影子般的形象——他父亲"炼狱幽魂"烧起的烈火灼痛了他的生命!那在炼狱里经受烧灼之苦的生命,亦是他心头惨痛。他的秘密是无法昭示阳光下的存在,是躲在阴影里的隐秘。秘密成为束缚他

---

[1] Evans, G. Blakemore: *The Riverside Shakespeare*. London: Houghton Mifflin Company, 1974, p.1144.
[2] 方幸福:《幻想彼岸的救赎:弗洛姆人学思想与文学》(*Salvation Illusion Byond Illuion: on the Hominoogy of Erich Fromm and Literature*),中央编译出版社 2014 年版,第 98 页。

的罗网,是他痛苦的根源。

哈姆雷特的行为正是为了掩饰若火山喷发般汹涌澎湃的真实情感。因此,他的言行表现是"表演",这是整部作品中戏份最长的"戏中戏"。哈姆雷特不断地"表演"导致无数误读,许多人根据哈姆雷特佯装的言行寻求自己论点的依据,驰行愈深,偏离愈甚,从而这个"佯作癫狂"的动作有了多种解读。

四 附丽在痛苦上的思量

哈罗德·布鲁姆说:"哈姆雷特现象——没有戏剧的王子,在西方富有创意的想象文学中无可超越(The phenomenon of Hamlet, the prince without the play, is unsurpassed in the West's imaginative literature)。"[1] 这个形象的诞生具有重大意义,这部剧作的内涵意味深长。

> 某个颇有影响的后结构主义对莎士比亚代表作人物的评论认为,人文主义者在哈姆雷特身上投射了内在与自我本质的概念——在这部剧作创作完成之后的一个世纪,这两个概念才得以充分展开。

In some influential post-structuralist commentary on Shakespeare's representation of character, Hamlet is regarded as ... humanist critics are said to project onto the inscription of this character the notions of inwardness and an essential self which were fully developed only in the century following the

---

[1] Bloom, Harold: *Shakespeare: The Invention of the Human*. New York: Riverhead Books, 1998, p.384.

composition of the play.[1]

究竟是什么使哈姆雷特成为文学史上璀璨夺目的明星？他身上究竟蕴含着怎样不同凡响的特质？作为命运罗网中的陷溺者，他的悲剧含存怎样深刻的意味？

鬼魂所暗示的"硫黄的烈火的折磨(sulph'rous and tormenting flames)"[2]描述了它令人战栗的恐怖处境，即使最轻微的几句话都会让哈姆雷特魂飞魄散、凝血成冰……

哈姆雷特遭遇世间非常事件。他的王子身份被消解，父王死亡也令他猝不及防，又无端地冒出个新王——这一切不能不令他疑虑重重。父亲亡魂的出现正呼应了他内心的怀疑，使事情突然之间变得扑朔迷离。

命运的落差形成强大的心理势能，这一能量如同一个飓风的涡旋，在瞬间对哈姆雷特施加强力，使他置身于类似龙卷风的环境中。

强大外力下，哈姆雷特思想失去了平衡。他在荆棘丛生的路上苦苦挣扎，失去了正常生活，他必须隐忍，"啊，呸！忍着吧，忍着吧，我的心！我的全身的筋骨，不要一下子就变成衰老，支持着我的身体呀！"[3]在人世浮沉中，他忽然成了狂风中漂浮的小舟，随时都可能在惊涛骇浪中覆没。

---

[1] Barnes, Dana Ramel, ed.: "Review of *Hamlet* in *Shakespeare's Imagined Persons: The Psychology of Role-Playing and Acting*." In. Vol.37. Detroit: Gale, 1998. Literature Resource Center. Accessed 5 July 2018. Originally published in *Barnes & Noble Books*, 1996, pp.57-102.

[2] Evans, G. Blakemore: *The Riverside Shakespeare*. London: Houghton Mifflin Company, 1974, p.1149.

[3] [英]莎士比亚：《莎士比亚全集9》，朱生豪译，人民文学出版社1978年版，第29页。

第一章　论《哈姆雷特》

鬼魂的出现、母亲的匆促再嫁与乱伦颠覆了哈姆雷特的观念。他称母亲的再嫁为"啊,罪恶的匆促,这样迫不及待地钻进了乱伦的衾被!"[1]

"啊,但愿这一个太坚实的肉体会融解、消散,化成一堆露水!……可是碎了吧,我的心,因为我必须噤住我的嘴!"[2]苦痛使他痛不欲生,"但愿我也能够向我的生命告别……"[3],受到生活灾难迫压时,其逃避的愿望油然而生。

哈姆雷特将生存、死亡逐个考察,探索人世苦难不能让人奔向死亡的缘由。未知世界因属神秘不可知的领域,所以人们不敢前去,宁愿忍受生存的万般艰辛,"向生而避死"。世界的丑陋突然在面前狰狞骇人,哈姆雷特本能地想逃避丑恶,寻找更美好的世界,于是他走到人生边上,遥望死亡。死亡与睡着类似,似可忘却与摆脱一切纷繁的不幸与苦痛,但那深不可测的未知还是使他却步,生命的"战栗"让他不知所措。

检视生死,他开始了深刻的思想之旅。对不可知的世界的瞻望源于对无限永恒的渴念——"渴望着目前不存在的东西——这种渴望最容易困扰有天才的人"[4]。他更在意历史时空的延续,更关注阔大浩渺的历史场。

受到命运骤然打击的哈姆雷特从外界获得惊人的心理能量,他佯装癫狂,口出不逊,实际上是一种内在淤积的释放。他

---

[1] [英]莎士比亚:《莎士比亚全集9》,朱生豪译,人民文学出版社1978年版,第15页。
[2] [英]莎士比亚:《莎士比亚全集9》,朱生豪译,人民文学出版社1978年版,第14—15页。
[3] [英]莎士比亚:《莎士比亚全集9》,朱生豪译,人民文学出版社1978年版,第45页。
[4] [英]柯勒律治:《关于莎士比亚的演讲(1818)(选)·〈哈姆莱特〉》,刘若端译,收录于杨周翰编《莎士比亚评论汇编(上)》,中国社会科学出版社1979年版,第147页。

对恋人说了许多恶毒的话:"我也知道你们会怎样涂脂抹粉;上帝给了你们一张脸,你们又替自己另外造了一张。你们烟行媚视,淫声浪气……卖弄你们不懂事的风骚。"[1]实际上,这是在宣泄他对母亲乱伦的愤慨,是指桑骂槐。他保持对母亲的礼貌,但他情绪激动,使母亲误以为他要杀了自己,导致在帷幕后偷听的波洛涅斯喊叫,被哈姆雷特误以为是国王而将他刺死。

> 按照人类心灵的法则,可怕的事总是接近可笑的事的边缘。……笑是快乐的表现,同时也是极端痛苦和恐怖的表现;既有悲伤的泪和喜悦的泪,也有恐怖的笑和愉快的笑。这种复杂的原因自然而然地在哈姆雷特身上产生了一种倾向……哈姆雷特的疯狂只有一半是假的;他耍巧妙的骗术来装疯,只有在他真正接近于疯狂的状态时才能装得出。[2]

在外界强力的冲击下,哈姆雷特心中失去平衡,言语"癫狂",借此宣泄不平与愤懑。

能量有从密度高的地方向密度低之处自然流动的倾向。哈姆雷特在外界强力作用下获得了过剩的高能量,"癫狂"将过剩能量转移,这既是高能量不稳定性的表征,也是力图维持心理平衡状态的自我保护。

鬼魂呼唤年轻的哈姆雷特复仇,这个未经世事历练的王子佯装癫狂,开始了谋杀案的调查取证过程。

心理能量在外界恐怖力量的激发下跃迁,形成他标志性的行

---

[1] [英]莎士比亚:《莎士比亚全集9》,朱生豪译,人民文学出版社1978年版,第66页。
[2] [英]柯勒律治:《关于莎士比亚的演讲(1818)(选)·〈哈姆莱特〉》,刘若端译,收录于杨周翰编《莎士比亚评论汇编(上)》,中国社会科学出版社1979年版,第155—156页。

动——"装疯"。那引人疯癫的情境逼着他走向绝少人穿越的绝境。过剩的心理能量在他心中奔涌,形成他半真半假的"疯狂",既有冲动的激发,也有适度羁绊,没有完全脱离理智。

通过"戏中戏"检验证实国王的罪恶之后,哈姆雷特确证了鬼魂所述罪恶的真实性。因模糊的事实产生的种种迷惘、苦痛、忧郁过后,一切逐渐变得清晰。他确定了必须为父王复仇。

他与老谋深算的新王克劳狄斯博弈。对方频频派出间谍,哈姆雷特倾尽心力、设法取证。这个过程充满双方的试探与周旋。恋人"疯狂"、父亲被恋人杀死——单纯的奥菲利娅经受不住这沉重的打击,疯狂后落水溺亡。她的哥哥雷欧提斯找新王报仇,被告知仇人是哈姆雷特,于是他转而向哈姆雷特复仇……复仇之链环环相扣、步步推进,编织出复杂的戏剧经纬,极大地增加了戏剧容量、丰富了戏剧内容。

"赫拉克利特认为,每个事物都处于不断变化中(Heraclitus ... held that everthing is in constant change)。"[1]对罪恶的认知通过思虑融入其原有认知体系,终于勘破生死、从容面对死亡——哈姆雷特做到了这一步。虽然他在比剑中死去,但父仇已报,沉冤昭雪,他的心灵已平静安详。

五 "延宕说"诸观点论评

哈姆雷特这个人物一直是评论或论争焦点,其中最流行的是"延宕说"。长期以来,"延宕说"在中外学界探讨中都占有重要地位,尤其是国内,几乎是"延宕说"一统天下,直到《读哈姆莱特》的

---

[1] Stumpf, Samuel Enoch & James Fieser: *Socrates to Sartre and Beyond: A History of Philosophy*. Beijing: World Publishing Corporation, 2008, p.15.

出版才开辟了"非延宕"之旅。"延宕说"内容如下:

> 以歌德(Johann Wolfgang von Goethe,1749—1832)为首的所有一流评论家都认为哈姆雷特有主观缺陷或者软弱。如果他不是那样的人,如果他的本性与被迫要完成的任务相适合,他就会立刻选择另外一条路,一条更加直接的路去达到目的。他自己就是障碍,他因为自己的本性而延宕,因此让情势变得复杂莫测。他的方向错了,因此一切都错位变了模样,给他自己和其他人造成毁灭。[1]

柯勒律治开启了探索为什么要"延宕"的路。

> 在《悲剧的诞生》中,尼采(Friedrich Wilhelm Nietzsche,1844—1900)折回到远古仪式——他将狄俄尼索斯的理念投射到未来。1872年,瓦格纳是那种理念的现代极盛期,但是1600年的哈姆雷特是他的第一个化身。在哈姆雷特身上,尼采看到了自我否定、穿越现实的能力,哈姆雷特觉察到的荒谬、残忍使他蜷缩进令人厌恶的瘫痪状态:"理解的动机远远超越了行动动机。"[2]

对于哈姆雷特,流行的说法是"延宕",威廉·理查森(William

---

[1] Werder, Karl: "The Heart of Hamlet's Mystery." Trans. Elizabeth Wilder. *Shakespearean Criticism*. Ed. Laurie Lanzen Harris, Vol.1, Gale, 1984. Literature Resource Center, Accessed 9 July 2018. Originally published in *The Heart of Hamlet's Mystery*, by Karl Werder, G. PPutnam's Sons, 1907. Gale Document Number: GALE|H1420018410.

[2] Nietzsche, Friedrich: *The Birth of Tragedy*. Trans. Shaun Whiteside. London: Penguin, 1993, p.54.

Richardson)(1774)、塞缪尔·泰勒·柯勒律治(1811)、赫尔曼·乌尔里奇(Hermann Ulrici)(1839)、卡尔·韦尔德(Karl Werder)(1859—1860)、弗里德里希·尼采(1872)、乔治·布兰德斯(George Brandes)(1895—1896)、西格蒙德·弗洛伊德(1900)等人对此都有论述。

歌德认为哈姆雷特高贵纤弱、天性温和,他原本并不忧郁、深思,只是情势变化使然。施莱格尔虽然承认其诸多完美品质,却认为他意志软弱、缺少决断,是个懦夫。他只是因机缘凑巧消灭了仇敌,并非出自自己的坚决果敢。他怀疑一切,既不相信自己也不相信其他什么。

艾钦阁(C. P. Aichinger)在《哈姆雷特与现代困境》一文中说:

> 几乎所有哈姆雷特评论都基于一个潜在的概念:哈姆雷特性格中存在潜在的悲剧缺陷——类似俄狄浦斯的暴脾气、奥赛罗的嫉妒,或者李尔老年人的虚荣心,使他犯经典的"判断错误",导致覆灭。的确,人们可以在许多莎士比亚的悲剧人物身上发现诸如此类的性格弱点,但是事实是一个普遍应用的理念不应该引领我们犯错——要把它当作放之四海而皆准的真理,应用于明显不合适的案例。《哈姆雷特》就是这样的案例之一。[1]

许多人喜欢用经典的悲剧标准去衡量每一部戏剧,然而《哈姆雷特》这部剧作中的主人公并不适合应用最有影响的悲剧理论。

---

[1] Barnes, Dana Ramel, ed.: *Shakespearean Criticism*, Vol.35, Gale, 1997. Gale Literature Resource Center, Accessed 28 Dec. 2019. Originally published in *Culture*, Vol.29, No.2, June 1968, pp.142-149. Gale Document Number:GALE|H1420018847.

莎士比亚与众不同,他并不因权威存在而如履薄冰地谨守规则,相反,他的天才不受任何规则羁勒。在评判这样一位天才的时候,常常出现的情形是:评论者谨守规则的"方圆",而莎士比亚早已逾越规则的"铁律"。

浪漫主义时代的理查森认为哈姆雷特崇高、敏感,他的道德天性与复仇渴望相冲突,使他犹豫不决。[1]

19世纪,德国兴起哲学批评,德国哲学教授赫尔曼·乌尔里奇谈及施莱格尔的观点时指出:

> 首先,他完全不缺少勇气和能量——这在与鬼魂、与雷欧提斯在奥菲利娅的坟墓里争执这些场景中表现出来。……毫无疑问,他缺少一个热烈激昂、情感流溢的人的快速决断。然而,这并非意志软弱或不坚定、缺少决断力,只是因为他的意志由判断力所引导,他才行动迟缓、迟迟未能决定。[2]

的确,丹麦王子哈姆雷特睿智、机敏,并不缺少力量。他只是缜密思索,以保行动正确。这个观点是"延宕"说历程中的一个重大突破,然而最终依旧未能突破"延宕说"的藩篱。

乌尔里奇与麦肯齐的观点依据相似。乌尔里奇的观点介于歌德和施莱格尔之间,他觉得他们两人太极端。乌尔里奇将哈姆雷

---

[1] Richardson, William: "On the Character of Hamlet." *Shakespearean Criticism*. Ed. Laurie Lanzen Harris, Vol.1, Gale, 1984. Literature Resource Center, Accessed 6 July, 2018. Originally published in *Shakespeare, the Critical Heritage: 1774-1801*. Ed. Brian Vickers, Vol.6, Routledge & Kegan Paul, 1981, pp.121-124.

[2] Ulrici, Hermann: "Criticisms of Shakspeare's Dramas: 'Hamlet'." Trans. J. W. Morrison. *Shakespearean Criticism*. Ed. Laurie Lanzen Harris, Vol. 1, Gale, 1984. Literature Resource Center. Accessed 14 July 2018. Originally published in *Shakspeare's Dramatic Art: And His Relation to Calderon and Goethe*, by Hermann Ulrici. Ed. J. W. Morrison, Chapman, Brothers, 1846, pp.213-233. Gale Document Number: GALE|H1420018407.

特描述为为道德所困扰,将他的困境描述为基督教徒与自然人之间的斗争。[1]

尼采则认为,哈姆雷特洞悉真相,认为行动无法改变事物的永恒本质。

> 酒神节的人与哈姆雷特相似:他们都真正地看穿了事物的本质,他们知悉了真相,极度的厌恶之情阻碍了行动。因为他们的行动根本不会改变事物永恒的本质,被要求重整乾坤、匡正脱了节的世界,他们对此感到荒谬或尴尬。智识杀死了行动……[2]

事实上,"智识并未杀死行动"——哈姆雷特还是去复仇了。智识最终为行动留下了生机。

"哈姆雷特是理想主义破灭的牺牲品,平常他很坦率、容易信任他人。他父亲的死(和母亲的背叛)令他震惊、不安,使他失去了行动的能力。"[3]布拉德雷认为震惊不安让哈姆雷特失去了行动能力,但是震惊、不安是初知事件时的自然反应,恢复之后一般不会对能力造成很大影响。也有学者认为哈姆雷特的延宕来源于母亲的婚姻导致的伦理学困境。

---

[1] Ulrici, Hermann: "Criticisms of Shakspeare's Dramas: 'Hamlet'." Trans. J. W. Morrison. *Shakespearean Criticism*. Ed. Laurie Lanzen Harris, Vol. 1, Gale, 1984. Literature Resource Center. Accessed 14 July 2018. Originally published in *Shakspeare's Dramatic Art: And His Relation to Calderon and Goethe*, by Hermann Ulrici. Ed. J. W. Morrison, Chapman, Brothers, 1846, pp.213-233. Gale Document Number: GALE|H1420018407.

[2] Nietzsche, Friedrich: "The Birth of Tragedy." In *Basic Writings of Nietzsche*. Ed. and Trans. Walter Kaufmann. New York: Random House, [1872] 1968, pp.59-60.

[3] Bradley, Andrew Cecil: "Lecture IV: Hamlet." *Shakespearean Criticism*. Ed. Lawrence J. Trudeau, Vol.178, Gale, 2018. Literature Resource Center. Accessed 14 July 2018. Gale Document Number: GALE|H1420123766.

当哈姆雷特的母亲与克劳狄斯结婚之后,他的伦理身份发生巨大变化。他成了克劳狄斯的继子,他的王子身份使他犹豫,因为他不得不避讳杀父、弑君的伦理禁忌,因此哈姆雷特在复仇上的延宕主要是由于他与克劳狄斯之间伦理关系的认同。因此,独白"生存与毁灭"不是关于生死,而是关于伦理困境(ethical dilemma)的。[1]

不过,这种说法难以令人信服。既然克劳狄斯是用谋杀手段取得王位,就完全不具备合法性。虽有弑君之嫌,出于同样的原因不足为凭。所谓与克劳狄斯伦理关系的认同更近乎荒谬——岂可"认贼作父"! 由此推导独白的内容就更失妥当。

哈姆雷特处于父亲与母亲的夹缝中,进退维谷、无所适从。这是人生夹缝,无论怎样都无可避免地会伤人——而且是他最亲的人,最不想伤害的人。他本身就置身于这种悖谬的生存语境,成为人类困境的表征。他不得不反复思虑、再三权衡——因他不是"赤膊上阵"的莽汉,不会像雷欧提斯那样不问青红皂白,一头钻进别人的圈套,造成无法挽回的罪恶。他是谨慎的、有智识的。在人生错综的陷阱前,他小心翼翼、如履薄冰。

有人以哈姆雷特谴责自己拖延作为"延宕"依据。但是,"恰恰是这些最圣洁的人指责自己罪恶深重"[2],有的人倾向于苛责自己,即使已尽力,也总觉得自己做得不够好——自身的要求不能作为事实依据,而且,事实可能恰恰相反。

---

[1] Yang, Gexin:"Ethical Literary Criticism:A New Approach to Literature Studies."Forum for *World Literature Studies*, Vol.6, No.2, 2014, p.335. Literature Resource Center, Accessed 7 July 2018. Gale Document Number:GALE|A380342011.
[2] [奥地利]西格蒙德·弗洛伊德:《文明及其缺憾》,傅雅芳、郝冬瑾译,安徽文艺出版社1987年版,第74—75页。

第一章 论《哈姆雷特》

有人认为哈姆雷特延宕,但是这种延宕并非缺点,而是其力量的展现。

> 需要强调的是,延宕远非弱点,而是他的首要力量之一。……不是萨科索故事或荷马史诗传统意义上那种简单的复仇者形象,哈姆雷特却是面临真正的困境,他的形象像希腊厄勒克特拉戏剧里的俄瑞斯忒斯那样内蕴丰满、栩栩如生。[1]

这种"延宕"与其说是支持,不如说是反叛。面临真正的困境,面对错综复杂的形势,不能妄动,因此,这种"延宕"不仅不是弱点,反而彰显了力量——就是说,他所做的是绝对必要的,其实就不再是"延宕"。这种说法的价值在于看到了所谓的"延宕"其实是真正困境中必需的思考。

> 那些看似消极被动者并不真正那么被动,只是较喜欢事先计划而已。他们是先思而后行者,由于有了此一习惯,他们丧失了许多不假思索便须付诸实行的良机,于是便被称为所谓消极被动者。我认为那些无深谋远虑的人都是一些事先毫不考虑就轻举妄动的人,他们早已陷入泥淖且后悔不及了。[2]

这段话正适合于对哈姆雷特及雷欧提斯的理解。正如荣格所说:"瞻前顾后在某些场合是非常重要的行事原则,这和在某些场

---

[1] Klein, Holger: "Hamlet: Overview." *Reference Guide to English Literature*. Ed. D. L. Kirkpatrick, 2nd Ed., St. James Press, 1991. Literature Resource Center, Accessed 8 July 2018. Gale Document Number: GALE|H1420007252.
[2] [瑞士]卡尔·古斯塔夫·荣格:《寻求灵魂的现代人》,黄奇铭译,上海译文出版社 2013 年版,第 95 页。

合须不假思索便勇往直前的道理是一样的。"[1]

"延宕说"实际上是承袭了古典理论学说——亚里士多德的悲剧理论,这种古典理论认为,悲剧冲突的本质是好人犯了错误,即"过失说"。当好人遭受不该遭受的灾难时才会博得深心同情。奉古典悲剧理论为圭臬造成这样一种对哈姆雷特所谓"延宕"的阐释始终占据主流地位,但若具体问题具体分析,这种阐释多少有点牵强。理论的阐释是无法面面俱到的,毕竟理论是从一些个案中提炼总结的,未必适合所有情况。

六 哈姆雷特形象流变

斯图亚特说:"莎士比亚的丹麦王子是一条真正的变色龙,他几经沧桑,留下了不同时代的痕迹。"[2]

柯勒律治说:

> 哈姆雷特的行动与性格中表面上的矛盾,长时期以来已经发挥了批评家们推测的才能;并且,正因为我们总不愿假设这种不完全理解的原因是在我们自己,以致太经常地用很简单的方法把这个秘密说成是事实上说明不来的,并且把这种现象解释为莎士比亚的反复无常的、不规则的天才的一种异常发育。[3]

---

[1] [瑞士] 卡尔·古斯塔夫·荣格:《寻求灵魂的现代人》,黄奇铭译,上海译文出版社 2013 年版,第 95 页。
[2] [英] 斯图亚特:《莎士比亚的人物和他们的道德观》(1949),殷宝书译,收录于杨周翰编《莎士比亚评论汇编(下)》,中国社会科学出版社 1981 年版,第 215 页。
[3] [英] 柯勒律治:《关于莎士比亚的演讲(1818)(选)·〈哈姆莱特〉》,刘若端译,收录于杨周翰编《莎士比亚评论汇编(上)》,中国社会科学出版社 1979 年版,第 145—146 页。

第一章　论《哈姆雷特》

在 17 世纪,多数评论者提到这部戏剧的内容显示:是鬼魂而不是年轻的哈姆雷特吸引了观众的注意。[1]

1604 年一位作者认为这部戏剧受欢迎是因为王子,他希望自己的作品也能得到这般赞誉:"的确它让所有人满意,就像哈姆雷特王子那样。"然而哈姆雷特所引发的欢乐并非由于其内在("那无法表现的内在"),而是他的表演(他"古怪的性情")。最后作者这样作结:如果"取悦所有人"需要一个人变得"疯狂",那么最好"不要所有人满意"。[2]

在早期戏剧舞台上,"疯狂"是一个表演的噱头。"在这部剧作演出的最初几十年里,哈姆雷特最显著的特征并不是趋于瘫痪的思想,而是狂乱的行动,这将他与民间传统的小丑的喧嚣联系在一起,而不是像现代所关注的内省意识。"[3]

可见,哈姆雷特的"延宕"并非从一开始就有,而是后来人的"发现"。只是,现代的"延宕"说法遮蔽了从前的说法。

1660 年,查理二世从法国流亡回来,被勒令关闭了二十来年时间的剧院才重新开放。莎士比亚戏剧虽然再度现身舞台,但是人们(尤其包括从法国流亡归国的查理二世本人在内的贵族)受

---

[1] See McGinn, Donald J.: *Shakespeare's Influence on the Drama of His Age*, *Studied in "Hamlet."* New Brunswick, N.J.: Rutgers University Press, 1938. In Margreta de Grazia. "Hamlet before Its Time." *Modern Language Quarterly*, Vol.62, No.4, 2001, p.355. Gale Literature Resource Center, Accessed 14 July 2018. GALE|A80856584.

[2] Grazia, Margreta de: "Hamlet before Its Time." *Modern Language Quarterly*, Vol.62, No.4, 2001, p.355. Literature Resource Center. Accessed 14 July 2018. GALE | A80856584.

[3] Weimann, Robert: *Shakespeare and the Popular Tradition in the Theater: Studies in the Social Dimension of Dramatic Form and Function*. Ed. Robert Schwartz. Baltimore: Johns Hopkins University Press, 1978, pp.125 – 133.

到法国古典主义的影响,认为莎士比亚戏剧不规范、不典雅。莎士比亚的戏剧因其"陈旧的方式、语言和智慧"被认为是比琼森、弗莱彻、贝尔蒙特等人更过时、更落伍的。

莎士比亚的作品遭遇"野蛮"的指责,尤其是在法国。伏尔泰批评莎士比亚的作品"粗俗、野蛮"[1],这种评论是基于新兴的评判标准。

> 间断期之前的英国舞台基本上忽视或缺少复辟时期之后兴起的亚里士多德、霍拉斯以及16世纪意大利、17世纪法国编纂者们所倡导的经典趣味。不符合经典模式的被称为"哥特式"作品,意思是遵从哥特人——一大群毁灭了罗马帝国的野蛮人的行为举止。威廉·沃波顿认为,本来莎士比亚会喜欢遵从古典风格去描写哈姆雷特,但是他为迎合低俗品位而倒退回"旧的哥特式风格(old Gothic manner)"。
>
> 没有古代语言、经典、模型的导引,他的作品在复辟时代之后不断地被判定为不规则、难以驾驭、放肆狂野。因此,他的作品成为新的艺术批评的完美对象……[2]

这种评论的依据有"削足适履"之嫌。非要划入规矩的"方圆"——这是俗人的标准!天才的创造从不拘泥于俗套。一概沿袭,人类何谈进步与创造?伏尔泰式的流弊在生活中十分典型——贬低最近时代的作品,年代久远的古典历久弥新,似乎只有

---

[1] Voltaire:"Dissertation sur la tragedie" (1752). In Paul S. Conklin: *A History of Hamlet Criticism, 1601 - 1821.* London: Cass, 1967, p.88.

[2] Grazia, Margreta de:"Hamlet before Its Time." *Modern Language Quarterly*, Vol.62, No.4, 2001, p. 356. Literature Resource Center. Accessed 14 July 2018. GALE | A80856584.

年代才能发酵出香醇!

相对于德莱顿、康格里夫等人,莎士比亚成了"老戏剧诗人"。莎士比亚时代的四开本也被认为太古老,在18世纪时被"现代版本"取代。

莎士比亚"野蛮、粗俗"的观点从王政复辟时代一直流行到18世纪。柯勒律治在1818年说:"那些假定的关于莎士比亚的不规则和无节制的说法,只不过是一种卖弄学问者的梦想;这些卖弄学问的人责难雄鹰,因为他够不上天鹅的尺寸。"[1]

《哈姆雷特》一诞生似乎就很陈旧、落后,一直到18世纪人们的评价都是如此,但是之后却发生戏剧性逆转,"陈旧、落后"一跃而成"现代"。

> 一开始,莎士比亚的现代性根植于所谓的他对古代的无知。正如1623年对开本中强调的,他的文学成就归于自然、归于其天赋,而非艺术或他习得的知识。[2] 琼森以胜者姿态的评论——莎士比亚知道"很少拉丁,更乏希腊",对其"野蛮"的指责覆上了薄薄的遮饰。像野蛮部落一样,莎士比亚缺乏古典语言的流畅。[3]

"现代性"的最初样貌与后来差之千里,此现代性非彼"现代

---

[1] [英] 柯勒律治:《关于莎士比亚的演讲(1818)(选)·莎士比亚的判断力与其天才同等》,刘若端译,收录于杨周翰编《莎士比亚评论汇编(上)》,中国社会科学出版社1979年版,第125页。

[2] Grazia, Margreta de: *Shakespeare Verbatim: The Reproduction of Authenticity and the 1790 Apparatus*. Oxford: Clarendon, 1991, pp.44–46.

[3] Grazia, Margreta de: "Hamlet before Its Time." *Modern Language Quarterly*, Vol.62, No.4, 2001, p.355. Literature Resource Center. Accessed 14 July 2018. GALE | A80856584.

性"。当时所说的现代性是用于贬损莎士比亚,而非赞扬。

因来源不当——从现代而不是古典小说或历史题材取材——它们违背了时间和空间的统一原则,错误严重到不可救药。但是正如批评家们常常反复坚持的那样,莎士比亚作品中出色的人物补救了情节的糟糕。他的戏剧违背了亚里士多德著名的优先原则:"情节是根源,因为它是悲剧的灵魂;人物则是第二位的。"[1]

康德说:天才和模仿的精神完全对立。[2] 在讲究独创性的时代,在一开始因藐视规则而受责难的莎士比亚备受推崇。他曾经受指责的原因正是后来他受推崇的原因。

他自己的疯狂的确是"可怜的哈姆雷特的敌人"[3]。他不仅折磨别人,也折磨他自己。诗人的心灵懂得与爱、与幻想的破灭和绝望相关联的人生节奏……在哈姆雷特这个独一无二的形象里,他却力图完整地反映他那创造性的心灵。也正是由于这一点,哈姆雷特比我在本文中谈到的其他任何一位悲剧主人公或反面人物都更真实地反映出诗人本身的创造精神。

由于这样充分地反映诗人的整个心灵,哈姆雷特事实上已经成为一个过于真人化的形象而不那么适合于戏剧了。他似乎具有比艺术更为真实的生命,已经从他的背景中突出来,就好像电影中的人物不是在银幕上横着走过去,而是从银幕

---

[1] Aristotle: *Poetics*. Trans. Richard Janko. Indianapolis, Ind.: Hackett, 1987, p.3.
[2] [德] 康德:《判断力批判(上卷)》,宗白华译,商务印书馆1964年版,第154页。
[3] [英] 莎士比亚:《莎士比亚全集9》,朱生豪译,人民文学出版社1978年版,第138页。

中走出来了一样……[1]

哈姆雷特这个形象在人们的视界中凸显。

同一时期的其他两位评论家也同时出现。有一个认为情节不重要,他坚持说我们对戏剧的投入"唯独是由于我们对哈姆雷特这个人物的牵挂";另一位想象莎士比亚"发现哈姆雷特这个人物在自己的身上成长……最终对这个人物比对戏剧情节发生的兴趣更多……哈姆雷特,就单单只是这一个人物,这个主导人物……几乎使整个戏剧行动黯然失色"。到1811年柯勒律治演讲的时候,几乎已经没必要去证实这个观点了——哈姆雷特的光辉毫无疑问遮没了情节。柯勒律治想象,莎士比亚建构这样高度紧张的情节只是为了使主要人物对情节的抵抗戏剧化。[2]

威廉·理查森和托马斯·罗伯逊1790年在文章开始注意到哈姆雷特在剧中的作用。1811年柯勒律治的演讲是对哈姆雷特评论转折的一个标志。单这一个人物就使整个戏剧其他部分黯然失色。柯勒律治的批评也源于此:"既然拥有自己的世界,还要情节何用?"[3]

戏剧将哈姆雷特置于人类所能置身的最具挑战性的情势中。

---

[1] [英]威尔逊·奈特:《象征性的典型》,张隆溪译,收录于杨周翰编《莎士比亚评论汇编(下)》,中国社会科学出版社1981年版,第389页。
[2] William, Richardson & Thomas Robertson: "An Essay on the Character of Hamlet" (1790). In *Critical Responses to "Hamlet," 1600-1900*. Ed. David Farley-Hills, 4 Vols. Vol.2. New York: AMS Press, 1995, p.33.
[3] Coleridge, Samuel Taylor: "Notes on Hamlet" (1836). In *Critical Responses to "Hamlet," 1600-1900*. Ed. David Farley-Hills, 4 Vols. New York: AMS Press, 1995, p.35.

哈姆雷特不仅比情节更具优越性,而且还具有"独立自足"特征。这种独立自足就产生了一个新的批评问题——"延宕"。1811年开始出现"延宕"的讨论。

19世纪,这个问题开始演变为性格问题、心理因素,不再是戏剧问题。歌德说:

> 他是怎样地辗转往复、颤抖不已、逡巡进退,他总是被提示——总是提醒他自己,最后却忘记了自己最初的目标。[1]

柯勒律治也认为:

> 他总是下决心,又总是拖延;总是决定去行动,却又总是拖延行动……他决心做所有的事,最终却什么都没有做。[2]

直到18世纪末哈姆雷特才开始被看作是一个具有心灵深度与复杂性的人。

这种哈姆雷特作为游离于悲剧情节而存在的解释使这部剧作获得了超越性。就在那时候,他取得了这样代表一种远远超出其自身产生时代的能力,哈罗德·布鲁姆所称道的"在任何人都没有为之到来做任何准备之前"就已经完成了"自我的内化"。[3]

---

[1] Goethe, Wolfgang Von: *Wilhelm Meister's Apprenticeship*. Ed. and Trans. Eric A. Blackall, Vol.9 of The Collected Works. Princeton, N.J.: Princeton University Press, 1995, p.146.

[2] Coleridge, Samuel Taylor: "Lectures on Shakespeare and Milton." In *Critical Responses to "Hamlet," 1600 – 1900*. Ed. David Farley-Hills, 4 Vols. New York: AMS Press, 1995, p.58.

[3] Bloom, Harold: *Shakespeare: The Invention of the Human*. New York: Riverhead Books, 1998, p.409.

> 由于并不基于自身的情节,他(哈姆雷特)涵容任何能够解释其"不作为"的思想、意识或潜意识。这样的抽象使哈姆雷特没有了使之受到约束的藩篱,想象从此可以天马行空。这样他就种下了自我毁灭的种子,他被内在编程了。那么外在的程序——情节又有什么存在的必要?一旦哈姆雷特被从时间、空间、行动的约束中抽离出来,他不仅可以自由地脱离其戏剧情境,也可脱离其历史语境。[1]

这里实际上阐明的是哈姆雷特的独特性——"独立性"。这个人物并不需要依赖戏剧情节存在,他只需要在自身的光辉里缱绻。于是他在人们的视野中脱离了情节的束缚,人们把他视为独立自足的存在。

慢慢地,哈姆雷特变成了人们谙熟的人物——仿佛他就活在人们心里。

> 赫兹里特惊异于莎士比亚能够将萨克索遥远的"生活于我们出生之前五百年"的哈姆雷特转化为我们这么熟悉的形象,"似乎我们了解他的想法,就像了解我们自己的思想一样"。他将这归因于莎士比亚"先知般的灵魂"里生发出的戏剧"预言的真理——高于历史的真理"。似若注视水晶球一般,莎士比亚能够预知赫兹里特的现在:"我们就是哈姆雷特。"[2]

---

[1] Grazia, Margreta de: "Hamlet before Its Time." *Modern Language Quarterly*, Vol.62, No.4, 2001, p.355. Literature Resource Center. Accessed 14 July 2018. GALE | A80856584.
[2] Hazlitt, William: "Characters of Shakespeare's Plays" (1817). In *Critical Responses to "Hamlet," 1600 - 1900*. Ed. David Farley-Hills, 4 Vols. New York: AMS Press, 1995, p.114.

与此相似,德国批评家称颂哈姆雷特具有"划时代的意义",提供"一面我们现在状态的镜子——似乎这部作品是首先在我们的时代创作的"。[1]

尽管取材于古老的故事,采用了旧的天主教信仰的炼狱鬼魂、遵从古老的复仇习俗,采用谋杀、疯癫、复仇等戏剧样式,哈姆雷特却在精神上远远超越其自身诞生的时代。

对爱默生来说,整个19世纪"擅长思索的天才就是活着的哈姆雷特","超越他思想地平线的所在,目前我们还无法看到"。[2]在19世纪初,乔治·勃兰蒂斯注意到,哈姆雷特总在我们的感知将要消逝之处:"哈姆雷特,由于其创造者的奇迹般的力量,远远超出其时代……"在20世纪入口处展示了一系列重要性——我们还无法预知其极限所在。[3]

1900年布拉德雷第一个注意到:"直到浪漫主义曙光初起,莎士比亚这个不可思议的造物的奇妙、美与凄怆才开始引人瞩目。"[4]

从此,哈姆雷特的光辉开始透过历史的迷雾放射出来。

现代人惊喜地发现了哈姆雷特:一个如此崭新的人物——似乎他从未在人们视野中出现过。

"哈姆雷特……被人倾慕了三百年,人们却并不知道他的意义或作者的意图。"[5]正如弗洛伊德的弟子欧内斯特·琼斯重申的

---

[1] Gervinus, Georg Gottfried: "Shakespeare Commentaries" (1849, Trans. 1863). In *A New Variorum Edition of Shakesperae: "Hamlet"*, 2 Vols. Vol.2. Ed. Horace Howard Furness. New York: American Scholar, 1963, p.301.

[2] Emerson, Ralph Waldo: *Representative Men: Seven Lectures*. Boston: Houghton, Mifflin, 1883, p.195.

[3] Brandes, George: *William Shakespeare: A Critical Study*. New York: Macmillan, 1902, p.388.

[4] Bradley, Andrew Cecil: *Shakespearean Tragedy: Lectures on "Hamlet," "Othello," "King Lear," "Macbeth"*. Harmonds-worth: Penguin, 1991, p.95.

[5] Gay, Peter, ed.: *The Freud Reader*. New York: Norton, 1989, p.38.

那样:"莎士比亚超卓的观察与洞察力赋予他锐利的眼光——这个世界需要花费接下来的三个世纪的时间去领悟它。"[1]

哈姆雷特揭开了人类心灵世界的复杂图景,他思索的光辉照耀过往与未来。或许可以说,哈姆雷特的世界是弗洛伊德世界的具象化,但它早于弗洛伊德——就像人类的精神世界早已存在。

哈姆雷特述说着人们心中积淀的情感、在受到人生风霜苦痛浸渍后发出受难的呼喊——他是一个人在满是荆棘的世间前行的写照!

在宗教改革的余音中,路德的唯独信仰或"威登堡的哲学"[2]所要求的行动意义丧失了。随着优秀作品表现出来的克制,"人类行为被剥夺了所有价值"。一种麻木的怠惰,或"沉思的麻痹状态"到来了。[3] 在德国众多的伤悼性剧目中,唯有一个人物能克服这种世界性倦怠,他却不是德国人,"这个人物是哈姆雷特"。因为独特、强烈的自我意识,只有他才能察觉救赎的迹象——"遥远光芒的映像""基督教的火花"[4]——后宗教改革时代异化的世界借此也许可能得到拯救。[5]

哈姆雷特不但没有思想陷入瘫痪状态,正相反,他是"拯救这种瘫痪状态的救星"。

  在为父复仇过程中,哈姆雷特要求正义——这种正义的

---

[1] Jones, Ernest: *Hamlet and Oedipus*. New York: Norton, 1976, p.68.
[2] Benjamin, Walter: *The Origin of German Tragic Drama*. Trans. John Osborne. London: New Left Bank, 1977, p.56.
[3] Benjamin, Walter: *The Origin of German Tragic Drama*. Trans. John Osborne. London: New Left Bank, 1977, pp.139–140.
[4] Benjamin, Walter: *The Origin of German Tragic Drama*. Trans. John Osborne. London: New Left Bank, 1977, p.158.
[5] Grazia, Margreta de: "Hamlet before Its Time." *Modern Language Quarterly*, Vol.62, No.4, 2001, p.355. Literature Resource Center. Accessed 14 July 2018.Gale Document Number: GALE|A80856584.

曙光几乎已露端倪。这种正义与复仇剧的报复毫不相干。如果不是这样,哈姆雷特将会毫不迟疑、不假思索地前去复仇,因为针锋相对、以牙还牙的逻辑无须深思熟虑——与之不相称的正义的未来尚未到来。这种正义需要艰难的思量。[1]

人们遥望着他,感受到了一样的脉搏和心跳,感受到了一样的困惑与迷惘。于是,有了"每个人都是哈姆雷特"的宣言。他成为每个人内心深处的神秘——人们并不了然的自身!汹涌的暗流激荡着生命,拍击着心灵!人们感受到生命力量的汹涌,却无法看清,亦无法知悉它的秘密。这叩问鸣响在历史的音壁,像厄科的回音,在长远的时空隧道里回响……哈姆雷特的困窘是最艰难的思想,最艰困的抉择,是面临死亡遥望彼岸时的追问与玄想,是永恒的相似者的轮回!

哈姆雷特以其浩瀚的精神世界成为人生镜像,映照出人生遭遇体验的深沉。

哈姆雷特的形象已成为人对自身认知的重要标识。哈姆雷特批评史验证了斯图亚特的另一句至理名言:"在我们的想象燃烧起来的时候,我们不想'解释'人物。我们知道这时候人物是在解释我们自己。"[2]

七 《哈姆雷特》舞台形象的聚合与耗散

人世恋慕的永生是人永远无法企及的苍穹!悲剧传递了深刻

---

[1] Derrida, Jacques: *Specters of Marx: The State of the Debt, the Work of Mourning, and the New International.* Trans. Peggy Kamuf. New York: Routledge, 1994, p.26.
[2] [英]斯图亚特:《莎士比亚的人物和他们的道德观》(1949),殷宝书译,收录于杨周翰编《莎士比亚评论汇编(下)》,中国社会科学出版社1981年版,第216页。

的生命存在感。哈姆雷特的遭遇是人世逆旅的镜像,照见人们尘世感觉的形影。哈姆雷特生命挥洒淋漓的悲剧感在人们心中回响!

人世苦难的刻刀在哈姆雷特身上精雕细刻,成就了他非凡的风骨。"面对堕落的恐怖,从中汲取高贵的力量,才能彰显个性的辉煌。"[1]苍凉的悲壮、悲剧雄浑的质感与动人心魄的力度、哈姆雷特的智慧之美展现了深幽的魅力,使他成为戏剧史上不朽的传奇,成为各个剧团、各个名角争演的宠儿。舞台上,哈姆雷特是许多演员最热切希望扮演的角色。

理查·伯比兹是第一个擅长演哈姆雷特的演员。莎士比亚演过戏中的鬼魂。"复辟时代"的最伟大的莎士比亚演员贝特顿(Betterton)因善演哈姆雷特著称。1742年加里克(Garrick)开始演出哈姆雷特,直到1776年退休,"独擅绝技,一时无两"[2]。他用的《哈姆雷特》演出脚本是他自己删改过的。他演哈姆雷特的时候穿着当时的法国服装。饰演哈姆雷特的演员常常穿黑色服装上台。1783年著名的肯布尔(John Philip Kemble,1757—1823)饰演的哈姆雷特态度娴雅,被歌德赞为"最好的哈姆雷特"。18世纪的演出在服装上并不追求地方色彩和历史真实性,演《哈姆雷特》并不需要穿丹麦服装。

1925年华尔特·汉普登在纽约演出《哈姆雷特》,舞台后部是整块固定的平台与六级台阶,另外还有许多景片表现花岗岩圆拱门、高高的墙壁等。这种布景可在舞台上移动形成不同组合,使布景转换大大简化。美国舞台设计家罗伯特·埃德蒙·琼斯善用半

---

[1] [美]拉尔夫·沃尔多·爱默生:《爱默生散文选》,丁放鸣译,花城出版社2005年版,第144页。
[2] [英]莎士比亚:《中英对照莎士比亚全集32·哈姆雷特》,梁实秋译,中国广播电视出版社2001年版,第6页。

固定布景。他设计的《哈姆雷特》(1922)使用宽阔的踏步和一个高大的罗马式门圈作为全剧的固定背景,外加两块幕布变换各场景。[1]

1933年,里·西蒙生设计的《哈姆雷特》使用转台。他组合粗大的圆柱、拱门、塔楼等要素,在舞台中心设置中世纪小型城堡,转动转台呈现城堡各部分,辅以变幻的灯光,美轮美奂。[2]

丹麦的厄尔希诺有个十分特殊的夏季剧场,专门演出《哈姆雷特》。舞台由砖石砌的平台和台阶组成。这里每年邀请世界各国著名剧团前来演出。1937年著名演员劳伦斯·奥立弗曾率老维克剧团在这里演出,轰动一时。

戈登·克雷长期研究条屏布景的应用。条屏是长方形中性景片,常两块或四块成双地用铰链相连,可随意翻折,以各种角度竖立在舞台上构成各种场景,再投以灯光以产生各种光影变化。克雷在莫斯科艺术剧院演出《哈姆雷特》就是用这种条屏布景,光影交错间可看到广场、城堡等,线条、色调和谐统一。

1939年,法国导演、演员让·路易斯·巴洛特用法国诗人朱尔·拉法格的诗体剧本尝试演出《哈姆雷特》;1941年,他采用盖伊·德·普塔莱斯的法文改编本演出《哈姆雷特》;1946年他用安德烈·吉德的改编本在马里尼剧院演出,他也参与了部分改编,在战后的法国戏剧节上获得了极大的成功。

1948年,英国著名莎剧演员劳伦斯·奥利弗主演的黑白电影《王子复仇记》荣获多项奥斯卡金像奖,奥利弗获得最佳男主角奖,电影获得最佳影片奖,被认为是最成功的《哈姆雷特》电影版本。

---

[1] 参见吴光耀:《简谈莎剧演出形式之演变》,收录于中国莎士比亚研究会编《莎士比亚研究2》,浙江文艺出版社1984年版,第312页。

[2] 吴光耀:《简谈莎剧演出形式之演变》,收录于中国莎士比亚研究会编《莎士比亚研究2》,浙江文艺出版社1984年版,第310页。

1952年,巴洛特在纽约的杰菲尔德剧院导演《哈姆雷特》并亲自主演。[1] 1965年,德国不来梅演出《哈姆雷特》,明克斯任设计。台上只有一块用于投影的大屏幕。投影根据剧情要求或隐或现,形象、气氛随时改变,布景高度机动。当代演出中,布景不交代时间地点,而是去完成戏剧的某种表达。

1972年,莫斯科塔甘卡剧院演出《哈姆雷特》,只用一块可移动位置的大幕变化演出空间,也用粗糙质地暗示丹麦是个牢狱。抽象化布景受抽象派绘画影响,超脱具象,或烘托气氛,或用于某种象征。

1979年11月,著名的英国老维克剧团访华,在北京、上海等地演出《哈姆雷特》(英语)。在北京演出的时候,由北京人民艺术剧院同声演出,采用卞之琳译本。这是新中国成立后外国著名剧团首次来华演出莎士比亚名剧,别开生面的舞台处理和精彩演技引人瞩目。

1962年之后,劳伦斯·奥利弗一直担任英国国家剧院导演,在那里为老维克剧团执导《哈姆雷特》。1964年,理查德·波顿主演"简约版"《哈姆雷特》;1990年,梅尔·吉普森主演"性感版"《哈姆雷特》;1994年,迪士尼出品"动画版"《哈姆雷特》——《狮子王》;2000年伊森·霍克斯主演"现代版"《哈姆雷特》。

在第十届世界莎士比亚大会上演出的《哈姆雷特》主人公由非裔黑人扮演,剧中刀剑改为枪棍,消解了贵族气质,带有浓重的黑人文化色调。

2016年上海国际莎士比亚戏剧节上,有一出《哈姆雷特》的设计是让哈姆雷特面对着一根固定在地上的由细绳牵引的一只气球

---

[1] 参见张泗洋主编:《莎士比亚大辞典》,商务印书馆2001年版,第1012页。

讲话,声音一浪高过一浪,激烈的串串话语流淌而出,似乎那飘摇的气球上附着令人惊惧的生灵。演员所有的倾述与激情就倾洒在那个气球上,让人相信那上面有灵魂存在。

在《哈姆雷特》中,鬼魂现身打乱了时空和情节线性发展的整一律,这种元剧场性恰恰是在百年后工业文明世纪诞生的电影中获得了最充分的表现。[1]

哈姆雷特是电影表现的焦点。1958年,由卞之琳翻译,孙道临配音,英国著名导演、演员奥利弗执导并主演的《哈姆雷特》由上海电影制片厂制作后在我国各地上演。1968年香港大光出版的朱生豪译本更名为《王子复仇记》(1956年学文版影印版)。1979年,电影《王子复仇记》复映,亿万观众观看。

1990年版的英文著作《银幕上的莎士比亚》中统计,《哈姆雷特》的电影改编计81次。[2]

哈姆雷特不平凡的遭际是命运的契机。在他内心各种矛盾集结,"他代表了'人类心灵'和命运的矛盾"[3]。这一似乎密集拥挤的主题,却似乎最辽阔,最有剩余阐释与演绎的空间。

---

[1] 戴锦华、孙柏:《〈哈姆雷特〉的影舞编年》,上海人民出版社2014年版,第12—13页。
[2] 戴锦华、孙柏:《〈哈姆雷特〉的影舞编年》,上海人民出版社2014年版,第8页。
[3] 杨周翰编:《莎士比亚评论汇编(上)》,中国社会科学出版社1979年版,引言,第6页。

第二章
论《奥赛罗》

> 一个人用谗言的罗网将另一个人网罗，一步步收紧，使他渐渐堕入迷狂，终致毁灭。

莎士比亚的《奥赛罗》被誉为"天才使生活经验受孕后所诞生的一个强健活泼的孩子"[1]。《奥赛罗》是四大悲剧中时代色彩最鲜明的悲剧，它彰显了"资产阶级的漫游骑士时代"的极致浪漫，又映照出17世纪发端时的社会黑暗。它讲述了一个摩尔人奥赛罗与白人贵族少女苔丝德蒙娜的爱情悲剧。这部剧作描写了一个人对另一个人的蛊惑，用致命的蛊惑让另一个人凭着虚幻的假象行动，造成恐怖后果。

最早关于的《奥赛罗》的资料是1604年11月1日在伦敦白厅宴会厅上演的《威尼斯的摩尔人》。1622年首次出版四开本，1623年在《第一对开本》中再版。《第二四开本》和《第一对开本》被公认为权威的完整版本。但是《第一对开本》多出160行，也有1 000余处不同词语。《第二四开本》版本中有53条咒骂语是其独有的。编辑常常以《第一对开本》为蓝本，添加《第二四开本》中独有的咒

---

[1] [英]约翰逊：《〈莎士比亚戏剧集〉序言》(1765)（选），李赋宁、潘家洵译，收录于杨周翰编《莎士比亚评论汇编（上）》，中国社会科学出版社1979年版，第61页。

骂语等细节,整合出一个版本。

《奥赛罗》这个故事源自意大利作家辛西奥在 1565 年出版的《故事百篇》(*Hecatommithi*)第三辑第七篇文学故事[1],描写一个充满爱意的丈夫变为嫉妒的杀手。

布拉德雷指出,戏剧《奥赛罗》初出之时差不多是一出当代戏剧,因为土耳其进攻塞浦路斯的日期是 1570 年,因此戏剧糅合了当代生活元素,这是原故事中不曾含有的内容。戏剧与原来取材的故事有诸多不同。在原剧中,摩尔将军杀妻之后只觉人生乐趣全失,到被妻族中人杀死都不曾明了真相,他没有恢复对妻子的信任与爱。莎士比亚故意让奥赛罗恍然,使他心中圣洁的理想重放光明,显示了善与美的崇高力量、诗人乐观的精神与真情的热力。原故事中奥赛罗假旗官之手杀妻,莎士比亚则写他亲自下手掐死妻子,使冲突激烈,更激荡人心。原故事中的将军在谋杀后听从旗官计策,拉下天花板覆盖尸体,推诿罪责,受审的时候不肯招认罪行;莎士比亚却使奥赛罗坦率地承认罪责,显出彻骨的坦荡、高贵。原故事教训女子不要违背父母之命,尤其不要与异族男子自由结合。原女主人公受丈夫质问手绢何在时,感到丈夫态度大变,遂向旗官妻子表述悔意,怕自己会成为意大利女子的前车之鉴;但莎士比亚的苔丝狄梦娜却一直心甘情愿、坚贞不移、至死不悔。原文中旗官的妻子完全知晓丈夫的阴谋,里面并没有"拾手绢"情节;莎士比亚彻底重塑她的形象——让她在不知情的情况下为丈夫拾起手绢,但最后不顾威胁揭穿了丈夫的阴谋,不惜牺牲自己的生命。[2] 这一系列改编改掉了原故事中的狭隘和俗气,使一个庸俗

---

[1] [英]莎士比亚:《中英对照莎士比亚全集 34·奥赛罗》,梁实秋译,中国广播电视出版社 2001 年版,第 5 页。
[2] 参见卞之琳:《莎士比亚悲剧论痕》,安徽教育出版社 2007 年版,第 139—142 页。

之作兀然挺立起来,使一部悲剧有了动人心魄的力度、风华和难以言喻的质感。

莎士比亚笔下的奥赛罗形象豪迈、庄严,是中世纪制度难于束缚、市侩鄙俗无法限制的"大气磅礴的人物"[1]。非洲强烈的日光赋予他"东方经历"的种种奇遇。他远涉重洋、冒死征战,周身洋溢着英雄式的浪漫与诗意。他受到伊阿古"剧毒"腐蚀,面对所谓的"现实"却无法放下心中深情,因此更加深了深重的痛苦,在痛苦中掀起巨大波澜。莎士比亚塑造了一位高贵的黑人将军,将他与白人一视同仁,展示了莎士比亚的伟大。奥赛罗的内心是光明的,但是因为毒药一般的伊阿古的存在将巨大的罪恶投射到奥赛罗心里,让他成为黑暗祭坛上的牺牲品。可是他的死还算得上是幸福的——他至少恢复了对爱的信仰。他的爱人是纯洁的,他的理想世界因此得以重建,只是,他的纯洁美丽的苔丝狄梦娜已不在人世,他必须与她团聚——她是他的理想、他的爱、他的生命,他不能没有她。

一开始的时候,苔丝狄梦娜被奥赛罗奇特的见闻和经历吸引,"最可怕的灾祸,海上陆上惊人的奇遇,在傲慢的敌人手中被俘为奴和遇赎脱身的经过以及旅途中的种种见闻;那些广大的岩窟、荒凉的沙漠、巍峨的峰岭,彼此相食的野蛮部落和肩下生头的异民……"[2]充满奇异色调的故事吸引了少女,奥赛罗不凡的气度令她倾慕,她情不自禁地爱上了这位异族英雄。

人们认为只有卜蒙和弗莱彻会写女子,实际情形是,除了

---

[1] 卞之琳:《莎士比亚悲剧论痕》,安徽教育出版社2007年版,第143页。
[2] [英]莎士比亚:《莎士比亚全集9》,朱生豪译,人民文学出版社1978年版,第294页。

很少的、局部的例外之外,卜蒙和弗莱彻戏剧中的女角,属于轻佻一类的,都不正派;属于英雄一类的,完全是泼妇。但是,在莎士比亚的戏剧中,妇女的各种气质都是神圣的……具有一种纯洁性……她们以爱情的眼光看待一切事物,纵使她们犯错,也仅仅是由于爱情过度。[1]

雨果说:"奥赛罗是夜,黑夜迷恋白昼正如非洲人崇拜白种女人。对于奥赛罗,苔丝狄梦娜就是光明!奥赛罗气宇轩昂、虎啸龙吟,一派大将风度;他身后战旗猎猎,四围号角声声。他披着二十次胜利的霞光,缀着满天繁星。这就是奥赛罗,可他又是黑色的,受到嫉妒的蛊惑,刹那间就变成了黑鬼。"[2]

一 谗言摧毁的世界

《奥赛罗》是一出让人扼腕长叹的悲剧。悲剧始作俑者是嫉妒和怀疑——人间最狭隘的情感。

奥赛罗正是因怀疑作祟,使美丽的苔丝狄梦娜无辜牺牲。伊阿古让妻子爱米莉娅偷来苔丝狄梦娜的定情手绢。

> 我要把这丢在凯西奥的住处,
> 让他拾到手。轻于鸿毛的琐屑
> 会叫吃醋人看来,像天书写下的
> 铁证如山。这可大有点作用哩。

---

[1] [英] 柯勒律治:《关于莎士比亚的演讲(1818)(选)·莎士比亚的判断力与其天才同等》,刘若端译,收录于杨周翰编《莎士比亚评论汇编(上)》,中国社会科学出版社 1979 年版,第 138—139 页。
[2] 沈林:《黑色的莎士比亚》,《读书》1998 年第 8 期,第 137—138 页。

第二章 论《奥赛罗》

> 我已经叫摩尔人中毒,发生了变化。
> 危险的想法性质上就是毒药,
> 初上口还不大尝得出什么怪味,
> 可是只要在血液里稍微一活动,
> 烧起来就像硫黄矿。[1]

怀疑是一种致命毒药——这毒药毒杀了美丽纯洁的苔丝狄梦娜,也毒杀了施毒者,伊阿古与接受这种毒药的奥赛罗。正如同《哈姆雷特》中实体的毒药一样,思想的毒药威力丝毫不亚于物理意义上的毒药。一旦生了这种毒瘤,即便一个平常细微的动作也会引起"杯弓蛇影",草木皆兵。中国有"疑人偷斧"的故事。一个人丢了斧子,怀疑起邻居来,怎么看邻居怎么像小偷。后来斧子找到了,再怎么观察邻居都不觉得他像小偷了。人的心理作用可改变一个人的认知。

伊阿古洞悉人的心理,巧妙地利用这一点,成功达到了自己的目的。这个作恶人的作恶手法完美得登峰造极,不要说奥赛罗这样的武夫,可能连聪明人也难逃这般精准的算计。

> 地狱的神明啊!
> 魔鬼们要干穷凶极恶的罪行,
> 总首先摆出一副圣善的样子,
> 就像我现在要的这一招。我趁
> 这个老实的傻瓜求苔丝狄梦娜
> 挽救他,趁人家竭力向摩尔人说情,

---

[1] 卞之琳:《莎士比亚悲剧四种》,人民文学出版社1997年版,第273页。

> 正好给摩尔人耳朵里灌这副毒药——
> 说她是替跟她私通的男人说好话；
> 这样，她越是出力帮凯西奥的忙，
> 她越是会招致摩尔人对她的疑虑，
> 我就把她的洁白糟蹋成漆黑，
> 就利用她的好心肠结成了罗网
> 把他们一网打尽。[1]

接下来他去做两件事，让他的妻子爱米莉娅找苔丝狄梦娜替凯西奥说好话；他要先把奥赛罗引到一旁，回头再让他正好撞见凯西奥向苔丝狄梦娜求情。一切果然如他所料，他成功地"把她的洁白糟蹋成漆黑"。

伊阿古的话语似幽灵般恐怖，不断产生致命的杀伤力。

可怜的奥赛罗和苔丝狄梦娜被他玩弄于股掌之间，只不过天网恢恢、疏而不漏，爱米莉娅发现丈夫丧尽天良的恶行后怒不可遏地揭发了他。

无端的猜疑破坏了多少家庭，蛀蚀了多少曾在风中颤摇、美丽着的爱情，疏远了多少曾经相濡以沫的感情！

从现在的观点看，首先，奥赛罗是个自私的人。他若真的爱苔丝狄梦娜，他应该珍爱她的生命，为她着想，决计不会残忍地杀死她。即使他有一万分的深情爱恋，但是他毕竟还是对她痛下杀手。他的爱情是以自我为中心，没有为爱而为对方着想的品质。若他真心珍惜这个纯洁美丽的女子，悲剧也不会发生。

其次，他虽是一介武夫，却浪漫多情，具有诗人特质。论文《奥

---

[1] 卞之琳：《莎士比亚悲剧四种》，人民文学出版社 1997 年版，第 252—253 页。

第二章 论《奥赛罗》

赛罗人物形象两面观》阐释了奥赛罗的诗人气质。[1] 这样的人渴望美好的爱情,爱情对他几乎像生命那样重要。他之所以杀死她,是因为他心中纯洁的化身并不像他原来想的那样,对于他而言,并不单纯是爱情失意,更是他心中理想的破灭——这对他造成颠覆性、毁灭性的打击。在重大打击下,他丧失了理智。诗人气质的人易冲动,他就在这理想毁灭的打击下一时冲动,用颤抖的手扼死至爱。

奥赛罗的生命依赖于他的理想,而他理想凝结的象征就是苔丝狄梦娜。一旦理想破灭,他生命的支撑也轰然崩塌。黑夜给了奥赛罗黑色的眼睛,他却无法用它看到光明。他杀死妻子,意味着他心中的美好逝去,他的精神也随之死去了——他杀死的,是他自身美好的那一部分。

伊阿古是黑暗的化身,应和着奥赛罗心中的黑暗。伊阿古擅长表演。他长于捕风捉影、制造事端。他乐此不疲地利用人的弱点制造假象,陷害无辜。

> 凯西奥是一个俊美的男子;让我想想看:夺到他的位置,实现我的一举两得的阴谋……等过了一些时候,在奥赛罗的耳边捏造一些鬼话,说他(凯)跟他的妻子看上去太亲热了;他长得漂亮,性情又温和,天生一段魅惑妇人的魔力,像他这种人是很容易引起疑心的。那摩尔人是一个坦白爽直的人,他看见人家在表面上装出一副忠厚诚实的样子,就以为一定是个好人;我可以把他像驴子一般牵着鼻子跑。有了!我的计策已经产生。地狱和黑夜酝酿就这空前的罪恶,它必须向世界显露它的面目。[2]

---

[1] 罗益民:《奥赛罗人物形象两面观》,《国外文学》2002年第1期,第61—68页。
[2] [英]莎士比亚:《莎士比亚全集9》,朱生豪译,人民文学出版社1978年版,第302页。

伊阿古是奥赛罗内心的阴暗面——荣格曾说,伊阿古是奥赛罗的影子,也是每个人的影子。[1]

怀疑是"毒药",种族歧视也是"毒药",而伊阿古更是毒药中的毒药。三重毒汇合,恰似《哈姆雷特》剧中"比剑"一场的三重毒药,无可幸免。连伊阿古这样精湛的艺术家施毒者亦无法全身而退。

奥赛罗太单纯,心思粗疏。他自己光明磊落、襟怀坦白,倾向于相信别人也如此。他对恶人缺乏心理防范——正如哈姆雷特比剑的时候不会想到别人会在其中耍手段一样。但是他没有哈姆雷特那样的谨慎与智慧,因而他无可挽回地被欺骗的罗网罩住。剧中"思想或思考(think or thought)"出现84次,密集重复正强调奥赛罗的最大弱点正是缺乏"思想或思考"。[2] 隐约的词汇密码编辑出他智慧贫瘠的致命伤,编辑出他命运悲剧的根源走向。苔丝狄梦娜是白人女子,是不属于他的圈子的异族社会的一员——那个对奥赛罗充满敌意的异族。而伊阿古就是白人社会对黑人敌视的象征——无缘无故的陷害,即使奥赛罗那么善良正直,这深深的敌意也渗入他内心,成为他心底凝结的黑色。

二 "黑"的寓意与深刻

黑色是夜的颜色。黑色是一部幽远的文化史,黑色不仅象征尊严、权威,也象征悲伤、丧葬、罪孽、死亡与地狱的恐怖。

在基督教占统治地位的中世纪中期,黑色象征丰饶。在四

---

[1] Baumgart, Hildegard: *Jealousy-Experiences and Solutions*. Chicago: The University of Chicago Press, 1985, pp.145-167.
[2] 张泗洋、孟宪强主编:《莎士比亚在我们的时代》,东北师范大学出版社2014年版,第36页。

第二章 论《奥赛罗》

大元素中,红色代表火,绿色代表水,白色代表空气,黑色代表土地。[1]

"黑色"也象征神秘。"黑色"在戏剧中同样引发联想,生发想象,尤其可以加强情节蕴含和悬念。在《奥赛罗》一剧中,一个原本善良、纯真的人变成了杀人者,是什么造成了这似乎悖谬的终局? 是因奥赛罗的嫉妒、轻信、多疑,还是由于别的什么? 当然,这些因素无疑是存在的,但是究其本质恰是一种普遍的罪恶——种族歧视对人心灵的戕害深藏的严重社会痼疾。

文艺复兴时期的伦敦有许多外国的手艺人、商人。

> 整个16世纪,伦敦示威游行不断,偶尔还有反对外国工匠社区的流血冲突。英国人谴责他们夺走了本该属于自己的工作机会。
>
> Throughout the sixteen century, London was the site of repeated demonstrations and, on occasion, bloody riots against the communities of foreign artisans, who were accused of taking jobs away from Englishmen.[2]

虽然对外国人的歧视在许多地方都存在,但是对黑人的歧视却异乎寻常。

> 伊丽莎白时代,有些人相信非洲人的黑色是因为他们生

---

[1] 参见[法]米歇尔·帕斯图罗:《色彩列传·黑色》,张文敬译,生活·读书·新知三联书店2016年版,第4页。
[2] Greenblatt, Stephen, ed.: *The Norton Shakespeare*. London: W.W.Norton & Company, Inc, 1997, p.21.

活地区的气候。一位旅行者说,他们"因为太阳的热力被烤得乌黑,倍感恼火。所以太阳升起的时候,他们会诅咒它"。[1]

黑人遭受的对待颇为残酷。非洲人被作为仆人使唤,还有一部分是奴隶。

  在卡特莱特案件(1569)中,法庭裁定:"英格兰的空气太纯净,不适合奴隶们呼吸"……而且,在16世纪中叶,英国开始卷入获利甚丰的奴隶贸易,将非洲奴隶运往新世界。在1562年,约翰·霍金斯开始了第一次贩奴之旅,将大概300名黑人从几内亚海岸运往伊斯帕尼奥拉岛,卖了1万英镑。
  In Cartwright's Case(1569), the court ruled "that England was too Pure an Air for slaves to breathe in," ... Moreover, by the mid-sixteenth century, the English had become involved in the profitable trade that carried Afirican slaves to the New World. In 1562, John Hawkins embarked on his first slaving voyage, transporting some three hundred blacks from the Guinea coast to Hispaniola, where they were sold for £10,000.[2]

黑人被当作牲口一样被公开贩卖。美洲的发现将欧洲人对未知事物的探索与追求财富的贪婪结合,根本无视美洲土著印第安人与非洲奴隶的悲惨境地。奴隶贸易是文艺复兴时期最黑暗的一面,标志着大西洋两岸奴隶贸易的开端。这种无耻的人口贩卖标

---

[1] Greenblatt, Stephen, ed.: *The Norton Shakespeare*. London: W.W.Norton & Company, Inc, 1997, p.22.
[2] Greenblatt, Stephen, ed.: *The Norton Shakespeare*. London: W.W.Norton & Company, Inc, 1997, p.23.

志着文明进程中沉重的黑暗。

《奥赛罗》从表面上看是一部爱情悲剧,描写跨种族婚姻在社会的敌意中走向悲惨和毁灭,实际上更重要的是书写种族歧视对人们心灵的戕害及其造成的严重后果。

有人认为这部迷人的悲剧描写的是种族仇恨与性嫉妒的心理反应(Othello (1604) is generally regarded as a captivating domestic tragedy that concentrates on the psychological repercussions of racial hatred and sexual jealousy)。[1] 无疑,这个观点具有洞察力。爱情悲剧的背后却是种族仇恨的巨大黑幕。这对不幸的恋人在社会的强大压力面前显得渺小、脆弱、不堪一击——即便一个是驰骋沙场、屡建奇功、所向无敌的将军,另一个是温柔妩媚、出身高贵的贵族少女。

黑与白对比如此鲜明。在戏剧高潮及结局的部分,摩尔人奥赛罗将军用他黝黑的双手扼死纯洁的白人女子苔丝狄梦娜。黑暗淹没了光明。

看到奥赛罗的冲动,或者人们会说,冲动是魔鬼。"要是在我们的生命之中,理智和情欲不能保持平衡,我们血肉的邪心就会引导我们到一个荒唐的结局。"[2]

虽然理智可以冲淡汹涌的热情,可一旦情感过于强烈,理智往往被弃置一旁。在第五幕第二场中,奥赛罗痛下杀手之际,有这样一段惊心动魄的描写:

......可是我不愿溅她的血,也不愿毁伤她那比白雪更皎

---

[1] Lee, Michelle, ed.: "Othello." *Shakespearean Criticism*, Vol.99, Gale, 2006. Literature Resource Center. Accessed 20 Oct. 2018. Gale Document Number: GALE|H1410001731.
[2] [英]莎士比亚:《莎士比亚全集 9》,朱生豪译,人民文学出版社 1978 年版,第 299 页。

洁、比石膏更腻滑的肌肤。可是她不能不死,否则她将要陷害更多的男子。让我熄灭了这一盏灯,然后我就熄灭你生命的火焰。融融的灯光啊,我把你吹熄以后,要是我心生后悔,仍旧可以把你重新点亮;可是你,造化最精美的形象啊,你的火焰一旦熄灭,我不知道什么地方有那天上的神火,能够燃起你原来的光彩!我摘下了玫瑰,就不能再给它已失的生机,只好让它枯萎凋谢;当它还在枝头的时候,我要嗅一嗅它的芬芳。……我要杀死你,然后再爱你。再一个吻,再一个吻,这是最后的一吻了;这样销魂,却又是这样惨痛![1]

这无比残酷却又无比柔情,在这样一个时刻彼此交织,这样诡异的矛盾!"当它还在枝头的时候,我要嗅一嗅它的芬芳。"它的芬芳如此皎洁!爱的玫瑰娇柔无限,在风中飘然!一朵娇柔花朵的芬芳应该飘在心里、捧在手上或立在枝头,无限向往它枝头爱娇的模样。可是,这个如此珍重玫瑰的人为何却一定要让它枯萎、凋亡?

这一段独白展示了汹涌的心潮!爱与恨如此深切地纠缠,而这杀手却心怀满满的爱意。过多的爱走向了恨。相爱而相杀、相杀却含不忍的深痛!滴着苦恨的深爱,这是怎样的纠结、怎样的缠绵热烈、怎样的恨怨纠葛?

奥赛罗心里充满了矛盾,正如伊阿古说的那样,"一方面那样痴心疼爱,一方面又那样满腹狐疑"[2],这本身就含有奇异的矛盾。奥赛罗说:"你以为我会在嫉妒里消磨我的一生……不,我有

---

[1] [英]莎士比亚:《莎士比亚全集9》,朱生豪译,人民文学出版社1978年版,第388页。

[2] [英]莎士比亚:《莎士比亚全集9》,朱生豪译,人民文学出版社1978年版,第337页。

一天感到怀疑,就要把它立刻解决。要是我会让这种捕风捉影的猜测支配我的心灵,像你所暗示的那样,我就是一头愚蠢的山羊。"[1]戏剧中充满反讽——他以为他迅速行动就是聪明,却不知晓他的"不延宕"恰恰是他的鲁莽与愚蠢。"立刻"一词预示了不祥的终局。感到怀疑,立刻解决——立刻就招致毁灭。"摩尔人(Moor)"和"更多(more)"构成双关。语言本身神奇地发出共鸣、陷入圈套、产生反复。文字本身的嬉戏既诙谐又沉重,既滑稽可笑又令人恐惧[2]。伊阿古用狡诈的语言一点点将奥赛罗诱入谎言的罗网。他是一只狠毒巨大的毒蜘蛛,将猎物一点点缠绕。

"我还不能给您确实的证据。注意尊夫人的行动,留心观察她对凯西奥的态度;用冷静的眼光看着他们,不要一味多心,也不要过于大意。"[3]

伊阿古闪烁其词地捏造事实,引得奥赛罗疑心大起。

奥赛罗　　他说过什么?

伊阿古　　他说,他曾经——我不知道他曾经干些什么事。

奥赛罗　　什么?什么?

伊阿古　　跟她睡——

奥赛罗　　在一床?

伊阿古　　睡在一床,睡在她身上。随您怎么说吧。

奥赛罗　　跟她睡在一床!睡在她身上!我们说睡在她身

---

[1] [英]莎士比亚:《莎士比亚全集9》,朱生豪译,人民文学出版社1978年版,第337页。
[2] [英]尼古拉斯·罗伊尔:《爱的疯狂与胜利:莎士比亚导读》,欧阳淑铭译,中信出版集团2015年版,第107—108页。
[3] [英]莎士比亚:《莎士比亚全集9》,朱生豪译,人民文学出版社1978年版,第338页。

上,岂不是对她人身的污辱——睡在一床!该死,岂有此理!……口供!——手帕!——啊,魔鬼!(晕倒)[1]

伊阿古用吞吞吐吐的话激起奥赛罗的好奇心。

"要是插翅的爱神的风流解数,可以蒙蔽了我灵名的理智,使我因为贪恋欢娱而误了正事,那么让主妇们把我的战盔当水罐,让一切的污名都丛集于我的一身吧!"[2]这里英文原文中的"seel"表示的是爱神的蒙蔽。"seel"一词意味深长,原意是将猎鹰的眼睑缝起来。英文中"seel"与"seal(把……密封住)"同音,暗示一切都可以被蒙蔽,一语双关。1623年的《第一对开本》就拼作"seale"。上面引文中"To **seel** her father's eyes up close as oak"是"把她父亲的眼睛完全遮掩过去","close as oak"意思是"像橡木一般致密",与"把……密封住"的意义依旧契合。而且两个词中都包含"see(看)"这个词。"see(看)",是从自身开始,到"seem(似乎)",似是而非的"事实",最后在"seel(蒙蔽眼目)"中结束。而且,"so"("这样""你真的这样说吗""她正是这样""她这样小小的年纪")的反复使用也构成"回音效果",因为"so"与"sew(缝)"同音,"so"的多次使用,仿佛就是在一针一针地缝合,完成"seel(把眼睑缝合)"这个动作。[3] 而这些描述与贯穿戏剧线索的"手帕"相关:"这一方小小的手帕,却有神奇的魔力织在里面;它是一个二百岁的神巫在一阵心血来潮的时候缝就的;它那一缕

---

[1] [英]莎士比亚:《莎士比亚全集9》,朱生豪译,人民文学出版社1978年版,第357—358页。

[2] [英]莎士比亚:《莎士比亚全集9》,朱生豪译,人民文学出版社1978年版,第298页。

[3] 参见[英]尼古拉斯·罗伊尔:《爱的疯狂与胜利:莎士比亚导读》,欧阳淑铭译,中信出版集团2015年版,第116—117页。

第二章 论《奥赛罗》

缕的丝线,也不是世间的凡蚕所吐;织成以后,它曾经在用处女的心炼成的丹液里浸过。"[1] 这个手帕是一个埃及女人——一个能够洞察("洞察"与眼睛相关,隐含"看见"的意思)人心的女巫送给奥赛罗的母亲,母亲又传给他,他送给苔丝狄梦娜作为信物的。它不仅与作为奥赛罗心中"罪证"的手帕相关,还与欺瞒相关:苔丝狄梦娜欺瞒父亲,嫁给奥赛罗,由此伊阿古推论,她能欺瞒父亲,也能欺瞒奥赛罗。

手帕上含有"魔法"。行文之中,在奥赛罗、伊阿古、凯西奥口中一再出现"魔鬼""恶魔""绿眼的妖魔"。[2] 在伊阿古的口中出现了山羊、猴子、豺狼等意象——"即使他们像山羊一样风骚,猴子一样好色,豺狼一样贪淫……您也看不到他们这一幕把戏。可是我说,有了确凿的线索,就可以探出事实的真相;要是这一类间接的旁证可以替您解除疑惑,那倒是不难让你得到的。"[3] 于是手帕就成为所谓的"证据"。

在奥赛罗口中出现了"乌鸦"——"你说——啊!它笼罩着我的记忆,就像预兆不祥的乌鸦在染疫人家的屋顶上回旋——你说我的手帕在他的手里。"[4] 他也说到了"怪物":

伊阿古　　当真!

奥赛罗　　当真!嗯,当真。你觉得有什么不对吗?他这人

---

[1] [英] 莎士比亚:《莎士比亚全集 9》,朱生豪译,人民文学出版社 1978 年版,第 351 页。
[2] [英] 莎士比亚:《莎士比亚全集 9》,朱生豪译,人民文学出版社 1978 年版,第 337 页。
[3] [英] 莎士比亚:《莎士比亚全集 9》,朱生豪译,人民文学出版社 1978 年版,第 345 页。
[4] [英] 莎士比亚:《莎士比亚全集 9》,朱生豪译,人民文学出版社 1978 年版,第 357 页。

不老实吗?

伊阿古　　老实,我的主帅?

奥赛罗　　老实!嗯,老实。

伊阿古　　主帅,照我所知道的——

奥赛罗　　你有什么意见?

伊阿古　　意见?我的主帅!

奥赛罗　　意见,我的主帅!天哪,他在学我的舌,好像在他的思想之中,藏着什么丑恶得不可见人的**怪物**似的。[1]

　　戏剧像一个巨大的回音壁,不仅有这种"学舌"似的不断反复,还有"so""seal""恶魔"层层叠叠、回环往复。女巫、恶魔、伊阿古形成了一条神秘的链条。魔鬼意象与女巫形象、与"网"的意象、与其他各种意象呼应,形成覆盖全篇的一张"意象之网",反复编织的欺骗的网。

　　第三幕第三场是"蒙蔽场"——蒙蔽了奥赛罗的命运,"为整部戏剧贴上封条",最后一场,奥赛罗杀妻,伊阿古杀妻,奥赛罗自杀。[2] 伊阿古阴险地导演整部戏剧。威尼斯绅士罗多维科面对床上的一双尸体,说:"这样伤心惨目的景象,赶快把它遮盖起来吧。"[3] 在第一幕第三场中,伊阿古说:"地狱和黑夜正酝酿成这空前的罪恶,它必须向世界显露它的面目。"[4] 可是在水落石出之

---

[1] [英]莎士比亚:《莎士比亚全集 9》,朱生豪译,人民文学出版社 1978 年版,第 335 页。

[2] [英]尼古拉斯·罗伊尔:《爱的疯狂与胜利:莎士比亚导读》,欧阳淑铭译,中信出版集团 2015 年版,第 118 页。

[3] [英]莎士比亚:《莎士比亚全集 9》,朱生豪译,人民文学出版社 1978 年版,第 403 页。

[4] [英]莎士比亚:《莎士比亚全集 9》,朱生豪译,人民文学出版社 1978 年版,第 302 页。

第二章 论《奥赛罗》

后,最后的冲动是将它遮盖起来,遮掩得严严实实——这个景象太过凄惨,宁愿不看。"遮盖起来",随之戏剧也拉上帷幕,完成最后对整件事情的"遮蔽"。

不得不说,奥赛罗没有哈姆雷特那种调查真相的精神——他杀死爱妻的时候,完全相信了毫无根据的谣言,不给她任何辩白的机会,他认准了所谓"事实",虽然并无凭据,却只一心以为她在撒谎。他让苔丝狄梦娜祈祷,因他不愿杀死一个毫无准备的灵魂。苔丝狄梦娜追问究竟为什么。

> 奥赛罗　　你把我给你的那条我的心爱的手帕送给凯西奥。
> 苔丝狄梦娜　　不,凭着我的生命和灵魂起誓!您叫他来问好了。
> 奥赛罗　　好人儿,留心不要发伪誓;你的死已在眼前了。
> 奥赛罗　　你必须立刻死,所以赶快坦白招认你的罪恶吧;即使你发誓否认每一件事实,也不能除去那使我痛心的坚强的确信。你必须死。
> 苔丝狄梦娜　　那么愿上帝垂怜于我![1]

奥赛罗不想去证明这件事——他如此盲目地相信了一个所谓的"事实"。

> 美丽的无上的装饰就是猜疑,
> 像乌鸦在最晴朗的天空飞翔。[2]

---

[1] [英]莎士比亚:《莎士比亚全集9》,朱生豪译,人民文学出版社1978年版,第390页。

[2] [英]莎士比亚:《十四行诗》,梁宗岱译,湖南文艺出版社2011年版,第151页。第70首。

图 2　苔丝狄梦娜和奥赛罗，J. 吉尔伯特画
（引自《莎士比亚的少女和妇人》，第 133 页）

第二章 论《奥赛罗》

他的"公正"看似高尚,却经不起推敲。他的公正无法在行动中贯彻——他完全没有给苔丝狄梦娜任何辩解的机会。不能不说,他的无知、愚蠢为所有这一切铺平了道路。

他固然是冲动、嫉妒的,但他也是不幸的。他为自己的错误付出了生命的代价。他用自己的好心铸成无可挽回的错。但是悲剧的必要条件却是有人恶意构陷。戏剧第一幕,伊阿古就曾说过:"世人所知道的我,并不是实在的我。"[1]他被称作"正直的伊阿古",实际上却是卑鄙无耻的恶魔。他始终都在表演,演技堪称精湛无匹,若非妻子揭发,他永远都会瞒天过海。他说话似乎总是情理凿凿、言辞切切,令人难以不相信。他深知人的心理,能抓住要害进攻,以退为进,不由得单纯的奥赛罗不上当。剧中伊阿古的话里有"网"的意象:"我只要张起这么一个小小的网,就可以捉住像凯西奥这样一只大苍蝇。""这样她越是忠于所托,越是会加强那摩尔人的猜疑;我就利用她的善良的心肠污毁她的名誉,让他们一个个都落进了我的罗网之中。"[2]整个戏剧就是伊阿古这个思维缜密的恶魔设计、执导的陷害,他将大网散布到这些人头上,一点点让他们陷入——只不过最后他没想到自己也会被网住。剧作中"网"的意象意义深远。

黑人的历史是一段"极端的痛苦、创伤、疏离和黑暗的历史"[3],残酷的经历扭曲着黑人的意识和心灵。

苔丝狄梦娜的父亲勃拉班修知道女儿跟了奥赛罗,悲痛欲绝:"她已经被人污辱,人家把她从我的地方拐走,用江湖骗子的符咒

---

[1] [英]莎士比亚:《莎士比亚全集9》,朱生豪译,人民文学出版社1978年版,第281页。
[2] [英]莎士比亚:《莎士比亚全集9》,朱生豪译,人民文学出版社1978年版,第309、326页。
[3] 朱刚编著:《二十世纪西方文论》,北京大学出版社2006年版,第493页。

药物引诱她堕落;因为一个没有残疾、眼睛明亮、理智健全的人,倘不是中了魔法的蛊惑,绝不会犯这样荒唐的错误。"[1]

> 啊,你这恶贼!你把我的女儿藏到什么地方去了?你不想想你自己是个什么东西,胆敢用妖法蛊惑她;我们只要凭着情理判断,像她这样一个年轻貌美、娇生惯养的姑娘,多少我们国里有财有势的俊秀子弟她都看不上眼,倘不是中了魔,怎么会不怕人家的笑话,背着尊亲投奔到你这个丑恶的黑鬼的怀里?[2]

"你不想想你自己是个什么东西……丑恶的黑鬼",这两句话直指奥赛罗的种族身份,即摩尔人(实指黑人,本节以下均用"黑人"表述以显现当时种族歧视情况)的地位在当时几乎无法被称为人,在文艺复兴时代被当成货物买卖。在这样的社会环境中,要抵挡外界的恶意,保持婚姻幸福何其艰难?作为父亲,勃拉班修又怎会希望女儿嫁给黑人?

人们见不得苔丝狄梦娜这样温柔美丽的女孩儿嫁给一个黑人。"非我族类,其心必异"[3]——种族歧视是一片邪恶的黑影,将黑暗投向他们的生活,即使倾心相爱,却难敌流言汹涌。

奥赛罗英勇过人,但在内心深处他并不敢企望苔丝狄梦娜的爱情。他的种族存在方式是他无从无视的事实。即便战事的需要

---

[1] [英] 莎士比亚:《莎士比亚全集9》,朱生豪译,人民文学出版社1978年版,第291页。
[2] [英] 莎士比亚:《莎士比亚全集9》,朱生豪译,人民文学出版社1978年版,第288页。
[3] [汉] 郑玄:《周礼疏·附释音周礼注疏卷第十》,清嘉庆二十年南昌府学重刊宋本十三经注疏本。

第二章 论《奥赛罗》

使他暂时身居高位,却无法改变其受歧视的社会环境。

强大的社会环境力量形成泰山压顶般的"集体无意识"。这是一张巨网,笼罩着人们——尤其是黑人的心灵。这种集体无意识通过环境渗透到个体内心,形成"个体无意识"的创伤,形成晦暗的"记忆痕迹"。外界环境渗入内心的阴影是奥赛罗无法回避的存在,几乎无可避免地造成他的心理扭曲,成为其"阿珂琉斯的脚踵"般不可触碰的痛。这种"创伤记忆"暂时被压抑在潜意识中,潜藏起来,却一直发挥着"追踪效应"。一旦有合适的时机,"创伤记忆"就会再一次发挥制造伤害的作用,将奥赛罗的自我撕扯成碎片,在压力增大的时候,这种破碎就立刻显现出来。

> 当黑人和白人世界接触时,他会产生某种敏感的反应。如果他的心理结构不够健全,就会导致自我的崩溃。这个黑人将不再作为具有自主行为能力的人,他将以"他者"(外表为白人)作为行动的目标,因为只有这个"他者"才能赋予他价值。[1]

即便英雄盖世,他依然无法抹杀自己的出身带来的心理阴影。创伤的情感体验是触发悲剧的"开关",造成他思维方式的异化,使他生活在这种阴影之下,即使他自己并未意识到,却直接导致他最终犯下愚蠢的罪过。否则,他何以那么容易相信伊阿古的挑唆,却不听爱妻辩白?因为他在内心深处预设相信自己的弱势。他是自卑的,这种自卑成为社会歧视的"冰山一角"的暗影,所以在外

---

[1] 朱刚编著:《二十世纪西方文论》,北京大学出版社 2006 年版,第 497—498 页。

界陷害来临时,他有一颗"预备好了接纳的心"。种族歧视的天罗地网罩住了他,他无处遁避——虽然他想逃走,但在残酷的社会现实面前他却无从逃避。于是,慢慢地,他的心灵被这阴影吞噬了,歧视内化在他心里,造成他的自卑、怯弱。

　　黑人身份造成奥赛罗的自卑,使其否定自身价值。"他人的行为、态度和眼光将他牢牢地定在了那里,就好像一种化学溶液染上了无法褪去的颜色。"[1]黑人处于两种参照系中,他必须在两种参照系之间寻找自己的位置。他的内心因此变得摇摆、犹疑。他们因为与某种文明的抵触被抹杀了自身价值。"他们对自己身体的意识完全就是一种否定性行为,是一种他者意识。身体被包围在一种完全的不确定氛围中……一旦接触到白人,他就会感觉到他的肤色带给他的全部压力。"[2]如果他是白人,他很可能就会有足够的自信,使流言蜚语无处存身,伊阿古也就失去了陷害他的根基。

　　心灵的阴影挥之不去,自卑情结让他无法抵御狡猾的敌人。这种自卑是因种族身份而起,是外界黑暗的内心投射。他的狂暴展示的是他无比的恐惧——恐惧自己的卑弱,恐惧自己的身份,恐惧自己被打压。从这个意义上说,他的狂暴展示的恰恰是他对自己软弱的下意识的自我保护。他想以这种狂暴的手段使自己免受伤害——杀死苔丝狄梦娜,消灭使他深受污辱的媒介,想借此消灭伤害自己的来源。他的狂暴是他对优越感追求的表现,而不幸的苔丝狄梦娜成了他狂暴的牺牲品。

　　黑色是白人霸权欲望的投射,借意识的操纵与播散获取力量、身份、牢固的统治霸权。黑人与白人的关系是一种权力关系、统治关系、霸权关系。自从哥伦布 1492 年发现美洲大陆并开始殖民统

---

[1] 朱刚编著:《二十世纪西方文论》,北京大学出版社 2006 年版,第 494 页。
[2] 朱刚编著:《二十世纪西方文论》,北京大学出版社 2006 年版,第 495 页。

第二章　论《奥赛罗》

治起,欧洲人总是以自己的标准去衡量"他者",黑色在其观念作用下成为"邪恶"的象征。[1]

> 人类的全部文化是以自卑感为基础的。[2]

> 在从事每一件人类的创作背后,都隐藏有对优越感的追求,它是所有对我们文化贡献的源泉。人类的整个活动都沿着由下到上、由负到正、由失败到成功这条伟大的行动线向前推进。然而,真正能够应付并主宰生活的人,只有那些在奋斗过程中能表现出利人倾向的人,他们超越前进的方式,使别人也能受益。[3]

奥赛罗在追求超越的过程中,没有以利人为处事原则,就是说,他没能超越"自我中心"。因此,黑人种族身份使他受过的歧视造成"心理创伤",成为积压在其内心的火山,一旦遇到合适的出口,便熔岩喷突般汹涌而出,酿成他的失控与狂暴。

"心理学家把人的一生比喻成一只放出的风筝,它慢慢地飞起,越飞越高,但无论它飞到哪里,都离不开放风筝者手里那根线的牵制。"[4]奥赛罗命运的风筝离不开种族身份这根线的牵制。命运的缆绳牢牢地系在他的种族身份上,难以为社会接纳,使他的幸福成为缺乏深厚根基的虚妄。

---

[1] Looma, Ania: *Colonialism/Postcolonialism*. London & NY: Routledge, 1998, p.62.
[2] [奥] 西德尼·阿德勒:《自卑与超越》,李心明译,光明日报出版社2006年版,第50页。
[3] [奥] 西德尼·阿德勒:《自卑与超越》,李心明译,光明日报出版社2006年版,第61页。
[4] 耿兴永主编:《潜意识·心理学帮你发现未知的自己》,第3版,中国纺织出版社2016年版,第33页。

三 被屏蔽的心理浪漫

奥赛罗是一个高尚、高贵的人,在本质上怀有浪漫情思,可以并不夸张地说,他是一个"诗人"。

> 人们无疑会发现奥赛罗是莎剧人物中间最伟大的诗人。……他激情迸发时出自肺腑的心声成为绝代名句……人们觉得这种富于诗意的想象一直伴随着奥赛罗。他用诗人般的眼光注视阿拉伯胶树簌簌流淌着药用树胶,以及印度汉子扔走偶然拾得的珍珠。他也如痴如醉地凝视黑海的滚滚浪涛,直奔玛摩拉海和鞑靼海峡。他从辉煌的战争中感受到他人从未体验过的自豪、壮观和诗境(因别人从不曾像他那样谈论过战争)。奥赛罗来到我们面前,他的皮肤黑黝黝的,威风凛凛,神采飞扬……他那高尚的爱情使他享受到人生的美满,这爱情就像他丰富多彩的生活经历一样奇特、浪漫而充满风险,使他心里充满柔情蜜意和无限遐想。即使年轻的罗密欧对爱情的幻想恐怕也难以与奥赛罗相比。[1]

诗人丰富的想象力使谗言呈现出无比生动的特质,使一切虚幻恍然间幻化成"真实",一切恍若真实,继而一切竟"成了"真实。诗人—浪漫—激情—想象—冲动—悲剧,成为奥赛罗悲剧人生的路线图。

---

[1] 参见 Bradley, Andrew Cecil: "The Noble Othello." *A Casebook on Othello*. Ed. Leonard F. Dean. New York: Thomas Y. Crowell Company, 1961, pp. 139 – 141. 译文引自〔英〕布拉德雷:《莎士比亚悲剧》,张国强、朱涌协、周祖炎译,上海译文出版社1992年版,第172—174页。

第二章 论《奥赛罗》

浪漫的诗人总是追寻美好的爱情。白人女子苔丝狄梦娜成为奥赛罗的恋人,成为他理想的化身和他"不可企慕的女神"。她在他心里,是他永远无法达到的白色——"纯洁高贵之美"。他所有浪漫的情怀化为薄雾般迷离的色调。这种浪漫的极度理想化使他将爱妻看作神圣的爱与美的化身和理想,这种理想因圣洁的特质容不得一丝一毫玷污,哪怕是没有根据的谣言。他高高地悬在理想的天空,却无法脚踏实地。因此在处理所谓"出轨"事件的时候,他没有面对现实,没有给苔丝狄梦娜辩白的机会,没有根据地"相信"了所谓"事实",怀着一颗深沉的恋慕之心却杀死至爱!当真相大白,一切都无可挽回,因为他已经杀死了自己的"理想",自己心心念念的"爱"与"美",这位诗意透骨的诗人唯一剩下的选择就只有"自杀"。事实还原的美好让他被罪恶荼毒的心得到极大安慰,他所选择的是继续去追寻他的所爱。

苔丝狄梦娜是至美的象征,象征纯净。苔丝狄梦娜对奥赛罗的英雄事迹着迷,不顾家人与社会的激烈反对,选择了一个根本谈不上有地位的摩尔人,从此开启了她的噩梦。应该说,她对奥赛罗并没有深刻的了解。苔丝狄梦娜的"英雄情结"使她如此迷恋奥赛罗,可她除了知道他的英勇无敌之外,对他的了解十分有限。她犹如一座不设防的城市,任凭厄运长驱直入却丝毫没有警觉。她热烈地替朋友求情,却完全没想到这反而会增加丈夫对她的怀疑。她似不谙世事的孩童,完全不懂得要避讳嫌疑。她一直是驯顺的妻子,即使丈夫那样狂暴地冤枉她,她也只是恐惧,却没有激烈的反应,让人觉得她是那种"嫁鸡随鸡、嫁狗随狗"、被动认命的女子,缺乏独立意识,使得悲剧没有任何挽回的机会。虽然奥赛罗是狂暴的,但是苔丝狄梦娜的天真、顺从助长了他的气焰。正如柯勒律治所评论的那样:"除了苔丝狄梦娜以外,奥赛罗没有生命。那种以为她

（他的天使）已由她天生的纯洁的天堂中堕落的信念，在他心中引起了内战。她和他真是一对，像他一样，由于她绝对的不怀疑和她那爱情的神圣的完美无缺，在我们眼中她几乎是被祝圣了的。"[1]

奥赛罗不幸遭遇的原因主要是因为他是摩尔人——不为主流社会接纳的人。"在莎士比亚时代，人们通常认为魔鬼的肤色是黑色的。"[2]因此，奥赛罗遭遇了大量不幸，导致"奥赛罗思想的质地有深刻的爱引起的恨和恨引起的痛苦"[3]。那个时代之所以那样对待黑人，与这种"魔鬼的肤色"观念有关联，但这却无法解释他们为何残酷地对待犹太人、土著印第安人。所以，这究竟还只是一个借口而已，是遮掩罪恶、贪婪的挡箭牌。

四　社会诸因素垒聚人间罪恶

善恶常被提及，善终究是一种理想。普鲁塔克说："正是继亚历山大大帝进军而兴起的战争将希腊的文明、语言和艺术传入了野蛮的东方。"[4]

在文艺复兴时期，从非洲商路回流到欧洲的不仅有黄金，还有奴隶。威尼斯商人阿尔维塞·卡达莫斯托（Alvise Cadamosto）在1446年记述了这样一件事：他在塞内加尔南部的酋长国"布多梅尔"

---

[1]［英］柯勒律治：《关于莎士比亚的演讲（1818）（选）·〈奥赛罗〉》，刘若端译，收录于杨周翰编《莎士比亚评论汇编（上）》，中国社会科学出版社1979年版，第156—157页。
[2]［英］尼古拉斯·罗伊尔：《爱的疯狂与胜利：莎士比亚导读》，欧阳淑铭译，中信出版集团2015年版，第005页。
[3]［英］查尔斯·兰姆：《论莎士比亚的悲剧是否适宜于舞台演出》（1811），杨周翰译，收录于杨周翰编《莎士比亚评论汇编（上）》，中国社会科学出版社1979年版，第166页。
[4]［美］拉尔夫·沃尔多·爱默生：《爱默生散文选》，丁放鸣译，花城出版社2005年版，第143页。

的时候用 7 匹马换了 100 名奴隶,这 7 匹马之前只花费了他 300 金达克特,他做了一桩有利可图的交易。每年从阿尔金地区运走上千名奴隶,将其带到里斯本,再贩卖到欧洲各地。当时普遍的价格是 9—14 名奴隶换 1 匹马(这一时期威尼斯的奴隶有 3 000 多名)。[1]

随着哥伦布发现美洲,不断涌向哈布斯堡帝国的金银开始令东方的香料贸易黯然失色。葡萄牙在东方各地建立贸易站,西班牙则用武力将美洲变为巨大的贩奴和采矿殖民地。

殖民者从伊斯帕尼奥拉岛(今海地岛)和中美洲将黄金不断运往欧洲。在征服西班牙、秘鲁之后,白银开采很快占据主流地位。1543—1548 年,墨西哥城北面的莎卡特卡斯和瓜纳华托发现银矿,1543 年,西班牙人在玻利维亚的波托西发现塔糖状银山。当地人大量死亡,但美洲的矿山和种植园急需工人,于是殖民者开始使用奴隶。1510 年卡斯蒂利亚国王费迪南德批准从非洲进口 50 名奴隶,运到伊斯帕尼奥拉岛的矿山做工。1518 年,这个矿山的阿隆索·苏亚索写信给查理五世,建议"进口黑奴,他们是这里的理想劳动力。土著人人衰弱无力,只适合干轻活"。1529—1937 年,卡斯蒂利亚王室颁发了 360 张许可证允许贩奴。这些非洲奴隶有些是被绑架来的,有的是葡萄牙商人以 50 比索一个的价格从西非买来的。[2] 文艺复兴最可耻的特色由此诞生。1525—1550 年,近 4 万名非洲奴隶被运往美洲。无数黑人用无尽的痛苦构筑起欧洲帝国的财富大厦。

《奥赛罗》悲剧的发生以及不可收拾与这样黑暗的社会背景密切关联。受制于社会环境的压抑被引爆,奥赛罗以毁灭别人作为反

---

[1] [英]杰里·布罗顿:《文艺复兴简史》,赵国新译,外语教学与研究出版社 2007 年版,第 182 页。
[2] 这部分内容详见[英]杰里·布罗顿:《文艺复兴简史》,赵国新译,外语教学与研究出版社 2007 年版,第 240—241 页。

抗手段，但是因这个过程的盲目与不智，他同时也毁灭了自身。

> 那种贯穿全部天性、我们通常称作命运的因素，也就是我们所说的局限性。凡是限制我们的东西，我们都称之为"命运"。假如我们残忍野蛮，命运就会显现出残忍恐怖的状态；而当我们文雅高尚起来，限制我们的东西也会变得柔和文雅一些。如果我们上升到精神文明的高度，那种对抗性也会采取一种超凡脱俗的形式……随着灵魂的净化，局限性也变得纯净了。但是**必然性之环永远高踞顶端**。[1]

在必然性的藩篱中，质感与表现相去千里。奥赛罗行事粗暴，让人感到惋惜。美好的爱情变成惨案，其中有必然性因素，虽然奥赛罗有一颗善良的心，但是在决绝的那一刻，他的灵魂却是被魔鬼占据了。他的心灵在歧视重压下异化，使他做出悖逆暴行。

个体本质的不同使悲剧呈现不同色调。性情粗砺的奥赛罗因不能谨慎行事、无法怀有悲天悯人之心而使其美德遭到抹杀。他的悲剧正是一滴浑浊得犹如阿拉伯树胶的珠泪，因掺了杂质无法达到纯净。于是，黑色成为他的标识，使他洗脱不掉、与生俱来的肤色成为罪恶的象征。那上面印着他的过失，更印着巨大的社会罪恶。他的罪恶成为社会显在黑暗的隐在映像。

奥赛罗的黑肤是他避免不了的身体特征，更是他无法摆脱的痛苦——作为黑人的痛苦。一个驰骋疆场、叱咤风云的人尚且无法规避这种歧视迫害的苦痛，更何况一般人？他无穷的能量却被煽动去犯下一桩罪恶，因社会本身将他们当成罪恶的牺牲。那幽深的黑

---

[1] [美]拉尔夫·沃尔多·爱默生：《爱默生散文选》，丁放鸣译，花城出版社2005年版，第89页。

色是无尽的罗网,是罪恶的种族歧视造成的苦痛!表面的嫉妒、狂暴、冲动皆由此而生。幽深的黑色凝聚着"社会的暴力"——对人的个体尊严施加的暴力,无情的践踏,而这暴力在他身上形成高能量汇聚。高能量在寻求出口,造成新的暴力。这暴力只能施与身边比他更弱势的对象,于是无辜的苔丝狄梦娜成为种族歧视最终的祭品。

奥赛罗的黑色是文明中的残暴,是社会心理暴力的标识。它造成切肤的痛与不幸的牺牲。它是种族冲突的缘起,是人类战斗、冲突、不和平的根源。而这残暴的根源不是别的,正是人性中的贪婪,"贪婪、发财的欲望是一种普遍的情欲,它在一切时间,一切地方,一切人身上都起作用"[1]。

五 奥赛罗舞台叙事

《奥赛罗》是莎士比亚最常在舞台上演出的剧目。詹姆斯一世时代这部剧作第一次上演,奥赛罗由白人扮演,将脸部涂黑。著名演员、画家理查·伯比奇(Richard Burbage,约1567—1619)扮演过奥赛罗。1711年,英国演员布斯(Barton Booth,1681—1733)在德鲁瑞街戏院因扮演奥赛罗一举成名。1719年,他与扮演多部莎剧角色的女演员赫斯特·斯坦罗结婚。埃德蒙·基恩在1814年改变了表演传统,使奥赛罗的皮肤呈"黄褐色",隐去了主人公的黑肤。他强调黑人地位是白人文化想象的产物。不过接下来的几个夜晚,奥赛罗则以完全不同的身体特征呈现出来。

不同于以往几个世纪中白人饰演黑人,艾拉·弗雷德里克·

---

[1] 瑜青主编:《休谟经典文存》,上海大学出版社2002年版,第135页。

奥尔德里奇(Ira Frederick Aldridge,约 1805—1867)以黑人本色出演奥赛罗。1826 年,美国黑人演员奥尔德里奇在伦敦皇家剧院第一次登台,饰演奥赛罗。他做过无数次巡回演出,还到过爱尔兰演出。最精彩的表演是他 1833 年扮演的奥赛罗。1853 年开始,他进行了为期三年的欧洲之旅。在德国,他和支持他的德国演员一起演戏。观众对他赞誉有加。

《哈姆雷特》在演出不久后就有剧本问世,而《奥赛罗》却并非如此,这说明它并没立刻风靡一时,但是在后世却成了最流行的莎士比亚戏剧之一。18 世纪后半期德国"狂飙运动"前夕,莱辛用莎士比亚来抨击法国古典主义的清规戒律,就用过《奥赛罗》批评伏尔泰的模仿作品《查伊尔》,席勒早期悲剧《阴谋与爱情》的创作来自《奥赛罗》的启迪。1827 年之前,法国浪漫主义运动在舞台上和古典主义斗争主要依靠介绍席勒,但是之后,在 1829 年用维尼翻译的《奥赛罗》打响了第一炮。之前英国剧团到巴黎演出《奥赛罗》时总闯祸,即使不再挨臭鸡蛋或山药蛋,也还是吓坏了贵族太太小姐们——法国风雅社会无法容忍高贵的悲剧主人公竟是黑人,无法容忍奥赛罗竟当场掐死苔丝狄梦娜,更看不惯伊阿古恶魔般的邪恶。这一番"热热闹闹的嫌恶"过去之后,浪漫主义运动大胜。这一阵风又吹了过去,法国批评家一改前情,竟然说"形式上,《奥赛罗》是作者最精美的作品。再没有别的剧本是这样单纯、这样结构完整,或者更符合古典主义精神了"[1]。苏联舞台上最常

---

[1] 关于《奥赛罗》在法国情况的这一部分内容参见司汤达的《拉辛和莎士比亚》(*Racine et Shakespeare*, 1823, 1825),雷奈·布莱《浪漫主义编年史话》(Bene Bray: *Chronologic du Romanticisme 1804 - 1830*, 1932),罗伯·德·斯梅《"奥赛罗"在巴黎和布鲁塞尔》(Robert de Smet: "'Othello' in Paris and Brusselles", *Shakespeare Survey* 1950(3))。转引自卞之琳:《莎士比亚悲剧论痕》,安徽教育出版社 2007 年版,第 134—135 页。

第二章 论《奥赛罗》

演出的莎士比亚悲剧也是它。[1]《奥赛罗》在世界各地舞台上走红。

17世纪的批评家托麦斯·赖默说《奥赛罗》是"手绢的悲剧",说悲剧的第一个教训就是小姐们要听从父母,不要跟摩尔人恋爱私奔。赖默的评论早已被认为是"荒谬的典范",只有艾略特(T. S. Eliot)在《论文选集》(*Selected Essays*, 1932)中才给他说了句好话。

著名莎剧演员劳伦斯·奥利弗(Lawrence Olivier, 1907—1989)也成功地主演过《奥赛罗》,他的舞台演出在1965年被拍成电影。

1915年,陆镜若的春柳剧场演过《奥赛罗》等剧作。在抗日时期,国立剧专演过《奥赛罗》。

舞台上第一个奥赛罗的扮演者伯比奇塑造的是一个痛苦的摩尔人形象。对此,舞台上的少数族裔会有怎样的反应?"非裔美国人艾拉·奥尔德里奇在伦敦舞台上饰演奥赛罗的时候,多数关于他的评论反映出19世纪英国反黑人的倾向,大抵正如当代评论家预期的那样。"[2]

现代批评家对《奥赛罗》一剧主要是从种族、性别视角,以早期殖民主义者和父权制社会话语进行评论。联系《奥赛罗》悠久的演出历史,这些问题尤其显著。伊莉斯·马克斯(Elise Marks)(2001)注意到历史上几次著名演出中的摩尔人的种族特异性以及各个男主演演绎角色的方式。为达到充分的情感效应,演员一

---

[1] 卞之琳:《莎士比亚悲剧论痕》,安徽教育出版社2007年版,第135页。
[2] Cline, Lauren Eriks: "Audiences Writing Race in Shakespeare Performance." *Shakespeare Studies*, Vol.47, 2019, p.112. Gale Literature Resource Center, Accessed 5 Jan. 2020. Gale Document Number:GALE | A606137492. See Joyce Green MacDonald: "Acting Black: Othello, Othello Burlesques, and the Performance of Blackness," *Theatre Journal*, Vol.46, 1994, pp.231-249.

定要满足特别的种族特征,也就是必须既要符合西方种族标准,同时也要具有异域半开化种族的"他者"特征。而这种效果通常是由白人,而不是黑人饰演达到的。

在《莎士比亚:我们的同时代人》中叙述了这样一个故事。1822年,巴尔迪摩上演《奥赛罗》,在奥赛罗掐死妻子的瞬间,台下一个军官霍地站起来,高喊"我不能眼睁睁地看着一个黑鬼杀死我们白种女人",随即枪响,他将扮演奥赛罗的演员击毙。演员表演的逼真效果使观众完全进入角色,将戏当作了真实。

许多杰出演员都无法解读这个角色的落差,奥赛罗竟从一个高贵的将军堕落为杀人犯。奥森·威尔斯(Orson Welles)、劳伦斯·奥利弗、劳伦斯·菲什伯恩都饰演过这个角色。本特评论说,威尔斯将奥赛罗表现得令人同情,奥利弗突出其缺点和种族归属,菲什伯恩则过分简化了将军的复杂情感。1999年、2000年皇家莎士比亚公司上演的《奥赛罗》由迈克尔·阿滕伯勒(Michael Attenborough)导演,由雷·弗尔伦(Ray Fearon)饰演奥赛罗。阿拉斯泰尔·麦考利(2000)认为,尽管他演得不错,却没有表现出摩尔人的伟大。保罗·泰勒觉得演员太年轻,凯瑟琳·邓肯·琼斯(1999)也认为舞台表演活跃,但强调的是演员无可置疑的魅力。[1]

> 皮肤黝黑的表演者被警察通知必须宣布那是他们的最后一次演出,但是他们拒不服从,继续每晚演出。最后人们认为有必要让官方力量介入。警察最后打断演出,逮捕演员,把他们关在一间绿色的屋子里,经过一晚上的骚扰,他们承诺"再

---

[1] See Lee, Michelle, ed.: *Shakespearean Criticism*. Vol. 89. Detroit, MI: Gale, 2005. Literature Resource Center. Accessed 21 June 2019. Gale Document Number: GALE|H1410001468.

不演莎士比亚"后才被释放。

喜剧演员查尔斯·马修斯也体会到人们认为黑人演莎士比亚不合适的这种观念。他曾于1821—1822年间在美国东部旅行。[1]

黑人的表演引发民众骚动,可谓剧场内外,情同一心。

世界著名歌唱家、加拿大男高音歌唱大师乔恩·维克斯(Jon Vickers)唱过歌剧《奥赛罗》。他扣人心弦的演技、强劲动感的演唱力度与表现力令无数观众折服。他的声音如"地狱的复仇火焰,燃烧着黑暗的邪火与压抑的冷酷,燃点与冰点一样幽深"[2]。他表现的奥赛罗"喷薄灼烫",力道深刻。他与卡拉扬合作拍摄歌剧电影《奥赛罗》,铸就了永恒经典。他被认为是20世纪下半叶最伟大的艺术家之一。卡拉扬评价他说:

> 他对人物的思考和理解有多透彻!他在舞台上传递出来的气度那么好,在那些伟大的角色里——他的特里斯坦,他的奥赛罗——在我看来,他给人带来了音乐分句上的独一无二的辨识力。这些分句可能是非常个人化的,但是,他有能力展现它们、升华它们。有那么多的歌唱家仅会以一种特定的方式营造出简单的音乐效果,而他们总是能够让音乐变得非常私人化和特殊化。[3]

---

[1] MacDonald, Joyce Green: "Acting Black: 'Othello', 'Othello' Burlesques, and the Performance of Blackness." *Theatre Journal*, Vol.46, No.2, 1994, p.231. Literature Resource Center, Accessed 21 June 2019. Gale Document Number: GALE|A15263647.

[2] 赵扬:《归来,奥赛罗——追记加拿大男高音乔恩·维克斯》,《歌剧》2015年第9期,第22页。

[3] 赵扬:《归来,奥赛罗——追记加拿大男高音乔恩·维克斯》,《歌剧》2015年第9期,第27页。

一次维克斯与女高音斯蒂芬妮·伯格在加拿大国际艺术中心进行歌剧《奥赛罗》最后一个场景的电视直播演出，临上台前，他严肃地对伯格说："你必须完全按照我说的去做。如果你不这样做的话，你很容易受伤。"在奥赛罗掐死妻子的一场演出中，维克斯的恐怖动作似乎真的要把伯格扼死，他逼真的表演吓坏了现场观众。1973年歌剧电影《奥赛罗》中，维克斯把奥赛罗的鲁莽、炽烈、妒火煎熬、骄傲到绝望的变化演绎得精准激烈、惊心动魄，在第三幕的咏叹调"神啊！别把所有的灾祸都抛向我"中，他唱的3个16分音符以递增强度的3个降A表达心酸悲痛。他饰唱的奥赛罗代表着一个时代的经典与高度，将经典的"高贵的野蛮人"形象演得鲜活动人。在很长一段时间里，他拒绝在歌剧院演出这个角色，因为他起初对饰唱奥赛罗感到犹豫不决，直到录过唱片（1960）七年之后，他才准备好了在歌剧院中饰唱奥赛罗。他意识到饰唱奥赛罗是一个宏伟的事业，这是最复杂、最困难的角色。[1] 维克斯的正直、高贵、坦率、气度，甚至他狂暴的坏脾气似乎都与奥赛罗的气质契合！

　　1983年，京剧演员齐啸云将《奥赛罗》改编成中文京剧剧本，后来又将第四幕"信假成真"译成英文并谱曲。1987年元旦她扮演奥赛罗，张云溪扮演伊阿古，在中央电视台国际台播出。

　　1986年，在中国首届莎士比亚戏剧节上，北京京剧院演出郑碧贤导演的京剧《奥瑟罗》，将剧作改造成中国传统戏剧。奥赛罗（马永安扮演）入场时身负明晃晃的宝剑高视阔步，其神态动作、慷慨的态度都流露出他城市守卫者的地位。他以不可抗拒的魅力征服了苔丝狄梦娜和勃拉班修。风暴与平静、狂暴与柔情的变奏

---

[1] 参见赵扬：《归来，奥赛罗——追记加拿大男高音乔恩·维克斯》，《歌剧》2015年第9期，第28—29页。

融在表演动作中,但是为奥赛罗和伊阿古那种毁灭性的亲密关系所留下的空间却极少。[1] 1994年,在上海国际莎剧节上,上海人民艺术剧院演出话剧《奥赛罗》,导演雷国华展示给观众的演出一反传统,不再是奥赛罗的叙事,而是以伊阿古为演出中心,将他塑造成一个有理想有才华的人,因不公正的待遇选择毁灭性的反抗。

---

[1] 见[英]J. P. 勃劳克班克:《莎士比亚在中国新生》,收录于张泗洋主编《莎士比亚的三重戏剧:研究·演出·教学》,东北师范大学出版社1988年版,第16—17页。

第三章
论《麦克白》

> 一个人人生中巨大的成功突然唤醒了他沉睡的野心。在野心导引下,他身涉险地,用自己的贪婪编织成再也无从逃脱的人生罗网,从此在罪恶的深渊里陷溺,万劫不复。

戏剧《麦克白》以超自然力量为突出特征,体现了杰出的艺术幻想。整个剧情热烈激昂:

> 超自然势力不可抗拒的压力以双倍力量激荡人类的情感浪潮。麦克白被命运狂力驱策,像小船在风暴中飘荡:他像醉汉一样摇摆;在自己的意图和别人暗示的重压下摇摇晃晃;他被自己的境遇所迫陷于困境;巫婆的指示使他沉溺于迷信的畏惧与屏息的悬望……他的头脑受到悔恨的刺激,充满了"非人间所有的鼓励"。他对人说的话和自言自语是关于人生的哑谜,无法解开,把他纠缠在哑谜的迷宫中。[1]

---

[1] [英]赫兹里特:《莎士比亚戏剧人物论》(1817),柳辉译,收录于杨周翰编《莎士比亚评论汇编(上)》,中国社会科学出版社1979年版,第197—198页。

第三章 论《麦克白》

《麦克白》是一桩超自然的悲惨事件的记录。它带有古老记事史那种粗犷的严峻,又加上了诗人想象所能加之于传统信仰的一切。麦克白的城堡"空气清新","喜欢住在殿堂的燕子在那儿筑巢"——在我们头脑里真的存在……一切经过麦克白头脑的也分毫不差地通过我们的头脑。一切确实能够发生的和一切只在想象中是可能的,所说的话和所做的事,激情的作用,妖法的蛊惑,这一切都以同样的绝对真实性与生动性带到我们面前。[1]

这部气质鲜明的剧作以其独特性令人印象深刻。

一 权欲掘出深渊

《麦克白》主要取材于拉斐尔·霍林希德(Raphael Holinshed)的《英格兰、苏格兰、爱尔兰编年史》(1577),讲述功勋赫赫的麦克白将军因女巫蛊惑,觊觎王位,杀害国王,登上王位,为巩固地位追杀臣子,直至最后覆灭的故事。这部戏剧以艺术的统一性和戏剧行为的简洁著称。它第一次在环球剧院上演是在 1611 年。1623 年的《第一对开本》是这部剧作首次出版,但是其中有些内容是剧作家托马斯·米德尔顿(Thomas Middleton)的手笔,例如第四幕第一场"幽灵之歌"中女巫们的歌唱。整部戏剧渗透着超自然因素。戏剧开场便是电闪雷鸣、女巫出现、宣告预言。四百多年来,麦克白的形象一直困扰着观众与读者——他不是像奥赛罗那样被人牵着鼻子走、稀里糊涂上当,他完全知道自己所作所为的不义和可

---

[1] [英]赫兹里特:《莎士比亚戏剧人物论》(1817),柳辉译,收录于杨周翰编《莎士比亚评论汇编(上)》,中国社会科学出版社 1979 年版,第 196—197 页。

怖,却明知故犯。

尽管许多批评家论述这部剧中势不可挡的暴力行为、噩梦般的气氛、主人公谜一般的本质,这部剧作被公认为是莎士比亚最成熟、最深刻的罪恶构想。L. C. 奈茨的观点具有代表性。他评价剧中未加节制的"对权力的贪欲(lust for power)"造成的恶果。莎士比亚将善恶内在的区别予以戏剧性外化,使人们颠倒道德秩序的潜能外显。[1]

狂暴的欲望遮蔽了人的理智,使他们眼睁睁地朝向危险的深渊冲刺却浑然不觉。幽灵说:"你要残忍、勇敢、坚决;你可以把人类的力量付之一笑,因为没有一个妇人所生下的人可以伤害麦克白"[2];"你要像狮子一样骄傲而无畏,不要关心人家的怨怒,也不要担忧有谁在算计你。麦克白永远不会被人打败,除非有一天勃南的树林会冲着他向邓西嫩高山移动"[3]。

麦克白听了真的就以为自己可以高枕无忧,直到马尔康率领的军队每个士兵都用树枝举在面前,隐匿全军的人数,从远处看就像树林在移动,此时麦克白方知大事不妙。

有几个现代评论家探索麦克白形象心理冲突的各个方面。在1990年发表的文章中,H. W. 福克纳认为麦克白缺乏

---

[1] Zott, Lynn M., ed.: "Macbeth." *Shakespearean Criticism*. Vol.69, Gale, 2003. Literature Resource Center. Accessed 23 July 2019. Gale Document Number:GALE|H1410000802.
[2] [英]莎士比亚:《莎士比亚全集 8》,朱生豪译,人民文学出版社 1978 年版,第 361 页。
[3] [英]莎士比亚:《莎士比亚全集 8》,朱生豪译,人民文学出版社 1978 年版,第 362 页。

中心结构主题,作为戏剧主人公,他与自身行动保持疏离。比厄特·萨多夫斯基(2001)认为麦克白从在意荣誉、良心为标志的状态转变为被无情的野心占据心灵、巩固政权的状态,在这个过程中间,他主要关注的是他的男子汉气概。保罗·A.坎特(2000)识别出在英雄式的异教道德与良心和温顺关联的基督教价值观之间的根本性冲突。[1]

这些评论颇具洞察力。麦克白夫人采用激将法刺激麦克白是懦夫,使他要去证明自己敢作敢为。他果真去杀了国王邓肯,犯下滔天大罪。

剧中"done"一词出现了约 35 次,不断回环往复,似丧钟玄响激荡、山鸣谷应地回响。《麦克白》似乎跟"完了"没完[2]。麦克白夫人说:"事情完了就完了(What's done, is done)。"[3]"要是干了以后就完了,那么还是快一点干……要是这一刀砍下去,就可以完成一切、终结一切、解决一切……"[4]——这是麦克白在行凶之前想的。但是,事情干完了想要了结一切实际上是不可能的。"done"在英文中的意思是"做完了,完结",但也有"完蛋"的意思。句子隐含着"一旦事情做下了,就完蛋了"的意思。英语中有这样的说法:What is done couldn't be undone(做了的事情不能变成没做),指既成事实无法改变,人永远无法回到原来的状态。"完了(done)"的英文发音与

---

[1] Lee, Michelle, ed.:"Macbeth." *Shakespearean Criticism*. Vol.90. Gale, 2005. Literature Resource Center. Accessed 23 July 2019. Gale Document Number:GALE|H1410001473.
[2] [英]尼古拉斯·罗伊尔:《爱的疯狂与胜利:莎士比亚导读》,欧阳淑铭译,中信出版集团 2015 年版,第 136—137 页。
[3] Evans, G. Blakemore: *The Riverside Shakespeare*. London:Houghton Mifflin Company, 1974, p.1325.
[4] [英]莎士比亚:《莎士比亚全集8》,朱生豪译,人民文学出版社 1978 年版,第 324 页。

老国王邓肯(Duncan)名字的前一半发音一样,麦克白夫人呼唤"最昏暗的地狱的浓烟"[1],原文是"the dunnest smoke of hell"[2]其中"dunnest"前一半"dun"发音与"done"一样,意思是"darkest(最黑暗的)",于是,"done"与黑暗、最深的罪恶、地狱关联。

野心像盘踞的毒,是"人类恶念的魔鬼"[3],一旦产生就盘踞心头,挥之不去,像幽灵一样不时光顾,带来痛苦。这"思想的幽灵"成为"充满了头脑的蝎子(O, full of scorpions is my mind)"[4],使他们"在忧虑中进餐",每夜做"惊恐的噩梦",[5]"进餐"与"噩梦"预言了当晚出现班柯鬼魂的晚宴和麦克白夫人精神失常时导致梦游的噩梦。

"我们不过刺伤了蛇身,却没有把它杀死"[6]——这句话直接否定了"事情完了就完了"的假设。原文中,蛇的人称代词变成了"她":"We have scotch'd the snake, not kill'd it. She'll close and be herself …"[7]这个雌性的代词人称暗示这是具有生育功能的形象——后文有指涉班柯的儿子弗里恩斯的"小虫"意象,或许蛇可以指麦克白夫人,可以指三个邪恶的女巫;但是直接的所指却是邓肯、班柯与儿子弗里恩斯、邓肯的两个儿子……

---

[1] [英]莎士比亚:《莎士比亚全集 8》,朱生豪译,人民文学出版社 1978 年版,第 321 页。

[2] Evans, G. Blakemore: *The Riverside Shakespeare*. London: Houghton Mifflin Company, 1974, p.1316.

[3] [英]莎士比亚:《莎士比亚全集 8》,朱生豪译,人民文学出版社 1978 年版,第 321 页。

[4] Evans, G. Blakemore: *The Riverside Shakespeare*. London: Houghton Mifflin Company, 1974, p.1325.

[5] [英]莎士比亚:《莎士比亚全集 8》,朱生豪译,人民文学出版社 1978 年版,第 346 页。

[6] [英]莎士比亚:《莎士比亚全集 8》,朱生豪译,人民文学出版社 1978 年版,第 346 页。

[7] Evans, G. Blakemore: *The Riverside Shakespeare*. London: Houghton Mifflin Company, 1974, p.1325.

图 3 麦克白与女巫,格雷夫洛特画
(引自 *William Shakespear — Oeuvres III*,第 115 页)

蛇最初指涉的是麦克白,麦克白夫人让他装出欢迎的样子迎接邓肯的到来:"让人家瞧您像一朵纯洁的花朵,可是在花瓣底下却有一条毒蛇潜伏。"可是后来就指涉班柯:"他安安稳稳地躺在一条泥沟里,他的头上刻着二十道伤痕,最轻的一道也可以致他死命","大蛇躺在那里;那逃走了的小虫,将来会用它的毒液害人,可是现在它的牙齿还没有长成"。[1] 大蛇指班柯,小蛇指班柯的孩子们。有了蛇,就相应地有了"毒牙""伤口"的意象:"它的伤口会慢慢平复过来,再用它的原来的毒牙向我们的暴行复仇","我想我们的国家呻吟在虐政之下,流泪、流血,每天都有一道新的伤痕加在旧日的疮痍之上"。[2]

蛇在《圣经》中是魔鬼的化身,是地狱的主宰。"地狱""深渊""蛇""蝎子""毒牙""伤口""伤痕""泪""血"……种种意象以"蛇"为中心构成剧作第一条意象链,将谋杀—复仇、谋杀—反抗一系列的黑暗链条贯串起来。第二条意象链以"血"为中心。两条意象链贯串始终,而"蛇"造成的"伤口"会流血,因此可归结为一个意象体系。这个意象体系展示了麦克白夫妇世界的窒息、恐怖和无穷无尽的折磨……

作为莎士比亚四大悲剧之一,《麦克白》是一部心理剧(psychological drama)。作恶引起的恐慌、恐惧异乎寻常的强烈、生动。绝望中的麦克白苦苦挣扎的形象突出地展现在人们面前。剧中人物陷在自己挖掘的深渊里无法自拔。

---

[1] [英]莎士比亚:《莎士比亚全集8》,朱生豪译,人民文学出版社1978年版,第322、350页。
[2] [英]莎士比亚:《莎士比亚全集8》,朱生豪译,人民文学出版社1978年版,第346、370页。

二 女巫左右剧情

《麦克白》开场,三女巫一出现,自然法则遭覆灭,在读者心中只留下荒凉和恐怖的感觉[1],某种恶毒、邪佞的东西在神秘处酝酿,将要使"人类仁慈的乳汁变成狠毒的苦厄的胆汁"。女巫起着至为重要的催化作用。莎士比亚通过人物内心独白将读者带入剧中人物的思想。

麦克白是一位勇武盖世的将军、战场上的英雄,他与哈姆雷特一样高贵。他在平定叛乱中立了大功,却在凯旋路上遇见三个女巫(weird sisters),女巫预言他将践登王位,无人能战胜他,除了不是女人生出的人;还说班柯的后人将继承他的王位。如果说女巫指出了他的命运,但若麦克白没有野心,他大可以安然等待命运将王冠送至手上——既然命运已经设定了这样的程序,他就不会错失。但他却去刺杀国王,只能说明他存在对王位的期待、对荣名的渴望——无论他曾多么辉煌,多么受人信任与爱戴。这种虚荣才使女巫的话灵验。这个导火索使他变得蠢蠢欲动、迫不及待。在一个"良机"面前,他终于禁不住巨大的诱惑,铤而走险。

这位勇猛的将军,在叛徒猖狂之际杀出血路。"命运也像娼妓一样,有意向叛徒卖弄风情。可这一切都无能为力,因为英勇的麦克白——真称得上一声'英勇'——不以命运的喜怒为意,挥舞着他血腥的宝剑,像个煞星一路砍杀过去……"[2]"他们(麦克白和

---

[1] [英]摩尔根:《论约翰·福斯塔夫爵士的性格特征》(1777),曹葆华、徐仙洲译,收录于杨周翰编《莎士比亚评论汇编(上)》,中国社会科学出版社1979年版,第107页。
[2] [英]莎士比亚:《莎士比亚全集8》,朱生豪译,人民文学出版社1978年版,第310页。

班柯)就像两尊巨炮,满装着双倍火力的炮弹,愈发愈猛,向敌人射击;瞧他们的神气,好像拼着浴血负创,非让尸骸铺满原野,绝不罢手。"[1]考特爵士叛变,帮助挪威国王开始残酷的血战。麦克白力挫敌人,在危机四伏的战事中取胜。他被授予爵位,达到辉煌巅峰。这种巨大的胜利在他内心产生了影响,让女巫有了施展作用的土壤。

好的生活在于内心的和谐与安宁。麦克白如果知道动手之后他的人生再也没有心灵的宁静与和谐,他一定不会做出那个致命的决定。"柏拉图说,没有人明知该行为将对自己造成危害,却还执意去这么做(No one, Plato says, ever knowingly chooses an act that will be harmful to oneself)。"[2]他是命运囚室里无知的囚徒。

> 在洞穴隐喻中,柏拉图描绘了人们如何从黑暗走向光明、从无知走向知识的历程。他描绘了囚徒的满足感(self-satisfaction among the prisoners)——他们并不知晓自己是囚徒,不知道自己被错误的观念桎梏、置身于无知的黑暗(they do not know that they are prisoners, that they are, chained by false knowledge and dwell in the darkness of ignorance)。[3]

人生中有多少陷阱,让人容易陷溺、陷落、痴狂,失却平静、光

---

[1] [英]莎士比亚:《莎士比亚全集8》,朱生豪译,人民文学出版社1978年版,第311页。
[2] Stumpf, Samuel Enoch & James Fieser: *Socrates to Sartre and Beyond: A History of Philosophy*. Beijing: World Publishing Corporation, 2008, p.56.
[3] Stumpf, Samuel Enoch & James Fieser: *Socrates to Sartre and Beyond: A History of Philosophy*. Beijing: World Publishing Corporation, 2008, p.57.

第三章 论《麦克白》

荣与梦想。福祸相依。塞翁失马,焉知非福?麦克白眼前的幸福却是一场巨大的灾殃!

文艺复兴时代是在向现代转变的时代。金钱、权力的诱惑就像《麦克白》中开场时的女巫,诱引着人们,使他们无法安于现状。

《麦克白》第一幕第一场,惊雷炸响,在荒凉的旷野出现了三女巫。第三场,当麦克白与班柯浴血奋战之后,得胜班师回去的时候,又有雷声,三女巫再次出现。

"形容这样枯瘦,服装这样怪诞,不像是地上的居民,可是却在地上出现?你们是活人吗?你们能不能回答我们的问题?……你们应当是女人,可是你们的胡须却使我不敢相信你们是女人。"[1]

在预言麦克白会成为"葛莱密斯爵士""考特爵士""未来的君王"之后,她们就消逝在空气中,"像呼吸一样融化在风里"。

班柯则说:"我们正在谈论的这些怪物,果真曾经在这儿出现吗?还是因为我们误食了令人疯狂的草根?"

女巫消失之后,安格斯和洛斯过来迎接麦克白,洛斯传达了王上加给他的"考特爵士"头衔。女巫的第一个预言立刻实现了。连班柯也对此错愕:"魔鬼会说真话吗?"[2]

> 在古英语中,"weird"这个词的意思是"命运",这正是三女巫的本源:他们是古典神话中的命运之神(the Fates of classical mythology),其中一个编织人们的生命之线(spun the thread of a person's life),另一个度量它,还有一个剪断它。这个荒凉的场景既代表作为戏剧背景的苏格兰风景,更是人们

---

[1] [英]莎士比亚:《莎士比亚全集8》,朱生豪译,人民文学出版社1978年版,第313—314页。
[2] [英]莎士比亚:《莎士比亚全集8》,朱生豪译,人民文学出版社1978年版,第314—316页。

生存荒芜之象（universal wildness of man's existence）。[1]

"Weird"在现代英语中含有"超自然"之意。这三个形体怪异的女巫是命运女神的变体，翻云覆雨，掌握着麦克白的人生轨迹。荒凉的原野是人生荒芜的征象，预示所有繁华终必成空。

三　自我膨胀的迷魂

谁"能够洞察时间所播的种子，知道哪一颗会长，哪一颗不会长？"[2]凡人是盲目的，常常无法知悉自己行为的后果。看到一颗美丽的果实，欣欣然吃下，吞下的却是有毒的果实，从此人生被戕害。苦海无边，却已无法回头。

> 欲望需要保持在一定限度、一定程度范围内，避免过度，这样才能避免侵占灵魂的其他部分。在娱乐与渴望中的适度是一种美德——节制……不受欲望的强烈冲击，即使日常生活不断变化，他们也能清楚明了什么是真正的理想。理性借此达于智慧的高度。[3]

麦克白没有奉行节制的原则，走向了极端。他看不到自己真正的命运。正如拼命逃离命运罗网的俄狄浦斯，他越努力逃离，反

---

[1] Went, Alex: *CliffsNotes Shakespeare's Macbeth*. Chicago：IDG Books Worldwide, Inc., 2000, p.16.
[2] [英]莎士比亚:《莎士比亚戏剧朱生豪原译本全集15·麦克佩斯》，朱生豪译，朱尚刚审定，中国青年出版社2014年版，第11页。
[3] Stumpf, Samuel Enoch & James Fieser: *Socrates to Sartre and Beyond: A History of Philosophy*. Beijing：World Publishing Corporation, 2008, p.58.

而越接近命运。俄狄浦斯最后刺瞎了自己的双眼,惩罚自己——虽然之前他有眼睛,却无法看到命运之路的悲惨。

奈特在《莎士比亚作品集》中写道,天仙子在一本古老的药典中被称作"失智草","失智草意思是致疯的,它非常危险,一旦入口,便会致人发疯或愚钝。这种植物会摄取人的思维和理智"。[1] 麦克白过度的欲望就像是吃了天仙子草,使他中毒沉陷。

所谓"失智草",其实是理智被欲望所迷。在命运罗网里的陷溺往往因渴望贪求而起。欲望中潜藏巨大风险。而人在渴求的时刻往往只看到利益,却将危险抛之云外。三个女巫代表着麦克白内心潜隐的欲望——莎士比亚将这个欲望具象化。麦克白先前人生纯净,但战功赫赫的时刻让他内心的欲望、野心萌芽、膨胀。

"物极必反,否泰相缪"[2],光荣的胜利却成为灾难肇始。"她们在我胜利的那天遇到我;我根据最可靠的说法,知道她们是具有超越凡俗的知识的。当我燃烧着热烈的欲望,想要向她们详细询问的时候,她们已经化为一阵风。"[3]

麦克白明白无误地有着"燃烧的欲望",这种欲望炽烈,才会激发罪恶行为。女巫的话没有对同行的班柯产生影响——女巫预言他的子孙将继承王位,他却一笑置之。他对女巫说:"我既不乞讨你们的恩惠,也不惧怕你们的憎恨。"[4]去留无意,宠辱不惊,满含豁达、洒脱、淡然。他与《哈姆雷特》中的霍拉旭近似——淡泊

---

[1] [英]西德尼·比斯利:《莎士比亚的花园》,张娟译,莫海波、北塔审校,商务印书馆2017年版,第117页。
[2] [宋]王之望:《汉滨集·卷十六》,清文渊阁四库全书本。
[3] [英]莎士比亚:《莎士比亚全集8》,朱生豪译,人民文学出版社1978年版,第320页。
[4] [英]莎士比亚:《莎士比亚全集8》,朱生豪译,人民文学出版社1978年版,第314页。

名利,浮名与荣耀并非他的热衷与索求,他从没将这些放在心上。一任庭前花开落,闲看天上云舒卷。他达到了"行至水穷,坐看云起"的人生境界。

在洛斯告诉麦克白他已经被封为考特爵士之后,麦克白对班柯说:"您不希望您的子孙将来做君王吗?方才他们称呼我做考特爵士,不同时也许给你的子孙莫大的尊荣吗?"[1]

班柯却说:

> 您要是果然完全相信了她们的话,也许做了考特爵士以后,还渴望把王冠攫入手中。可是这种事情很奇怪;魔鬼为了要陷害我们起见,往往故意向我们说真话,在小事上取得我们的信任,然后在重要的关头我们便会堕入他的圈套。[2]

班柯冷静、清醒、深谋远虑。事实上,后来也证实了他的预言。一切果真只是包藏荣耀光环的灾祸深渊。班柯淡泊、谨慎,对眼前的荣耀毫不动心——他考虑的并非利益,而是潜在的危机;麦克白却在第一个预言实现之后相信了女巫的话,他只看到荣耀与尊贵,却未顾及其中风险。这种差别有深刻的内在原因。

莎士比亚总是在剧中穿插解读文本的关键点——理解麦克白,班柯是钥匙。班柯的审慎、冷静反衬出麦克白在强烈欲望支配下理智的孱弱。陪衬人物揭示了人物的对立表现,描述了相反的情状。班柯与《哈姆雷特》剧中的霍拉旭这样的人对生活中的宠辱处之泰然,不慕权势浮华,没有过多的世俗欲望。他们是生活激

---

[1] [英]莎士比亚:《莎士比亚全集8》,朱生豪译,人民文学出版社1978年版,第316页。

[2] [英]莎士比亚:《莎士比亚全集8》,朱生豪译,人民文学出版社1978年版,第316—317页。

第三章 论《麦克白》

流中的磐石,坚定不移地支撑起自己的生活。麦克白凭着一腔热血行动,却跌入陷阱,后悔莫及,再也无从逃脱。

"人们只能看到他自己的模式允许他所看到的东西,方法论上的出发点不只是简单地指出研究对象,而在实际上创造了对象。"[1]麦克白所看到、理解的是他心中想要的,这是他思想造成的认知上的选择性。而班柯没有野心,女巫无法蛊惑他。

在考特爵士的预言成真的时刻,麦克白心中妄念已动:

> 这种神奇的启示不会是凶兆,可是也不像是吉兆。假如它是凶兆,为什么又一开头就应验预言保证我未来的成功呢?我现在不是已经做了考特爵士了吗?假如它是吉兆,为什么那句话会在我脑中引起可怖的印象,使我毛发悚然,使我的心全然失去常态,卜卜地跳个不住呢?想象中的恐怖远过于实际上的恐怖;我的思想中不过偶然浮起了杀人的妄念,就已经使我全身震撼,心灵在胡思乱想中丧失了作用,把虚无的幻影认为真实了。[2]

他脑海中闪过的是危险的念头。杀戮的恶念掠过,让他神经紧张。邪恶的因子存在他心里,女巫的预言应和了他心中的愿望,所以他才不去怀疑,而是愿意相信。

当欲望之毒侵入,一切都变了模样。

在叛国的考特被执行死刑后,国王邓肯宣布长子马尔康为储君,封为肯勃兰亲王,将来承袭王位。接着麦克白向国王告辞说要

---

[1] 曾艳兵:《语言的悲剧——〈麦克白〉新论》,《外国文学》1999年第4期,第81页。
[2] [英]莎士比亚:《莎士比亚全集8》,朱生豪译,人民文学出版社1978年版,第317页。

回去报告妻子喜讯。

旁白中揭示他将肯勃兰亲王看作自己前进的阻碍。"星星啊,收起你们的火焰!不要让光亮照见我黑暗幽深的欲望。眼睛啊,别望这双手,可是我仍要下手,不管干下的事会吓得眼睛不敢看。"[1]

麦克白的这段旁白说明他心中已有邪恶的动机和欲念,并且准备铤而走险。他自身的因素是他后面行凶的重要因素。有人称麦克白夫人为"超级女巫",但若麦克白本身没有这样的欲念和贪婪,杀害国王的事情也很难实施。

罪恶在黑暗中蠢蠢欲动,黑暗涌动,要吞没光明。

麦克白看到了"空中的刀子"。

在我面前摇晃着、它的柄对着我的手的,不是一把刀子吗?来,让我抓住你。我抓不到你,可是仍旧看见你。不祥的幻象,你只是一件可视不可触的东西吗?或者你不过是一把想象中的刀子,从狂热的脑筋里发出来的虚妄的意念?我仍旧看见你,你的形状正像我现在拔出的这一把刀子一样明显。你指示着我所要去的方向,告诉我应当用什么利器。[2]

"刀子"意象在前,麦克白实际使用刀子在后。心中所有,才会变为现实。

可是一旦光明被吞没,麦克白的幸福也告终结。麦克白夫人对麦克白的特点可谓了解,她说:

---

[1][英]莎士比亚:《莎士比亚全集8》,朱生豪译,人民文学出版社1978年版,第319—320页。

[2][英]莎士比亚:《莎士比亚全集8》,朱生豪译,人民文学出版社1978年版,第328页。

第三章 论《麦克白》

  可是我却为你的天性忧虑：它充满了太多的人情的乳臭，使你不敢采取最近的捷径；你希望做一个伟大的人物，你不是没有野心，可是你却缺少和那种与野心相联属的奸恶；你的欲望很大，但又希望只用正当的手段；一方面不愿玩弄机诈，一方面却又要作非分的攫夺；伟大的爵士，你想要的那东西正在喊："你要到手，就得这样干！"你也不是不肯这样干，而是怕干。[1]

麦克白的这种天性注定了他的人生在"越界"后走入无法遏止的坎坷歧路。

得知邓肯将要来到自己的府邸，麦克白夫人立刻动了杀机：

  报告邓肯走进我这堡门来送死的乌鸦，它的叫声是嘶哑的。亲，注视着人类恶念的魔鬼们！解除我的女性的柔弱，用最凶恶的残忍自顶至踵灌注在我的全身；凝结我的血液，不要让怜悯钻进我的心头，不要让天性中的恻隐摇动我的狠毒的决意！[2]

她对麦克白说："您要欺骗世人，必须装出和世人同样的神气；让您的眼睛里、您的手上、您的舌尖，随处流露着欢迎；让人家瞧您像一朵纯洁的花朵，可是在花瓣底下却有一条毒蛇潜伏。"[3]

麦克白或许本可做"一朵纯洁的花朵"，可是他却娶了麦克白

---

[1] [英]莎士比亚:《莎士比亚全集8》，朱生豪译，人民文学出版社1978年版，第320—321页。
[2] [英]莎士比亚:《莎士比亚全集8》，朱生豪译，人民文学出版社1978年版，第321页。
[3] [英]莎士比亚:《莎士比亚全集8》，朱生豪译，人民文学出版社1978年版，第322页。

夫人,她的狠毒犹如毒蛇,在麦克白心中善与恶交缠争锋的时候,一举帮他消灭了纯洁的心思。

在恶念植入的时候,麦克白并非没有良知:

> 要是干了以后就完了,那么还是快一点干;要是凭着暗杀的手段,可以攫取美满的结果,又可以排除了一切后患;要是这一刀砍下去,就可以完成一切、终结一切、解决一切——在这人世上,仅仅在这人世上,在时间这大海的浅滩上;那么来生我也就顾不到了。可是在这种事情上,我们往往逃不过现世的裁判;我们树立下血的榜样,教会别人杀人,结果反而自己被人所杀;把毒药投入酒杯里的人,结果也会自己饮鸩而死,这就是一丝不爽的报应。[1]

麦克白顾不到来生了,但是他也知道往往会有现世的报应。他心里还是要幻想着"凭着暗杀的手段","攫取美满的结果",虽然他也明明知道他不该这样做:

> 他到这儿来本有两重的信任:第一,我是他的亲戚,又是他的臣子,按照名分绝对不能干这样的事;第二,我是他的主人,应当保障他身体的安全,怎么可以自己持刀行刺?而且,这个邓肯秉性仁慈,处理国政,从来没有过失,要是把他杀死了,他的生前的美德,将要像天使一般发出喇叭一样清澈的声音,向世人昭告我的重罪……[2]

---

[1] [英]莎士比亚:《莎士比亚全集8》,朱生豪译,人民文学出版社1978年版,第324页。
[2] [英]莎士比亚:《莎士比亚全集8》,朱生豪译,人民文学出版社1978年版,第324页。

第三章 论《麦克白》

麦克白知道邓肯秉性仁慈,没什么过失。他没有理由杀死他,但是野心却这般殷殷呼唤,使他跃跃欲试。在他心里,善良与欲望在争斗。他的理智试图阻止,但是他的野心却不由自主地在酝酿阴谋,似自有一种蓬勃的生命。

他说:"我们还是不要进行这一件事情吧。他最近给我极大的尊荣;我也好容易从各种人的嘴里博到了无上的美誉,我的名声现在正在发射最灿烂的光彩,不能这么快就把它丢弃了。"[1] 而且,他也害怕失败。但是,麦克白夫人却竭力鼓动他,说男子汉就要敢作敢为,让他不要错失大好机会,最终将麦克白的犹疑消除。

心灵的毒药充满麦克白夫妇的心房。麦克白的心中植入了使人丧失理智的毒素——贪婪。贪欲使他一生的光荣变为耻辱,使他人生的幸福成为虚妄。他以为他追到了幸福,但幸福却永远弃他而去。

麦克白夫人的刺激继续:

> 那么当初是什么畜生使你把这一种企图告诉我的呢?是男子汉就应当敢作敢为;要是你敢做一个比你更伟大的人物,那才更是一个男子汉。那时候,无论时间和地点都不曾给你下手的方便,可是你却居然决意要实现你的愿望;现在你有了大好的机会,你又失去勇气了。[2]

这一番激将法起了作用。麦克白同意行动:"我的决心已定,我要用全身的力量,去干这件惊人的举动。去用最美妙的外表把

---

[1] [英]莎士比亚:《莎士比亚全集8》,朱生豪译,人民文学出版社1978年版,第325页。
[2] [英]莎士比亚:《莎士比亚全集8》,朱生豪译,人民文学出版社1978年版,第325—326页。

人们的耳目欺骗;奸诈的心必须罩上虚伪的笑脸。"[1]诡诈的罪恶必须要去遮掩,虚伪成为罪恶伴生的产儿。这个谋杀犯与克劳狄斯一样,用虚伪掩盖罪行,欺骗世人耳目。

他们给侍卫的乳酒里下了麻药。

翌日早晨列诺克斯说:

> 昨天晚上刮着很厉害的暴风,我们住的地方,烟囱都给吹了下来;他们还说空中有哀哭的声音,有人听见奇怪的死亡的惨叫,还有人听见一个可怕的声音,预言着将要有一场绝大的纷争和混乱,降临在这个不幸的时代。黑暗中出现的凶鸟整整地吵了一个漫漫的长夜;有人说大地都发热而战抖起来了。[2]

"曾加害于人者,如果有权,也是可怕的,因为他们怕别人报复,而报复是在恐惧的对象之列。人们在争夺自己所不能尽有的东西时,也是恐怖的人物,因为他们势必彼此敌对。"[3]

一件重大的罪恶连着混乱、杀戮、复仇。人生噩梦从此开始。

麦克白是英雄,他本可充满英雄的慷慨激昂和无上光荣,在生的舞台光芒万丈,而他却在光芒如日中天之际陨落。

在他行凶的时候,"一个人在睡梦里大笑,还有一个人喊'杀人啦!'他们把彼此惊醒了;我站定听他们;可是他们念完祷告,又

---

[1] [英]莎士比亚:《莎士比亚全集8》,朱生豪译,人民文学出版社1978年版,第326页。
[2] [英]莎士比亚:《莎士比亚全集8》,朱生豪译,人民文学出版社1978年版,第335页。
[3] 缪朗山:《缪朗山文集8·西方文艺理论史纲》,章安祺编订,中国人民大学出版社2011年版,第227页。

第三章 论《麦克白》

睡着了"[1]。

当他在寂静的黑夜遮掩下杀害了国王：

> 我仿佛听见一个声音喊着，"不要再睡了！麦克白已经杀害了睡眠"，那清白的睡眠，把忧虑的乱丝编织起来的睡眠，那日常的死亡，疲劳者的沐浴，受伤的心灵的油膏，大自然的最丰盛的菜肴，生命的盛宴上主要的营养……
>
> 那声音继续向全屋子喊着："不要再睡了！葛莱密斯已经杀害了睡眠，所以考特将再也得不到睡眠，麦克白将再也得不到睡眠！"[2]

他脑子里这样胡思乱想，竟然拿着行凶的刀子忘了放下。麦克白夫人让他洗净手上的血迹，让他把刀子拿回凶案现场，可麦克白再不肯回去——他不敢回想刚刚的所为，更没胆量再看一眼，还是麦克白夫人把刀子放了回去。

刚完成凶杀，却传来敲门声：声声惊魂，阵阵惊心。

> 那打门的声音是从什么地方来的？究竟是怎么一回事，一点点的声音都会吓得我心惊肉跳？这是什么手！嘿！它们要挖出我的眼睛。大洋里所有的水，能够洗净我手上的血迹吗？不，恐怕我这一手的血，倒要把一碧无垠的海水染成一片殷红呢。[3]

---

[1] [英]莎士比亚：《莎士比亚全集8》，朱生豪译，人民文学出版社1978年版，第330页。
[2] [英]莎士比亚：《莎士比亚全集8》，朱生豪译，人民文学出版社1978年版，第331页。
[3] [英]莎士比亚：《莎士比亚全集8》，朱生豪译，人民文学出版社1978年版，第332页。

麦克白说:"要想到我所干的事,最好还是忘掉我自己。"[1]

谋杀那一刻成为他人生的分水岭。谋杀的行为使他脱离正常轨道,骤然间掀动机关,使生活倾侧——这是一个不可逆转、无可挽回的失衡,人生将不断地倾侧,直至生命终点。无论再做什么都无法冲抵这一刻的行为。在他谋害他人生命的同时,也谋杀了自己的生活。

我简直已经忘记了恐惧的滋味。从前一声晚间的哀叫,可以把我吓出一身冷汗,听着一段可怕的故事,我的头发会像有了生命似的竖起来。现在的我已经饱尝无数的恐怖;我的习惯于杀戮的思想,再也没有什么悲惨的事情可以使它惊悚了。[2]

一个在最崇高位置上的人却忽而跌入人世最幽暗的深渊,跌入人世荆棘丛中,遍体鳞伤,且永无救赎希望。

他听到哭声传来,得知麦克白夫人死去了。他说:

人生不过是一个行走的影子,一个在舞台上指手划脚的拙劣的伶人,登场片刻,就在无声无息中悄然退下;它是一个愚人所讲的故事,充满喧哗和骚动,却找不到一点意义。[3]

Life's but a walking shadow, a poor player
That struts and frets his hour upon the stage,

---

[1] [英]莎士比亚:《莎士比亚全集 8》,朱生豪译,人民文学出版社 1978 年版,第 332 页。

[2] [英]莎士比亚:《莎士比亚全集 8》,朱生豪译,人民文学出版社 1978 年版,第 386 页。

[3] [英]莎士比亚:《莎士比亚全集 8》,朱生豪译,人民文学出版社 1978 年版,第 386—387 页。

第三章 论《麦克白》

And then is heard no more. It is a tale
Told by an idiot, full of sound and fury
Signifying nothing.[1]

麦克白对班柯充满恐惧,因为班柯知道女巫的预言,他害怕他泄露秘密。麦克白涉身邪恶、行凶之后,他的内心充满了对自身罪恶的恐惧。他的恐惧化身为被他所害的人染血的形象出现在他面前。

麦克白　　席上已经坐满了。

列诺克斯　　陛下,这儿是给您留着的一个位置。

……

麦克白　　你不能说这是我干的事;别这样对我摇着你的染着血的头发。

洛斯　　各位大人,起来;陛下病了。

麦克白夫人　　坐下,尊贵的朋友们,王上常常这样,他从小就有这种毛病。请各位安坐吧;他的癫狂不过是暂时的,一会儿就会好起来……

麦克白　　你瞧那边! 瞧! 瞧! 瞧! 你怎么说? 哼,我什么都不在乎。要是你会点头,你也应该会说话。要是殡舍和坟墓必须把我们埋葬了的人送回世上,那么鸢鸟的胃囊将要变成我们的坟墓了。(鬼魂隐去)[2]

---

[1] Evans, G. Blakemore: *The Riverside Shakespeare*. London: Houghton Mifflin Company, 1974, p.1337.
[2] [英]莎士比亚:《莎士比亚全集8》,朱生豪译,人民文学出版社1978年版,第351—352页。

麦克白具有丰富的想象力。罪恶占据了他的灵魂,使他生出类似精神病患的幻觉。他的想象使他看得到自己思想内盘踞的东西。他不知不觉地变得精神错乱。

这里,班柯的鬼魂象征麦克白内心的罪恶与畏惧。这畏惧植根于他灵魂深处,对自身罪恶的恐惧使他举止癫狂。这癫狂既不同于哈姆雷特"佯作"的癫狂,也不同于李尔流落荒野、雨骤风狂时绝望的癫狂。罪恶带给别人死亡的同时,也带给他戕害。他犯罪的动机是为了窃上高位,他却从不知晓获得这荣耀竟有如此惨烈的代价。

文艺复兴时期的理论家锡德尼(Philip Sidney)在《诗辩》中说:

> 不应指责最好的悲剧。悲剧揭露了最大的伤痕,显出绷带所包住的溃疡,使得帝王们畏惧,不敢做暴主,而暴主们就显露出其残忍成性;所以既撩起了观众的赞美和怜悯之情,教导人们知晓人生无常,黄金的屋顶是建筑在薄弱的基础之上,使我们知道:
>
> "残暴君主用战栗沉重的力握着王笏,他畏惧着那些畏他的人民,自作自受。"[1]

这是悲剧中的恐惧。"麦克白杀死了睡眠"生动地描摹出麦克白在弑君后所承受的痛苦折磨。从此他失去良心的清白,失去了踏实的安宁,也失去了普通人都能享有的安恬睡眠。因他觊觎自己不该得的东西,便失去了生活中最平常的幸福。这种幸福,正如健康一样,只有失去后方知其可贵。一个人生活的心

---

[1] 缪朗山:《缪朗山文集8·西方文艺理论史纲》,章安祺编订,中国人民大学出版社2011年版,第227页。

理基础是内在环境,这种环境虽似无关紧要,却是最基本、最关键的。没有了安宁的内心,生活失去了明媚的阳光,剩下的就只有无边的黑暗。在杀死国王后,麦克白的生活堕入幽暗的地狱,再没有健康的阳光穿越、透射进来——他的生活完全失去了乐趣与意义。

苏联作家邦达列夫说:"在一个人背离了最崇高的道德准则——良心——的情况下,自我惩罚尤为强烈。"[1]麦克白陷入罪恶的渊薮无以自救。

迈出贪婪的一步,麦克白的人生从此无可挽回地陷落!

麦克白夫人先死了。听到这个消息,麦克白说:

> 明天,明天,再一个明天,一天接着一天地蹑步前进,直到最后一秒钟的时间;我们所有的昨天,不过替傻子们照亮了到死亡的土壤中去的路。熄灭了吧,熄灭了吧,短促的烛光!人生不过是一个行走的影子……[2]

> To-morrow, and to-morrow, and to-morrow,
> Creeps in this petty pace from day to day,
> To the last syllable of recorded time;
> And all our yesterdays have lighted fools
> The way to dusty death. Out, out, brief candle!
> Life's but a walking shadow ...[3]

---

[1] 北京师范大学苏联文学研究所编译:《苏联当代作家谈创作》,北京师范大学出版社1984年版,第44页。

[2] [英]莎士比亚:《莎士比亚全集8》,朱生豪译,人民文学出版社1978年版,第386页。

[3] Evans, G. Blakemore: *The Riverside Shakespeare*. London: Houghton Mifflin Company, 1974, p.1337.

生命精华已逝,麦克白说:"……我已经活得够长久了;我的生命已经日渐枯萎,像一片凋谢的黄叶;凡是老年人所应该享有的尊荣、敬爱、服从和一大群的朋友,我是没有希望再得到的了;代替这一切的,只有低声而深刻的咒诅,口头上的恭维和一些违心的假话。"[1]

多么悲哀的生命——生命里再无佳酿。麦克白厌倦了罪恶的人生。在杀人后他立刻意识到,希望在犯罪前那一秒死去,那么,他生命里就会是满满的荣光。而那一刻之后,他每日啜饮的生命之杯,满斟的只有苦涩、苦恼、苦痛!

满浸的悲凉,似对人类最终归宿的无奈!无论怎样喧哗骚动,最终都免不了黯然收场。然而麦克白的悲哀尤甚,早在人生繁华的盛年,他的人生就已失去光彩。

"我两足深陷于血泊之中,要是不再涉血前进,那么回头的路也同样令人厌倦。"[2]——苦海无边,却已无法回头。无论他怎样想悔改,都无法改变血淋淋的既成事实。

麦克白以不义之手斩断了幸福的枝蔓,从此他的幸福成为无源之水、无本之木。再无缘享受无邪的安眠,良心折磨一直伴他走向生命终点。

四　恐怖的激情

《麦克白》不仅有麦克白夫人兴高采烈地盼望辉煌,更有麦克白在可怕的女巫操纵下走下深渊的迷狂:

---

[1] [英]莎士比亚:《莎士比亚全集8》,朱生豪译,人民文学出版社1978年版,第383页。
[2] [英]莎士比亚:《莎士比亚全集8》,朱生豪译,人民文学出版社1978年版,第354页。

第三章　论《麦克白》

它在深渊的边缘上移动,它是生死之间不息的斗争。剧中的行动孤注一掷,行动的反应震撼可怖。它是猛烈的极端情感的会和,是你死我活对立天性间的战争。剧中一切无不具有强烈的结局或强烈的开端。光与暗……全剧是离奇而犯禁事物的无法控制的一片混沌,在那里大地在脚下摇动。[1]

莎评文章中的名篇托马斯·德·昆西的《论〈麦克白〉剧中的敲门声》写道,"敲门声把一种特别令人畏惧的性质和一种浓厚的庄严气氛投射在凶手身上"[2]。

诗人必须把凶手们和谋杀罪与我们的世界隔离开来——用一道极大的鸿沟把他们与人间日常事务的河流切断——把他们关闭、隐藏在秘密、深奥的地方……一切事物必须自我隐退,进入深沉的昏睡状态……当谋杀行为已经完成,犯罪已实现,罪恶的世界就像空中的幻景那样烟消云散:我们听见了敲门声;敲门声清楚地宣布反作用开始了;人性的回潮冲击了魔性;生命的脉搏又开始跳动起来;我们生活于其中的世界重建起它的活动;这个重建第一次使我们强烈地感到停止活动的那段插曲的可怖性。[3]

麦克白心中并不缺乏仁慈和怜悯,正相反,他内心充满"人类

---

[1] [英]赫兹里特:《莎士比亚戏剧人物论》(1817),柳辉译,收录于杨周翰编《莎士比亚评论汇编(上)》,中国社会科学出版社1979年版,第200—201页。
[2] [英]托马斯·德·昆西:《论〈麦克白〉剧中的敲门声》(1823),李赋宁译,收录于杨周翰编《莎士比亚评论汇编(上)》,中国社会科学出版社1979年版,第223页。
[3] [英]托马斯·德·昆西:《论〈麦克白〉剧中的敲门声》(1823),李赋宁译,收录于杨周翰编《莎士比亚评论汇编(上)》,中国社会科学出版社1979年版,第227—228页。

慈善的乳汁"。

> 麦克白　　费尽了一切,结果还是一无所得,我们的目的虽然达到,却一点不感觉满足。要是用毁灭他人的手段,使自己置身在充满着疑虑的欢娱里,那么还不如那被我们所害的人,倒落得无忧无虑。
>
> 麦克白夫人　　啊!我的主!您为什么一个人孤零零的,让最悲哀的幻想做您的伴侣,把您的思想念念不忘地集中在一个已死者的身上?无法挽回的事,只好听其自然;事情干了就算了。
>
> 麦克白　　我们为了希求自身的平安,把别人送下坟墓里去享受永久的平安,可是我们的心灵却把我们折磨得没有一刻平静的安息……[1]

这里出现了一副颠倒的图景:被谋害的人反而是幸福的——再没什么可以加害于他。麦克白把别人送进坟墓享受安宁,自己却没一刻安息。连麦克白夫人也说虽然欢娱很多,却都充满疑虑,反倒羡慕被害的人落得无忧无虑。他们想要的富贵、地位、权力全都得到了,却失去了原来的拥有,变得整天忧心忡忡、不得安宁。

> 洛斯　　照钟点现在应该是白天了,可是黑夜的魔手却把那盏在天空中运行的明灯遮蔽得不露一丝光亮。难道黑夜已经统治一切,还是因为白昼不屑露面,所以在这应该有阳

---

[1] [英]莎士比亚:《莎士比亚全集8》,朱生豪译,人民文学出版社1978年版,第346—347页。

第三章　论《麦克白》

光遍吻大地的时候,地面上却被无边的黑暗所笼罩?[1]

黑夜笼罩大地,将本该拥有的光明遮蔽。戏剧用"反常现象"折射罪恶颠倒世界的场景。剧目中的谋杀发生在黑夜,这也是象征罪恶的黑夜,让谋杀得逞,让黑暗横行,却让行凶的人同样陷入深不见底的黑暗。

"以不义开始的事情,必须用罪恶使它巩固。"[2]

他派人杀了班柯。心腹之患的清除仍旧无法使他的生活快乐起来。从那以后,他会时常看到班柯的鬼魂。他的"头脑里充满着蝎子"[3]。

《麦克白》揭示了到达高位者的陷落,深刻地揭示出做人之险。在崎岖的人生路攀登高峰,若不小心,极易跌入万丈深渊。

"巨龙高飞穷极,终将有所悔恨"[4]——"亢龙有悔"喻示"事物刚健过甚、发展超过一定限度必将走向反面,出现挫折"[5]。麦克白的发展超越了应有界限,属于"刚健过甚""高飞穷极""知进忘退,故悔也",是"知进忘退、悔之晚矣"的典型。[6] 他本可安享刚刚胜利的殊荣,享有一个英雄的巨大声望,可他太贪心、太心急,像一个孩子急切渴望玩具那样渴望最高的荣耀。野心像一袭无法安息的噩梦缠扰着他,使他蠢蠢欲动,使他无视明知会有的危险。

---

[1] [英]莎士比亚:《莎士比亚全集 8》,朱生豪译,人民文学出版社 1978 年版,第 339 页。
[2] [英]莎士比亚:《莎士比亚全集 8》,朱生豪译,人民文学出版社 1978 年版,第 348 页。
[3] [英]莎士比亚:《莎士比亚全集 8》,朱生豪译,人民文学出版社 1978 年版,第 347 页。
[4] 黄寿祺、张善文:《周易译注》,中华书局 2016 年版,第 4 页。
[5] 黄寿祺、张善文:《周易译注》,中华书局 2016 年版,前言,第 3 页。
[6] 黄寿祺、张善文:《周易译注》,中华书局 2016 年版,第 4 页。

他犯下弑君大罪,但是就在完成杀人行为那一刻,他就已经意识到生命中所有美好的一切都已被自己亲手毁掉。但是那个时候木已成舟,罪恶成为不可更改的事实。是他自己亲手了结了自己的荣名。麦克白以为会得到天下至美,却一脚踏入噩梦,丝毫不知王位炫目的光环下深藏的风险。他所有的聪明,都只看得到王位的荣耀,却不曾预想过可能的不幸。

  莎士比亚巧妙地使人广泛地在戏剧事实的复杂性之下感觉到形而上学事实的简单性。人们自己不承认的东西,就是他们最初害怕而最后希求的东西,这点是朱丽叶的灵魂与麦克白的灵魂,一切处女的心与一切凶手的心的衔接点与意外的汇合处;纯洁无邪的少女害怕爱情但又渴望爱情,就像恶棍害怕但又渴望野心一样。暗中施与幽灵的危险之吻,在这里有声有色,而在另一个地方则野蛮残酷。[1]

作为谋杀主角之一,麦克白夫人的生活也已成为睁着眼睛的噩梦——她虽睁着眼,却并无视觉,正如她渴望夫君至高无上荣耀的时候,却不曾料到炼狱般的折磨。

侍女说麦克白夫人惯常的动作像是在洗手。

  麦克白夫人　　可是这儿还有一点血迹。……去,该死的血迹!去吧!一点、两点,啊,那么现在可以动手了。地狱里是这样幽暗!呸,我的爷,呸!你是一个军人,也会害怕吗?既然谁也不能奈何我们,为什么我们要怕被人知

---

[1]〔法〕雨果:《莎士比亚的天才》(1864),柳鸣九译,收录于杨周翰编《莎士比亚评论汇编(上)》,中国社会科学出版社 1979 年版,第 412—413 页。

第三章 论《麦克白》

　　道？可是谁想得到这老头儿会有这么多血？……费辅爵士从前有一个妻子;现在她在哪儿？什么！这两只手再也不会干净了吗？……
　　这儿还是有一股血腥气;所有阿拉伯的香料都不能叫这只小手变得香一点。啊！啊！啊！

医生　　这一声叹息多么沉痛！她的心里蕴蓄着无限的凄苦。

侍女　　我不愿为了身体上的尊荣,而让我的胸膛里装着这样一颗心。

……

麦克白夫人　　洗净你的手,披上你的睡衣;不要这样面无人色。我再告诉你一遍,班柯已经下葬了;他不会从坟墓里出来的。[1]

　　麦克白夫人在谋杀之后曾说:"一点点的水就可以替我们泯除痕迹;不是很容易的事吗？"[2]可她从此却因为良心的折磨,灵魂不堪重负。古埃及人认为心脏与灵魂紧密联系。《亡灵书》描述了冥界审判是通过称量心脏完成。恶人心中因为罪恶的重负,因此秤盘下沉;善良的人心比羽毛还要轻盈。一个人在世间是善良还是邪恶都可通过心脏称量知晓。[3] 这个冥界情节的描述生动地展现了罪恶之下人们心灵所受的折磨。罪恶是心灵不可承受之重,是麦克白夫妇的噩梦。即使尚在人世,比死亡还要可怕的噩梦却已缠绕着他们的灵魂,使尘世的盛宴成为虚无,使人生的繁华变作虚妄。

---

[1] [英]莎士比亚:《莎士比亚全集 8》,朱生豪译,人民文学出版社 1978 年版,第 379—380 页。
[2] [英]莎士比亚:《莎士比亚全集 8》,朱生豪译,人民文学出版社 1978 年版,第 332 页。
[3] 方汉文主编:《东西方比较文学史(上)》,北京大学出版社 2005 年版,第 18 页。

图 4　麦克白夫人,海曼画
(引自 *William Shakespear*,第 139 页)

恐怖时刻的记忆深深烙印在心底,挥之不去。麦克白夫人的生活因充斥"血腥气"完全被毁。这时回想她当初怂恿丈夫行动时的那一番慷慨陈词,是多么辛辣的反讽!虽然她告诉丈夫"他不会从坟墓里出来",可是即使在坟墓里,已经安安静静的死者一样能折磨她的灵魂。她自认为坚强的神经无法抵御罪恶的戕害,毕竟她良心未泯:"倘不是我看他睡着的样子活像我的父亲,我早就自己动手了。"[1]见了熟睡的邓肯,见他容貌与父亲相似,就下不去杀手。良心尚在却要作恶,预设了悲剧的必然。

她疯狂时似置身梦境,已完全抛却社会道德规约的藩篱,让内心真实搬演。她在意自己的清白——想要双手"干干净净",但她却更清楚这已完全成为奢望。"反复清洗"的动作昭示了她渴望良心清白,但那早已是她再也无法企及的梦想。普通人恬静安详的生活对她而言已成奢望。

睡眠与死亡,是这部剧作中反复出现的意象。麦克德夫发现邓肯死亡,呐喊道:"不要贪恋温柔的睡眠,那只是死亡的表象,瞧一瞧死亡本身吧!"[2]麦克白夫人在生命中进入"疯狂的睡眠",以避免面对可怖的现实。可即使在深沉的睡眠中,她还是恐惧着,不由自主地泄露了她的秘密。她想逃出罪恶的黑夜——她的寝宫通宵点着灯火——她想驱逐人生中曾经陷入的噩梦。她眼睛睁着,"可她的视觉却关闭着"[3]。她一直在做洗手的动作,下意识

---

[1] [英]莎士比亚:《莎士比亚全集8》,朱生豪译,人民文学出版社1978年版,第330页。

[2] [英]莎士比亚:《莎士比亚全集8》,朱生豪译,人民文学出版社1978年版,第335页。

[3] [英]莎士比亚:《莎士比亚全集8》,朱生豪译,人民文学出版社1978年版,第379页。

地想驱除罪孽。她彻底地精神失常了。她深爱自己的丈夫,想让他获得无上的荣耀,结果却既害了他,也害了自己。

赫兹里特说:"她的决心之大几乎掩盖了她的罪恶之大。她是一个伟大的坏女人……她的邪恶只在为了达到一个很大的目标;她与别人的不同之处……在于她那过于镇静的头脑与坚强的自我意志。""麦克白夫人的壮美在于她强烈感情的力量。她的错误在于似乎过于强烈的自私利益和家族扩张,不为一般的同情心和正义感所动,这是野蛮民族、野蛮时代一个显著的特征。"[1]麦克白夫人的形象昭示野蛮时代向文明时代过渡的痕迹。

邓肯的儿子马尔康、他的叔父西华德和麦克德夫率领苏格兰军队逼近,前来复仇。麦克白说:"我在一切人中间,最不愿意看见你。可是你回去吧,我的灵魂里沾着你一家人的血,已经太多了。"[2]他清晰地知晓自己罪孽深重!在一个作恶人的心里,却如此明了自己的罪愆——这是怎样的悲剧?怎样痛切的悲哀?怎样凄凉的惆怅?

麦克白本心善良,但是他因缺乏坚定意志,受到机会、怂恿与预言的诱惑而犯罪。"他的思想迷离恍惚,他的行动突然而猛烈……他的能力来自心意的焦躁与激动。他盲目地冲向自己野心的目标,或者,在其面前退缩,二者同样暴露了他的心烦意乱……"[3]这个既可恨又可怜的人……他的故事生动地书写了"一失足成千古恨"的失足、悔恨、无奈、凄凉。

---

[1] [英]赫兹里特:《莎士比亚戏剧人物论》(1817),柳辉译,收录于杨周翰编《莎士比亚评论汇编(上)》,中国社会科学出版社1979年版,第198、200页。
[2] [英]莎士比亚:《莎士比亚全集8》,朱生豪译,人民文学出版社1978年版,第390页。
[3] [英]赫兹里特:《莎士比亚戏剧人物论》(1817),柳辉译,收录于杨周翰编《莎士比亚评论汇编(上)》,中国社会科学出版社1979年版,第198页。

> 那个时代的迷信、社会的粗野、地方景色与习俗,全都给他的性格加上一种粗犷和想象的尊严。由于周围事件的怪异,他满心惊诧与恐惧,他在现实世界与幻想世界之间疑惑不决。他看到世人所不能见的景象,听到非人间的音乐。他的头脑内外全是混乱和纷扰;他的目的使他自受其害,变得破碎支离——他是他的感情和厄运的双重奴隶。[1]

剧中"血"字出现了59处,还有与之相伴的麦克白及夫人内心极度的恐怖、惊惶、焦虑、疯狂……流不尽的血构成人世炼狱,他们堕入其中,无法自拔,只能一步步眼睁睁地走向深渊。直接与"血"相关的是"水"和"洗"。这相互联系的意象链贯穿整个剧作,形成巨大的深层结构,犹如一张阔大的罗网,笼罩了麦克白和麦克白夫人,使整个剧作形成一个浑整的体系,由内向外散发着由深沉的罪恶引发的动人心魂的恐惧。

悲剧将漫长的时间对人生的麻痹作用去除,将人生过程浓缩,让人生本质的无常显露残酷,让世人觉察庸俗浮华、日常虚幻,看到刺目的人生真相。这种"去痹"使痛觉更为敏锐,深感人生之"痛",人生遭逢的"凄惨",彷徨痛苦时的畏惧、恐慌、迷离、恍惚、绝望。人世繁华如烟,随时可以云散。

恐惧潜入心底,造成心灵的震撼。那看似盛满香醇的人生酒酿,饮到的却是无比的苦涩;那看似拥有一切的人,却失去一切;那看似众人瞩目的明星,却无可挽回地陨落。在落入深渊的人生轨迹弧线中,燃尽所有。那看似含着无尽光华的王冠,却藏着不为人知的恐怖。

---

[1] [英] 赫兹里特:《莎士比亚戏剧人物论》(1817),柳辉译,收录于杨周翰编《莎士比亚评论汇编(上)》,中国社会科学出版社1979年版,第204页。

五　并非虚构的照鉴

戏剧似是虚幻，但历史事实其实比这更残酷。历史并非虚幻的照鉴。莎士比亚写《麦克白》的时间大概是 1605—1606 年间，即苏格兰国王詹姆斯登上英国王位后不久，苏格兰经历了一段阴谋、暴乱、宗教冲突时期。

11 世纪的苏格兰依旧非常落后。直到 10 世纪初，苏格兰还在英格兰统治之下，但是在《麦克白》戏剧背景所基于的时代，苏格兰已经独立，因为英格兰要被迫应付络绎不绝的海盗入侵。在这个转折期，在苏格兰崎岖的岩山之间，人们的生活条件还相当简陋。

苏格兰王马尔康二世在 1034 年死去时命令将王位传给长孙邓肯——这违背了凯尔特古老的继承传统。按照传统，王位应该在家族的不同支系之间轮流继承。历史上真实的麦克白也是国王马尔康的孙子，他感到自己应该继承王位，而且他的妻子，格鲁克夫人的先人是两位更早的苏格兰王——马尔康一世、凯尼斯三世的直系后裔。尽管麦克白宣称的王位继承权有效，却因邓肯而被拒绝。老国王的遗嘱甚至在坟墓里还在继续施展权威。

麦克白并没有立刻与新国王采取敌对态度。但是过了几年，他纠集了一支军队公开反对他。邓肯率领军队与他作战，被杀死。邓肯死了，他的两个年轻的儿子也离开了苏格兰，麦

第三章 论《麦克白》

克白成为苏格兰王。他统治 17 年没什么意外,直到邓肯的长子,马尔康三世率军回到苏格兰。和 20 年前的篡位相似,麦克白在一场冲突中被击败。在鲁法南战役中,马尔康杀死了麦克白。麦克白死了,马尔康继承王位的最后障碍是鲁拉合,麦克白夫人格鲁克在早年的婚姻中所生的一个儿子。鲁拉合声称因母亲先祖自己拥有继承王位的权利,在麦克白死后他也真的被加冕为王。马尔康并没有让这件事成为障碍,他派人暗杀了鲁拉合,在 1058 年登上王位。[1]

历史上的真实事件似乎比莎士比亚的戏剧更为复杂,围绕王冠的阴谋、杀戮不断。

在 9 世纪,乘着北海季风的便利,挪威和丹麦的海盗穿过北海入侵苏格兰。苏格兰修道院里珍藏着宗教艺术品和许多珍宝,吸引着斯堪的纳维亚海盗前来洗劫。莎士比亚描绘了这样的侵略。主人公麦克白打败了斯威诺军队,奠定了他追逐权力的基础。

在真实的历史中,苏格兰女性拥有更大的自由与独立。麦克白夫人的形象并非空穴来风。

北欧海盗入侵苏格兰之后,发现了一些适宜耕作的肥沃土地。于是越来越多的人开始放弃战争,投入土地生产。由于苏格兰地形与他们的家乡相似,他们并不需要特别的适应过程。10 世纪,他们与苏格兰人通婚、皈依基督教,彻底融入了苏格兰文化。

---

[1] Moss, Joyce & George Wilson: *Literature and Its Times: Profiles of 300 Notable Literary Works and the Historical Events that Influenced Them*. Vol. 1: *Ancient Times to the American and French Revolutions*(*Prehistory-1790s*). Detroit, MI: Gale, 1997. From Literature Resource Center. Accessed 21 July 2019. Gale Document Number: GALE|H1430002624.

北欧海盗在苏格兰定居伊始,妇女地位急剧改变。同时期其他社会中的女性被束缚在家庭和农业劳动中。北欧海盗涌入使苏格兰女性享有更大的自由与独立。这一时期最著名的女统治者是深思者奥德,苏格兰登上权力宝座的挪威妇女。她的丈夫,白欧拉夫——爱尔兰的都柏林国王去世后,奥德成为独立君主。在丈夫去世后,她执掌政权几年之后,向北去了冰岛,最后,在那里建立了第一个冰岛王朝。这个意志坚强的女性传统在莎士比亚戏剧中的代表人物是麦克白夫人……[1]

1603年,苏格兰王詹姆斯六世登上英国王位,成为詹姆斯一世。

国王詹姆斯对巫术怀有激情。1597年他写了《魔鬼学》,他主张巫术是事实,施行巫术者必须要受到惩罚。除了写作,他还出席涉嫌巫术的芬尼博士,一个苏格兰学校校长的审问。芬尼博士被指控与一些巫婆一起施行邪恶行为……他的精灵被指称导致了几场海难,包括企图倾覆国王詹姆斯一世的船只的图谋。这个情节让人想起《麦克白》剧中女巫诅咒一条船的船长的情节:"他的船儿不会翻,/暴风雨里受苦难。"[2]

---

[1] Moss, Joyce & George Wilson: *Literature and Its Times: Profiles of 300 Notable Literary Works and the Historical Events that Influenced Them.* Vol. 1: *Ancient Times to the American and French Revolutions* (*Prehistory-1790s*). Detroit, MI: Gale, 1997. From Literature Resource Center. Accessed 21 July 2019. Gale Document Number: GALE | H1430002624.

[2] Moss, Joyce & George Wilson: *Literature and Its Times: Profiles of 300 Notable Literary Works and the Historical Events that Influenced Them.* Vol. 1: *Ancient Times to the American and French Revolutions* (*Prehistory-1790s*). Detroit, MI: Gale, 1997. From Literature Resource Center. Accessed 21 July 2019. Gale Document Number: GALE | H1430002624.

第三章 论《麦克白》

戏剧中的巫术与当时的现实紧密联系。

丁普娜·卡拉罕(1992)在《麦克白》评论中分析了现代早期对女巫的态度,将剧中女巫的混乱力量与女性颠覆性力量对男权社会权威的威胁建立关联。[1]"女巫"的形象展示了一种强大的颠覆力,隐含着反传统、反正统、反压迫的力量。

1600年8月5日,针对苏格兰国王詹姆斯的暗杀企图实施,史称"高锐阴谋"。国王詹姆斯正在福克兰宫里,就在开始打猎之前,亚历山大·卢思文——高锐公爵的大哥,走近国王,告诉他抓到了一个可疑的人,带了许多金子却无法解释来路,也许国王有兴趣审问。经过一番劝说,国王终于同意过去。他跟着卢思文到高锐屋。一到那里,国王就被带到一个锁着的屋里,却发现里面的人没被绑着,腰间还配有短剑。卢思文将国王留下,由那人看守,自己去叫他的兄弟——高锐公爵。卢思文回来要将国王绑起来的时候,国王冲着窗外大喊,那时候他的贵族部下刚要离开,听到国王呼喊,冲过来解救。在他们的帮助下,国王杀死了卢思文。同时,高锐公爵聚集队伍攻打国王及其部下。贵族们英勇战斗,杀了叛贼及其党羽。这件谋害国王的事件成了当时的大事……整个英格兰、苏格兰出现了内容针对这次亵渎、谋杀行为的无数布道。莎士比亚肯定熟知这件事,也许这影响了他,使他决定使用谋杀国王作为中心情节编织戏剧。[2]

---

[1] Lee, Michelle, ed.:"Macbeth." *Shakespearean Criticism*. Vol.100, Gale, 2006. Literature Resource Center. Accessed 22 July 2019. Gale Document Number:GALE|H1410001759.

[2] Lee, Michelle, ed.:"Macbeth." *Shakespearean Criticism*. Vol.100, Gale, 2006. Literature Resource Center. Accessed 22 July 2019. Gale Document Number:GALE|H1410001759.

剧中的麦克白、麦克白夫人、巫术、谋杀国王在历史中皆有所本,有现实渊源。莎士比亚将这些素材加工整合,使之变成糅合历史、现实、幻想的一部动魄惊魂的悲剧。

杰弗里·威尔逊写了《莎士比亚与犯罪学》。他说:

> 在写诸如《麦克白》这样的悲剧的时候,莎士比亚正在做我们现在称之为"犯罪学"的早期版本。"犯罪学"被理解为犯罪、罪犯、刑法、正义及可以或应该被判定为非法的一系列社会弊病等的正式研究。[1]

> 再向纵深推进,这篇文章开始将莎士比亚的悲剧观点与现代犯罪学所展示的历史与概念的密切关联理论化。两种话语是基于两种截然不同的历史背景对同一个问题"为什么一些人会危害另一些人"的不同探讨。[2]

《麦克白》生动地描摹了麦克白在犯罪过程中的心理状态:他的动摇、徘徊、恐惧与渴望。一些因素在《麦克白》《哈姆雷特》剧中有着相似表现:麦克白与哈姆雷特在疯狂中挣扎,他们的爱人麦克白夫人、奥菲利娅虽然一个强悍、一个柔弱,最后却都因疯狂而死。

> 哈姆雷特和麦克白两个人物都是用现实中的演员体现幻觉,在第三幕中,哈姆雷特父亲的亡魂在母亲寝宫的幻觉,麦克

---

[1] Wilson, Jeffrey R.:"Shakespeare and Criminology." *Crime Media Culture*, Vol.10, 2 (2014), pp.97-114.
[2] Wilson, Jeffrey R.:" Macbeth and Criminology." *College Literature*, Vol.46, No.2, 2019, p.453. Literature Resource Center. Accessed 22 July 2019. Gale Document Number:GALE|A584178645.

白的班柯鬼魂在宴会场景中的幻觉。两出戏剧都已在第一幕中设置超自然景象,并将之作为真实展现:先王哈姆雷特的鬼魂和被诸多人物看到的三个女巫——尽管那些人在质疑自己的心灵状态。后来麦克白在谋杀国王邓肯之前恍惚看到匕首,接着在刚刚谋杀完邓肯之后,他幻听某个人在喃喃地说"睡了"。在这部戏剧中,疯狂既是罪恶的序曲,也是罪恶的尾声。[1]

要陷入犯罪,首先是因渴望而陷入一种类似癫狂的恍惚状态,将理智迷醉;而犯罪结果造成的危害也使人因剧烈的痛苦无法纾解而陷入情感旋涡。犯罪意念本身就是一剂剧毒药,毒害了与之密切关联的人。不仅奥菲利娅那样对罪恶一无所知、纯真痴情的人陷入癫狂,连心狠手辣、意志坚决的麦克白夫人最后也因良心负疚死去。

两个本可享受人生美好的人就此跌入深渊。看到铁血的麦克白夫人陷入如此境地,不由让人心生怜悯。麦克白夫妇,这两个被欲望冲昏头脑的人,本以为他们会得到人生极致的幸福,却未曾想到最后他们连一般人的生活都无法企望。他们彻底陷入人生黑暗,没有任何救赎的希望,在焦灼、恐惧与深深的负疚中迎来过早的人生终结。

在希腊文化意象中,暴君以"渴望、攫取、持有不该得的东西以获得满足"[2]。"与暴君密切联系的过度性行为、财富和权力被

---

[1] Wilson, Jeffrey R.: "Macbeth and Criminology." *College Literature*, Vol. 46, No. 2, 2019, p. 453. Literature Resource Center. Accessed 22 July 2019. Gale Document Number: GALE|A584178645.

[2] Schein, Seth L.: "Tyranny and Fear in Aeschylus's Oresteia and Shakespeare's Macbeth." *Comparative Drama*, Vol. 52, No. 1 - 2, 2018, p. 85. Literature Resource Center, Accessed 5 Aug. 2019. Gale Document Number: GALE|A567326993.

理解为'亚洲式的'或'野蛮的'政治制度或价值观。"[1]"的确,这种告诫篡位与滥用权力危险的警示性探索是5世纪雅典戏剧的基本元素,这与其表达、证实民主观念的地位合拍。"[2]

莎士比亚将犯罪时的意念、挣扎,犯罪后的恐惧、懊悔、无奈、绝望生动地加以呈现。麦克白夫妇在活着的时候就已经陷入无法止息的噩梦,直至死去。罪恶的炼狱之火灼烧着他们的心,吞没了他们心中所有的光明。他们用罪恶杀死了全部生命的活力、热力和生命力。整部剧作描述罪与罚,渴望的荣华原来却是人生噩梦!

六 《麦克白》剧场展现

在1710年4月24日,王朝复辟时期杰出的女演员伊丽莎白·巴里最后一次上演莎剧角色,出演麦克白夫人。

18世纪末,著名演员约翰·坎布尔当上了朱瑞巷剧场经理,1794年剧场改建后的揭幕日演出了《麦克白》。人们纷纷前去观赏庄严美妙的殿堂布景。1799年卡彭在舞台上曾经搭起一个14世纪样式的教堂,一丝不苟地仿真,全景宽56英尺、深52英尺、高37英尺,场面壮观。他对布景、服装的设计是新古典主义到浪漫主义的转折点。1809年朱瑞巷剧场被焚毁,他去新考温佳登剧场与坎布尔合作上演了许多莎士比亚戏剧。

---

[1] Hall, Edith: *Inventing the Barbarian: Greek Self-Definition through Tragedy*. Oxford: Clarendon Press, 1989, pp.80 – 83, 207 – 210; Deborah Tarn Steiner, *The Tyrant's Writ: Myths and Images of Writing in Ancient Greece*. Princeton: Princeton University Press, 1994, pp.159 – 185.
[2] Goldhill, Simon: "The Audience of Athenian Tragedy." *The Cambridge Companion to Creek Tragedy*. Ed. Patricia D. Easterling. Cambridge: Cambridge University Press, 1997, pp.54 – 68.

第三章 论《麦克白》

1853年,查尔斯·基恩演出《麦克白》,他在印刷的节目单上列出许多历史、考古权威人士的名字表明自己曾征询过这些专家的意见,证明演出在历史真实方面的可靠性。1857年,因为他在演出中热心考古被选为考古学会会员。他还被称为"莎士比亚戏剧的插图画家"[1]。

1968年,在罗马尼亚布加勒斯特演出的《麦克白》采用了构成主义布景。构成主义布景一般是一部戏的固定装置,常暴露架构,通过平台、台阶、斜坡、走道等构件将平平的舞台改造为多演区立体舞台。《麦克白》的布景由五组螺丝绞合的架子组成,可任意调整以适应不同演出要求。布景用光洁的高级木材做成,连接处包铜皮。[2]

英国的两家顶级经典剧院——国家剧院和皇家莎士比亚公司曾在两周内上演同一部戏剧《麦克白》。他们的演出在世界上引起较大反响。

> 两家公司都进行了舞台演出。皇家莎士比亚剧团的波莉·芬德雷的表演颇有20世纪70年代风行的恐怖电影的感觉,这种感觉又为时间、地点的字幕投射所强化。战场场景的跳跃剪辑似乎预示着电影的出现,触发不时插入"后来"事件闪现的表现技法。[3]

除了表现技法的新颖之外,演出还增加了一些令人印象深刻

---

[1] 吴光耀:《简谈莎剧演出形式之演变》,收录于中国莎士比亚研究会编《莎士比亚研究2》,浙江文艺出版社1984年版,第306页。
[2] 吴光耀:《简谈莎剧演出形式之演变》,收录于中国莎士比亚研究会编《莎士比亚研究2》,浙江文艺出版社1984年版,第313页。
[3] Lawson, Mark: "Double Scotch." *New Statesman*, 23 Mar. 2018, p.87. Literature Resource Center, Accessed 26 July 2019. Gale Document Number: GALE|A534633164.

的元素：

> 在这种邪恶的环境里,让你高兴的不只是看戏,女巫是小不点的娃儿：小女孩抱着玩偶尖叫着说出预言。可怕的三人组可看作是文中暗示的麦克白夫妇死去婴儿的鬼魂。也许他们是现在没有子嗣的麦克白寻求"仅仅是人类生出的男孩"的原因。原本看门人常属于冗赘角色,这里他却在诸多死亡每一次发生之时,在后面的砖墙上用一支粉笔画上一道。[1]

现代剧作将《麦克白》演绎成恐怖剧,又加入环境元素：

> 时间如此煎熬,新国王的铠甲是用遮蔽胶带粘在一起的包装纸板。主流剧作评论辛辣地嘲讽超市塑料袋的泛滥,它们经常被用来装割掉的头,但是那却是聪明的手法之一：是对时下"塑料将淹没一切"的恐惧感的回应。[2]

舞台演绎现时代关注的热点之一：生态视角。现代化学制品有可能淹没人类文明——比麦克白的野心更能毁灭人类。"戏剧背景是四分五裂的英国——对我来说,麦克白似乎是讲述一个发现出其不意的机会掌权,却发现统治是一番苦厄挣扎的故事,这个解释似乎更切题。"[3]这个解释颇有创见。

---

[1] Lawson, Mark: "Double Scotch." *New Statesman*, 23 Mar. 2018, p.87. Literature Resource Center, Accessed 26 July 2019. Gale Document Number：GALE|A534633164.
[2] Lawson, Mark: "Double Scotch." *New Statesman*, 23 Mar. 2018, p.87. Literature Resource Center, Accessed 26 July 2019. Gale Document Number：GALE|A534633164.
[3] Lawson, Mark: "Double Scotch." *New Statesman*, 23 Mar. 2018, p.87. Literature Resource Center, Accessed 26 July 2019. Gale Document Number：GALE|A534633164.

第三章 论《麦克白》

主人公在某种意义上是一个注定遭受劫难的人,他和别人一面挣扎,一面被冲向毁灭,正像毫无依托的生物在不可抗拒的洪流中被冲向大瀑布一样,他们的过失不管怎样巨大,却远不是他们所遭受的一切痛苦的唯一或充分的原因。他们无法摆脱的那种力量是冷酷无情、坚定不移的,——如果我们没有这种感觉的话,那我们就不能获得全部悲剧效果的主要部分。[1]

意志和命运往往背道而驰……事实的结果总难预料。[2]

麦克白夫人原以为她能把自己正吃奶的小孩的脑袋砸得稀烂,后来却被一个陌生人鲜血的气味一直追逐到死。她的丈夫原想跳过生活的轨道取得王冠,后来却发现王冠为他带来了生活的一切恐怖。在这个悲剧世界里,不论在什么地方,人的思想一旦见诸行动,就转变为它的对立面。……不论他梦想做什么事,他最终达到的总是他最梦想不到的事——他本人的毁灭。[3]

命运的转弯抹角,将他们所急切向往的变为他们所从未梦想过的恐怖。"在《麦克白》中,自然的荒原与人的'道德荒原(moral wasteland)'关联,自然的荒凉、贫瘠、风暴与人的不育、绝嗣和欲望的暴力联系,这种贫瘠和荒原是贪欲、罪恶的结果,同时又是进一

---

[1] [英]布拉德雷:《莎士比亚悲剧的实质》(1904),曹葆华译,收录于杨周翰编《莎士比亚评论汇编(下)》,中国社会科学出版社1981年版,第39—40页。
[2] [英]莎士比亚:《莎士比亚全集9》,朱生豪译,人民文学出版社1978年版,第75—76页。
[3] [英]布拉德雷:《莎士比亚悲剧的实质》(1904),曹葆华译,收录于杨周翰编《莎士比亚评论汇编(下)》,中国社会科学出版社1981年版,第41页。

步犯罪的诱因。"[1]

绿色是生命的颜色,森林是生命丰沛之地。麦克白被罪恶吞噬的生命是贫瘠的荒原,那里产生罪恶精灵:女巫——她们是置身荒野的、不育的生命,对应着无法长久兴盛的罪恶。生命力枯竭是罪恶欲望的原因,亦是其结果。正如哈里森所说:"移动的森林象征公正、繁茂、丰饶。它以强力对抗并惩罚麦克白的道德荒芜和生命力的枯竭。"[2]

象征丰沛生命力的森林战胜了麦克白荒原的贫瘠与罪恶。

在现代文学中最著名的诗人艾略特描述的《荒原》中,人类失去了生命之源——水。隆隆的雷声切近,饥渴的大地渴盼雨水,期待它润泽几近枯竭的生命。现代荒原象征的正是道德的滑坡、理想的失落。

悲剧女演员耶茨夫人(1728—1787)扮演麦克白夫人的时候穿上非常宽大的戏服,寓意它大得足以包藏她重大的罪恶。英国女演员常喜欢自称夫人表示自己成熟,法国女演员却喜欢自称小姐表示自己年轻。

剧作家李健吾将《麦克白》的时代背景移至中国五代初期,使其完全中国化,改编制作六场悲剧《王德明》,搬上舞台。剧作讲述成德镇大将王德明杀死义父节度使王熔窃据镇州的故事。剧中增设了李震用亲生儿子冒名献给王德明,搭救王熔十岁儿子照海一节,这一情节显然脱胎于《赵氏孤儿》。李健吾的改编只借原著骨骼,却完全以中国风土创造崭新的人物、气氛、意境,化异国剧情为中国本色。1945 年,著名导演黄佐临在上海筹建"戏剧

---

[1] 陈晓兰:《为人类"他者"的自然——当代西方生态批评》,《文艺理论与批评》2002 年第 6 期,第 47 页。
[2] Coupe, Lawrence: *Green Studies Reader: From Romanticism to Ecocriticism*. London & New York: Routledge, 2000, p.214.

修养学馆",选演的第一部戏剧就是《王德明》。石挥饰演王德明,丹尼饰演其夫人独孤秀。经过8个月排练,在上海辣斐大剧院演出,并改名为《乱世英雄》。[1]

1985年底,中国台湾剧作家将《麦克白》改编为四幕京剧《欲望城国》在台北上演,轰动一时,却被评论家认为遗失了原剧精华,虽可竟一夕之娱,却难以像《麦克白》一样引发深厚复杂的感情。[2]

1986年4月,在首届中国莎士比亚戏剧节上,根据话剧《马克白斯》改编的昆剧《血手记》在上海舞台上演出。该剧不仅采用昆曲形式,也将原作历史背景改为中国古代。在音乐唱腔、程式规范上大胆创新,用御医串场,舞美力求朴实,尽力接近伊丽莎白时代的演出风格,使用吐火、变脸等昆剧特色的技巧,增强了戏剧观赏性,使演出取得巨大成功。1987年8月,《血手记》在世界上最大的戏剧节"爱丁堡戏剧节"演出,受到观众热烈欢迎。当地报纸发表大量剧评,赞叹演出难以置信的艺术魅力。

1994年,上海国际莎剧节上,英国利兹大学戏剧系师生演出《麦克白》。男女主角反串演出,力图将麦克白行凶之前犹豫不决的柔弱心理外化;刺杀国王后,角色回归,由男子饰演麦克白。[3]

1999年,由徐棻改编、曹平导演的川剧《马克白夫人》在成都上演。2001年3月14日,该剧作为"德国第二届莎士比亚艺术节"开幕式上的第一个节目在德国不来梅莎士比亚剧院演出。

世界上影响较大的莎士比亚戏剧节有英国、美国、加拿大莎士比亚戏剧节,都以"斯特拉福"为名。2008年,在加拿大的斯特拉

---

[1] 孟宪强:《中国莎学简史》,东北师范大学出版社2014年版,第119—120页。
[2] 胡耀恒:《西方戏剧改编为平剧的问题——以〈欲望城国〉为例》,《中外文学》1987年第11期,第77—84页。
[3] 孙福良:《莎士比亚与1994上海——国际莎剧节述评》,收录于孟宪强主编《中国莎学年鉴》,东北师范大学出版社2014年版,第218页。

福莎士比亚戏剧节（Canadian Stratford Shakespeare Festival）上，艺术执导德斯·麦克努夫（Des McAnuff）颇为引人瞩目。

麦克努夫在戏剧节上亲自执导《麦克白》。他导演的麦克白与罗密欧十分相似：开场是爆炸、枪战，舞台也发生重大变化，频繁运用灯光、视觉技术。……这部戏剧背景设置在"神秘的、20世纪中叶的非洲"。节目注释说："为了让人构想出'一个鲜血浸染的世界'，在这个世界里的国家'从他们殖民地的过去中解放，塑造现代身份'。"[1]

在第三幕和第四幕中间，舞台后面设置了两个瞭望塔，上面悬挂着监视屏的大屏幕。三女巫为麦克白造出的精灵也出现在那上面。在最后的战斗场景中，舞台上还有一辆真的吉普车。

不过，麦克努夫导演的《麦克白》改编了莎士比亚剧本，在他的剧中，绝望的麦克白几乎忘却了恐惧，在最终场景中，麦克白被自己先前的行为拖着向前，完全失控。最后麦克德夫将麦克白的头砍下，装在桶里送给了马尔康。心理剧转化为暴力剧，失去了观众对他的同情，只剩下恐惧和他被推翻的迫切期待，失去了悲剧中很重要的效果——"怜悯"，成为"没有了恐惧的麦克白"。虽然拥有诸多创新因素，却成为偏离莎士比亚更远的麦克白形象变体。

随着时代的发展，莎剧编导元素与时代紧密结合，与时下热点结合，出现环保、种族歧视、平等等主题。《麦克白》的演出呈现出多元色彩。

---

[1] Goossen, Jonathan: "Macbeth, Julius Caesar, A Midsummer Night's Dream and Bartholomew Fair." *Early Modern Literary Studies*, Vol. 15, No. 1, 2010. Literature Resource Center. Accessed 27 July 2019. Gale Document Number: GALE|A264271120.

第四章
论《李尔王》

> 一个人居高位日久,渐渐生出权力的错觉:似乎他无所不能、无坚不摧。粗暴、骄横、刚愎自用成为他自我陷溺的罗网。只有世间狂暴的暴风雨的洗礼才使他铅华洗尽,重回人生本真。

《李尔王》被认为是莎士比亚最黑暗的一部悲剧,也是体现莎士比亚最高悲剧艺术的一部作品。比起前三部剧作,这部剧多了一份平淡的气氛,充满了人间烟火气,更容易在世间寻见踪迹。

第一版四开本《李尔王》比 1623 年对开本多了 300 多行,而 1619 年的第二版四开本比 1608 年第一版四开本又多出约 100 行。这部剧作的主题是"亲情之爱",描写一个老年人的故事。

"爱"是一种抽象的情感,虽有具体表现,却不易度量——表象常与内在不一致。在《李尔王》中,老国王李尔别出心裁,举行了一个所谓的"爱的测试"。这其实等于挖陷阱给自己跳——爱是抽象的情感,绝难测量。他以主观的"表白"作为衡量标尺,认为说的比唱的好听的两个大女儿真心爱他,以为言辞简素的小女儿对他没有爱。暴怒的李尔将江山分给两个大女儿,剥夺了小女儿的继承权。小女儿考狄利娅宁肯丧失继承权也不愿花言巧语,展示了正直、诚实、淡泊的品质,却被遮蔽双眼的父亲抛弃。随后因受两个大女儿虐待,穷困潦倒的李尔在荒野遭受暴风雨袭击。他终于知道真正爱他的恰是被他所驱逐的人。李尔被那虚伪言辞外表的甜蜜诱惑、吸引,却被甜蜜中包裹的毒剑所伤。

拉斐尔·霍林希德的作品《英国编年史》是莎士比亚《李尔王》的主要素材来源。原剧中考狄利娅和丈夫加里尔国王救了李尔,恢复了他的国王尊位。李尔在平静愉快地统治两年后死去,考狄利娅继承王位。五年后,她的外甥反叛,将她关入监狱,她在绝望中自尽。莎士比亚的改写使戏剧的悲剧意味更浓。考狄利娅被绞死,李尔短暂地失而复得女儿后,得而复失。不堪伤痛的老王伤心而死。

塞缪尔·约翰逊在读到结尾时,被考狄利娅的死震惊,没法忍受再去读一遍这个残忍的情节。[1]

"《李尔王》不是表现爱迅速转变为反面的恨,而是以大部分剧情表现两个对立原则从相反方向紧张冲突所生的爱与恨交锋的疯狂,这种紧张冲突终于折断了理智的纽带,留下一片可怖而又荒凉的阴郁景象。"[2] "无"与"有"、"爱"与"恨"、"贫瘠"与"丰盈"在剧中相互转化,书写了看似对立、实为一体的流动的情感变迁。

李尔王老了,他裂土分国,要将土地分给自己的三个女儿。应该说,他的主观愿望是好的——作为父亲,他想给女儿们一部分国土,让她们享受父爱恩泽。结果却令人始料未及。

---

[1] Carey, Gary, ed.: *Cliffs Notes on Shakespeare's King Lear*. Chicago, NewYork: IDG Books Worldwide, Inc, 1968, p.10.
[2] [英]威尔逊·奈特:《象征性的典型》,张隆溪译,收录于杨周翰编《莎士比亚评论汇编(下)》,中国社会科学出版社1981年版,第386页。

一 "爱的测试"透析人心叵测

剧本开始的时候,李尔说:"我因为自己年纪老了,决心摆脱一切事务的牵萦,把责任交卸给年轻力壮之人,让自己松一松肩,好安安心心地等死!"[1]他年事已高,要退休,计划将王国交给下一代,但是他在分配国土的时候却出了问题。他分配的依据是谁最爱他,他就会给谁最大的赏赐。为此他做了一个爱的"测试":

> 告诉我你们当中哪一个最爱我?
> 看看谁最有孝心,最为贤淑,
> 我就以最大的恩惠相赐。[2]

表层与本质的断裂不可避免地导致这样的结果——虚伪者妖言惑人,诚朴者真言逆耳。闪闪发光的并不总是金子。三个女儿的表现走向两极:两个大女儿粉墨登"场",舌灿莲花:

> 大人,我爱你非语言所能形容,
> 胜过爱自己的眼珠,广阔的自由,
> 超过公认为宝贵、珍奇的一切……[3]

他的大女儿表白之后,他的二女儿康瓦尔夫人说:

---

[1] [英]莎士比亚:《莎士比亚全集9》,朱生豪译,人民文学出版社1978年版,第150页。
[2] 卞之琳:《莎士比亚悲剧四种》,人民文学出版社1997年版,第351页。
[3] 卞之琳:《莎士比亚悲剧四种》,人民文学出版社1997年版,第351页。

> 凡是我感官达到最锐敏的程度
> 所能感受的欢快,我一律厌弃,
> 唯独使我感到无比幸福的
> 就是爱你。[1]

亲情本属和缓的情感,不以灵魂激荡为表征,李尔王的两个大女儿所说的话显然是谎言,若描述爱情堪称合适,描述亲情未免失之夸张。但是出于自负的虚荣,李尔王照单全收,全不曾推敲这话是否真实,他只在乎这些话甜美动听,可以满足他自我膨胀的虚荣。

小女儿考狄利娅视爱心贵重,容不得巧言亵渎,她回答:"我没有什么好说,大人","我爱父王陛下就按我的本分,不多也不少"。[2]

忠言逆耳,良药苦口。以此观照,李尔王的两个大女儿胸中并无真爱,只能靠华而不实的语言取胜,造就表面繁华。人们往往为表象所惑——毕竟内在无法直接窥见。认识事物的真相需要一双洞察的眼睛,这一点殊难做到,为此造成无数悲剧。

小女儿考狄利娅怀着一颗真诚的爱父之心,却因言语真实、没有夸饰而受冷落,竟落得一无所有。

> 为什么我两位姐姐要有丈夫呢,
> 如果她们说把全部爱心都给你?
> 倘若我结婚了,同我结缡的丈夫
> 就会拿走我一半的爱心和关心。

---

[1] 卞之琳:《莎士比亚悲剧四种》,人民文学出版社1997年版,第352页。
[2] 卞之琳:《莎士比亚悲剧四种》,人民文学出版社1997年版,第352、353页。

第四章 论《李尔王》

> 当然我结婚不会象(像)姐姐们一样
> 为了一心爱我的父亲。[1]

这一段话可谓有理有据,亲子之爱一般说来,并不能占据人的全部心胸,尤其是年轻人。但李尔王的虚荣和自负早已蒙蔽视听。

> 李尔　……你有些什么话,可以换到一份比你的两个姊妹更富庶的土地?说吧。
> 考狄利娅　没有。
> 李尔　没有只能换到没有……[2]

没有爱的表白,就失去了获取财富的机会。李尔愤怒地取消了原计划给小女儿的一份土地,分给两个大女儿,并与小女儿断绝了关系。

明知自己今后将失去身为公主的一切权力和财富,但丰厚的财产并不能使考狄利娅低头:

> 陛下,我只是因为缺少娓娓动听的口才,不会讲一些违心的话语,凡是我心里想到的事情,我总不愿在没有把它实行以前就放在嘴里宣扬;要是您因此而恼我,我必须请求您让世人知道,我所以失去您的欢心的原因,并不是什么丑恶的污点、淫邪的行动,或是不名誉的举止;只是因为我缺少像人家那样的一双献媚求恩的眼睛,一条我所认为可耻的善于逢迎的舌

---

[1] 卞之琳:《莎士比亚悲剧四种》,人民文学出版社1997年版,第353页。
[2] [英]莎士比亚:《莎士比亚全集9》,朱生豪译,人民文学出版社1978年版,第152页。

头,虽然没有了这些使我不能再受您的宠爱,可是惟其如此,却使我格外尊重我自己的人格。[1]

考狄利娅自尊自爱、洁身自好,哪怕失去巨额财富也毫不动心。她不献媚求恩,哪怕失去世间所有。她的价值在于自身,但是其他人却以外在财富衡量她的价值。因失去嫁妆,勃艮第公爵不再向她求婚。李尔也说:"现在她的价格已经跌落了。"[2]他们衡量人的标准是外在的,而考狄利娅的标准是内在的。

此时李尔王的随意和任性令人联想到"老小孩"的说法。或许在他上了年纪之后,智力有所减退。肯特伯爵郑重提醒他不要放弃大权,他用生命担保小公主的爱并非最少:

> 你以为权力向谄媚低头的时候,
> 责任就不敢说话了?至尊变至蠢了,
> 荣誉就系于直言。别放弃大权,
> 好好考虑,收回你鲁莽的成命。
> 我拿生命来担保这个判断:
> 你的小女儿爱你并不是最轻微
> 有些人声音小,显不出内心的空洞,
> 并非是寡情。[3]

虽然有人好意提醒、直言相告,但此时被权位蒙蔽了心智的李尔

---

[1] [英]莎士比亚:《莎士比亚全集9》,朱生豪译,人民文学出版社1978年版,第157页。
[2] [英]莎士比亚:《莎士比亚全集9》,朱生豪译,人民文学出版社1978年版,第156页。
[3] 卞之琳:《莎士比亚悲剧四种》,人民文学出版社1997年版,第355页。

第四章 论《李尔王》

完全听不进善意的忠告。忠言逆耳,昏庸的李尔连肯特也一并流放。

此时的李尔一定自以为自己已经很宽容、很慈悲——"我给你五天的时间准备行装,免得你餐风饮露,忍饥受寒"[1],他完全意识不到自己将忠臣视作仇雠,正在犯致命的错。他只喜欢用谄媚滋养虚荣,却完全意识不到自身缺陷。这个流放的决定显出李尔的暴戾。

考狄利娅拒绝表演的举动遭到巨大惩罚,她失去了原本该得的一部分国土,失去了父王的欢心。李尔告诉前来求婚的勃艮第公爵:

> 她现在孑然一身,百孔千疮,
> 亲友全无,新承受我的憎恶,
> 遭我弃绝了,只捞到诅咒作嫁妆,
> 你要她还是不要。[2]

考狄利娅已经一无所有,勃艮第公爵弃之而去。

勃艮第　　陛下
　　你只要把原先许下的一份给了她,
　　我当场就把考狄利娅接受来当作
　　勃艮第公爵夫人。
李尔　　什么也不给。我发过誓了;我坚持。
勃艮第　　那我就抱歉了:你这样失掉个父亲,
　　也就得失掉个丈夫。[3]

---

[1] 卞之琳:《莎士比亚悲剧四种》,人民文学出版社1997年版,第356页。
[2] 卞之琳:《莎士比亚悲剧四种》,人民文学出版社1997年版,第358页。
[3] 卞之琳:《莎士比亚悲剧四种》,人民文学出版社1997年版,第360页。

有的爱是以金钱作为衡量标准,没有财富支撑,所谓的"爱"也随之化为泡影。接着,李尔劝法兰西王另寻佳偶:

> 我不愿辜负你好意,太离经叛道,
> 竟拿我厌弃的来配你;因此我请你
> 把你的欢欣转向可取的对象,
> 不要去垂顾造化所羞于承认的
> 这个下贱货色。[1]

李尔的爱与恨太过随意。法兰西王回答:

> 这可是太奇怪了,
> 她刚才还是你最为珍惜的宝贝,
> 赞美的题目、安慰老年的寄托,
> 最好、最亲的,怎么就在此片刻
> 竟犯了骇人的大罪,以至被剥夺了
> 那么多层层的爱宠。她的过错
> 一定是伤天害理到荒谬绝伦,
> 要不然你原先对她表现的情感
> 不会一下子变质;若只凭理智
> 而不出神迹,我可绝不能相信
> 她会干出这等事。[2]

最珍爱的小女儿转瞬就成"弃儿",那么在李尔这样的人面

---

[1] 卞之琳:《莎士比亚悲剧四种》,人民文学出版社1997年版,第358页。
[2] 卞之琳:《莎士比亚悲剧四种》,人民文学出版社1997年版,第358—359页。

第四章　论《李尔王》

前,宠爱的保鲜期能持续多久,令人生疑。爱与恨似乎都太易变,太无常——他有一致不变的情感吗? 他的情感是单方面的要求,是要求别人,而不是要求自己的。

等到清楚了事情原委,法兰西王说:

> 不过如此吗? 这无非是天性缄默,
> 有些人就往往不爱把心头所想
> 恣意张扬罢了。勃艮第公爵,
> 你要小公主吗? 爱情就不是爱情了,
> 如果它掺杂了和本身毫不相干的
> 患得患失的考虑。你要娶她吗?
> 她本身就是一大笔活嫁妆呀。[1]

法兰西王慧眼识人。"她得小心提防,免得让利益引起那些求爱者的兴趣,而这些求爱者对如此神圣超绝的美是漠不关心的。大自然非常聪明,她所提供的嫁妆只有在那些业已热爱德性、心向往之的人们眼中才具有吸引力。"[2]

> 最美的考狄利娅,你因贫穷而最为富有,
> 被弃而最中选,受鄙视而最受珍惜!
> 你和你这些品德,我就夺取了:
> 我拿人家不要的,该完全合法。[3]

---

[1] 卞之琳:《莎士比亚悲剧四种》,人民文学出版社 1997 年版,第 359 页。
[2] 瑜青主编:《休谟经典文存》,上海大学出版社 2002 年版,第 15 页。
[3] 卞之琳:《莎士比亚悲剧四种》,人民文学出版社 1997 年版,第 360 页。

这段话精彩！"贫穷而最为富有,被弃而最中选,受鄙视而最受珍惜"——悖论式表述折射出智慧的光辉,显出超拔的美。

勃艮第所谓的"爱情"不过是财产的计较。他看重的并非这个人本身,而是看她有多少钱财。他对考狄利娅"如此神圣超绝的美的价值"漠不关心。他的这一幕表演在翻云覆雨之间,与李尔王颇有异曲同工之妙。

这部剧中有两个"爱的测试",一个是李尔王对三个女儿的;另一个是对考狄利娅的两个求婚者的。前一个测试是有意,后一个测试是无心。前一个测试透析出"谋求女儿之爱"的荒谬,展示了谋求财富者的虚伪;后一个测试显出人们在"爱情"面前面对金钱的考验。两者皆与"爱"和财富相关。

人伦挚爱是人之常情。李尔王作为一个父亲,他渴望得到女儿真诚的爱,享受天伦之乐,这种愿望合乎人性,是美好的愿望,是出于人性对爱的需要。爱是与人类相生相伴的精神家园,是人类心灵永恒的归依。李尔看似刚愎自用、傲慢自大的爱的"命令"里实际上包含了他对"爱的真诚信仰和渴望",是他人性中善的一面真切自然的流露。

"莎士比亚借助李尔所呼吁的孝道(孝亲报恩)是一种美好的道德伦理义务"[1],这并不为过,只是这种爱的评判标准太简单化。谁讲的话儿动听谁就最爱他——这种评判标准只停留在口头上,却无法窥见内心。

还在王座上的李尔由于"外部活动天地的广阔,由于一切愿望都能轻易得到奉行",世界仿佛要随他心意而行,他可以轻易地翻云覆雨,久而久之,他掉进了自我认知的误区,霸道、自傲地以为自

---

[1] 王忠祥:《建构崇高的道德伦理乌托邦——莎士比亚戏剧的审美意义》,《外国文学研究》2006年第2期,第25页。

己能力无边。骄纵的李尔以为他理所当然地应该得到最美好的爱。自我认知的偏差、谬误成为他人生悲剧的起点。

二 情感归属哪颗心

《李尔王》一剧中的副线书写埃德蒙、埃德加、葛罗斯特父子的故事。埃德蒙是葛罗斯特的私生子。为挑拨父子关系,他故意伪造哥哥——合法婚生子埃德加的信件,假装要藏起信件,引起父亲好奇。葛罗斯特问:"你为什么急急忙忙地把那封信藏起来? ……没有什么? 那么你为什么慌慌张张地把它塞进你的衣袋里去? 既然没有什么,何必要藏?"[1]

他还装成好人,"我希望哥哥写这封信是有他的理由的,他不过是要试试我的德性"[2]。等到父亲问起细节,埃德蒙谎说这封信不是送给他,而是被扔在他房间窗口的。他故意说:"父亲,请您原谅我;这是我哥哥写给我的一封信,我还没有把它读完,照我已经读到的一部分看起来,我想还是不要让您看见的好。"[3]

信中写道:

> 现时的敬老政策,白糟蹋我们的大好年华,把世界搞得枯燥无味,把我们的财富搁置一边,直等到我们自己老了,无法消受。我开始感到老年人的专横实在是一种荒唐的束缚,而

---

[1] [英]莎士比亚:《莎士比亚全集9》,朱生豪译,人民文学出版社1978年版,第161页。
[2] [英]莎士比亚:《莎士比亚全集9》,朱生豪译,人民文学出版社1978年版,第161页。
[3] [英]莎士比亚:《莎士比亚全集9》,朱生豪译,人民文学出版社1978年版,第161页。

他们之所以能施威肆虐,并不是因为他们有力量,而是因为我们一味容忍。[1]

葛罗斯特问他是否认得出是哥哥的笔迹,他圆滑地作答:"如果写的是好话,大人,我敢发誓说是他的;可是写得像这个样子,我但愿不是他的。"他还说埃德加主张说:"儿子成年了,父亲衰老了,父亲就该归儿子保护,儿子就该掌管父亲的产业。"[2]他欲擒故纵,深知怎样才能让人不怀疑他,让人更相信他。他甚至设计"证实"方案:"您要是认为可以的话,让我把您安置在一个隐僻的地方,从那个地方您可以听到我们两人谈论这件事情,用您自己的耳朵得到一个真凭实据;事不宜迟,今天晚上就可以一试。"[3]

葛罗斯特果然相信了私生子的谗言。埃德加出现的时候,而埃德蒙说:"我现在必须装出一副忧愁煞人的样子,像疯子一般长吁短叹。"[4]这个虚伪狡诈的家伙,在生活中就充满了"表演"。他假装好意告诉哥哥,父亲正在恼怒他,让他暂时避开,等怒气平息再说。他告诉哥哥赶紧走,甚至还让他带些武器。

  轻信的父亲;又配上忠厚的哥哥
  生性不会害人,一点也不怀疑
  别人会害他:对付愚蠢的诚实,
  我用计驾轻就易! 我知道怎么办。

---

[1] 卞之琳:《莎士比亚悲剧四种》,人民文学出版社1997年版,第364页。
[2] 卞之琳:《莎士比亚悲剧四种》,人民文学出版社1997年版,第365页。
[3] [英]莎士比亚:《莎士比亚全集9》,朱生豪译,人民文学出版社1978年版,第163页。
[4] [英]莎士比亚:《莎士比亚全集9》,朱生豪译,人民文学出版社1978年版,第164页。

第四章　论《李尔王》

　　靠不了出身,我就靠才智得田地:
　　我只要能达到目的,干什么都可以。[1]

之后,等父亲来了,他说:

　　我听见父亲来了。请你原谅,
　　我得骗他们,假装拔剑来刺你
　　你拔剑;假装自卫;好好斗一下。
　　投降！到父亲跟前来！照一照！这儿！
　　哥哥快逃。来火把,来火把！再见。
　　　　　(埃德加下。)[2]

等哥哥走了,他自己刺破手臂:

　　我身上刺出点血来,会使人相信
　　我拼过死命。我见过有些酒鬼,
　　闹着玩,干得还要凶。父亲,父亲！
　　站住,别逃！谁来呀?[3]

他又到父亲那里去挑拨。

　　无法劝说我杀害你父亲大人;
　　因为我告诉他疾恶如仇的神道,

---
[1] 卞之琳:《莎士比亚悲剧四种》,人民文学出版社1997年版,第369页。
[2] 卞之琳:《莎士比亚悲剧四种》,人民文学出版社1997年版,第390页。
[3] 卞之琳:《莎士比亚悲剧四种》,人民文学出版社1997年版,第390页。

> 把万钧天雷对准了杀父的罪行;
> ……
> 因为看见我对他忤逆的图谋
> 深恶痛绝,他就恶狠狠一下子
> 用剑朝我没有防备的身体
> 直戳过来,刺伤了我的胳臂。[1]

他上演苦肉计,以取得父亲信赖。父亲果然毫不怀疑,埃德加遭到全国通缉。并非王者的骄傲就使李尔目空一切,太骄傲而容易上当,其他人,即使不是至尊的帝王,依旧可能轻信谗言,上了居心叵测的儿女的当,疏远了善良朴实的孩子。

葛罗斯特父子这条副线的设置可谓意味深长。葛罗斯特父子之间以及李尔父女之间的误会、欺骗、善良被弃,说明这不是某个个体的特殊现象,而是一种群体的多发现象。尤其在家庭内部,父母对孩子一般不会怀疑,毕竟是自己人,这种欺骗更易实施,更易得逞。副线设置使主题更深入,更使人感觉人生的复杂与残酷。

戏剧的经纬连着实际生活。戏剧与现实互文,戏剧内也有互文。主线、副线并行、交织,暗示着这一现象的普遍性。人应依托可靠者,而现实往往是小人的花言巧语更具蛊惑性、欺骗性。

三 撕裂悲情

剥夺了小女儿的权利之后,李尔王还有一个决定他命运的决定——他只给自己留了一百名由两个大女儿负担费用的骑士,而

---

[1] 卞之琳:《莎士比亚悲剧四种》,人民文学出版社1997年版,第391页。

第四章 论《李尔王》

且是按月轮流去两个大女儿家住。正如剧中的"傻子"(即小丑)所说:"你把你的金冠盖送掉的时候,你的光脑盖底下准是一点脑子也没有了。"[1]

  在莎士比亚写作的那个年代以前,舞台上的弄臣和小丑都是用最粗糙和最廉价的材料塑造出来的,就是说,运用某种主要的愚蠢行为,掺和着少量无赖和花花公子习气就达到了目的。但是莎士比亚是喜欢困难的,他决定供给一种更丰满的膳食,使一个杰出的丑角带有机智、幽默、高贵、尊严和勇敢的十足气味。然而这是一种需要最巧妙的手笔、最完善的处理和最娴熟的技巧的过程。……莎士比亚就用卑鄙和愚蠢的外观来迷惑人们的眼睛,同时却暗中使我们好像是吃到了一顿更丰富、更有营养的饭食。[2]

《李尔王》中的小丑虽然地位卑贱,是取悦主人的奴才,但是他却始终冷眼旁观、洞悉一切,与李尔"昏昧不明"状态形成鲜明对比。他清楚地知道李尔致命的错误是"没脑子"。他的智慧代表着底层人民在世事变幻中积累起来的智识。但是养尊处优惯了的李尔却未经风霜,丝毫没有危机感。虽然大臣竭力劝谏,李尔仍一意孤行。如此拉开悲剧大幕——他剥夺真爱他的小女儿的权利等于断了自己的后路,而且他将自己的生活变为依靠两个大女儿供给。

  他的大女儿对李尔不理不睬,"这老废物已经放弃了他的权

---

[1] 卞之琳:《莎士比亚悲剧四种》,人民文学出版社 1997 年版,第 377 页。
[2] [英]摩尔根:《论约翰·福斯塔夫爵士的性格特征》(1777),曹葆华、徐仙洲译,收录于杨周翰编《莎士比亚评论汇编(上)》,中国社会科学出版社 1979 年版,第 112—113 页。

力,还想管这个管那个!凭着我的生命发誓,年老的傻瓜正像小孩子一样,一味的(地)姑息会纵容坏了他的脾气,不对他凶一点是不行的,记住我的话"[1]。

这一段话清楚地揭示了问题所在——年老,放弃权力,再加之李尔本来就是骄傲跋扈之人。不过,这应该是次要因素,因为即使骄傲跋扈,他也依旧是一个父亲,按照孝道原则,也应被照顾。说到底,是因为他的大女儿不过是一只狼,心里所有的只是贪婪,当李尔老了,没有了油水就不要他了。李尔注意到了女儿不高兴:

李尔　　啊,女儿!为什么你的脸上罩满了怒气?我看你近来老是皱着眉头。

弄人　　从前你用不着看她的脸,随她皱不皱眉头都不与你相干,那时候你也算的(得)了一个好汉子;可是现在你却变成一个孤零零的圆圈儿了。你还比不上我;我是个傻瓜,你简直不是个东西。……
闭嘴,闭嘴;
你不知道积谷防饥,活该啃不到面包皮。
他是一个剥空了的豌豆荚。[2]

傻瓜的几句话是点睛之笔——李尔从未受过艰难困苦,他不懂得居安思危、"积谷防饥"。他放弃了国土与权力,一旦被抽空,生活势必落入凄惨境地。虎狼一般的两个大女儿之前一直戴着假面具在他面前表演。一旦无利益可得,她们就露出真面目,再懒得

---

[1] [英]莎士比亚:《莎士比亚全集9》,朱生豪译,人民文学出版社1978年版,第167页。
[2] [英]莎士比亚:《莎士比亚全集9》,朱生豪译,人民文学出版社1978年版,第175页。

第四章 论《李尔王》

伪装。伪装要花费心机,要耗费能量,只有在利益面前,她们才伪装。

此后,李尔先是在大女儿那里受气。大女儿高纳里尔对他说:"我希望您想明白一些;近来您动不动就动气,实在太有失一个做长辈的体统啦。"[1]已然是一派居高临下的教训口吻。"你打我的用(佣)人,你那一班捣乱的流氓也不想想自己是什么东西,胆敢把他们上面的人像奴仆一样呼来叱去。"[2]到了这里,已经明说大女儿将自己凌驾于李尔之上了。

> 活该,真后悔莫及!噢,你来了?
> 这是你的意思吗?说!快备马。
> 忘恩负义,是铁石心肠的恶魔,
> 当你显现在子女身上的时候,
> 比海怪还可憎![3]

"恶魔、海怪、枭獍、豺狼"这些凶猛或邪恶的意象在李尔口中不断出现。他已经意识到了自己的错误。

> 啊,考狄利娅不过犯了一点小小的错误,怎么在我眼睛里却会变得这样丑恶!它像一座酷虐的刑具,扭曲了我的天性,抽干了我的慈爱,把苦味的怨恨灌了进去。啊,李尔!李尔!李尔!对准这一扇装进你的愚蠢、放出你的智慧的门,着力痛打吧![4]

---

[1] [英]莎士比亚:《莎士比亚全集9》,朱生豪译,人民文学出版社1978年版,第176页。
[2] [英]莎士比亚:《莎士比亚全集9》,朱生豪译,人民文学出版社1978年版,第177页。
[3] 卞之琳:《莎士比亚悲剧四种》,人民文学出版社1997年版,第381页。
[4] [英]莎士比亚:《莎士比亚全集9》,朱生豪译,人民文学出版社1978年版,第177页。

无情的现实给他上了一课,不过他还是抱有幻想,以为"我还有一个女儿在"[1]。被称为"傻瓜"的弄人倒是头脑清晰:

> 你到了你那另外一个女儿的地方,就可以知道她会待你多么好;因为虽然她跟这一个就像野苹果跟家苹果一样相像,可是我可以告诉你我所知道的事情。
> ……
> 你一尝到她的滋味,就会知道她跟这一个完全相同,正像两只野苹果一般没有分别。[2]

结果不出弄人所料,"一个人的脑筋生在脚跟上"[3]——李尔根本就缺少识人的智慧。承载他希望的二女儿表现更糟。她对父亲说:

> 里根　　啊,父亲大人,你老了;
> 　　　　你的天性已经到了边缘上,
> 　　　　要好好当心了。你得让心明眼亮人,
> 　　　　比你自己更明白你的情况的,
> 　　　　管管你,指引指引你。所以我请你
> 　　　　还是回到我们姐姐的身边去;
> 　　　　说你把她委屈了。[4]

---

[1] 卞之琳:《莎士比亚悲剧四种》,人民文学出版社1997年版,第381页。
[2] [英]莎士比亚:《莎士比亚全集9》,朱生豪译,人民文学出版社1978年版,第181页。
[3] [英]莎士比亚:《莎士比亚全集9》,朱生豪译,人民文学出版社1978年版,第180页。
[4] 卞之琳:《莎士比亚悲剧四种》,人民文学出版社1997年版,第410页。

里根对父亲已经是一派教训的口吻。

李尔　　求她的宽恕？
　　　　你只要看看这样还成何体统！
　　　　"亲爱的女儿，我向你供认我老了：　　（下跪）
　　　　老人是无用的；我双膝跪下来求你
　　　　恩赐我几件衣服、一张床、一口饭！"
里根　　大人，别这样；这个把戏太难看了。
　　　　回到我姐姐那里去。[1]

"老人是无用的；我双膝跪下来求你"——多么痛的语言！一个国王现在沦落到了何等卑微的地步？

里根　　我劝你，父亲，衰老了，就该安分了。
　　　　如果你回去和姐姐住在一起，
　　　　直住到一个月期满，把你的随从
　　　　辞退了一半，那就来我这里好了。
　　　　现在我又不在家，缺少供应，
　　　　无从接待你，满足你的需要。[2]

　　二女儿借口家里缺少供应，只肯让他保留 25 个人，多一个也不给地方住。想起大女儿允诺他带 50 个随从，他又想跟大女儿走，但大女儿立刻表示：

---

[1] 卞之琳：《莎士比亚悲剧四种》，人民文学出版社 1997 年版，第 411 页。
[2] 卞之琳：《莎士比亚悲剧四种》，人民文学出版社 1997 年版，第 413 页。

> 听我说,大人。
> 用得着二十五个人、十个人、五个人
> 跟你吗,要是家里有一倍的人数
> 早就在听命伺候你了?[1]

里根则紧接下来说:"用得着一个吗?"[2]姐妹俩一唱一和之后,里根表示光是他自己还乐意接待他,"可不能带一个随从"[3]。不仅如此,她们还不准别人接待、援助她们的父亲。暴风雨快要来了,李尔愤而出走。

葛罗斯特向私生子埃德蒙叹道:

> 唉,唉,埃德蒙,我不喜欢这种不近人情的作为。我请求他(她)们准许我照顾照顾他,他(她)们就不许我随意用我自己的房子,责令我不再提起他,为他求情,或者以任何方式援助他,如若违命,就永远失去他们的欢心。
> ……
> 我要去找他,私下解救他;你去陪公爵谈谈话,免得他察觉我去做好事。要是他问起我就说我不舒服,睡了。即使我要为此送命,我受到的威胁也确实不会小于一死,我还是一定要搭救国王,我的老主人。[4]

忠心耿耿的葛罗斯特冒死去搭救老主人,本想让儿子作掩护,结果却是,埃德蒙正好利用这个机会告发了自己的父亲:

---

[1] 卞之琳:《莎士比亚悲剧四种》,人民文学出版社1997年版,第416页。
[2] 卞之琳:《莎士比亚悲剧四种》,人民文学出版社1997年版,第416页。
[3] 卞之琳:《莎士比亚悲剧四种》,人民文学出版社1997年版,第417页。
[4] 卞之琳:《莎士比亚悲剧四种》,人民文学出版社1997年版,第427页。

第四章 论《李尔王》

> 这是个立功受赏的好机缘,会使我
> 得到父亲失去的——不止是钱财。
> 老的倒了,年轻的才好起来。[1]

为了金钱与地位,他不惜出卖自己的父亲。

葛罗斯特让肯特抱起神志不清的李尔上马车,跟着他去多佛。结果回头却被里根挖去双眼。惨痛中他呼唤埃德蒙替他报仇,里根告诉他,正是埃德蒙告密他才遭受大难,这时候,葛罗斯特才知自己太蠢,冤屈了儿子埃德加。

在荒原上,葛罗斯特拒绝一个老人的帮助,老人说他看不见路,他回答:

> 我没有什么路,所以也不需要眼睛;
> 我是在看得见东西的时候摔了跤。
> 富足常使人不经心,困苦反而会
> 于人有利。亲爱的儿子埃德加呀,
> 你是你父亲受骗发怒的牺牲品!
> 只要我生前还能用手摸到你,我就算又有眼睛了。[2]

他慨叹:"神灵对我们就像顽童对苍蝇,他们杀我们取乐。"[3]他让乔装逃难的埃德加带他去多佛的悬崖:

> 那里有一个悬崖,崖头高耸

---

[1] 卞之琳:《莎士比亚悲剧四种》,人民文学出版社 1997 年版,第 427 页。
[2] 卞之琳:《莎士比亚悲剧四种》,人民文学出版社 1997 年版,第 450 页。
[3] 卞之琳:《莎士比亚悲剧四种》,人民文学出版社 1997 年版,第 451 页。

> 而巍然俯瞰着水石相激的深海。
> 只要把我直带到它的边缘上，
> 我会把身边的一些贵重东西
> 补偿你身受的困苦。到了那地点，
> 我就不需要引导了。[1]

他要弃绝人世，摆脱残酷的痛苦。埃德加骗他说是在悬崖上，结果他跳下来并没有死。他遇到了疯狂的李尔，李尔说：

> 我们一生下就哭泣我们来到了
> 这个傻子的大舞台。[2]

"我们生下来的时候，因为来到了这个全是傻瓜的舞台上，所以禁不住放声大哭。"[3]卞之琳的译文很简洁，但朱生豪的译本充分表现了悲哀的程度，在情感上更为沉痛。

埃德加骗父亲"跳崖"后，遇见李尔，"清明的神智绝不会把它的主人打扮成这样"。[4] "刚才还有人看见他，疯狂得像被飓风激动的怒海，高声歌唱，头上插满了恶臭的地烟草、牛蒡、毒芹、荨麻、杜鹃花和各种蔓生在田野间的野草。"[5]荨麻是丛生在坟墓上的植物，毒芹以毒药和麻醉剂闻名。毒麦若是与小麦或黑麦种在一起，快速生长的毒麦会妨碍庄稼生长。毒麦的种子有致幻和麻

---

[1] 卞之琳：《莎士比亚悲剧四种》，人民文学出版社1997年版，第452—453页。
[2] 卞之琳：《莎士比亚悲剧四种》，人民文学出版社1997年版，第472页。
[3] [英]莎士比亚：《莎士比亚全集9》，朱生豪译，人民文学出版社1978年版，第249页。
[4] 卞之琳：《莎士比亚悲剧四种》，人民文学出版社1997年版，第468页。
[5] [英]莎士比亚：《莎士比亚全集9》，朱生豪译，人民文学出版社1978年版，第239页。

醉效果。威廉·科尔斯在1657年出版的《亚当在伊甸园》中写道：

> 毒麦让农夫们焦头烂额，要是面包里不小心掺杂了毒麦种子，人吃下面包后会遭受噩梦侵扰，失去理智和判断力；要是啤酒里不小心掺入了毒麦种子，人在饮酒后马上就会感到头晕眼花，甚至酩酊大醉。毒麦对视力和判断力都毫无益处，过去有句谚语形容一个人目光短浅、稀里糊涂，就说他吃了毒麦了。[1]

李尔进行"爱的测试"，很显然是失去了判断力。这些野生植物意象象征着他的昏醉与死亡。

国王李尔疯了，葛罗斯特恨不得自己也疯掉：

> 我这身可恶的知觉
> 却如此冥顽，我一站起来就痛感
> 无限悲伤！我还是疯了才好：
> 那样就不会再想到我的悲哀，
> 错乱的幻觉也就会使我的痛苦
> 忘掉了自己。[2]

人的疯狂往往是因要躲避无以忍受的痛苦，在迷狂的神智里忘却苦痛。李尔说："那放高利贷的家伙却把那骗子判了死刑。褴褛的衣衫遮不住小小的过失；披上锦袍裘服，便可隐匿一切。罪恶

---

[1][英]西德尼·比斯利：《莎士比亚的花园》，张娟译，莫海波、北塔审校，商务印书馆2017年版，第154—156页。
[2]卞之琳：《莎士比亚悲剧四种》，人民文学出版社1997年版，第477页。

镀了金,公道的坚强的枪刺在上面也会折断;它用破烂的布条裹起来,一根侏儒的稻草就可以戳破它。"[1]

李尔不知道为自己留下支配权力的重要性,将一切拱手奉与他人,一旦这些人思想变化,他的悲剧就无可避免。如果他将财产给予可靠之人,给真正可以信托的小女儿,那么他也可以安享晚年,但可悲的是,他想要指望的是口蜜腹剑的两个大女儿,真正爱他的善良的小女儿却被他驱逐了。

虽曾是一国之君,他内心深处却相当幼稚——在王座庇佑下,风雨不侵,他没有真正地体验过人世的艰辛、复杂。这种幼稚导致了他的荒谬和悲剧,从而有了暴风雨之夜凄惨的荒原场景:年迈体弱、孤苦无告的李尔被两个大女儿羞辱逼迫,流落荒野,狂风暴雨长驱直入,他只能任风雨肆虐。

> 李尔　　吹吧,风啊!胀破了你的脸颊,猛烈地吹吧!你,瀑布一样的倾盆大雨,尽管倾泻下来,浸没了我们的尖塔,淹没了屋顶上的风标吧!你,思想一样迅速的硫黄的电火,劈碎橡树的巨雷的先驱,烧焦了我的白发的头颅吧!你,震撼一切的霹雳啊,把这生殖繁密的、饱满的地球击平了吧!打碎造物的模型,不要让一颗忘恩负义的人类的种子遗留在世上。
>
> 弄人　　老伯伯,回到那所房子里去,向你的女儿们请求祝福吧;这样的夜无论对于聪明人或是傻瓜,都是不发一点慈悲的。[2]

---

[1] [英] 莎士比亚:《莎士比亚全集 9》,朱生豪译,人民文学出版社 1978 年版,第 248 页。
[2] [英] 莎士比亚:《莎士比亚全集 9》,朱生豪译,人民文学出版社 1978 年版,第 208 页。

第四章　论《李尔王》

面对无情的暴风雨,李尔的心境也似狂暴的风雨盘旋:

> 尽管轰着吧！尽管吐你的火舌,尽管喷你的雨水吧！……我站在这儿,只是你们的奴隶,一个可怜的、衰弱的、无力的、遭人贱视的老头子。可是我仍然要骂你们是卑劣的帮凶,因为你们滥用上天的威力,帮同两个万恶的女儿来跟我这个白发的老翁作对。啊！啊！这太卑劣了！
>
> ……
>
> 伟大的神灵在我们头顶掀起这场可怕的骚动。让他们现在找到他们的敌人吧。战栗吧,你尚未被人发觉、逍遥法外的罪人！躲起来吧,你杀人的凶手,你用伪誓欺人的骗子,你道貌岸然的逆伦禽兽！魂飞魄散吧,你用正直的外表遮掩杀人阴谋的大奸巨恶！撕下你们包藏祸心的伪装,显露你们罪恶的原形,向这些可怕的天吏哀号乞命吧！[1]

"剧作的崇高想象、动人心弦的悲愤激情和同样动人的诙谐是那么自由地交错在一起;大自然和人类激情竟是那样汹涌澎湃！"[2]

风暴摧残李尔,李尔化身风暴,酣战内外逆转。在狂暴的心境与暴雨冲击下,李尔头脑昏乱。肯特引他去了附近的一间茅屋。李尔意识到:"一个人到了困苦无告的时候,微贱的东西竟也会变成无价之宝。"[3]只要一间简陋的草屋就可避免暴风雨无情的打

---

[1] [英]莎士比亚:《莎士比亚全集9》,朱生豪译,人民文学出版社1978年版,第208—210页。
[2] [英]格兰威尔·巴克:《论〈李尔王〉》(1935),殷宝书译,收录于杨周翰编《莎士比亚评论汇编(上)》,中国社会科学出版社1979年版,第155页。
[3] [英]莎士比亚:《莎士比亚全集9》,朱生豪译,人民文学出版社1978年版,第210页。

击。人基本的需求并不多,然而在拥有众多的时候,李尔的自我膨胀却让他忘记了自我本真,相信了那些漫无边际的谎言。

正如"傻子"所说:"她们(指两个大女儿)会叫你变成一个孝顺的父亲。"[1]

傻子唱:

> 这年头傻子们再也不吃香;
> 　　　聪明人都变了白痴,
> 脑子里不知道怎样去想想,
> 手底下尽干的傻事。[2]

忠心耿耿的肯特在李尔最孤独无助的时候出现,他伪装自己,前去伺候他从前的君主。正如"傻子"唱的:

> 他为了自己的利益,
> 　　　向你屈节卑躬,
> 天色一变就要告别,
> 　　　留下你在雨中。
> 聪明的人全都飞散,
> 　　　只剩傻瓜一个;
> 傻瓜逃走变成混蛋,
> 　　　那混蛋不是我。[3]

---

[1] 卞之琳:《莎士比亚悲剧四种》,人民文学出版社1997年版,第380页。
[2] 卞之琳:《莎士比亚悲剧四种》,人民文学出版社1997年版,第377—378页。
[3] [英]莎士比亚:《莎士比亚全集9》,朱生豪译,人民文学出版社1978年版,第197页。

第四章 论《李尔王》

人情冷暖,在势力散尽时见出。食尽鸟投林,不管曾经施与恩泽的人是否落难。患难见真情,"傻瓜"在李尔王落难后依旧追随他左右,尽自己所能照顾他。肯特同情落魄的李尔王,不惜亲自去陪伴、帮助他。考狄利娅为了父亲,劝说法兰西王派兵进入本国。

李尔王的悲剧除却他自己的虚荣、刚愎自用和天真的对爱的信念和渴望之外,还因他放弃自我、失去自我。他忠奸不辨,不但将亲人视作路人,还放弃自己的权利和财富;他不仅剥夺至亲的小女儿的权利,还剥夺自我的权利,造成他最后悲苦无依,失去了抵御罪恶的力量。毕竟,社会上金钱至上、道德败坏的情况随处可见,"传道的嘴上一味说得好;酿酒的酒里掺水真不少"[1]。

在暴风雨中孤弱无助的经历使李尔意识到:

> 衣不蔽体的不幸的人们,无论你们在什么地方,都得忍受着这样无情的暴风雨的袭击,你们的头上没有片瓦遮身,你们的腹中饥肠雷动,你们的衣服千疮百孔,怎么抵挡得了这样的气候呢?啊!我一向太没有想到这种事情了。安享荣华的人们啊,睁开你们的眼睛来,到外面来体味一下穷人所忍受的苦,分一些你们享用不了的福泽给他们,让上天知道你们不是全无心肝的人吧![2]

在此之前,他从未受过人世痛苦,未曾体味穷人的苦难。暴风雨使他体验到普通人的艰难处境。

---

[1] [英]莎士比亚:《莎士比亚全集 9》,朱生豪译,人民文学出版社 1978 年版,第 210 页。
[2] [英]莎士比亚:《莎士比亚全集 9》,朱生豪译,人民文学出版社 1978 年版,第 213—214 页。

> 他的激情爆发起来,像火山一样可怕;它像风暴一样搅起海浪、翻开海底——李尔的内心——展现出无穷无尽的宝藏。……我们看不见李尔,我们就是李尔,我们进入了他的内心思想,一种宏伟感支持着我们,足以挫败女儿们和风暴的恶毒;在他迷误的理性中,我们发现一股强大的、无规律的推理的力量,远非日常生活中所需的推理方法,但却能对人类的腐败和弊端施加它的威力,就像任意吹动的风一样。[1]

自然界的暴风雨激起他内心狂暴的激流,使他的思想经受从未有过的洗礼。

受难发疯的李尔被送到小女儿身边,他却不肯去见小女儿。

> 羞耻之心掣住了他;他自己的忍心剥夺了她应得的慈爱,使她远适异国,听任天命安排,把她的权利分给那两个犬狼之心的女儿——这种种的回忆像毒刺一样蜇着他的心,使他充满了火烧一样的惭愧,阻止他和考狄利娅相见。[2]

虽然李尔对不起小女儿考狄利娅,那样不顾父女亲情,让她一无所有地离开,但是考狄利娅不但没有怪罪他,还痛惜父亲的遭遇:

> 即使你不是她们的生身父亲,

---

[1] [英]查尔斯·兰姆:《论莎士比亚的悲剧是否适宜于舞台演出》(1811),杨周翰译,收录于杨周翰编《莎士比亚评论汇编(上)》,中国社会科学出版社1979年版,第173—174页。
[2] [英]莎士比亚:《莎士比亚全集9》,朱生豪译,人民文学出版社1978年版,第239页。

> 这一头白雪也该会动她们怜悯啊![1]

仁心慈悲,在这一句痛心疾首的话语中见出。两个大女儿深受恩泽,却不思报恩,小女儿虽受冷遇,但初心不改。即便不是自己的父亲,满头白发苍苍的老人她也会怜悯。"老吾老以及人之老"——善良具有多么慷慨的品质!李尔在考狄利娅请的医生救治下,慢慢恢复了神智。他说:

> 请不要取笑我;
> 我是个非常愚蠢昏庸的老人
> 足足是八十岁以上,一点也不少;
> 而且,坦率的说吧,
> 我怕我的神经不怎样健全。
> ……
>
> 你是在流眼泪?真是的。请你不要哭。
> 倘使你有毒药给我,我一定喝它:
> 我知道你并不爱我,你两个姐姐
> (我记得)对我不好;你是有理由的,
> 她们可没有。
> ……
> 你一定得包涵我一点才好。请你忘怀过去,宽恕过错;我是又老又糊涂了。[2]

---

[1] 卞之琳:《莎士比亚悲剧四种》,人民文学出版社1997年版,第479页。
[2] 卞之琳:《莎士比亚悲剧四种》,人民文学出版社1997年版,第480—481页。

李尔慨然承认自己的错误,痛悔之前的糊涂。他此时已变得谦卑。

他问小女儿自己是否是在法兰西,考狄利娅告诉他是在他本国,他叫她不要哄骗他。医生让考狄利娅放心,此时李尔的疯狂已经平息,但是要提醒他过去的事情还是危险的,要等他再平静一点。

兵败被俘的考狄利娅被关押起来,同父亲李尔一起。她问父亲是否要见"女儿和姐姐"。李尔回答:

> 不,不,不,不! 来吧,我们进监狱去。
> 我们俩要像笼中鸟一样的唱歌;
> 你要我祝福的时候,我会跪下去
> 求你宽恕。我们就这样过日子,
> 祈祷、唱歌,讲讲古老的故事,
> ……
> 对于这样的牺牲,我的考狄利娅,
> 天神们也要烧香的。我把你抓住了吧?
> 谁要把我们分开,非得借天火……[1]

历尽苦难的李尔终于见到善良的小女儿考狄利娅,如获至宝,再不愿与她分开。现实给了他最生动的一课,时间见证了人心。在凄苦磨砺下,他懂得了世界的复杂,此时的李尔经受暴风雨后,终于参悟世情,获得智慧。他知道什么才是世间最可贵的——他曾丢弃世上至珍,就只为贪慕虚荣(King Lear gave up the most

---

[1] 卞之琳:《莎士比亚悲剧四种》,人民文学出版社1997年版,第488—489页。

precious in the world just because of his vanity in the past. Now after the washing of the fierce storm, he knows what is the most valuable and what is not);而今重新拥有,他想紧紧抓住,再不分离。此刻他只希望彼此相守,守住平凡。繁华落尽见真醇(When all the luxuriantly blooming flowers fall, the essence reveals itself)——李尔明白了世间什么最珍贵!

暴风雨的洗礼教会了李尔王:至珍至善的美其实只是看上去最寻常、最平朴、似乎最微不足道的东西。可是,在遭逢灾难之前,他从不知这似乎最卑贱的其实才最高贵,这似乎最寻常的才是至珍!人们总愿追求那些遥远的、看去高贵繁华的事物,却往往不知:身边简简单单的幸福其实才是生活至境!人们追求了太久,历尽苦难,蓦然回首,才发现自己追逐的东西其实原本就在身边。

当历经磨难的李尔终于意识到他在世上最珍贵的就是小女儿考狄利娅,愿与她相守的时候,他却很快失去了她——他明白得实在太迟了……

考狄利娅这个名字的拼写是"Cordelia",其中包含的"delia"是"ideal(理想的、完美的)"颠倒的写法,"cor"则是表示惊叹的感叹词。一方面,世间不如意事十之八九,理想与完美之人或物总难寻觅;另一方面,考狄利娅最朴实,却是理想的真善美的化身——这至高的理想往往因其朴素的外表遭人轻弃!李尔在终于拥有与考狄利娅相处的时光之际,却遭遇她的死亡。

爱纵然无比重要,决定着一个人的幸福,但爱是抽象的,难于辨识,因而也难于把握,是不稳定的、会变异的。爱的抽象埋下了悲剧隐患。"爱"在某些情况下需要以自爱作基础。李尔王失去王权就不再强大,是因为他之前只因王权强大,抽去王座与权杖,他不过是个孤弱无依的可怜老头儿。他所能够领受的"爱"会随他的权势、地位的变化而变化。

父母对儿女付出了深沉的爱,为什么要求儿女明确地表示对他们的爱?——除了李尔的骄傲、虚荣、刚愎自用之外,这里显示的还有作为一个老人隐隐的不安全感。一个年迈的人身体和精神都日渐衰颓,不可避免地想给自己找个可靠的避风港,抵御不可测察的命运风霜。这种看似幼稚的"寻求爱的慰藉"其实包含了一种心理畏怯。俗语云:少贫不算贫,老贫贫死人!一个人在年轻力壮时有能力处理生活中的艰难困苦,无所畏惧;但在衰弱的暮年,却会因一点点小事感到力不从心。所以,年迈的李尔会将国事交托出去,这决定本身包含着对自身衰弱的体察和认知。

李尔一定觉得,自己以最宝贵的国土相赠,这馈赠如此丰厚,口头上的承诺难道不是女儿们应做的小小表示?考狄利娅竟不肯——这孩子太不懂得感恩了!不过他忘了,大恩不言谢。口头上的任何承诺比起似海恩情来,都未免太过轻飘。他也忘了,一个人是否感恩,需看行动,语言可以伪饰,行动才最牢靠。西方有句谚语,"Action speaks louder than words.",意思是,"行动比语言更有说服力"。那些不善言辞的人、那些不屑表白和夸饰的人,他们的品格往往最朴实,他们的行动往往最踏实。他们的行动比一切言辞都更有力,因为那才是真的。他没有意识到自身的有限性、依附性——他要依靠国土、王权让别人俯首,失去依恃,他将一无所有!

李尔最怕的,恰恰就来了。他的不安全感是有道理的,因为这个世上并不缺乏不感恩的人,不缺乏不感恩的儿女。相比父母的爱,儿女的爱要艰难得多。在衰颓的暮年被儿女所弃不是个别现

第四章 论《李尔王》

象。许多儿女并不想要暮年的父母,原因很简单,他们不再能贡献,甚至需要儿女的照顾和付出。正如剧中"傻子"所说:

> 老父衣百结,
> 二女不相识;
> 老父满囊金,
> 儿女尽孝心。
> 命运如娼妓,
> 贫贱遭遗弃。[1]

莉莉·坎贝尔(Lily B. Campbell)将李尔看作"激情的奴隶(one of passion's slaves)",确切地说是老年易狂怒者。"在李尔和葛罗斯特身上,莎士比亚呈现出老年人对儿女的不公正。他们被阿谀之辞引领,不明智地赠与,在愤怒之下拒绝给予,并且因想象的'轻视'而寻求报复。他们的愤怒滋生的罪恶与愚蠢在此暴露无遗。"[2]

在老年,人的弱点更易凸显。无论是李尔还是葛罗斯特,他们都轻信、鲁莽。他们不仅戕害、冤枉善良的孩子,也戕害自身,成为自己愚蠢的受害者。葛罗斯特被挖去双眼——这个细节也具有丰富的象征意义。俄狄浦斯在事情真相显露之后,挖去自己的双眼,因自己"有眼无珠",无法看到真相。

埃德加因自身的高贵品格,没有阴谋伎俩,就绝想不到弟弟会出于罪恶目的,仍把他当成好人相信。善良的人格外容易受到欺

---

[1] [英]莎士比亚:《莎士比亚全集9》,朱生豪译,人民文学出版社1978年版,第196页。
[2] Carey, Gary, ed.: *Cliffs Notes on Shakespeare's King Lear*. Chicago, NewYork: IDG Books Worldwide, Inc, 1968, p.18.

诈,他们往往想不到别人会有卑鄙的心肠。

父子相逼、手足相残,违背人伦,却屡见不鲜,因悖逆者心中所爱的只有金钱、权力等利益。心灵的标准若是利益,亲情在他们眼里就将毫无价值——除非能给他们带来好处。

这世界是"傻瓜的舞台",像葛罗斯特被挖去眼珠一样,人们常"有眼无珠",容易犯错。有几个人能有洞察的眼睛,看得出笑面后的真颜,能看穿虚伪假面?

权力和财富是双刃剑,容易蒙蔽人们的心灵。在权力宝座上的人虚荣心易膨胀,会觉得并非是王座强悍,而是自身强大——人总有弱势之处,如同"阿珂琉斯的脚踵"。李尔王在谄媚的氛围中忘却自己不过是肉体凡胎,众人谄媚他并非出于真爱。

李尔王的悲剧具有普世性,不仅因世人太容易相信表象,更因真正的内心难于窥察。表象与真实的鸿沟需要艰难的跨越,否则李尔的悲剧会一再重演。

四 李尔王的性格变迁

李尔心中爱的理想遭遇现实的残酷打击。他付出所有,最终却被两个承受他巨大恩泽的女儿抛弃,即使他"从头到脚都是君王"[1]。

奥本尼称高纳里尔为"猛虎","你们是猛虎,不是女儿,你们干了些什么事啦?这样一位父亲,这样一位仁慈的老人家,一头野熊见了他也会俯首帖耳,你们这些蛮横下贱的女儿,却把他激成了疯狂!""你这变化做女人的形状、掩蔽你的蛇蝎般的真相的魔鬼,

---

[1] [英]莎士比亚:《莎士比亚全集9》,朱生豪译,人民文学出版社1978年版,第246页。

第四章　论《李尔王》

不要露出你的狰狞的面目来吧！"[1]恩将仇报的不义行为引起善良的人们的憎恨和谴责。

李尔受尽两个女儿欺侮后惨叫："谁能告诉我，我是谁？（Who is it that can tell me, who I am?）"[2]"我要弄明白我是谁；因为我的君权、知识和理智都在哄我，要我相信我是个有女儿的人。"[3]

交出王权后，威风凛凛的李尔从此沦落。境遇的巨大变迁促使他思索自身，他意识到自身的孱弱，见识到真实的人生。

自我认知的偏差使盲目自信的李尔放弃权力和财富，造成自己受制于人。说到底，李尔王的悲剧最关键处在此，其次才是他远贤人、亲小人。得势时自可一呼百应、威风八面，但失意时乏人响应，只有"傻子"陪着他，真正爱他的小女儿和忠心耿耿的臣子葛罗斯特不顾危险前来救他。他将小女儿驱逐，使自己失去安全的屏障，恶女儿才有机会随意施为。在这里，不辨真伪是悲剧得以发生的必要条件，自我认知的错误是悲剧的深层诱因，放弃自我则是悲剧的核心。

杜勃罗留波夫说：

> 他的自我崇拜终于越出一切常识的范围：他把由于自己地位而享受到的一切显赫和尊敬都直接归之于自己个人，他决定抛弃他的权力，他相信在这之后，人们也不会就不敬畏他。这种狂妄的信念驱使他把王国转让给了女儿们，因此，他

---

[1]［英］莎士比亚：《莎士比亚全集 9》，朱生豪译，人民文学出版社 1978 年版，第 235—236 页。

[2] Evans, G. Blakemore: *The Riverside Shakespeare*. London: Houghton Mifflin Company, 1974, p.1263.

[3]［英］莎士比亚：《莎士比亚全集 9》，朱生豪译，人民文学出版社 1978 年版，第 176 页。

就从自己野蛮的无意识状况转到一个平凡人的普通的地位，并体验到与人类生活联在一起的悲苦。[1]

李尔王的悲剧也是他走向心智成熟和心灵升华的过程，是其心灵成长历程。在王位上不遭困厄，他没有机会接触现实；当剥除权力、财富，受制于人、自身衰残时，他才有机会面对真实，真正认识社会，理解人生世事，获得智慧。走下神坛的李尔，终于有了真实的人生。他悔恨自己从前在高位时未体察民间疾苦，也在考狄利娅面前痛悔自己的过错。从认为自己是伟大的，到知道自己的局限，他经历了苦境，在苦难历程中展示了可贵品质。心灵的暴风雨洗去了君王心头的尘埃，他的眼睛变得明亮，看清了事实真相。

从王权御座上走下来，李尔就走下了"神坛"。从此，他还原了自己作为一个人的存在。

"你是你自身原本的样子。蒙昧时代的人就只是这么赤裸寒碜，像你这样的两足动物[2]（Thou art the thing itself: unaccommodated man is no more but such a poor bare, forked animal as thou art[3]）。"李尔终于认识到：除却身外之物，才是人自身本来的模样，人生的本真原不是国王的锦袍修饰的那样。他曾活在王权虚构的迷梦里，但是放弃了王权，在暴风雨里承受了苦难后，他才知自身如此孱弱、有限。这一种认知使李尔体察了人生的悲剧，产生对自身的悲悯、对穷苦人的悲悯、对人类的悲悯……肆意的雷雨成为席卷他

---

[1] [俄] 杜勃罗留波夫：《黑暗的王国》(1859)，辛未艾译，收录于杨周翰编《莎士比亚评论汇编(上)》，中国社会科学出版社 1979 年版，第 498 页。
[2] [英] 莎士比亚：《莎士比亚全集 9》，朱生豪译，人民文学出版社 1978 年版，第 **216 页**。
[3] Bate, Jonathan & Eric Rasmussen, ed.: *William Shakespeare Complete Works*. Beijing: **Foreign Language Teaching and Research Press**, 2008, p.2045.

心灵的风暴。这一幕的恢宏还在于其普世性。过往的幻想被彻底打破,他从幻梦中走出,回归真我。

只是,他为自己的过错付出了太大代价。他心爱的小女儿——世界上最爱他的人与世长辞了:

> 这片羽毛在动呢,她还活着哩!
> 果真如此,这个机缘就补偿了
> 我的一切忧患。
> ……
> 全给我瘟死,你这帮凶手,叛贼!
> 我本来可以救她的;她如今永逝了!
> 考狄利娅,考狄利娅,等我一会儿!嗨!
> ……[1]

> 我的可怜的傻瓜给他们缢死了!不,不,没有命了!为什么一条狗、一匹马、一只耗子,都有它们的生命,你却没有一丝呼吸?你是永不回来的了,永不,永不,永不,永不![2]

一个饱经沧桑的心灵早已千疮百孔,不堪再次撕裂的痛——李尔在这最惨痛的一刻死去。他的安慰、他的希望、他的有着金子般善良的心的女儿死去了!他再也无法承受这个巨大打击,无法继续存留于世。

李尔的悲剧定格在那悲怆的一刻!舞台上这幕惨景,白发苍

---

[1] 卞之琳:《莎士比亚悲剧四种》,人民文学出版社1997年版,第501页。
[2] [英]莎士比亚:《莎士比亚全集9》,朱生豪译,人民文学出版社1978年版,第272—273页。

苍的李尔痛断肝肠的话语令人难忘。人在有机会的时候,往往不懂珍惜,挥霍了机缘;待到真正懂得,却往往没了机会——这是人生的悖论。

五　苦难与救赎

《李尔王》一剧充满鲜明的对照。有两个大女儿谄媚逢迎与翻脸不认人的"变脸";有李尔"受尽恭维"和"转眼被弃"的对照;有善与恶的对立。同一个父亲,子女却有善有恶。善的源泉,同样也滋生恶。人无法在世上摒除恶,却要不断地与之斗争。在这个世界上,善与恶总是错综纷杂。

肯特说:

> 假树上会结下真的果子。
> 各位王子,肯特从此远去,
> 到新的国土走他的旧路。[1]

真与假、新与旧、有与无、生与死、宠爱与背弃、外在与内在、私生子与婚生子、真话与谎言、清醒与疯狂、傻瓜与智者、高贵与贫贱……《李尔王》变幻着色调,发出奇异的光彩。这一部分充满了对立、对照,时时泛出悖论的光华,充满哲理的深度。

剧中有私生子与婚生子的对照。埃德蒙是私生子,假若他拥有与婚生子一样的权利,不受到世人的歧视与白眼,那么也许他就不会这样心理扭曲、猖狂作恶。这其中揭示的社会歧视问

---

[1][英]莎士比亚:《莎士比亚全集9》,朱生豪译,人民文学出版社1978年版,第155页。

第四章 论《李尔王》

题令人深思。

19世纪英国、美国的精神科医生说,李尔的案例正像许多他们在精神病院里看到的病人的一样。……针对这些的许多诊断,从阿尔茨海默病到躁狂抑郁性精神病,几乎无所不有。(没有人暗示梅毒晚期精神错乱的麻痹状态)特鲁斯奇诺夫斯基博士在《南方医学杂志》2002年发表的文章中阐释了一个狂躁的典型案例,认为李尔是终生罹患双相情感障碍性疾病的病人。

Nineteenth-century mad doctors in Britain and America said Lear's case was just like many they saw in their asylums ... A variety of diagnoses have been offered from senile dementia to manic-depressive psychosis. (No one has suggested General Paralysis of the Insane, the last stage of syphilis.) Dr. Truskinovsky, writing in the *Southern Medical Journal* in 2002, makes a powerful case for mania, and suggests that Lear had been suffering from bipolar affective disorder all his life.[1]

某些学者将李尔王置于封建社会伦理观念与资本主义社会观念交合处,认为他怀抱封建社会的伦理理念,却遭遇资本主义观念的冲击,酿成悲剧[2],这是家庭伦理与社会伦理的冲突。

布拉德雷对《李尔王》的阐释强调苦难主题,指出苦难具有净化灵魂和救赎作用。他认为该剧可以换一个标题:《李尔王的救赎》。

---

[1] Daniels, Anthony: "Diagnosing Lear." *New Criterion* 25.10 (2007), p.8. Literature Resource Center. Accessed 11 Oct. 2016. Gale Document Number: GALE|A179237045.

[2] 李康映:《错位的人伦——莎士比亚剧本〈李尔王〉人物形象解析》,《时代文学》2011年第18期,第150—151页。

弗洛伊德则认为考狄利娅代表的是死亡,甚至是死神本身。希腊神话中的命运三女神最后一个是阿特洛波斯,因为人的想象拒绝死亡,人们以爱神代替死神,结果三姊妹中最小的一个不再是死神,而是最美最可爱的爱神。垂老的李尔在第一场中就把考狄利娅赶走,意味着他拒绝接受生命的规律,拒绝接受死亡。[1] 这个评论别出心裁!

无论人多痛苦,无论他多么想悔改,一旦毁灭的机器开动,任谁都无法改变命运的方向。在斯坦普芬看来,李尔的死深刻地表现了人类的恐惧:"悔改没有用,与神的誓约一旦毁掉就不可能重建,因为宇宙并没有爱心、不会回心转意,也因为宇宙自身没有内在的和谐。换句话说,这种恐惧就是害怕生活在一个冷漠无情的宇宙之中。"[2]

这是一部杰出的悲剧,戏剧内含诸多表演元素——李尔的两个大女儿依其利益所在即兴表演,丝毫不觉忸怩,厚颜无耻地夸大其词,因此她们获得巨大利益。社会上也有诸多此类"演员",擅长表演是钓取权位利益的香饵。许多能迅速得到利益者都是这种表演意识强烈的人。当我们欣赏舞台上演员精彩表演的时候,是否也想到剧中本来包含"演员"? 是否想到生活中、社会中的此类"演员"? 许多"李尔的悲剧"就是因无法辨识是伪饰还是本色才屡屡发生。

《李尔王》被认为是父女之间私人关系的悲剧,或者被看作一部伟大的形而上的剧作,书写李尔发现自己灵魂的

---

[1] 李毅:《二十世纪西方〈李尔王〉研究述评》,《四川外语学院学报》1996 年第 4 期,第 38 页。
[2] Stampfer, Judah: "The Catharsis of 'King Lear'." *Shakespeare Survey*, Vol.13, 1960, p.10.

朝圣之旅。但是在20世纪60年代以后,所有这些发生了改变。……《李尔王》逐渐获得了丰富的政治意义。[1]

随着人类"老龄化"时代的到来,李尔式的悲剧也逐渐从人们视界的边缘转向中心。

六 舞台总有《李尔王》

琼森认为《李尔王》最充分地展现出莎士比亚的能量(the fullest revelation of Shakespeare's power)[2],只是这部剧作太宏大,无法在舞台上得以充分表现(too huge for the stage)[3]。但是巴克说,这个剧本当时不仅上演,而且取得了巨大成功,才能在白厅给詹姆斯一世演出。伯比奇当年扮演李尔王的佳话一直传颂至今,而且迪夫南特把《李尔王》选为他的剧院上演的九个剧目之一[4]。布拉德雷认为这部剧作描绘了"这个世界上最可怕的图景(the most terrible picture that Shakespeare painted of the world)"[5]。

1605年5月8日有一部叫作《雷尔王》(King Leir)的戏剧登记在册,是女王剧团在1594年之前演出的戏剧。这是莎士比亚的《李尔王》最重要的取材剧目。《雷尔王》是一部喜剧,终局圆满,

---

[1] Thompson, Ann & NeilTaylor. *Hamlet*. Beijing: China Renmin University Publishing House, 2008, p.14.
[2] Evans, G. Blakemore: *The Riverside Shakespeare*. London: Houghton Mifflin Company, 1974, p.1249.
[3] Evans, G. Blakemore: *The Riverside Shakespeare*. London: Houghton Mifflin Company, 1974, p.1249.
[4] [英]格兰威尔·巴克:《论〈李尔王〉》(1935),殷宝书译,收录于杨周翰编《莎士比亚评论汇编(下)》,中国社会科学出版社1981年版,第153页。
[5] Evans, G. Blakemore: *The Riverside Shakespeare*. London: Houghton Mifflin Company, 1974, p.1249.

考狄利娅和李尔王幸福圆满地生活着。1606年12月26日,《李尔王》上演。李尔在这里是逊位,而不是被推翻王位;考狄利娅的形象更突出。

剧场在17世纪被英国清教徒关闭之后又重新开放,《李尔王》再度上演,但是剧情却被改成考狄利娅和埃德加相爱,全剧以大团圆告终,惨痛的悲剧变身喜剧,原本的主题被冲淡。

A. C. 布拉德雷认为《李尔王》太宏大,很难在舞台上展现。[1]

内赫·泰特(Nahum Tate)改编版的以喜剧结尾的《李尔王》(1681)占据舞台约160年。贝特顿、加里克、坎布尔等著名演员都以出演泰特版的李尔闻名。加里克演李尔王的时候穿乔治王朝的宫廷服装。1768年,乔治·科尔姆试图复兴莎士比亚原剧本,却惨遭挫败。泰特略去了法兰西和傻子的角色,删除了一些场景,给考狄利娅增加了侍女阿兰特,情节上拓展了高纳里尔与里根与埃德蒙的恋爱,加上了埃德蒙派人绑架考狄利娅,意图强暴她,考狄利娅为乔装成可怜汤姆的埃德加所救一节。先前,考狄利娅以冷漠来考验埃德加,但是等到被救,发现埃德加真实身份后她就热烈地呼唤他了。在狱中,李尔杀死了前来对考狄利娅处以绞刑的两个士兵,坚持等到阿尔巴尼和埃德加前来救援。泰特的《李尔王》顺应了人们的期待,展示了理想图景。虽然这个版本显得幼稚,却大受欢迎。人们不想看到残酷的真面,宁愿用假的美好愉悦心灵——这与剧中的李尔欢迎假的美好、摒弃逆耳真言颇有类同感!

1820年,艾德蒙·基恩(1787—1833)演出《李尔王》,其中暴风雨一场沿袭罗特堡在袖珍剧场的布景手法:狂风暴雨、雷鸣电闪、天撼地动、树干折裂,把李尔王的说白都给淹没了,导致喧宾

---

[1] Carey, Gary, ed.: *Cliffs Notes on Shakespeare's King Lear*. Chicago, NewYork: IDG Books Worldwide, Inc, 1968, p.10.

第四章　论《李尔王》

夺主。

美国著名电影演员威尔斯从 7 岁的时候就已谙熟《李尔王》。当代影星波顿无论到哪里演出,身边都要带上莎士比亚剧作。著名莎剧演员劳伦斯·奥利弗(Lawrence Olivier)也成功主演过《李尔王》。

1943 年 5 月,顾仲彝根据《李尔王》和中国戏曲《王宝钏》的故事重新加工改编的《三千金》由上海艺术剧团在卡尔登剧院公演。剧中人物改为中国的名字,王宫改为中国的士绅花厅,剧情成为现代讽刺悲剧。排演过程中几经修改。从 5 月 12 日到 7 月 15 日演出 65 天,盛况空前。1946 年越剧演员傅全香在上海龙门大戏院演出根据《李尔王》改编的《孝女心》。1993 年,香港话剧团在香港文化中心大剧院公演《李尔王》10 场,演出使用国语和粤语。

1986 年首届中国莎士比亚戏剧节期间,在上海公演剧目 14 个,共计 53 场。戏剧节直到 24 日结束,持续 15 天,演出了《泰特斯·安德洛尼克斯》(在中国首次演出)、《李尔王》、《驯悍记》、《安东尼与克莉奥佩特拉》、《爱的徒劳》、《终成眷属》、上海越剧院三团的《第十二夜》、中央实验话剧院的《温莎的风流娘儿们》等。其中,辽宁人民艺术剧院的话剧《李尔王》在上海戏剧学院实验剧场首演。饰演李尔的著名演员李默然扮演国王。他戴着饰穗的皇冠,御座华丽,四周锦屏精美。他精心处理大段台词,使之时而如雷霆风暴,时而如流水清婉,动人肺腑,尽显雄浑、粗犷、豪放。当剧中弄臣快要冻死的时候,他的双手、身体表现出羸弱、衰竭之相。

1961 年加拿大一剧团以爱斯基摩人的服装演出《李尔王》,受到英国评论界抨击。

1994 年 9 月,上海国际莎士比亚戏剧节前后,戏曲舞台上演出了根据《李尔王》改编的《岐王梦》、燕赵大地演出丝弦戏《李尔王》等。丝弦戏是河北古老的地方戏。这部剧作在乡村首演,后在石家庄演出。该剧唱词行云流水,一气呵成。"乌云翻雷电闪天昏地暗,李尔王我遭大难、衣不整、皓发乱,奔走荒原步蹒跚,倾盆雨浇得我骨冷身寒。大公主拆御桥将我驱赶,二公主锁城门拒我入关。可叹我为人父一国之主,现如今国难投家也难还!"[1]几句台词就将李尔王的窘境概括出来,叙事简约凝练,唱词与表演合一。三公主表态:"违心的话儿我不愿讲,我只能按我的本分爱父王。山有多高就多高,水有多长就多长。诚实的人儿心坦荡,不多不少不夸张。""雷电颂"中有"切齿恨与霹雳响成一片,夺眶泪漫天洒化作雨帘",唱词应景,妙处传神。改编者戴晓彤长期在乡村生活,熟悉乡村审美取向。丝弦戏主要靠唱腔塑造人物,必须对原作进行大幅度删改。戏剧插入乡村流行的顺口溜作为李尔的感叹:"小黄雀,尾巴长,娶了媳妇忘了娘",泥土气息弥漫。戏剧因陋就简,初排时布景只花了2 000元。[2]

许多人认为莎士比亚最宏伟、最富有社会反抗性、最有诗意的作品是《李尔王》,它深邃、博大、恢宏的磅礴之气或可与中国京剧底气十足的唱腔相配。1997年12月,上海国际艺术节压轴戏——尚长荣专场中就包含《李尔王》选场。

为纪念梅兰芳、周信芳诞辰100周年,1995年1月8日根据《李尔王》改编的《歧王梦》于上海逸夫舞台首演,演出同麒派艺术紧密结合。由京剧演员尚长荣扮演歧王(即李尔)。[3] 在"孤愤"一幕,他用唱功与动作表现人物遭背弃后的痛悔、疯癫状态。浑厚

---

[1] 唱词参见戴晓彤改编:《李尔王》,收录于曹树钧、赵秋棉、史璠主编《二十一世纪莎学研究》,中国广播电视出版社2010年版,第241页。
[2] 曹树钧:《莎翁名剧登上燕赵舞台——简论丝弦戏〈李尔王〉》,《大舞台》1995年第2期,第36页。
[3] 曹树钧:《尚长荣和他塑造的李尔王形象》,《艺海》2010年第6期,第18页。

第四章 论《李尔王》

苍劲的唱腔加上逼肖的表演将人物犯下大错、自食恶果时痛苦复杂的内心表现得酣畅淋漓。风狂雨骤、电闪雷鸣、荒原黑夜,百姓衣不蔽体、流离失所。惨痛莫名时节,歧王出场,疯狂如暴雨倾泻。暴雨洗却君王的骄矜、任性、愚蠢,此时他意识到两女儿受他恩泽、恩将仇报,使自己饱受凌辱,被迫流落荒原;而曾蒙他恩泽的臣子百姓,见他落难也袖手旁观。连老天似也生出势利眼,风雨相加、雷电嚣嚣……悲愤痛楚、备受摧残的场景惊魂动魄。通过在虚幻中审讯两个黑心女儿、痛骂自己的场景表现人物的疯狂。环境的暴风雨与内心的暴风雨呼应,表现人物情感汹涌。酣畅的表演赢得全场掌声雷动。

2019 年 4 月 20 日,重庆市莎士比亚研究会第十二届年会暨国际学术研究会在重庆师范大学举行。在研讨会结束的当天下午,在该校音乐厅内,来自全国各地 9 个院校的学生剧社进行了莎剧演出。

由浙江越秀外国语学院学生剧社演出的《李尔王》给人耳目一新之感:两个女儿谄媚李尔的场景设计在李尔在暴风雨中疯狂的时候出现,李尔的悲惨处境与两女儿的花言巧语并置,对比强烈。这样的设计突出了李尔的悲剧与悲剧产生的原因——他不辨愚贤,听信两个大女儿虚妄的许诺,终落得在暴风雨中受苦,追悔莫及。凑巧的是,重庆在戏剧演出前暴雨如注、大雨倾盆。自然界的雨水充沛地为演出暖场。在演出前的中午,天上乌云堆叠欲倾,如重峦叠嶂,开始演出时场外雨水淋漓。人们自然推想,舞台上同样要演出一场暴风雨。舞台内外的暴风雨场景互相映衬,更显恢宏。正如评点人注意到的,这个创意设计别具一格,表演与苦难、欺骗与天真、悲剧的因与果在两相对照中表现出强烈的戏剧冲突,反映出导演的匠心。两个学生演员个子高挑、健美,她们将大女儿、二女儿的骄矜、狠辣表现得比较充分。同时,这种父女相继的暴力也令人思索暴力的"传承"倾向：是暴力滋生了暴力，暴力豢养了新的暴力，使之返诸自身？这样的效果让人思索两种暴力之间的关联。大学舞台上的演绎使剧本获得新的意义。相比2016年上海国际莎剧节上俄罗斯剧团出演的《李尔王》，这个片段演出设计紧凑、冲突集中，更具视觉冲击力。

李尔的狂暴、跋扈让人想到英国剧作家爱德华·邦德（Edward Bond）的剧作。邦德在英国、德国的演出反响巨大。1973年，邦德创作寓言剧《李尔》，将时代背景设在3100年的英国。幕启，年迈的李尔王在秋雨中视察建筑工地。他加紧修建高墙以抵御诺斯公爵、康华尔公爵。他枪毙一个误工的工人，激怒了两个女儿苞蒂丝、芳昙奈尔（《李尔王》中的高纳里尔和里根）。她们与李尔的敌人诺斯、康华尔公爵结婚，领兵反抗李尔，并致信内阁大臣沃林顿（《李尔王》中没有这个人物，似有葛罗斯特的影子），要他设法除去李尔，表示愿拥他为王。战后李尔大败，沃林顿被俘。两姊妹恐阴谋败露，割去沃林顿的舌头，踏碎其双手。李尔逃到一小山村，"掘墓人的孩子"（似有埃德加的影子）收留了他，其妻考狄利娅预感不祥。果然，两女儿的军队杀死"掘墓人的孩子"，强奸考狄利娅，抓走李尔。两个女儿统治没多久，考狄利娅和她的木匠情人（《李尔王》中没有这个人物）率领起义军攻克城堡。芳昙奈尔枪毙后被肢解，苞蒂丝被剐割后，李尔双眼被剜出。失明的李尔被"掘墓人的孩子"的鬼魂搀回小村庄。李尔故事流传，人们从四面八方向他聚集。考狄利娅警告李尔。新上台的考狄利娅继续修建高墙。李尔摸索着爬上城墙，用铁锹拆除高墙。刚铲两三锹土，一声枪响，李尔倒下，那柄铁锹却依旧立在墙头。[1]

---

[1] 陈红薇、唐小彬：《爱德华·邦德：理性剧场与暴力政治》，《世界文学》2013年第1期，第216—226页。

高墙是"暴力"的象征,筑墙者李尔是暴力施行者;女儿们反对暴力,而她们一旦掌权,却都继续修筑高墙。人们倾向于将邦德的剧作看作20世纪以暴抗暴最终还是暴力的寓言。邦德常在舞台上直接呈现暴力,以达到"震惊"效果。曾任国际莎士比亚协会主席的已故伯明翰大学莎士比亚学院院长勃劳克班克评论邦德的语言有莎士比亚的那种灵活和速度。[1]

所有不同风格的《李尔王》的舞台表现都诉说或昭示这样一个主题:怜悯与恐惧已写到极限,与规律感和美融合,使最后感到的东西不是抑郁,更非失望,而是痛苦中所含的伟大。[2]

---

[1] 沈林:《红色的莎士比亚》,《读书》2007年第7期,第50、55页。
[2] 参见[美]斯托尔:《莎士比亚的艺术与技巧》(1934),殷宝书译,收录于杨周翰编《莎士比亚评论汇编(下)》,中国社会科学出版社1981年版,第151页。布拉德雷的话。

第五章
论《仲夏夜之梦》

仲夏夜的"爱情花汁"具有魔幻力量。"爱汁"导致仙后爱上了蠢驴!"爱情的迷误"与"颠倒"多可笑!可是在无边的谬误、笑噱深层,却含藏真理。

节日是人们生活的调剂,是辛苦劳作中间的休憩。在节日里,人们激情充沛、忘情放纵、肆意狂欢、欢愉地满足,神明般快意逍遥、随心所欲。节日精神与酣歌狂舞的酒神精神相系。在都铎王朝时代,仲夏夜是一年中最重要的节日之一。

《仲夏夜之梦》写的是关于森林中的仙王和仙后的故事,是莎士比亚最受欢迎、最具独创性的戏剧。[1] 1600年一年里印了两个四开本,两个版本标题页上都写着"曾经多次公演"。

《仲夏夜之梦》中,有好几对情人圆满结合。学者认为《仲夏夜之梦》是专为婚礼所写,只是到底是为谁的婚礼所写存在争议。因是为喜庆场合准备的,这部戏剧充满欢愉、戏谑,展示了绝妙的讽刺与幽默。

---

[1] Lee, Michelle, ed.: "A Midsummer Night's Dream." *Shakespearean Criticism*, Vol.92, Gale, 2005. Literature Resource Center, Accessed 8 Oct. 2019. Gale Document Number:GALE|H1410001479.

爱情不只有卿卿我我、缠绵悱恻，也有荒唐无理、荒诞不羁。莎士比亚的《仲夏夜之梦》生动地描摹了爱情的非理性特征。

> 于嗟鸠兮，无食桑葚。于嗟女兮，无与士耽。[1]
> I sigh over the bird called "Jiu." Don't eat mulberries (which make you drunk). I sigh over maidens. Don't indulge in love with men.

据说雎鸠爱吃桑葚，吃多了会迷醉。人若沉迷爱情，亦会昏头。喜剧《仲夏夜之梦》写出了痴迷爱情可能会出现的"昏醉"妙景。

一　戏谑成梦

"仲夏夜之梦"这个题目本身标识着梦的重要，代表着想象、憧憬、玄幻的魔力，昭示梦境迷离。离弃理性规约，在梦里可自由游弋，舒展心灵在社会压力下的重重褶皱。弗洛伊德称梦是"通往无意识知识的幽径（royal road to a knowledge of the unconscious）"[2]。莎士比亚很早就发现了梦的丰富意义，专门写下关于梦的剧作《仲夏夜之梦》。这部轻灵的戏剧充满玄幻的想象、飘逸的清歌、翩翩飞翔的小小精灵。这是一场狂欢闹剧，充满荒诞、喧闹、欢笑，呈现真实生活的底蕴，似交响乐中多重音质的交织组合。人们从荒诞的情节中感受跃动的快乐与激情，显现梦的狂野、梦的释放、梦的品格。

---

[1]［汉］毛亨：《毛诗·卷三》，四部丛刊景宋本。
[2] Freud, Sigmund: "Five Lectures on Psychoanalysis" (1909), reprinted in *Two Short Accounts of Psychoanalysis*. Ed. and Trans. James Strachey. Harmondsworth: Pelican Books, 1962, p.60.

剧情发生在 4 月 19 日至 5 月 1 日之间。福尼斯(Dr. Furness)在其新集注本《仲夏夜之梦》中写道：英国五月节的庆祝仪式与 6 月 24 日的有所不同，前者白天举行，后者夜里举行。"提西阿斯的新婚娱乐、猎犬号角等均于昼间举行。"[1]

与欧洲大陆上的许多国家一样，在英国，人们用篝火表演迎接夏日伊始，庆祝光明战胜黑暗的胜利。篝火是所有将迷信和诸多魔法仪式永久化的狂欢焦点，所有这些都与一年中最短的夜晚拥有特殊力量这种流行文化相联。火的魔法魅力在燃烧某些特定药草时通过念咒语予以加强。伦敦与其他大城市在仲夏夜节日当天举行大型游行……（里面也有这些形象）巨人——无疑相当于欧洲大陆上狂欢节游行的形象。……在传统习俗中，仲夏夜是一个错误与神智迷惘之夜(Midsummer's Eve was traditionally a night of mistakes and wandering wits)。[2]

仲夏夜与五月节一样都与魔法、性爱、迷惘相系。这样的传统似乎展示了人们对爱情的认知。爱情具有魔幻般令人迷惘的性质。在这样一个充满魔法、迷误之夜，恋人们在城外森林里相会。四个迷失在森林中的雅典年轻人的闹剧在特殊时刻、特殊地点开启了特殊情节。

一般说来，喜剧多缺少严肃的主题，缺少悲剧的厚重与质感，

---

[1] [英] 莎士比亚：《中英对照四大喜剧》，梁实秋译，中国广播电视出版社 2002 年版，第 3—4 页。
[2] Laroque, François: *Shakespeare's Festive World: Elizabethan Seasonal Entertainment and the Professional Stage*. Trans. Janet Lloyd. Cambridge: Cambridge University Press, 1991, p.63.

第五章　论《仲夏夜之梦》

难以承载撼人心魄的雄浑,因此悲剧文学远比喜剧文学发达,因痛楚的撕裂更易动人心魄,痛感的灼热让人深味悲剧的水深火热,但相比而言,快乐却不易描摹。快乐似乎总在不知不觉间发生、难留踪痕。悲剧因沉重滞留地表,喜剧因轻飘浮于空中。喜剧不易写出特色、留名千古——"欢愉之辞难工,穷苦之言易好"[1]。单就莎士比亚戏剧来说,最著名的便是沉郁悲情的四大悲剧,反映人生悲苦、滞重、惨烈的主题。

在莎士比亚的《仲夏夜之梦》中,一切都是轻盈、欢乐、和风细雨的,即使是伤心的闹剧也不让人觉得悲哀。高度的艺术性展现仙境人间的绮丽,为剧中的一切罩上缥缈的色调,展示梦魂迷离的特征。但在祥和的外表下,似有什么远远超出娱乐范畴。仙境人间交织从表面看纯属虚构,但感觉中却不如此。虚构与荒诞与现实关联,仙境的游戏通过看不见的丝缕伸向人间……欢笑的外表下隐藏严肃的主题,怪诞中蕴涵真理。深层意义穿越表层的戏谑,曲径通幽的却是人间种种情态的描摹。

戏剧是真实的变体。

幻即是真,真即是幻。《仲夏夜之梦》呈现的梦境虚实并举,拥有"梦"的瑰丽,给人永恒的快意。伦理批评家在评论这部戏剧的时候遭遇了困境,1775 年,格里菲斯夫人决定"把莎士比亚在伦理方面的成就放在一个更显著的地位",在《暴风雨》一剧的评论中没有任何困难,但是在对开本的第二出戏《仲夏夜之梦》的评论中她就变成了"可怜的格里菲斯夫人",因为她实在无法从这里的主题中找到一般的道德观。[2] 削足适履的评论家在这部戏剧中

---

[1] [唐]韩愈:《昌黎先生文集·第二十一》,宋蜀本。
[2] [英]斯图亚特:《莎士比亚的人物和他们的道德观》(1949),殷宝书译,收录于杨周翰编《莎士比亚评论汇编(下)》,中国社会科学出版社 1981 年版,第 217 页。

遭遇瓶颈,因为"他们在考虑这一困难问题的时候,讲的话基本上是荒谬的"[1]。

二 筑梦空间的驰骋

梦幻世界是爱情乐园。只有在梦幻里,人才能抛却尘世羁绊,自由相爱。剧作中,赫米娅钟情拉山德,她父亲却要她嫁给狄米特律斯,并且得到雅典公爵的支持——如若不从,她将被处死或终身幽禁在修道院。在现实生活中,她没有选择自由,只有罗网张开恐怖在等她跳入。为圆梦,赫米娅与拉山德遁入远郊森林。这一特别空间是仙人领地。仙子介入,方有异彩纷呈的啼笑情缘。宫廷是代表政权和"父权"威胁的危险环境,是法律、理性、社会规则制约之地;森林是逃脱世俗罗网的自由空间,为逃避宫廷权力威胁的恋人提供暂时的庇护。没有规则约束的森林是可恣意狂欢、宣泄情感之地。

剧作利用森林这一特殊的叙事空间创造了一个造梦之地、玄幻之地——一个充满异质力量的自由、开放的空间。逃离社会规约之地,恋人们可恣情恋爱,不再受父权、王权专制力量践踏,治愈因过度严苛的约束、受辖制的压抑与抑郁。这是一个可以宣泄内心情感的空间,成为具有"庇护、放松、疗愈"功能的特殊空间。

空间既是生产客体,亦是生产主体。特殊的物理空间产生特殊的心理空间、社会空间,于是恋人、仙人们在这双重空间演绎爱情轶事——仙人的空间是自由飞翔的世界,人无法看见——仙界

---

[1] [英]斯图亚特:《莎士比亚的人物和他们的道德观》(1949),殷宝书译,收录于杨周翰编《莎士比亚评论汇编(下)》,中国社会科学出版社1981年版,第217页。

第五章　论《仲夏夜之梦》

或许代表真理,或机缘或偶然;而人的空间有限、受制于仙界空间,局限于人眼所能见的世界。在森林这个特殊的空间,仙界与人间彼此交叠。

《仲夏夜之梦》发生在森林中。森林是爱情迷幻的象征。人因爱情沉迷、迷失,正如幽深的密林易遮没路径,让人不知所终。人类始祖亚当沉迷于爱情而听从夏娃,违背天父命令偷吃禁果被罚下人间受苦,使人永远失去天上乐园。这些事发生在夏至前夜——根据民间传说,这是一年中被施了魔法的时间(The action takes place on the eve of the summer solstice, an enchanted time of year according to folklore)。[1]

在英国,仲夏日是 6 月 24 日,即圣约翰节,人们通常在这一天演剧娱乐。英国民众素知关于仲夏夜的种种神奇传说,这个标题下包含的各种幻景绮丽纷繁。据 *Chamber's Book of Days* 说,人们相信如果整夜斋戒坐在教堂门口,便可望见本教区未来一年将死者的游魂……一般认为仲夏夜睡眠的时候灵魂可出游,守夜的人似能望见睡者的游魂……在这个深夜采摘某种植物,会具备某种神秘力量。"仲夏夜之梦"暗示虚无缥缈之境[2]。这出戏剧以"月亮"为主导意象,月光为这部喜剧罩上一层扑朔迷离的银色轻纱。

据说爱神是个佩戴弓箭的顽皮小儿,他手中的金箭射向谁,谁心中就会燃起熊熊爱情烈焰;他手中的铅箭射向谁,谁就心如死灰,再燃不起爱情之火。他只是贪玩的孩童,射箭只是随意玩闹,

---

[1] Lee, Michelle, ed.: "A Midsummer Night's Dream." *Shakespearean Criticism*. Vol.102. Detroit: Gale, 2007. From Literature Resource Center. Accessed 16 June 2020. Gale Document Number: GALE|H1410001787.
[2] 参见[英]莎士比亚:《中英对照四大喜剧》,梁实秋译,中国广播电视出版社 2002 年版,序,第 3 页。

于是爱情便显得那么不可理喻。爱情不是"应该","应该"似乎无法进入爱情的范畴。爱情只是一种感觉,神将它的种子种下,人不知其何来,亦难测其何往。所谓"情不知所起,一往而深"[1]。荒诞是爱情,荒诞又何尝不是命运的真实?

"许多天才的英国诗人就像一棵茂盛的树,野生的,而偶然地射出千百枝嫩枝。有力地不平衡地生长着……"[2]天才的生命力肆意生长,正如《仲夏夜之梦》!

三 花汁幻生"爱情"

《仲夏夜之梦》剧中的波顿演出了一场"变形记",变成了一头驴子。在恢复原形后他对所发生的怪事做了评论:"咱做了一个奇怪得不得了的梦。没有人说得出那是怎样的一个梦;要是谁想把这个梦解释一下,那他一定是一头驴子。"[3]波顿的"变形"源于魔幻花汁闹剧。剧中仙王奥布朗说:

> 我能看见持着弓箭的丘比特在冷月和地球之间飞翔;他瞄准了坐在西方宝座上的一个美好的童贞女,灵巧地从他的弓上射出他的爱情之箭,好像它能刺透十万颗心的样子……但是我看见那支箭却落下在西方一朵小小的花上,那花本来是乳白色的,现在已因爱情的创伤而被染成紫色,少

---

[1] [明]汤显祖:《牡丹亭》,徐朔方、杨笑梅校注,古典文学出版社1958年版,作者题词。
[2] [法]伏尔泰:《〈哲学通信〉第十八封信》(1734)(选),上海外国语学院教学科学研究室译,收录于杨周翰编《莎士比亚评论汇编(上)》,中国社会科学出版社1979年版,第351页。
[3] [英]莎士比亚:《莎士比亚全集2)》,朱生豪译,人民文学出版社1978年版,第349页。

女们把它称作"爱懒花"……它的汁液如果滴在睡着的人的眼皮上,无论男女,醒来一眼看见什么生物,都会发疯似的对它恋爱。[1]

仙王奥布朗叫精灵迫克给他弄这种花汁,计划等仙后提泰妮娅睡着后将这汁液滴在她眼皮上,使她醒来后发疯般地爱上第一眼看到的东西——波顿就充当了这个角色。仙王要用这种方法要仙后把一个侍童——印度小王子给他,一场闹剧就此发生。

爱情是人心头的幻梦,有时甚至会改变寻常事物的色调:

情人们和疯子们都富于纷乱的思想和成形的幻觉,他们所理会到的永远不是冷静的理智所能充分了解的。疯子、情人和诗人,都是幻想的产儿:疯子眼中所见的鬼,多过于广大的地狱所能容纳;情人,同样是那么疯狂,能从埃及人的黑脸上看见海伦的美貌;诗人的眼睛在神奇的狂放的一转中,便能从天上看到地下,从地下看到天上。想象会把不知名的事物用一种形式呈现出来,诗人的笔再使它们具有如实的形象,空虚的无物也会有了居处和名字。强烈的想象往往具有这种本领。[2]

爱情的盲目使一头驴子也在某个时刻成为仙子的宠儿,使俊美的青年一时间爱错对象。

等仙后睡着,仙王奥布朗偷偷将花汁滴到她眼皮上。迫克

---

[1] [英]莎士比亚:《莎士比亚全集2》,朱生豪译,人民文学出版社1978年版,第306页。
[2] [英]莎士比亚:《莎士比亚全集2》,朱生豪译,人民文学出版社1978年版,第352页。

也将花汁拿走,要去试试激动爱情的力量。但是他找错了目标,恰好遇到正在熟睡休息的拉山德与赫米娅,遂将花汁滴到拉山德眼皮上。

狄米特律斯并不喜欢海丽娜,他追逐赫米娅来到树林中,但是海丽娜却追逐着他。他驱赶海丽娜,"滚开！快走,不许再跟着我！"但海丽娜却说:"是你吸引我跟着你的,你这硬心肠的磁石！可是你所吸的却不是铁,因为我的心像钢一样坚贞。要是你去掉你的吸引力,那么我也就没有力量再跟着你了。"[1]落花有意,奈何流水无情！明知对方无意,海丽娜却依旧陷入痴迷。

狄米特律斯　　是我引诱你吗？我曾经向你说过好话吗？我不是曾明明白白地告诉过你,我不爱你,而且也不能爱你吗？

海丽娜　　即使那样,也只是使我爱你爱得更加厉害。我是你的一条狗,狄米特律斯；你越是打我,我越是向你献媚。请你就像对待你的狗一样对待我吧,踢我、打我、冷淡我、不理我,都好,只容许我跟随着你,虽然我是这么不好。在你的爱情里我要求的地位还能比一条狗都不如吗？但那对于我已经是十分可贵了。[2]

单恋的海丽娜对对方的冷淡不恼火,反而无怨无悔地接受冷遇,她也对这种反常的情形给出了解释:"当我看见你面孔的时候,黑夜也变成了白昼,因此我并不觉得现在是在夜里；你在我的眼里

---

[1]　[英]莎士比亚:《莎士比亚全集2》,朱生豪译,人民文学出版社1978年版,第307页。
[2]　[英]莎士比亚:《莎士比亚全集2》,朱生豪译,人民文学出版社1978年版,第307页。

是整个世界,因此在这座森林中我也不愁缺少伴侣:要是整个世界都在这儿瞧着我,我怎么还是单身独自一人呢?"[1]只要恋人在身边,黑暗就不存在,孤独亦无处安身。爱情真是奇妙,竟让世界颠倒。精神世界的清辉竟可改变世界的色调。于是,这两人开始了"你追我逃":

> 狄米特律斯　　我要逃开你,躲在丛林之中,任凭猛兽把你怎样处置。
> 海丽娜　　最凶恶的野兽也不像你那样残酷。你要逃开我就逃开吧;从此以后,古来的故事要改过了:逃走的是阿波罗,追赶的是达芙妮……
> ……
> 海丽娜　　我要立意跟随你;我愿死在我所深爱的人手中,好让地狱化为天宫。[2]

海丽娜起初苦恋狄米特律斯,不过是单相思。两人在森林里一个追一个逃来到拉山德和赫米娅休息的地方,此时小精灵迫克刚刚在拉山德眼皮上滴了爱情花汁,海丽娜看到拉山德就叫醒了他,醒来的拉山德立刻爱上眼前的海丽娜,并且解释说过去由于年轻,理性不够成熟才爱上赫米娅,现在成熟了,理性指引他爱上海丽娜[3]。海丽娜觉得他太卑鄙,还以为他在挖苦自己。这个情节以夸张的

---

[1] [英]莎士比亚:《莎士比亚全集2》,朱生豪译,人民文学出版社1978年版,第308页。
[2] [英]莎士比亚:《莎士比亚全集2》,朱生豪译,人民文学出版社1978年版,第308—309页。
[3] [英]莎士比亚:《莎士比亚全集2》,朱生豪译,人民文学出版社1978年版,第313—315页。

形式讽刺了人们喜新厌旧的速度,一觉醒来就改了主意。爱情花汁绝妙地阐释、嘲讽了人们的"变心"——竟是郑重其事地美其名曰"遵从理性",而其行为恰恰相反!戏剧中是魔力起了作用,在现实中呢?感情是捉摸不透的,充满变数。原本挚诚的爱也许不久就过了保鲜期,不再清新,不复当初的美妙滋味。

迫克向仙王报告后,奥布朗发觉他弄错了,"把爱汁滴在一个真心的恋人的眼上。为了这次错误,本来忠实的将要改变心肠,而不忠实的仍旧和从前一样"[1]。迫克则说,"一切都是命运在做主;保持着忠心的不过一个人;变心的,把盟誓起了一个毁了一个的,却有百万个人"[2]。他将尘俗情事一语拆穿。

《仲夏夜之梦》充满欢愉的戏谑。在远离人烟的森林,充满活力与颠覆力。

"最妙是颠颠倒倒,看着才叫人发笑。"[3]这是迫克在描述爱情中人的状态。但颠倒似不足以表现爱情状态的可笑,爱上蠢驴才是妙不可言的荒诞。

织工波顿等人正在林中草地上排演戏剧,此时迫克过来捣乱,于是斯诺特看到波顿长出了驴头。昆斯也大叫,"天哪!波顿!天哪!你变啦!"波顿说道:"咱看透他们的鬼把戏;他们要把咱当作一头蠢驴,想出法子来吓咱。可是咱绝不离开这块地方,瞧他们怎么办。"接着他开始唱歌,歌声唤醒了仙后提泰妮娅,她一下子就爱上了驴头波顿。她说:"温柔的凡人,请你唱下去吧!我的耳朵沉

---

[1] [英]莎士比亚:《莎士比亚全集 2》,朱生豪译,人民文学出版社 1978 年版,第 328 页。

[2] [英]莎士比亚:《莎士比亚全集 2》,朱生豪译,人民文学出版社 1978 年版,第 328 页。

[3] [英]莎士比亚:《莎士比亚全集 2》,朱生豪译,人民文学出版社 1978 年版,第 329 页。

醉在你的歌声里,我的眼睛又为你的状貌所迷惑;在第一次见面的时候,你的美姿已使我不禁说出我爱你了。"

波顿回应道:"您这可太没有理由。不过说老实话,现今世界上的理性可真难得跟爱情碰头。"[1]

这一幕情景让人难以正襟危坐,想想驴子叫声多难听,驴子样子多难看,而仙后竟在"爱汁"作用下爱上一头驴,恋爱中的人的确是智商降至零,即使是聪明的仙子也无法幸免。她称赞波顿"又聪明又美丽",而且说:

> 请不要跑出林子! 不论你愿不愿,你一定要留在这里。我不是一个平常的精灵,夏天永远听从我的命令;我真是爱你,因此跟我去吧。我将使神仙们伺候你,他们会从海底捞出珍宝献给你;当你在花茵上睡去的时候,他们会给你唱歌;而且我要给你洗涤俗体的尘垢,使你身轻得像个精灵。[2]

接着她就唤来豆花、蛛网、飞蛾、芥子四个小精灵伺候驴头波顿:

> 给他吃杏子、鹅莓和桑葚,
> 紫葡萄和无花果儿青青。
> 去把野蜂的蜜囊儿偷取,
> 剪下蜂股的蜂蜡做蜡炬,
> 在流萤的火睛里点了火,

---

[1] [英] 莎士比亚:《莎士比亚全集2》,朱生豪译,人民文学出版社1978年版,第322—323页。
[2] [英] 莎士比亚:《莎士比亚全集2》,朱生豪译,人民文学出版社1978年版,第322页。

照着我的爱人晨兴夜卧；
再摘下彩蝶儿粉翼娇红，
搨去他眼上的月光溶溶。[1]

此时精灵迫克回头报告仙王奥布朗：

娘娘爱上了一个怪物了。当她昏昏熟睡的时候，在她的隐秘的神圣的卧室之旁，来了一群村汉；他们都是在雅典市集上作工过活的粗鲁的手艺人，聚集在一起练着戏，预备在忒修斯结婚的那天表演。在这一群蠢货中间，一个最蠢的蠢材扮演着皮拉摩斯；当他退场走进一簇丛林里去的时候，我就抓住了这个好机会，给他的头上罩上了一只死驴的头壳。一会儿为了答应他的提斯柏，这位好伶人又出来了。他们一看见他，就像雁子望见了蹑足行进的猎人，又像一大群灰鸦听见了枪声轰然飞起乱叫、四散着横扫过天空一样，大家没命地逃走了……就在那个时候，提泰妮娅醒转来，立刻爱上一头驴子了。[2]

提泰妮娅对待驴头波顿"千恩万爱"："我要爱抚你可爱的脸颊；我要把麝香玫瑰插在你柔软光滑的头颅上；我要吻你美丽的大耳朵，我温柔的宝贝！"等波顿要睡的时候，提泰妮娅温柔地说，"睡吧，我要把你抱在我的臂中。神仙们，往各处散开去吧。菟丝也正是这样温柔地缠附着芬芳的金银花；女萝也正是这样

---

[1]［英］莎士比亚：《莎士比亚全集2》，朱生豪译，人民文学出版社1978年版，第323—324页。

[2]［英］莎士比亚：《莎士比亚全集2》，朱生豪译，人民文学出版社1978年版，第325—326页。

缱绻着榆树的皱褶的臂枝。啊,我是多么爱你!我是多么热恋着你!"[1]……这种感情实在无法用理性解释。

看到提泰妮娅"痴恋",奥布朗有些不忍。他吩咐迫克去将波顿恢复原形,等他和大家一同醒来时,把这些奇遇只当一场梦。趁仙后迷惑于"爱情"的时候,他要到了侍童,目的达到后,他用女贞花触碰仙后的眼睛,解除了仙后身上的魔法。

提泰妮娅醒来后说,"我的奥布朗!我看见了怎样的幻景!好像我爱上了一头驴子!"奥布朗随即指给她,"那边就是你的爱人"。然后她奇怪地问,"这一切事情怎么会发生呢?啊!现在我看见他的样子是多么惹气!"[2]

当理性恢复,连仙后自己都觉得莫名其妙。

爱情似有魔幻力量,莎士比亚的《仲夏夜之梦》用一个极端案例来证实这个命题。提泰妮娅在爱情花汁作用下爱上驴子,一旦魔法解除,再看到驴子她就很生气,立刻把这蠢东西赶走。这一细节让人想到爱情中的错认——情人眼里出西施。爱情中人往往被激情蒙蔽,对对方显而易见的缺点视而不见。海丽娜说:"正如他那样错误地迷恋着赫米娅的秋波一样,我也是只知道爱慕他的才智;一切卑劣的弱点,在恋爱中都成为无足轻重,而变成美满和庄严。"[3]恋爱就有这样的作用:让人盲目,甚至成为"睁眼瞎",明知对方有缺点,却将它美化为"美满和庄严"。这种自欺欺人不正是醒着做梦!虽然这个情节荒诞得令人捧腹,但其中并不缺少真

---

[1] [英]莎士比亚:《莎士比亚全集2》,朱生豪译,人民文学出版社1978年版,第342—343页。

[2] [英]莎士比亚:《莎士比亚全集2》,朱生豪译,人民文学出版社1978年版,第343—344页。

[3] [英]莎士比亚:《莎士比亚全集2》,朱生豪译,人民文学出版社1978年版,第296页。

理的因子。

这出爱情荒诞戏的重要前提是一定要"入睡",每一魔法生效的时刻皆从"入眠"开始,这一反复出现的细节具有高度象征意义。当一个人理性睡去时,爱情的狂热才可施与作用,才可将真爱抛弃,另觅新宠;才可能爱上丑陋不堪的"驴子",陷自己于愚蠢。仙界是人无法看到的,人的肉眼看不到仙王、仙后和小精灵,正如同人的眼睛看得到的只是表面,却看不到事物深层。看得到他人外表,却无法看到他人的内在。在人们失去判断力时,即使面对着一头蠢驴也无从分辨;或者说,在人的心智被蒙蔽的时候,人的眼睛看到的就不再是真相。

戏剧是现实的浓缩,由于浓缩了现实才能醒世。爱情花汁的荒诞实质在于心理变化的骤然。在现实生活里,这种变化过程缓慢,因而显得自然;戏剧中因一觉醒来即刻改变才显荒诞。而且剧中爱情花汁并非在结尾就解除了作用——拉山德的反常与仙后的怪诞在梦醒时消失,但是,实际上,海丽娜得到狄米特律斯的爱正是爱情花汁的作用——梦并未随着爱情花汁液完全解除,而是部分保存了仲夏夜之梦的效果。他们的爱情使梦境成为真实,成为现实情缘。

四 荷尔蒙魔幻的精神作用

森林是逃脱之地,恋人们从现实的羁绊下逃离。失去约束力量使仲夏夜之梦纵情、奔放、跳跃、轻灵。驴头波顿变身使戏剧狂欢效果达到巅峰,玄幻中的荒诞令人捧腹。仙后对驴子百般爱怜,美与丑奇异搭配,人与仙错位相逢。迫克找错了穿雅典衣裳的男子,错将爱汁涂到拉山德眼睛上,演出令人啼笑皆非的、被荷尔蒙激发的迷乱"变心"场景。人间景象不过是人类所能见到的"现象界",而神仙界是"自在之物",是人类视域无法通达之地。翻云覆雨、反复作弄的因果使人的认知难以抵达"真实界"。

通常人们所说的真实不过是表象,而内在真实其实更具本质意义。驴头爱情看似荒诞,谁能说这并非真实?《仲夏夜之梦》因梦成戏。在仙界缥缈无踪的浪漫中,在茴香盛开、樱草、紫罗兰、金银花、野蔷薇群花萦绕的柔舞清歌中做一次爱情的梦!梦醒时,狄米特律斯说:"我觉得好像这些事情我都用昏花的眼睛看着,一切都化作了层叠的两重似的……你们真能断定我们现在是醒着吗?我觉得我们还是在睡着做梦。"[1]

在梦中潜意识浮现,梦演绎心理真实。人们即使醒着也无法窥察真实的内心,会做出错误判断。人与失误中间隔着"潜意识"层——意识难以穿透的层面。在梦里,意识的检查机制松懈,潜意识进入头脑,此时,梦境反成真实的搬演。

爱情花汁作为一种"神仙药剂",是神秘的表征,代表作为沉醉爱情悲喜无法完满解释的非理性特质。爱情魔力,令多少人为此付出青春乃至生命。《仲夏夜之梦》从梦境中萃取精华,爱情花汁是爱情萃炼的产物,以令人着迷为特征。它是戏剧点睛的钻石,是人类智慧的映射。

五 妙不可言的演出

这出戏剧里有个叫昆斯的演员为剧情做了说明:

---

[1] [英]莎士比亚:《莎士比亚全集2》,朱生豪译,人民文学出版社1978年版,第348页。

> 昆斯　　这个人是皮拉摩斯,要是你们想要知道的话;这位美丽的姑娘不用说便是提斯柏啦。这个人身上涂着石灰和黏土,是代表墙头的,那堵隔开这两个情人的坏墙头;他们这两个可怜的人只好在墙缝里低声谈话,这是要请大家明白的。这个人提着灯笼,牵着犬,拿着钗枝,是代表月亮;因为你们要知道,这两个情人觉得在月光下到尼纳斯的坟头见面谈情也不坏。这一头可怕的畜生名叫狮子……
>
> 墙　　小子斯诺登是也,在这本戏里扮做墙头;须知此墙不是他墙,乃是一堵有缝的墙,凑着那条裂缝,皮拉摩斯和提斯柏两个情人常常偷偷地低声谈话。这一把石灰、这一撮黏土、这一块砖头,表明咱是一堵真正的墙头,并非滑头冒牌之流。这便是那条从右到左的缝儿,这两个胆小的情人就在那儿谈着知心话儿。
>
> 忒修斯　　石灰和泥土筑成的东西,居然这样会说话,难得难得!
>
> 狄米特律斯　　殿下,我从来也不曾听见过一堵墙居然能说出这样俏皮的话来。[1]

这群演戏的工匠"从来不曾用过头脑"[2],他们用一个演员代表一对情人中间的一堵墙,结果这堵墙就会说话了。

> 皮拉摩斯　　板着脸孔的夜啊!漆黑的夜啊!

---

[1] [英]莎士比亚:《莎士比亚全集2》,朱生豪译,人民文学出版社1978年版,第357—358页。
[2] [英]莎士比亚:《莎士比亚全集2》,朱生豪译,人民文学出版社1978年版,第354页。

> 夜啊,白天一去,你就来啦!
> 夜啊,夜啊,唉呀!唉呀!唉呀!
> ……
> 墙啊!亲爱的、可爱的墙啊!
> 你硬生生地隔开了咱们两人的家![1]

两个情人隔着"墙"私语:

> 皮拉摩斯　　啊,在这堵万恶的墙缝中请给咱一吻!
> 提斯柏　　咱吻着墙缝,可全然吻不到你的嘴唇。[2]

他们两个人吻着"墙缝",在舞台上呈现为在吻扮演墙的那个人。此外,还有皮拉摩斯自刎的情节:

> 一剑刺过了左胸,
> 叫心儿莫再跳动,
> 这样咱就死啰死啰!(以剑自刺)
> 现在咱已经身死,
> 现在咱已经去世,
> 咱灵魂儿升到天堂;
> 　　太阳,不要再照耀!
> 　　月亮,给咱拔脚跑!(月光下)

---

[1] [英]莎士比亚:《莎士比亚全集2》,朱生豪译,人民文学出版社1978年版,第358页。
[2] [英]莎士比亚:《莎士比亚全集2》,朱生豪译,人民文学出版社1978年版,第360页。

咱已一命、一命丧亡。[1]

这个家伙明明已经"死了",却还在不断唠叨!

看戏的人有各色评论。拉山德评论昆斯:"他念他的开场诗就像骑一头顽劣的小马一样,乱冲乱撞,该停的地方不停,不该停的地方偏偏停下。"希波吕忒说:"真的,他就像一个小孩子学吹笛,呜哩呜哩了一下,可是全不入调。"忒休斯评论道:"他的话像是纠缠在一起的链索,并没有欠缺,可是全弄乱了。"[2] 其演出效果是:

> 那本戏的确很悲哀,殿下,因为皮拉摩斯在戏里要把自己杀死。可是我看他们预演那一场的时候,我得承认确曾使我的眼中充满了眼泪;但那些泪都是在纵声大笑的时候忍俊不住而流下来的,再没有流过比那更开心的泪水了。[3]

居高临下者指点江山,不专业的演员们兢兢业业地琢磨那些他们搞不来的东西。工匠的粗俗、仙人的轻灵美丽飘逸……元戏剧因素的渗入、戏中戏的滑稽,使戏剧有了众声喧哗的多重色调!

《仲夏夜之梦》充满令人笑噱的情节,正是对"狄俄尼索斯酒神精神",即活跃、激荡、恣意的狂欢精神的张扬!这是生活的戏仿、真实的演绎、是生活真实萃取的精华!荒诞讽喻真实,同时也

---

[1] [英]莎士比亚:《莎士比亚全集2》,朱生豪译,人民文学出版社1978年版,第364页。

[2] [英]莎士比亚:《莎士比亚全集2》,朱生豪译,人民文学出版社1978年版,第356页。

[3] [英]莎士比亚:《莎士比亚全集2》,朱生豪译,人民文学出版社1978年版,第354页。

反映出爱情的神秘难测!

在1595—1596年和1599—1600年的英国戏剧节期间,莎士比亚注意到内务大臣剧团一高一矮两个儿童演员每次登台配合绝妙,十分出彩。他就在《仲夏夜之梦》里写了高高的海丽娜和矮矮的郝米娅两个角色,她俩果然表现出色。

《仲夏夜之梦》最受欢迎的是神仙故事和群丑插剧。1620年,牛津圣约翰学院的学生饰演纳西索斯,他们用一个人来饰演一口井——这是模仿皮拉摩斯和提斯柏的那堵墙的处理方式。

英国的清教徒反对戏剧演出。1631年9月27日,林肯主教约翰·威廉斯博士家里演戏,也许是演《仲夏夜之梦》,结果主教代表约翰·斯宾塞采取行动,致函警告一位看戏的女客,还颁布命令称林肯主教家里发生重大失检行为,居然诸多男女并家属仆役在礼拜日共观一剧。此剧晚十点演出,威尔逊先生顶驴头参加扮演,罚其于下星期二早六时至晚八时在主教公馆门房中戴枷锁、戴驴头,面前置稻草一束,胸前挂牌,上写:

> 好人们,我扮演过畜生,
> 做了坏事情。
> 我本是人,
> 现在变成一头蠢驴。[1]

戏内的滑稽竟然在戏外出现!

在清教革命时期,《仲夏夜之梦》与其他戏剧都不能上演。1642—1660年是戏剧中断期。在剧院关闭期间,演员被剥夺了演

---

[1] [英]莎士比亚:《中英对照四大喜剧》,梁实秋译,中国广播电视出版社2002年版,序,第9—10页。

出权利,人们从流行剧本中抽取零星的短小逗笑场面上演。罗伯特·考克斯(Robert Cox, 1604—1655)因饰演"滑稽角色"著名。"织工波顿的快乐诡计"中的波顿就是考克斯根据《仲夏夜之梦》创作并演出的。后来,考克斯被同事出卖,在1653年的一次演出中被捕,两年后去世。[1]

1660年后,戏剧演出恢复,但戏剧趣味却已发生变化。皮泊斯日记中记载(1662年9月2日)到皇家剧院看《仲夏夜之梦》,"前所未见,以后亦不欲见,此乃余毕生所见最浅薄无聊之一剧也"[2]。这部剧作被改编为歌剧,1692年在伦敦上演。

19世纪40年代,德国浪漫主义诗人蒂克曾经把一个镜框舞台改造为立体的多演区舞台演出《仲夏夜之梦》。

查尔斯·兰姆在反对英国古典主义者肆意篡改、歪曲莎士比亚剧目时走向极端,认为"精灵和神仙不能上台,甚至不能入画,只能相信"[3]。

剧作的本来面目随浪漫主义运动开始,在1827年的德国复苏。在浪漫的气氛里,这部剧作的幻想之美才开始被欣赏。诗人提克被召去柏林,在德国威廉四世的宫廷诵读诗篇,其中就有《仲夏夜之梦》,读完国王问这部剧作是否真的不能在舞台上演出,提克喊道:"陛下啊!只要我得到允许与便利,这戏能成为世上最美妙的表演啊!"[4]随即他被授予全权支配皇家戏院的演员:

---

[1] 参见张泗洋主编:《莎士比亚大辞典》,商务印书馆2001年版,第1172—1173页。
[2] [英]莎士比亚:《中英对照四大喜剧》,梁实秋译,中国广播电视出版社2002年版,序,第10—11页。
[3] [英]查尔斯·兰姆:《论莎士比亚的悲剧是否适宜于舞台演出》(1811),杨周翰译,收录于杨周翰编《莎士比亚评论汇编(上)》,中国社会科学出版社1979年版,第177页。
[4] [英]莎士比亚:《中英对照四大喜剧》,梁实秋译,中国广播电视出版社2002年版,序,第12页。

结婚进行曲成了风行的不朽作品；其他部分又是多么可爱，多么优美，多么精妙……门德尔松（Mendelssohn）是一代巨匠，他的魔力真令人赞美不及，他用不断的一声音调表达精灵的耳语、月夜的摩挲动荡、爱的一切魔幻、匠人的蠢闹、疯迫克的呼啸叫嚣。

这如何地抓住了这一群优秀观众的想象啊！他们静听，他们惊异，他们是在梦中了！

最后这戏开始，全体又多么像是有天神祝福，没有一个人动弹，没有一个人移动，全像中了魔似的一直坐到最后，然后一股不可形容的狂热迸发了。每个人，从国王以至最小的作者，喝彩鼓掌，再鼓掌。

这一天是当着一位爱好艺术的国王面前一位诗人表现一个演奏的奇迹……精灵的世界复活了；许多精灵从地下、从空中、从树林里、从花丛里，涌现出来了！他们在月色中翻飞！光明、阴影、声音、回响、花与叶、叹息与歌唱、喜悦的欢呼……[1]

想来高科技时代机器人可以做成坐在花蕊里的小精灵的形象吧！英国舞台直到1856年才有查尔斯·科恩（Charles Kean）导演的新式《仲夏夜之梦》，以门德尔松的音乐入戏，演迫克的是个十来岁的小女孩、淡黄头发、赭红衣服、镶着血红的苔藓花边，坐着一颗毒菌从地下涌上来——这个小女孩就是日后著名的女演员艾伦·特里（Ellen Terry）。她的名字和19世纪好几部莎士比亚戏剧的复活相关联。后来著名的演出还有菲尔普斯（Phelps）在赛德勒

---

[1] [英] 莎士比亚：《中英对照四大喜剧》，梁实秋译，中国广播电视出版社2002年版，序，第13—14页。

的韦尔斯(Sadler's Wells)、查尔斯·卡尔沃特(Charles Calvert)在曼彻斯特、本森(Benson)在伦敦环球剧院的公演,第一幕后舞台上罩一层蓝纱代表梦雾。

坎贝尔(Campbell)评论说:

> 在他所有作品中,《仲夏夜之梦》在我心上印象最深刻,使我感觉到在这悲苦的世界里至少有一次曾有一个快乐的人。诗的较为庄严的妙处是从苦痛中淘滤而来,而此剧隽永得如此纯粹,绝少杂有苦痛的情绪。欢乐的心情如此洋溢、如此温柔、又如此恣肆……[1]

坎贝尔还说,有人以为莎士比亚自己也预料到这出戏永远不能成为一出好戏——上哪儿找躺在花朵里的小演员?虽然无法去仙境招演员,但是20多年前雷诺兹改编的《仲夏夜之梦》在卡温特花园上演,连演18夜。

1900年,英国著名演员、舞台监督赫伯特·比尔博姆·崔(Herbert Beerbohm Tree)《仲夏夜之梦》的舞台上,布置的是真的树木,真的兔子在啃食雅典之外森林的野草。人们不禁要想,如果兔子不想回到笼子里,要将场景换回到雅典忒修斯的宫廷,需要花多长时间。这种设计在当时大获成功。[2]

1905年,善于运用机械舞台、以演出风格多样著名的莱因哈特演出《仲夏夜之梦》。他在一个大转台上用立体树木和草皮搭建一片真的树林,后衬圆形天幕。月亮升起,星星亮闪闪,在观

---

[1] [英]莎士比亚:《中英对照四大喜剧》,梁实秋译,中国广播电视出版社2002年版,序,第14页。
[2] Paterson, Ronan: "Each Actor on His Ass." *News Report of Shakespeare Study in China*, 1(2018), p.15.

第五章　论《仲夏夜之梦》

众面前,树林连同小屋、忒修斯的宫殿一起在舞台上旋转起来,效果奇幻。[1]

1956年上演了由D. C. 瓦尔根据《仲夏夜之梦》改编的芭蕾舞。1959年,捷克著名木偶戏演员狄日·特尼卡完成了根据《仲夏夜之梦》改编的一个木偶戏电影。

1959年美国得克萨斯州一个剧团的演员穿着西部牛仔和印第安服装演出《仲夏夜之梦》,受到英国舆论界强烈批评,大概有违这出戏剧的浪漫格调,令他们忍无可忍吧!

20世纪70年代,美国格斯里剧院演出《仲夏夜之梦》,设计师约翰·詹森用结构钢材与有机玻璃建起一个构成主义布景,同时利用灯光产生视觉上丰富多彩的变化。构成主义布景在产生之初并不用于莎士比亚戏剧演出,曾在20世纪30年代衰落,二战后在西方重又风行。不过战后常使用新材料和新的表现方式。

在第十届世界莎士比亚大会上演出的《仲夏夜之梦》开场白引用《亨利五世》的开场,在戏中戏之前演员唱的是莎士比亚第11首十四行诗,海伦娜成了"同性恋男子",音乐杂糅阿拉伯音乐、爵士乐、乡村音乐,舞蹈混搭非洲风与法国风,服装混搭西装、礼服和伊丽莎白时代戏装。演员往观众席上撒玫瑰花瓣,小精灵向观众席喷水,玩出全球化色调的精灵花样。[2]

1986年4月,在中国首届莎士比亚戏剧节上,中国煤矿话剧团在北京演出《仲夏夜之梦》。导演熊源伟希望呈现给观众20世纪80年代中国人眼中的《仲夏夜之梦》。尽管大自然、精灵世界与人的世界一样并不永远宁静,但一切不协调的杂音都演化为和谐

---

[1] 吴光耀:《简谈莎剧演出形式之演变》,收录于中国莎士比亚研究会编《莎士比亚研究2》,浙江文艺出版社1984年版,第310页。
[2] 参见张薇:《艺术与学术交相辉映的盛会》,《文学报》2016年11月17日。

的歌调。他希望"用东方的审美情趣和现代思维节奏再现莎士比亚笔下绚丽的诗情,在舞台上谱写一首流动的诗"。扮演仙人的多是舞蹈演员,他们用手势、语言表现黑暗、雾,动作活泼轻快、充满活力,具有显著的19世纪欧洲芭蕾舞风格。整个戏剧演出显示出了对爱情的信心,减去了莎士比亚的嘲讽。演出中,孩子们大笑,老人们微笑。[1]

2016年8月,中国国家大剧院话剧团首演话剧《仲夏夜之梦》,演出没有做陌生化或本土化处理,除些许调整外,几乎完全依据朱生豪译本。天才的想象、狂欢的气氛征服了观众。

莎士比亚是一位诗人,他的诗剧具有浓郁的音乐性,独白适合谱写成宣叙调或咏叹调,群众场面或凯旋场面适合谱成合唱曲。贝多芬、柏辽兹、门德尔松、李斯特、柴可夫斯基等著名的音乐人以莎士比亚剧作为题材进行音乐创作。幽默欢快、轻灵美丽、充满浪漫情调的《仲夏夜之梦》尤其为作曲家青睐。

德国浪漫作曲家门德尔松以《仲夏夜之梦》为题材谱写了交响序曲《仲夏夜之梦》。他17岁在柏林观赏《仲夏夜之梦》演出后细读这部剧的德译本,先谱写了《钢琴二重奏》,之后为更生动地塑造人物,又在此基础上谱就著名的交响序曲《仲夏夜之梦》。序曲自"森林""仙境"开始,分为"仙人嬉戏""仙王仙后""爱情""滑稽"四个主题,代表仙人、恋人、小精灵迫克等四组人物,采用完整的奏鸣曲式。温雅柔丽的木管长音描述林荫路上的薄雾轻纱、月华如练。木管和弦后两小节弦乐引入神秘仙境,接着小提琴在高音区演奏"仙人嬉戏",调性多变,音区上下跳跃,描摹仙人之间的

---

[1] 参见[英]J. P. 勃劳克班克:《莎士比亚在中国新生》,收录于张泗洋主编《莎士比亚的三重戏剧:研究·演出·教学》,东北师范大学出版社1988年版,第13—14页。

嬉戏追逐。接着乐队演奏庄严高贵的仙王仙后主题曲,音乐时而在弦乐高音区跳跃、时而在低音区迂回,旋律粗犷,展现仙王仙后与仙人一起舞蹈的热烈场景。欢舞后用弦乐表现爱情主题,略带忧伤,反映挫折之下的情绪。伴着和弦的四个较长下行伴音描绘恋人间的甜蜜缱绻,之后则以九度大跳描绘迫克的调皮。音乐充满大自然的清新与青春的明朗欢快,该序曲成为门德尔松创作成熟的标志。[1]

《仲夏夜之梦》被改编成的歌剧有 14 部。可见这部剧与音乐的浪漫有着天然的联系。

"一切产生作用的东西都是真实的。"[2]在《仲夏夜之梦》里,爱情与梦幻交织舒展出奇异的画卷。即便爱情缺场,人们也可瞥见自己的深情企盼。

---

[1] 参见赵恕:《门德尔松的〈仲夏夜之梦〉》,收录于张泗洋主编《莎士比亚的三重戏剧:研究·演出·教学》,东北师范大学出版社 1988 年版,第 249—256 页。
[2] [瑞士] 卡尔·古斯塔夫·荣格:《寻求灵魂的现代人》,黄奇铭译,上海译文出版社 2013 年版,第 84 页。

第六章
论《罗密欧与朱丽叶》

> 少年的爱是初春柔风里初绽的蓓蕾,那嫩嫩的瓣蕊娇柔润泽,一切都那么清新、那么挚纯,美得像梦,像一声深长的叹息!

爱本是无名的,可是,当天才的莎士比亚写下流丽缠绵、光彩四溢的青春恋歌《罗密欧与朱丽叶》后,全世界的人都知道了爱的名字,少男少女痴心恋慕这芳醇无匹的恋情,它像滴露般纯洁清新。恋人们在星光下的花园中隔着阳台相会——这一场景及对话甜蜜温柔,赢得了世上无数钟情男女的心。

爱是生命的涌动、生命精华的凝结。少年男女的爱一无杂质,如水晶般莹洁透丽。浪漫主义诗人柯勒律治说:在《罗密欧与朱丽叶》里,"一切都是青春与春天"[1]。纯洁的恋情是青春的礼赞、生命的颂歌。

优美的爱情诗篇《罗密欧与朱丽叶》体现了文艺复兴时代蓬勃的生命精神、殷殷追寻幸福的激情。文艺复兴就是发现人生命

---

[1] [英]柯勒律治:《关于莎士比亚的演讲(1818)(选)·莎士比亚戏剧特点的扼要重述与摘要》,刘若端译,收录于杨周翰编《莎士比亚评论汇编(上)》,中国社会科学出版社1979年版,第132页。

第六章 论《罗密欧与朱丽叶》

蓬勃的热力、追求现世幸福的光辉时代。人们不再像中世纪时期那样压抑,不再安心承受苦难、把对幸福的企望寄托于来世,他们要在当下寻找幸福、创造幸福、享受生命。

爱情有乐也有苦。赫里克曾写过关于香叶蔷薇的短诗:"请从我滴血的手指,接过这枝香叶蔷薇,她虽然芳香扑鼻,却长着扎人的刺儿,她告诉人们,摘得芬芳之人,必得为爱经历许多刺伤。"[1]

1597 年,《罗密欧朱丽叶》最初的第一个四开本刊印,约有 2 200 行,比后来的版本短得多,后来几个较长的场景在这里只是摘要。这个本子属盗印本,被称为"坏四开本",是根据耳闻目睹写成的,因此"舞台指导"详尽。例如"决斗"一场,提伯尔特在罗密欧臂下趁迈丘西奥不备杀死他,之后逃走。后来版本就没有这些叙述——这是当时演出情形的描绘。1599 年出现第二个四开本——"好四开本"。这个本子有 3 000 多行,内容较完善。第四幕结束的"舞台指导","彼得上"误印为"Will Kempe 上","Will Kempe"正是扮演彼得的著名丑角演员,可见第二个四开本是剧院脚本。第三个四开本刊于 1609 年,在第二个四开本的基础上略有更正。1623 年第一个对折本是基于第三个四开本刊印的。[2]

以情人离别及睡药为中心的爱情故事起源可追溯至罗马的奥维德。《罗密欧与朱丽叶》的故事直接来源应该是纳帕乐斯的马萨乔·塞勒尼塔诺(Masuccio Salernitano)的 Novellino 的第 33 个故事,不过在这个故事中并没有家族世仇的背景。这个爱情故事衍生出十多个作品,其中 1530 年卢集·达·波托(Lugi da Porto)的小说里的情人首次采用罗密欧的名字,并且引入 13 世纪的家族世

---

[1] [英] 西德尼·比斯利:《莎士比亚的花园》,张娟译,莫海波、北塔审校,商务印书馆 2017 年版,第 69—70 页。
[2] [英] 莎士比亚:《中英对照莎士比亚全集 28·罗密欧与朱丽叶》,梁实秋译,中国广播电视出版社 1992 年版,第 3—4 页。

仇(Montecchi of Verona, Cappelletti of Cremona)作背景。波托的小说被马特奥·班德罗(Matteo Bandello)改编,加入许多新的人物,主要是那个乳母。阳台窗口一幕、绳梯、后来修道士约翰的前身"Fra Anselmo"在这里都已出现。班德罗的故事在 1559 年被皮埃尔·布瓦洛(Pierre Boisteau)译成法语,加入"卖药人"角色,并修改故事结尾,使罗密欧在朱丽叶醒来前死去,朱丽叶用罗密欧的短刀自尽身亡。

1562 年,布瓦洛的故事被阿瑟·布鲁克(Arthur Brooke)改写为英文长诗,标题为:The Tragical History of Romeus and Juliet, Written First in Italian by Bandell, and Now in English by Ar. Br.,这首长诗是莎士比亚戏剧直接的来源[1]。莎士比亚将故事散漫的情节凝练集中,着意突出情感力量;故事情节的时间由九个月缩短到四或五天,使剧情更紧凑。他安排帕里斯死于朱丽叶的墓门前,使情节前后呼应,人物特色也更突出。他还增加了次要人物的重要性,糅入更多喜剧元素,将朱丽叶的年龄从布鲁克作品中的 16 岁、流行版本中的 18 岁降低到不满 14 岁,突出朱丽叶的天真、烂漫、纯情。莎士比亚将帕里斯与罗密欧并置进行对比。罗密欧偶遇凯普莱特家不识字的仆人;帕里斯受邀参加舞会,后来又去墓地;乳母带回提伯尔特死去、罗密欧被放逐的消息;凯普莱特将婚礼日期从周四提前到周三,增强了注定的命运迫在眉睫的紧迫感——这些都出自莎士比亚的手笔。布鲁克耽于可悲的命运力量,莎士比亚却重在创造感觉,这是这部剧作的标志性特征[2]。

---

[1] [英]莎士比亚:《中英对照莎士比亚全集 28·罗密欧与朱丽叶》,梁实秋译,中国广播电视出版社 1992 年版,第 7 页。
[2] Gibbons, Brian, ed.: *Romeo and Juliet*. Beijing: China Renmin University Press, 2008, pp.38-42.

第六章　论《罗密欧与朱丽叶》

一　谜一样戏剧的回声

哈罗德·布鲁姆认为:《罗密欧与朱丽叶》是西方文学中最宏伟、最令人折服的爱情篇章(the largest and most persuasive celebration of romantic love in Western literature)[1],它往往因太过于流行被评论家低估[2]。赫兹里特认为朱丽叶这个形象所唤起的无尽情感"不是对已逝情感的怀恋,而是对所有他们未曾经验过的情感的悠然神往(… not in the pleasures they had experienced, but on all the pleasures they had not experienced)"[3]。

没有人怀疑朱丽叶的似海深情。布鲁姆认为在世界文学中,《罗密欧与朱丽叶》坚贞不渝的恋情,其理想与深度无可匹敌[4]。莫莉·马胡德(Molly Mahood)注意到在《罗密欧与朱丽叶》中有175个双关语和文字游戏,与"死神很久以来就是罗密欧的竞争对手,并且最后享有了朱丽叶"这样一个谜一般的戏剧相应[5]。似乎死神也眷顾绝世佳人,想早早地将她的生命归他所有。

《罗密欧与朱丽叶》的悲剧结局容易使人忽略弥漫全剧的青春欢乐。除却结局,全剧就是一首优美、欢快、动人的抒情诗,因此大可以称之为"悲喜剧"。罗密欧与朱丽叶的爱情在花园中发生、

---

[1] Bloom, Harold: *Shakespeare: The Invention of the Human*. New York: Riverhead Books, 1998, p.90.
[2] Bloom, Harold: *Shakespeare: The Invention of the Human*. New York: Riverhead Books, 1998, p.87.
[3] Bloom, Harold: *Shakespeare: The Invention of the Human*. New York: Riverhead Books, 1998, p.91.
[4] Bloom, Harold: *Shakespeare: The Invention of the Human*. New York: Riverhead Books, 1998, p.89.
[5] Bloom, Harold: *Shakespeare: The Invention of the Human*. New York: Riverhead Books, 1998, pp.92-93.

发展。黑夜的花园遮掩了世人耳目,提供了一个庇护爱的空间,使这段旷世恋情得以生长。

罗密欧与朱丽叶的爱情来得奇巧。本来仇家是不会一起欢宴的,可是凯普莱特家的宴会邀请名单偏偏给了一个不识字的仆人,不识字的仆人偏偏找到了罗密欧看名单,就这样,罗密欧知道了罗瑟琳要去赴宴,于是他也去了。这个年轻人在宴会上遇到了朱丽叶:

> 啊,火炬远不及她的明亮;
> 她皎然照耀在暮天颊上,
> 像黑奴耳边璀璨的珠环;
> 她是天上明珠降落人间!
> ……
> 我要等舞阑后追随左右,
> 握一握她那纤纤的素手。
> 我从前的恋爱是假非真,
> 今晚才遇见绝世的佳人。[1]

于是他追寻她,向她倾诉自己的爱慕:

> 罗　　(向朱)要是我这俗手上的尘污
> 　　　亵渎了你的神圣的庙宇,
> 　　　这两片嘴唇,含羞的信徒,
> 　　　愿意用一吻乞求你的宥恕。

---

[1] [英]莎士比亚:《莎士比亚戏剧朱生豪原译本全集 11·罗密欧与朱丽叶》,朱生豪译,朱尚刚审定,中国青年出版社 2014 年版,第 35 页。

第六章　论《罗密欧与朱丽叶》

> 朱　　信徒,莫把你的手儿侮辱,
> 　　　这样才是最虔诚的礼敬;
> 　　　神明的手本许信徒接触,
> 　　　掌心的密合远胜如亲吻。[1]

这一对美如朝露的少男少女一见倾心。一对璧人柔情似水,佳期似梦。纯美的心境着上爱情迷幻的色调,似若幻梦。

被乳母告知朱丽叶竟然是凯普莱特家的人,罗密欧说:"哎呦!我的生死现操在我的仇人手里了!"朱丽叶让乳母去问与她讲话的人的名字,并说:"要是他已经结过婚,那么婚床便是我的新坟。"[2]得知罗密欧是蒙太古家的人,仇人之子,朱丽叶不禁感慨:

> 恨灰中燃起了爱火融融,
> 要是不该相识,何必相逢!
> 昨天的仇敌,今日的情人,
> 这场恋爱怕要种下祸根。[3]

然而,命运的乖谬却让不该相恋的两个人坠入爱河。他们无法抗拒,更确切地说,他们根本就不想抗拒。为那绝妙的情愫,他们甘如飞蛾投火,追寻蜜爱销魂:

---

[1][英]莎士比亚:《莎士比亚戏剧朱生豪原译本全集11·罗密欧与朱丽叶》,朱生豪译,朱尚刚审定,中国青年出版社2014年版,第37页。

[2][英]莎士比亚:《莎士比亚戏剧朱生豪原译本全集11·罗密欧与朱丽叶》,朱生豪译,朱尚刚审定,中国青年出版社2014年版,第38、39页。

[3][英]莎士比亚:《莎士比亚戏剧朱生豪原译本全集11·罗密欧与朱丽叶》,朱生豪译,朱尚刚审定,中国青年出版社2014年版,第39页。

>为了朱丽叶的绝世温柔,
>忘却了曾为谁魂思梦想。
>罗密欧爱着她媚人容貌,
>把一片痴心呈献给仇雠;
>朱丽叶恋着他风流才调,
>甘愿被香饵钓上了金钩。[1]

本来即便一见钟情他们也无法继续——毕竟两家宿仇深重,可偏偏愣小子罗密欧为爱不怕死,要去"越过高墙"。这对恋人在黑夜开启了柔丽典雅的爱,享受在光明的世界里不能享有的爱之梦。"爱情本来是盲目的,让他在黑暗里摸索去吧"[2]——这黑夜另有一重深意。宴会后,乘着黑暗夜色的遮掩,罗密欧潜入了朱丽叶家的高墙,看到朱丽叶从楼上的窗子里出现。那是怎样美丽的图景啊……在他眼里,那里就是东方,朱丽叶就是太阳:

>她脸上的光辉会掩盖了星星的明亮,正像灯光在朝阳下黯然失色一样;在天上的她的眼睛,会在天空中大放光明,使鸟儿们误认为黑夜已经过去而唱出它们的歌声。瞧!她用纤手托住了脸庞,那姿态是多么美妙!啊,但愿我是那一只手上的手套,好让我亲一亲她脸上的香泽!
>……
>她说话了。啊!再说下去吧,光明的天使!因为我在这夜色之中仰视着你,就像一个尘世的凡人,张大了出神的眼

---

[1][英]莎士比亚:《莎士比亚戏剧朱生豪原译本全集11·罗密欧与朱丽叶》,朱生豪译,朱尚刚审定,中国青年出版社2014年版,第40页。
[2][英]莎士比亚:《莎士比亚戏剧朱生豪原译本全集11·罗密欧与朱丽叶》,朱生豪译,朱尚刚审定,中国青年出版社2014年版,第43页。

第六章　论《罗密欧与朱丽叶》

睛,瞻望着一个生着翅膀的天使,驾着白云缓缓地驶过了天空一样。[1]

黑夜映照天使的光明,正如仇恨炽烈中升起爱火熊熊。纯真的天使在罗密欧眼前出现,他心中充满恋慕!两心有灵犀,恋恋望如一:

只有你的名字才是我的仇敌;你即使不姓蒙太古,仍然是这样的一个你。姓不姓蒙太古又有什么关系呢?它又不是手,又不是脚,又不是手臂……啊!换一个姓名吧!姓名本来是没有意义的;我们叫作玫瑰的这一种花,要是换了个名字,它的香味还是同样的芬芳;罗密欧要是换了别的名字,他的可爱的完美也绝不会有丝毫改变。罗密欧,抛弃了你的名字吧;我愿意把我整个的心魂,赔偿你这一个身外的空名。[2]

她纠结——她不想悲哀,不想避开危险,却想着让他"抛弃了名字",这思维方式令人惊讶。而下面偷听的罗密欧这时也接下话头,回答了她:"那么我就听你的话,你只要叫我作爱,我就有了一个新的名字;从今以后,永远不再叫罗密欧了。"[3]这一句话儿里有无限甜蜜——他直接叫作"爱"了,那么他就是爱的化身了吧?这段对话就是以这般饶有意趣的方式开始,这场缠绵悱

---

[1] [英]莎士比亚:《莎士比亚戏剧朱生豪原译本全集11·罗密欧与朱丽叶》,朱生豪译,朱尚刚审定,中国青年出版社2014年版,第44—45页。
[2] [英]莎士比亚:《莎士比亚戏剧朱生豪原译本全集11·罗密欧与朱丽叶》,朱生豪译,朱尚刚审定,中国青年出版社2014年版,第45—46页。
[3] [英]莎士比亚:《莎士比亚戏剧朱生豪原译本全集11·罗密欧与朱丽叶》,朱生豪译,朱尚刚审定,中国青年出版社2014年版,第46页。

侧的恋情就这样拉开帷幕。这一场就是无数读者为之着迷的"阳台会"。

突如其来的回答让朱丽叶吓了一跳,问对方何人,"在黑夜里躲躲闪闪地偷听人家说话"。罗密欧回复:"我没法告诉你我叫什么名字。敬爱的神明,我痛恨自己的名字,因为它是你的仇敌;要是把它写在纸上,我一定把这几个字撕成粉碎。"[1]

朱　告诉我,你怎么会到这儿来?花园的墙这么高,不是容易爬得上的;要是我家的人瞧见你在这儿,他们一定不让你活命。

罗　我借着爱的轻翼飞过园墙,因为瓦石的墙垣是不能把爱情阻隔的;爱情的力量所能够做到的事,它都会冒险尝试,所以我不怕你家里人干涉。

朱　要是他们瞧见了你,一定会把你杀死的。

……

朱　我怎么也不愿让他们瞧见你在这儿。

罗　朦胧的夜色可以替我遮过他们的眼睛。只要你爱我,就让他们瞧见我吧;与其因为得不到你的爱而在这世上挨命,还不如在仇人的刀剑下丧生。[2]

罗密欧宁肯为爱死去,他不顾危险,来会仇家的女儿。他的确可以被称作"爱"了——他的爱如此纯粹,不避危险,不惧死神。他为爱痴狂虽然看上去有点鲁莽,却让人感到他满心赤诚。

---

[1] [英] 莎士比亚:《莎士比亚全集8》,朱生豪译,人民文学出版社1978年版,第36页。

[2] [英] 莎士比亚:《莎士比亚全集8》,朱生豪译,人民文学出版社1978年版,第36—37页。

朱丽叶问是谁教他找到这里,罗密欧说:

罗　爱情怂恿我探听出这一个地方;他替我出主意,我借给他眼睛。我不会操舟驾舵,可是倘使你在辽远辽远的海滨,我也会冒着风波把你寻访。

朱　幸亏黑夜替我罩上了一重面幕,否则为了我刚才被你听去的话,你一定可以看见我脸上羞愧的红晕。……倘不是你乘我不备的时候偷听去了我真情的表白,我一定会更加矜持一点的,所以原谅我吧,是黑夜泄露了我心底的秘密,不要把我的允诺看作无耻的轻狂。

罗　姑娘,凭着这一轮皎洁的月亮,它的银光涂染着这些果树的梢端,我发誓——

朱　啊!不要指着月亮起誓,它是变化无常的,每个月都有盈亏圆缺;你要是指着它起誓,也许你的爱情也会像它一样无常。

罗　那么我指着什么起誓呢?

朱　不用起誓吧;或者要是你愿意的话,就凭着你优美的自身起誓,那是我所崇拜的偶像,我一定会相信你的。[1]

少女的娇柔似玫瑰含羞,为自己的表白被偷听而害臊,于是便有了这段解释与起誓。朱丽叶此时还是一朵含苞的蓓蕾。道了晚安,这一幕并未就此终结:

罗　啊!你就这样离我而去,不给我一点满足吗?

---

[1] [英]莎士比亚:《莎士比亚全集8》,朱生豪译,人民文学出版社1978年版,第37—38页。

朱　你今夜还要什么满足呢？

罗　你还没有把你的爱情的忠实的盟誓跟我交换。

朱　在你没有要求以前，我已经把我的爱给了你了；可是我很愿意再把它重新收回转来。

罗　你要把它收回去吗？为什么呢，爱人？

朱　为了表示我的慷慨，我要把它重新给你。可是我只愿意要我已有的东西：我的慷慨像海一样浩渺，我的爱情也像海一样深沉；我给你的越多，我自己也越是富有，因为这两者都是没有穷尽的。……

罗　幸福的，幸福的夜啊！我怕我只是在晚上做了一个梦，这样美满的事不会是真实的。[1]

　　是啊，美得像梦一样！这是千千万万心中的梦想与渴望！芬芳的爱浸透了南欧夜色，他们自身的美就已写出诗行，足够他们在其间缱绻流荡。两人告别，罗密欧说："晚上没有你的光，我只有一千次的心伤！恋爱的人去赴他情人的约会，像一个放学归来的儿童；可是当他和情人分别的时候，却像上学去一般满脸懊丧。"[2]爱的甜蜜交织着痛苦与热望，每一刻的分别都令沉浸爱河的人满腹惆怅。甜蜜的痛、爱的朝思暮想，在青春的百媚千娇里书写爱的诗行！了无挂碍的青春像清泉般汩汩流淌，轻快地向前，没有滞重的音响。

　　这柔丽的诗行融汇南欧浪漫神秘的夜色，那是彼特拉克的故乡，空气里流动着爱的诗章。罗密欧就是痴痴迷迷地念着彼特拉

---

[1]［英］莎士比亚：《莎士比亚全集8》，朱生豪译，人民文学出版社1978年版，第38—39页。

[2]［英］莎士比亚：《莎士比亚全集8》，朱生豪译，人民文学出版社1978年版，第40页。

克诗行的少年。迈邱西奥说罗密欧:"瞧他孤零零的神气,倒像一条风干的咸鱼。现在他又要念起彼特拉克的诗句来了:罗拉比起他的情人来不过是个灶下的丫头……"[1]痴情最是少年郎,梦魂乡里寻爱忙。诗行流转且一醉,蓦然回首见迷娘。心中梦,眼前人——在见到朱丽叶的那一刻,梦想与现实交叠,在现实里找到了依托。那颗痴情的种子早已在年少的罗密欧心中种下,忽如一夜春风来,雾雨滋润玫瑰开。

阳台会一场,朱丽叶在窗外关于姓名的一段话恰好被罗密欧听去,于是恋爱开启"加速"模式。少年的恋情没有沉重的思虑,亦不顾攸关生死。他们只是爱着,觉得一心一意地爱着就够了。他们思想的天空那么纯净明朗——放飞的梦想在风里招摇,充满飞翔的向往,充满憧憬的遐想。

"这位小姐来了。啊!这样轻盈的脚步,是永远不会踏破神龛前的砖石的;一个恋爱中的人,可以踏在随风飘荡的蛛网上而不会跌下,幻妄的幸福使他灵魂飘然轻举。"[2]

恋爱中的人儿灵魂有了飘然飞升的力量——那是幸福的力量,让人脱离重力牵引,使灵魂轻盈。这样一个"踏在随风飘荡的蛛网上"的意象格外醒目,有着"奇幻"的力量。那一种神秘的爱,让心灵产生深刻复杂的生化变化,让身体、头脑滋生密集的令人快乐的多巴胺,仿佛空气中充满负离子,让真实的空间弥漫梦的轻羽。这是爱的传奇,不容辨识的朦胧的美丽。在一个真实的物质世界里建构出一个莫名的虚幻世界——精神世界。"充实的思想不在于语言的富丽;只有乞儿才能计数他的家私。真诚的爱充溢

---

[1] [英]莎士比亚:《莎士比亚全集8》,朱生豪译,人民文学出版社1978年版,第46页。
[2] [英]莎士比亚:《莎士比亚戏剧朱生豪原译本全集11·罗密欧与朱丽叶》,朱生豪译,朱尚刚审定,中国青年出版社2014年版,第71—72页。

在我的心里,我无法估计自己享有的财富。"[1]那样慷慨的给予……少年的心还不懂得猜疑,就像两个孩童到了一起,一会儿就可以投入地游戏!在花季初年,一切都透丽芳醇。少年的世界似自由的天空,没有阴云能阻挡他们追寻理想世界的心。稚拙的生命充满渴望,他们的心在蓝天下自由地飞翔。那最美的财富如流泉,爱的丰美在他们心上,如春花初绽,丰饶的娇美刹那间靓丽了世界。他们的心为爱充满,奏起曼妙的乐章。多少海誓山盟,多少迷离缱绻都无法使两颗渴望的心餍足。爱神温柔,像清风拂过五月清晨的玫瑰,清新销魂。爱的笙歌奏响,蓓蕾般的青春在年少的心中绽放惊喜。青春风采乍现,风姿撩人!

　　对爱人的期待会使时间显得格外漫长。"恋爱的使者应当是思想,因为它比驱散山坡上阴影的太阳光还要快过十倍;所以维纳斯的云车是用白鸽驾驶的,所以凌风而飞的丘比特生着翅膀。"[2]爱情的力量仿佛有宇宙黑洞般的强力,使人对时间的感觉发生改变。

> 从九点钟到十二点钟是三个长长的钟点,可是她还没有回来。要是她是个有感情有温暖的青春血液的人,她的行动一定会像球儿一样敏捷,我用一句话就可以把她抛到我的心爱的情人那里,他也可以用一句话把她抛回到我这里;可是老年纪的人,大多像死人一般,手脚滞钝,呼唤不灵,慢吞吞地没有一点精神。[3]

---

[1][英]莎士比亚:《莎士比亚戏剧朱生豪原译本全集11·罗密欧与朱丽叶》,朱生豪译,朱尚刚审定,中国青年出版社2014年版,第72页。
[2][英]莎士比亚:《莎士比亚戏剧朱生豪原译本全集11·罗密欧与朱丽叶》,朱生豪译,朱尚刚审定,中国青年出版社2014年版,第67页。
[3][英]莎士比亚:《莎士比亚戏剧朱生豪原译本全集11·罗密欧与朱丽叶》,朱生豪译,朱尚刚审定,中国青年出版社2014年版,第67页。

第六章 论《罗密欧与朱丽叶》

千盼万盼,三个小时于她而言是那么不堪忍受的漫长。可是好不容易等到奶妈回来,说话却左弯右绕兜圈子,把朱丽叶急坏了。急病遇见慢郎中,第二幕第五场就是这样的一幕:一边心急火燎,一边却慢腾腾地答非所问。

对这一对恋爱的人来说,白天太漫长!

> 快快跑过去吧,踏着火云的骏马,把太阳拖回到它安息的所在;但愿驾车的法厄同鞭策你们飞驰到西方,让阴沉的暮夜赶快降临。展开你密密的帷幕吧,成全恋爱的黑夜!……这日子长得真叫人厌烦,正像一个做好了新衣服的小孩,在节日的前夜焦躁地等着天明一样。[1]

"一分钟就等于许多天。"[2]时间在爱的巨大能量场作用下变形,改变了恋人的心理情绪,他们对时间的感受发生变化,正如巨大力量的宇宙黑洞作用下会改变时间的速度。期待使时间拉长,而良宵苦短,似乎不一会儿就到天亮,让这对相聚的恋人不得不分开。"天越来越亮,我们悲哀的心却越来越黑暗。"[3]在黑夜里,他们享受爱的光明;而到了白天,他们感到的却是心灵的黑暗。爱情颠倒了他们对黑白的感受,因为只有在万物消歇的黑夜他们才能相聚。

剧中是地中海南岸的南欧,芳草如茵,终年阳光明媚。古希腊

---

[1] [英]莎士比亚:《莎士比亚全集8》,朱生豪译,人民文学出版社1978年版,第64—65页。

[2] [英]莎士比亚:《莎士比亚全集8》,朱生豪译,人民文学出版社1978年版,第78页。

[3] [英]莎士比亚:《莎士比亚全集8》,朱生豪译,人民文学出版社1978年版,第77页。

罗马是欧洲古代文明发祥地,诗意葱茏、风光旖旎。剧中频频出现"黑夜""太阳""月亮""繁星""电""火""闪光""光"等词语,象征少年美丽的青春之恋。瞬息升腾的爱火像黑夜的闪电,一闪即逝,爱情缱绻的光辉像太阳的光辉一样耀眼,像月华般皎洁,像黑夜一样充满了神秘气息。

《罗密欧与朱丽叶》设计的这一情节匠心独具:凯普莱特坚持婚礼提前,而意外又促使送信人没能及时送到劳伦斯神父的信——在瘟疫流行的时代,送信人被怀疑接触到了病人被隔离,耽搁了行程。劳伦斯神父去墓地只晚了几分钟,朱丽叶偏偏在罗密欧死后几分钟才苏醒。阴差阳错铸就了他们的缘分、爱情以及最终的悲剧。

二 生死相随的羁绊

《罗密欧与朱丽叶》是描述恋情的绝美篇章,书写惊艳的青春之恋。行文诗情画意、丰润隽永。

这青春年少的爱虽临巨大险阻却不顾一切、不惜为爱而死的深挚感情震撼心灵。他们的爱情征服了世界上千千万万人,历史的音壁永远回荡着他们的声息。

西方的爱情禁锢较少,可以企望"来一个过量"的爱情,"饱胀而死"[1],"用崇拜,用大量的眼泪,震响着爱情的呻吟,吞吐烈火的叹息"[2]来一场热闹纷繁的痴恋。在《罗密欧与朱丽叶》中,砖石的高墙象征社会礼法规约的重重障碍,虽高峻危险,却隔不住少年男女胸中炽烈燃烧的爱情。罗密欧翻越朱丽叶家的高墙,象征

---

[1] [英] 莎士比亚:《第十二夜》,曹未风译,上海文艺出版社1961年版,第3页。
[2] [英] 莎士比亚:《第十二夜中英文对照全译本》,朱生豪译,中国国际广播出版社2001年版,第43页。

着两人越过重重障碍,追求青春勃发的自由。他们彼此蜜语甜言、山盟海誓。

> 朱丽叶　　那是我的灵魂在叫喊着我的名字。恋人的声音在晚间多么清婉,听上去就像最柔和的音乐。
>
> 朱丽叶　　罗密欧!
>
> 罗密欧　　我的爱!
>
> 朱丽叶　　明天我应该在什么时候叫人来看你?
>
> 罗密欧　　就在九点钟吧。
>
> 朱丽叶　　我一定不失信;挨到那个时候,该有二十年那么长久!我记不起为什么要叫你回来。
>
> 罗密欧　　让我站在这儿,等你记起来再告诉我。
>
> 朱丽叶　　你这样站在我的面前,我一心想着多么爱跟你在一块儿,一定永远也记不起来了。
>
> 罗密欧　　那么我就永远等在这儿,让你永远记不起来,忘记除了这里以外还有什么家。
>
> 朱丽叶　　天快亮了,我希望你快去;可是我就好比一个淘气的女孩子,像放松一个囚犯似的让她心爱的鸟儿暂时跳出她的掌心,又用一根丝线把它拉了回来,爱的私心使她不愿意给它自由。
>
> 罗密欧　　我但愿我是你的鸟儿。
>
> 朱丽叶　　好人,我也但愿这样;可是我怕你会死在我的过分的爱抚里。晚安!晚安!离别是这样甜蜜的凄清,我真要向你道晚安直到天明![1]

---

[1] [英] 莎士比亚:《莎士比亚全集8》,朱生豪译,人民文学出版社1978年版,第40—41页。

恋影似仙歌,清音入魂魄……文中回声女神的用典突出了恋人的难分难舍。恋恋兮不舍,迷离兮梦魂!"离别是这样甜蜜的凄清,我真要向你道晚安直到天明"让人想起"明朝酒醒何处,杨柳岸晓风残月"的凄清。恋人的蜜语似夜莺的清歌,泛着甜美的涟漪,昭示少年男女的心灵悸动,正如朱丽叶所说,"我的慷慨像海一样浩渺,我的爱情也像海一样深沉;我给你的越多,我自己也越是富有,因为这两者都是没有穷尽的"[1]。还有什么语句比这可爱的话儿更甜美?他们的爱像浩渺的大海,永远丰盈。温柔的诗行走入无数人心底,静影沉璧,观照红尘中的醇厚挚情!

虽然戏剧描写的两个家族在 13 世纪的意大利的确存在,但是只有蒙太古家族居住在维洛那,凯普莱特家族住在克雷莫纳。《罗密欧与朱丽叶》本来是虚拟的故事,但是这部剧的风行却使故事发生的地点——意大利北部的维洛那小城建起了"朱丽叶的小屋",使这里成为全世界恋人的圣地。那小小的院落满是世界各地恋人的签名与足迹。

三 爱与不可预测的命运

虽然罗密欧与朱丽叶最后都死去了,但是他们至少可以在喧嚣的尘世里相亲相近、耳鬓厮磨。戏中最后主人公殉情,但整出作品却洋溢着蓬勃的青春朝气和无比欢快的气息。

《罗密欧与朱丽叶》有戏剧强烈的紧张感。这种紧张是由一个个转折点连缀而成。凯普莱特与蒙太古家世代为仇,仇家儿女却相爱,这一剧情开场就给人以紧张感。待到两人阳台幽会、私定

---

[1] [英]莎士比亚:《莎士比亚全集 8》,朱生豪译,人民文学出版社 1978 年版,第 39 页。

终身,在神父主持下秘密结婚,剧情呈舒缓态势,但旋即发生罗密欧杀死朱丽叶表哥的事件,亲王下令将罗密欧永远放逐,剧情陡然变得紧张。

M. G. 布拉德·布鲁克最近提出:骚桑普顿伯爵在1594年的真实生活可能和莎士比亚《罗密欧与朱丽叶》的创作有一定关联:"10月6日为庆祝成年,骚桑普顿在汉普郡的提斯菲尔德举行宴会招待佃户。这时候他藏匿了在决斗中杀死敌手的朋友。查尔斯爵士和亨利·丹弗斯爵士兄弟卷入与沃尔特·隆爵士家族的争吵。在一家小酒馆的争斗中,亨利·隆用剑将查尔斯爵士刺伤,随后亨利·丹弗斯爵士将隆射死。两人都逃到骚桑普顿那里。"在盖斯科尼为《罗密欧与朱丽叶》写的序言中,短语"古老的怨恨"一再出现。尽管没什么证据表明这部剧作源于骚桑普顿——丹弗斯的偶然事件,至少这个事件显示了在重要家族之间的仇恨是当代英国生活中的一个现象,也是意大利的传统和典型现象之一。[1]

世仇不只是遥远的过去时代才存在的纠葛,即使在莎士比亚的时代也真实地存在、发生着——这部剧作也是当时社会大家族之间冲突的一个注脚。

观众期待着这一对苦命鸳鸯的终局。帕里斯伯爵求婚,凯普莱特命令女儿朱丽叶三天后与他结婚,若不愿意就用木笼装了去。朱丽叶痛不欲生。神父设计成全罗密欧与朱丽叶,他送给朱丽叶一瓶特制迷药,让她在婚期前一晚喝下后上床睡觉,就会变得像死

---

[1] Gibbons, Brian: *Romeo and Juliet*. Beijing: China Renmin University, 2008, pp.31-32.

者一般僵硬寒冷。这样,人们发现她"死了",就会将她送到凯普莱特家族祖先的坟墓。神父会派人告诉罗密欧叫他赶来,等 42 小时她就会醒来,就叫罗密欧带她去放逐地。结果送信人因被巡逻的人怀疑染上瘟疫,被关了起来,耽搁了曼多亚之行。不知真相的罗密欧买了毒药,去看朱丽叶最后一眼。最后的拥抱之后,他饮毒药身亡。之后朱丽叶醒来,被神父告知"一种我们所不能反抗的力量已经阻挠了我们的计划"[1],她吻着残留毒液的爱人的嘴唇,用爱人的匕首自尽,扑倒在爱人身上死去。戏剧在紧张气氛中开场,求婚者出现、父亲威逼、突生变故令人惊心,神父的计划带来一丝舒缓,结果计划却失败——剧情乍惊乍喜,或忧或惧。[2]

《罗密欧与朱丽叶》文本中,甘甜的情话如清冽的流泉,淌出欢快跃动的溪流。真切的细节描摹令人心旌摇曳。罗密欧与朱丽叶的爱情用不计其数的甜蜜包裹纯情,像匆匆燃放的焰火,璀璨夺目。

四 不止于爱情

虽然取材于文学史上的故事,但是莎士比亚却通过无比优美的抒情、时间的压缩、戏剧性的加强使《罗密欧与朱丽叶》绽放出奇异的光彩,使这部戏剧成为全世界爱情悲剧的典范。

诺米·科恩·利布勒(Naomi Conn Liebler, 2003)认为《罗密欧与朱丽叶》通过描述维洛那这个城市,书写的是社会主题。维洛那社会民众保护机制恶化,瘟疫流行、街头械斗、蒙太古与凯普莱

---

[1] [英]莎士比亚:《莎士比亚全集 8》,朱生豪译,人民文学出版社 1978 年版,第 109 页。
[2] 董健:《戏剧性简论》,《戏剧艺术》2003 年第 6 期,第 10—11 页。

特两个家族激烈的冲突都使全城面临死亡的恐惧。社会的不安定以年轻人的死亡悲剧告终。[1]

戈德伯格将罗密欧与朱丽叶看作是在一个充满暴力的城市中的公民——他们的生活、身份像所有其他维洛那城的人们一样受制于两个敌对家族的冲突。尽管他们像是超越了自己所在的物质世界,却与体现维洛那社会特征的"黑暗—欲望话语"紧密关联。[2] 作为只在暗夜中行进的爱情,剧作《罗密欧与朱丽叶》呈现出两个对立的世界:美好的爱情世界与黑暗的维洛那现实世界。两个世界都以黑暗与欲望为特征。

布鲁克认为在剧作《罗密欧与朱丽叶》中,中心事件是世仇。戏剧描绘了世仇以无辜恋人牺牲为代价才达到和解。毁灭罪恶、实现正义的途径是通过无辜者的牺牲。[3]

吉本思则注意到"太阳"隐喻,认为太阳与奥维德笔下法厄同驾驶太阳车的故事以及浪漫爱情终成悲剧有密切关联。[4] 销魂的狂喜、狂暴的终局——悖论式情节与法厄同驾驶父亲太阳车的经历一样狂野。法厄同无法操纵太阳车,导致车子脱轨,马儿受惊狂奔、速度陡增,造成非洲大地被烤焦。

吉本思也注意到"爱与死的关联"。罗密欧杀死提伯尔特和帕里斯,自己却饮毒药身死;朱丽叶喝了睡药,逃脱了与帕里斯

---

[1] Liebler, Naomi Conn: "'There is No World Without Verona's Walls': The City in Romeo and Juliet." *A Companion to Shakespeare's Works*, Vol.1. Ed. Richard Dutton and Jean E. Howard. Oxford: Blackwell, 2003, pp.303 – 318, 305.

[2] Goldberg, Jonathan: "Romeo and Juliet's Open Rs." *Queering the Renaissance*. Ed. Jonathan Goldberg. Durham: Duke University Press, 1994, p.219.

[3] Brooke, Stopford A.: "'Romeo and Juliet'." *Shakespearean Criticism*. Ed. Mark W. Scott. Vol.5, Gale, 1987. Gale Literature Resource Center. Accessed 3 Oct. 2020. Originally published in *On Ten Plays of Shakespeare*, by Stopford A. Brooke, 1905. Gale Document Number: GALE|H1420019264.

[4] Gibbons, Brian, ed.: *Romeo and Juliet*. London: Routledge, 1980, p.58.

的婚姻,却用罗密欧的匕首自尽。在爱的极致里,每个人都感受到死亡的痛。在他们经验的中心是一个悖论——只有通过身体的死亡才能突破身体的局限,超越自我。[1] 墓穴一幕,罗密欧凝望朱丽叶雕像般美丽的容颜,她粉嫩的朱唇与脸颊——那生命的标志,心中欢喜,促使他喝下事先准备的毒药。之后那"雕像"却复活了。这个"皮格马利翁"式的情节中出现了新的神秘寓意:莎士比亚笔下的恋人们一定是在自然中经历了某种"蜕变",达到"永恒"。[2]

不仅如此,莎士比亚的剧作本是无生命的存在,它们也因具有某种神秘特质,获得了永恒的生命。1996 年版美国电影《罗密欧与朱丽叶》中的男女主人公的美丽像明月一样圆满,清辉洒落,令人惊鸿一瞥间,再不能忘。爱与美在银幕上展现,在人们心底绵延。

劳埃德·考夫曼(Lloyd Kaufman)《罗密欧与朱丽叶》(1997)的电影改编主题曲中唱道:"想要让我感觉美好的女子——不是周六夜晚草率的结合,因为我是真正的罗密欧!(Want the kinda woman who can make me feel right/Not sloppy drunk sex on a Saturday night/Because I'm a Romeo-Romeo-with no place to go)"[3] 真正的罗密欧充满激情,"每一次我告诉你我是真正的罗密欧,忿怒、痛苦和悲伤都充溢我心房(Every time I tell you I'm a real Romeo, It fills my soul and heart with anger, pain and sorrow)",他充满彼特拉克式的复杂情感,只有真正的爱才让他感觉妥帖——只有拥有朱

---

[1] Gibbons, Brian, ed.: *Romeo and Juliet*. London: Routledge, 1980, p.65.
[2] Gibbons, Brian, ed.: *Romeo and Juliet*. London: Routledge, 1980, pp.74-75.
[3] Reynolds, Bryan and Janna Segal: "Fugitive Explorations in Romeo and Juliet: Transversal Travels Through R&Jspace." *Journal for Early Modern Cultural Studies*, Vol.5, No.2, 2005, p.37. Gale Literature Resource Center. Accessed 23 Oct. 2020. Gale Document Number: GALE|A139835568.

丽叶才让他感到自我生命的凝聚、自在、完满,才使罗密欧真正成为罗密欧。[1] 这首歌曲揭示了爱情的价值和意义。爱情使生命丰满、丰美,充满美妙的滋味。美丽的爱情使一个人走向真正的自我,走向成熟,走向瑰丽的生命境界。

社会对朱丽叶的评论经历了一个变迁的过程,尤其在女性主义批评出现之后。

> 女性主义批评转向之际,人们开始意识到莎士比亚女性人物的深度。朱丽叶受到更多关注、更多激赏。当评论家望向超越她青春的远方,他们发现她并非含蓄的少女,却是一个具有多面性的角色。无论在成熟、复杂、洞察力,还是在辞藻的优雅华丽方面,她都超越了罗密欧。批评家原来对她的评论是"星宿不利"的被动受害者,现在却转向她的自我意志、勇敢、聪慧——她在一个对女性充满敌意的世界里主动开始并掌控一个富有抗争性的行动,既诚挚深情又独立自主。……莎士比亚颠倒了性别角色,将通常赋予男性的行为模式在这部剧中给了朱丽叶。[2]

"现在的评论不再认为朱丽叶肤浅,而是愿意承认在抒情表象下,在她的语言与行动的另一维度,她更独立、更叛逆、具有控制力。"[3]

---

[1] Reynolds, Bryan & Janna Segal: "Fugitive Explorations in Romeo and Juliet: Transversal Travels Through R&Jspace." *Journal for Early Modern Cultural Studies*, Vol.5, No.2, 2005, p.37. Gale Literature Resource Center. Accessed 23 Oct. 2020. Gale Document Number: GALE|A139835568.

[2] Brown, Carolyn E.: "Juliet's Taming of Romeo." *Studies in English Literature, 1500-1900*, Vol.36, No.2, 1996, p.333. Gale Literature Resource Center, Accessed 12 May 2020. Gale Document Number: GALE|A18692190.

[3] White, Richard Grant: *Shakespeare's Scholar*. New York: D. Appleton, 1854, pp.370-388.

这个仅仅 14 岁的少女坚定勇敢地追求爱情、追求独立。朱丽叶的形象越来越放射出光辉，这也是剧作留给世界的丰腴遗产。

五　青春之恋在舞台上

《罗密欧与朱丽叶》一搬上舞台就大受欢迎。1660 年剧院重新开放后，这出剧目重新上演，但是剧作改为大团圆结局。根据佩皮斯（Pepys）在当时的记载，这是他一生中见过的最糟糕的戏。不久这部剧在舞台上销声匿迹。大概一个半世纪甚至更久后，这部剧被奥特韦（Otway）改编的《凯厄斯·马里厄斯的历史与覆灭》(*The History and Fall of Caius Marius*) 取代。直到 18 世纪中叶，大卫·加里克（David Garrick）终于恢复了莎士比亚原剧作，做了些许改动。性格怪异的埃利斯顿（Robert William Elliston，1774—1831）是当时最受欢迎的演员、最成功的剧院老板之一，他演的罗密欧可与加里克媲美。兰姆说："埃利斯顿在哪里走动、坐下或静静地站着，哪里就有戏。"[1] 到了 19 世纪中叶，莎士比亚原剧得以在舞台上恢复。查洛特·卡斯曼（Charlott Cushman）主演的《罗密欧与朱丽叶》曾接连上演 84 天，观众趋之若鹜。[2]

英国舞台上第一位杰出的女演员伊丽莎白·巴里（Elizabeth Barry，1658—1713）是王政复辟时期最迷人的演员。她扮演的女性角色在她之前从未有女性演过。她首次尝试莎剧大概是在托马斯·奥特韦的《凯厄斯·马里厄斯的历史与覆灭》中扮演拉维妮娅（即朱丽叶）。她拥有超人的表演天赋，表演高雅、壮美，声音洪

---

[1] 张泗洋主编：《莎士比亚大辞典》，商务印书馆 2001 年版，第 1010 页。
[2] 参见［英］莎士比亚：《中英对照莎士比亚全集 28·罗密欧与朱丽叶》，梁实秋译，中国广播电视出版社 1992 年版，第 8 页。

第六章　论《罗密欧与朱丽叶》

亮有力,被称为"伟大的巴里夫人"。她的成功归功于罗切斯特独创的自然主义训练技法。

爱尔兰演员施普林格·巴里(Spranger Barry,1719—1777)饰演的罗密欧非常圆满,甚至引起"罗密欧与朱丽叶之争"——剧作同时在德鲁瑞剧院和考文特剧院上演。一位女崇拜者谈到巴里和加里克的表演时说:"我要是加里克演的罗密欧的朱丽叶——他的情感太炽烈了,我希望他到楼台上来会我;但如果我是巴里演的罗密欧的朱丽叶,他太温柔、太富于表情、太有魅力了,我一定会走下楼台来会他!"[1]

19世纪后期英国最著名的演员亨利·欧文(1838—1905)原本是一位演员和导演,他拥有当时最好的演员和舞台设计,并且还聘请考古学家提高演出的历史准确性。他甚至还聘请过一些著名的拉斐尔前派画家画莎剧布景。他的演出以场面宏伟绮丽著称。《罗密欧与朱丽叶》的地穴坟墓、《哈姆雷特》的中古城堡、《威尼斯商人》的水乡街头都是立体布景,细节丰富逼真。为迁移巨大沉重的立体布景,他曾雇佣过135名舞台工人。[2] 另一位导演兼演员比尔彭·特里(1853—1917)追随基恩,力求在布景中体现富丽堂皇的风格和历史真实感。1887年他担任海马盖特剧场经理,演出过许多莎剧。1897年他主管王后剧院,使之成为专门演出莎剧的基地,演出以豪华著称。在这些导演的推动下,19世纪末英国莎剧演出中"写实"之风流行。

舞台监督兼导演、演员莱因哈特(Max Rehardt)拥有多项舞台发明,他利用视觉手段、将表演场地设在剧场观众座位中间。

---

[1] 参见张泗洋主编:《莎士比亚大辞典》,商务印书馆2001年版,第1013页。
[2] 参见吴光耀:《简谈莎剧演出形式之演变》,收录于中国莎士比亚研究会编《莎士比亚研究2》,浙江文艺出版社1984年版,第307页。

1903 年他开始在德国柏林做剧院经理。他擅长借助旋转舞台和象征性灯光上演场面华丽壮观的莎士比亚戏剧。19 世纪 20 年代初,各种升降舞台、转台、推台等机械舞台被运用在演出中更换沉重复杂的写实布景。这些机械设备昂贵,在德国因为有国家资助比较流行。1907 年,莱因哈特演出《罗密欧与朱丽叶》,瑞士画家卡尔·沃尔塞任舞台设计。他在转台上搭起一座文艺复兴时期样式的意大利维洛那真实楼房的内外景,布景美丽、清新,充满细节。[1]

柴可夫斯基创作交响曲《罗密欧与朱丽叶》,集中表现爱(纯真的爱情)、恨(家族世仇、格斗厮杀)、死亡。《罗密欧与朱丽叶》被改成歌剧 24 部,普罗科菲耶夫 1944 年初次上演的舞剧在世界各国上演。

著名莎剧演员劳伦斯·奥利弗(Lawrence Olivier, 1907—1989)在 1935 年放弃了正在准备的《罗密欧与朱丽叶》,加盟准备上演此剧的约翰·吉尔古德剧团。他与吉尔古德轮流饰演罗密欧与茂丘西奥的角色。

《罗密欧与朱丽叶》与爱尔兰的社会状况关联紧密:

> 在所有的莎士比亚剧作中,《罗密欧与朱丽叶》是与许多爱尔兰青年的经历最相关的一部。爱尔兰历来被认为是分裂的社会:分裂勾画出诸多历史时代的轮廓。从历史上来说,这些分裂有政治的、有经济的。教会分裂包括了地主和农民的分裂、天主教和新教的分歧、赞成条约和反对条约的分歧。

---

[1] 参见吴光耀:《简谈莎剧演出形式之演变》,收录于中国莎士比亚研究会编《莎士比亚研究 2》,浙江文艺出版社 1984 年版,第 310 页。

第六章 论《罗密欧与朱丽叶》

表演《罗密欧与朱丽叶》的教堂剧院、爱尔兰国家剧院是保证"上座率"的万能良药。演员们有责任给连续几个星期包场的学生们留下好印象：许多孩子本不想看戏；大教堂有义务让孩子们相信，剧院是个好地方。大教堂的这个任务完成得很出色。华丽优美的现代服装直接演绎的《罗密欧与朱丽叶》赢得了年轻观众的心。剧作符合道德规范。戏剧似乎在暗示：分裂是错误的，暴力是想象的失败。[1]

在中国，林纾优美独特的译作《吟边燕语》成为文明戏时期上演的莎剧舞台表演蓝本。在辛亥革命后的一段时间，莎士比亚戏剧出现在文明戏舞台上。1915年陆镜若的春柳剧场演出《铸情》(《罗密欧与朱丽叶》）等。1924年，田汉翻译的《罗密欧与朱丽叶》问世。电影《筑情》（即《罗密欧与朱丽叶》）在1936、1937年放映。1937年6月2日，左翼职业剧团上海业余实验剧团上演莎士比亚的《罗密欧与朱丽叶》，由张泯任导演，赵丹饰演罗密欧，俞佩珊饰演朱丽叶，演出根据田汉译本改编。为与形势配合，在宣传方面，上海生活书店印赠的公演特辑中说，"罗密欧与朱丽叶的悲剧是对于压迫人权与个人情感的封建权威的抗告"[2]，带有鲜明的时代印迹。1937年6月2日，《申报》登载演出广告称："华堂邂逅，一见倾心，世家仇怨，辜负卿卿。"[3] 6月9、10日的广告则在

---

[1] Ornellas, Kevin De: "Review of Romeo and Juliet." *Early Modern Literary Studies*, 2008. Gale Literature Resource Center, Accessed 12 May 2020. Gale Document Number: GALE|A212261009.

[2] 尹子契：《文艺复兴与中世纪的斗争》，收录于《罗密欧与朱丽叶——上海业余实验剧团公演特辑之一》，生活书店1937年版，转引自陈莹：《革命与抒情的"统一"——"业实"演出〈罗密欧与朱丽叶〉与中国戏剧现代性》，《戏剧艺术》2017年第6期，第42页。

[3] 广告，《申报》1917年6月2日。

显著位置题写改编的李商隐的著名诗句:"春蚕到死丝方尽,银烛成灰泪始干。"6月5日,《大公报》剧评称:"剧情如一首抒情诗,演出情形诸待改进。"[1]

为达到悲剧效果,章泯在开头结尾的设计煞费苦心:"伊利沙伯时代的戏剧家,特别是伟大的莎士比亚,是很懂得在一剧的开场就应引起观众的兴趣或注意……如《罗密欧与朱丽叶》一剧之以决斗开场……一下子就把悲剧所需要的气氛和情调,全剧所含的意味暗示出来。"[2]重头戏"阳台定情、生离死别前的约会、殡宫殉情"等多发生在夜晚或墓室,至两人殉情收场,以突出悲剧感染力。记者写道:"自剧中两个主人翁一死一生,一生又一死,悲哀婉转、动人心肺,将来公演时不知要掉下多少'戏迷'的同情泪!"[3]舞台设计"要立体感强的舞台装置",加入表现主义元素,在舞台上建一大平台,表示大厅,大厅上有柱子,还加上台阶,与下面"走廊"相接。舞台有楼上、楼下的区分,舞台空间纵向延展。共布置6景,分11幕。化妆则仿效西方人外貌,戴上假发套、粘上假鼻子、化上浓妆。剧作反响不一,有人称赏,有人觉得这部剧作不足以反映反封建的精神。不过,比较一致的意见是太烦冗,演出四小时以上太长……布景富丽堂皇,十分成功。[4]

1938年初,上海成为"孤岛",戏剧活动成为组织群众工作的重要形式。1938年5月,上海新生活话剧研究社演出根据《罗密欧与朱丽叶》改编的《铸情》以筹集难民捐款;1940年4月,上海海

---

[1] 剧评,《"业实"昨晚公演罗密欧与朱丽叶》,《大公报(上海版)》1937年6月5日。
[2] 章泯:《悲剧论》,收录于《章泯戏剧选》,中国戏剧出版社1987年版,转引自陈莹:《革命与抒情的"统一"——"业实"演出〈罗密欧与朱丽叶〉与中国戏剧现代性》,《戏剧艺术》2017年第6期,第43页。
[3] 唐汶:《〈罗密欧与朱丽叶〉彩排参观》,《大公报》1937年6月8日。
[4] 参见:《"业实"昨晚公演〈罗密欧与朱丽叶〉》,《大公报》1937年6月5日。

第六章　论《罗密欧与朱丽叶》

燕剧社演出《罗密欧与朱丽叶》筹款救济两广同胞。[1]　在艰苦卓绝的抗日战争期间,莎剧演出成为彰显民族精神的群众活动形式。1942 年,著名越剧演员袁雪芬为首的戏班子在上海大来剧场上演根据《罗密欧与朱丽叶》改编的越剧《情天恨》,于吟任编导,袁雪芬演朱丽叶。

　　1944 年 1 月 3 日,神鹰剧团在成都国民剧院演出话剧《柔密欧与幽丽叶》,"影帝"金焰饰演柔密欧,白杨饰幽丽叶,章曼萍扮奶妈,他们都是经验丰富、才华横溢的著名演员。著名设计家李恩杰负责布景设计,画家郁风任服装设计,重庆著名灯光师章超群任灯光设计,声乐家蔡绍序负责音乐设计。张俊祥导演熟知任教于北碚复旦大学的朋友曹禺既是莎迷,又懂舞台,因此邀曹禺翻译剧本。剧作在舞美、灯光、服饰、音乐等方面表现超卓,在成都连演 20 多场,盛况空前。这部剧演出阵容强大,达到了抗战时期中国莎剧表演的最高水平,引起成都文艺界、知识界的强烈反响。[2]

　　1953 年 4 月,在纪念莎士比亚诞辰会上,上海人民艺术剧院演出《罗密欧与朱丽叶》中的阳台会(balcony scene)一场。1962 年10 月,上海人民艺术剧院院长黄佐临与夫人丹尼排演《罗密欧与朱丽叶》,还做了专题报告,但是不久就被迫终止。1964 年,全世界莎学界隆重纪念莎士比亚诞辰 400 周年之际,不少戏剧工作者、莎剧研究者激情满怀地准备纪念活动,但出于历史原因,未能如愿。"文革"期间,莎士比亚戏剧表演与研究遇冷。

　　1949 年 11 月,文化生活出版社再版曹禺翻译的《柔密欧与幽

---

[1] 孟宪强:《形成具有中国特色的莎学——中国莎学史述要》,收录于孟宪强编《中国莎士比亚评论》,东北师范大学出版社 2014 年版,第 24 页。

[2] 孟宪强:《中国莎学简史》,东北师范大学出版社 2014 年版,第 118—119 页。

丽叶》,里面加入了舞台提示。[1] 1962 年,文化生活出版社、作家出版社、人民文学出版社将这个译本印刷 5 次,共 31 000 册。

1980 年,上海人民艺术剧院庆祝建院 30 周年,上演《罗密欧与朱丽叶》,黄佐临任导演,采用曹禺译本。主要演员俞洛生、奚美娟的表演"明净流畅、诗意盎然"[2]。演出在时代背景处理上不墨守成规,示意观众故事发生在文艺复兴时代的意大利即可。舞台分前后左右中五个区,打开左边是花园,打开中间上部的门是阳台,下面的门是药铺。演出一直在幻灯明暗更迭中持续,每个场景只昭示环境特征,压缩到一块景片、少量道具上。带鹰形族徽的高窗是凯普莱特家的标志,铺毛毯的坐榻是起坐间,挂上吊灯摆上酒宴是宴会厅,套上灯罩放下纱幔是朱丽叶的房间,有哥特式窗子的是教堂。舞台既不用大幕、二道幕,也不迁景,不换景,整个演出节奏紧凑、流畅、一气呵成。

20 世纪 80 年代,中国台湾剧作家在台北建立"当代传奇剧场",改编旧剧,让京剧从古老的时空中走出。他们将《罗密欧与朱丽叶》改编为京剧《西城故事》。

1986 年,莎士比亚戏剧节期间,中央电视台译制英国广播公司 BBC 的广播电视剧《罗密欧与朱丽叶》《暴风雨》和《亨利四世》(上、下)等四部剧作,孙家琇任文学顾问及翻译。1987 年河南周口豫剧团公演豫剧《罗密欧与朱丽叶》。上海华艺沪剧团上演根据《罗密欧与朱丽叶》改编的沪剧《铁汉娇娃》,上海越剧团演出新中国成立之初根据《罗密欧与朱丽叶》改编的越剧《公主与郡主》等。1988 年,吉林人民广播电台将莎士比亚 37 部莎剧全部制作成广播系列节目《莎士比亚戏剧故事与片段欣赏》,每周播出一

---

[1] 孟宪强:《中国莎学简史》,东北师范大学出版社 2014 年版,第 118—119 页。
[2] 孟宪强:《中国莎学简史》,东北师范大学出版社 2014 年版,第 138 页。

集,加上试播在内共花了一年时间播出,社会反响强烈。[1]

中国首届莎剧节闭幕后,戏曲编演莎剧出现高潮。其中,吉林省民间艺术团将《罗密欧与朱丽叶》改编为二人转。二人转是东北民间流行的地方戏曲,擅长表现爱情故事,舞台上两个人,通常是一男一女,插科打诨、说说唱唱、耍扇子、舞罗帕、载歌载舞叙述故事。因为只有两个演员,因此要变换角色。男演员将罗密欧的斗篷作为变换手段:将斗篷拉到前面就变为神父;朱丽叶的服装加上曳地长纱——文艺复兴时代贵族女性服装样式,头戴文艺复兴时期少女喜欢的发网头饰。[2] 河南周口地区豫剧团也演出了豫剧《罗密欧与朱丽叶》。

1990年9月22日,在第十一届亚洲体育运动会艺术节一开始就是《罗密欧与朱丽叶》的演出,由纽约市戈尔法文学表演系芭蕾舞教授诺曼·沃克执导。他集编导、表演、教学于一身,编舞融古典芭蕾、现代芭蕾于一体。舞台布景别出心裁,演员动作娴熟优美,充分表达了人物个性与内在。演出精彩动人,被认为是"一首优美而悲怆的抒情诗"。

1994年,德国纽伦堡青年剧团在上海国际莎剧节上演出的《罗密欧与朱丽叶》渗透布莱希特戏剧传统,演绎青春爱情的风采。

1996年,澳大利亚导演巴兹·卢汉姆以新颖的拍摄理念,推出后现代版《威廉·莎士比亚的罗密欧+朱丽叶》,影片轰动一时。

莎士比亚逝世400周年之际,皇家莎士比亚剧团、莎士比亚环球剧场、莎士比亚诞生地基金会、伯明翰大学、伦敦国王学院联合

---

[1] 孟宪强:《形成具有中国特色的莎学——中国莎学史述要》,收录于孟宪强编《中国莎士比亚评论》,东北师范大学出版社2014年版,第39页。
[2] 参见乔尚志:《二人转〈罗密欧与朱丽叶〉的服装构思与体现》,收录于张泗洋主编《莎士比亚的三重戏剧:研究·演出·教学》,东北师范大学出版社1988年版,第265—269页。

举办第十届世界莎士比亚大会。会议先后在莎士比亚故乡斯特拉福的"皇家莎士比亚剧院"和伦敦"环球剧场"召开。来自40多个国家的800多名代表参会,中国代表有18位,东华大学美籍教授杨林贵是国际莎学会的五个执行委员之一。会议主题是"塑造与重塑莎士比亚"。会议发言者多属艺术领域,例如皇家莎士比亚剧团导演格雷戈里·多兰、演员阿德里安·莱斯特、小说家霍华德·雅各布森、作曲家克莱尔·范侃鹏、比尔·巴克利、环球剧场执行导演汤姆·博德等。会议开幕后,几组演员以不同国家的语言演出《罗密欧与朱丽叶》中的"阳台会"一场,几种语言混杂搬演,令全场爆笑。

"诗人的心灵好比蛛丝,微嘘气息就可以引起全体的波动……一点浅水便是大自然的返影,一阵螺壳的啸声便是大海潮汐的回响……他与全人类和大自然的脉搏一齐起伏震颤!"[1]

读一读《罗密欧与朱丽叶》;——一切都是青春与春天;——青春有着种种的芬芳、种种的美德、躁急和轻率;——春天有着它种种的芬芳、种种的花卉和无常……——至于罗密欧,他的爱情的改变,他的突然的结婚,和他冒失的死亡,这一切都是年轻的结果;而在朱丽叶,她的爱情充满了夜莺的温柔与忧郁,充满了玫瑰的艳丽,充满了春的新鲜中甜蜜的一切,却以一声深长的叹息告终,像意大利傍晚最后的微风。[2]

莎士比亚是雄踞文艺复兴巅峰之上高吻苍穹的鹰。在他站立的地方,没有第二个人可与之比肩。当天才的莎士比亚写下缠绵

---

[1] 朱光潜:《无言之美》,北京大学出版社2011年版,第188页。
[2] [英]柯勒律治:《关于莎士比亚的演讲(1818)(选)·莎士比亚戏剧特点的扼要重述与摘要》,刘若端译,收录于杨周翰编《莎士比亚评论汇编(上)》,中国社会科学出版社1979年版,第132页。

美丽、热烈奔放、光彩四溢的青春恋歌《罗密欧与朱丽叶》,全世界的人都知道了罗密欧与朱丽叶。从此,这两个名字散发出浪漫的爱情、激越的青春——他们的爱萃取了是人类情感的精华,从尘俗中提炼的爱之玫瑰的香精,在多少人间岁月过往之后,依旧飘着如初的香醇,泛着爱的迷人气息……

第七章
论《安东尼与克莉奥佩特拉》

> 一个是风情万种的埃及女王,一个是左右世界政局的政治巨头,两个历经世事、经历无比复杂的人之间的爱情与战争、与世界政局动荡交织,百折千回、枝节横生……

莎士比亚不只写罗密欧与朱丽叶式的清纯的少年挚爱,写维纳斯与阿都尼青涩的、尚未成熟的情殇,写仙后爱上驴头波顿的荒唐情迷,他也写关涉整个世界战局、阅人无数的两人之间的爱情——安东尼与尼罗河畔埃及女王克莉奥佩特拉的爱情。

剧作《安东尼与克莉奥佩特拉》在 1606—1607 年首次上演。这部剧作被认为是莎士比亚最好的悲剧之一。戏剧叙说的故事跨越了埃及与罗马在公元前 1 世纪大约十年的冲突。

莎士比亚创作这部剧作的时间是在 1606 年之后,这时他已经 40 多岁了,他的男女主人公也不再青春年少。"霜雪已经撒上了我少年的褐发。"[1] 这出爱情因与战争纠葛、与世界风云变幻交织、与政治婚姻缠绕,显出极为复杂的样貌。

---

[1][英]莎士比亚:《莎士比亚全集 10》,朱生豪译,人民文学出版社 1978 年版,第 97 页。

第七章　论《安东尼与克莉奥佩特拉》

一　华丽的情节铺陈

《安东尼与克莉奥佩特拉》书写绝代佳人的苦恋。诗剧"从头至尾都以华丽壮美的铺陈和诗人神夺目炫的爱情为基调"[1]。

"情人的灵魂住在另一个人的身体里。"[2] 虚缈的爱情花汁难道不是真实地存在于人们内心深处？有多少人在爱情大海中颠颠倒倒？安东尼明明知道埃及女王会使自己面临毁灭，他想要摆脱她——"我必须赶快离开这儿"[3]，可实际上他却更快地回到了"尼罗河畔的花蛇"旁。这个伟大的统帅完全沉浸在爱情里。他咒骂她的每一次花招，在辱骂中显示他并没有丢掉精明的见识：

> 你一向就是个水性杨花的女人；可是，不幸啊！当我们沉溺在我们的罪恶中间的时候，聪明的天神就封住了我们的眼睛，把我们明白的理智丢弃在我们自己的污泥里，使我们崇拜自己的错误，看着我们一步步陷入迷途而暗笑。[4]

他却那么清醒地陷入迷途！

他不在他百战百胜的可靠的陆地上作战，却是在英雄无用武之地的海面上争夺——这个埃及的女人非要跟他一起到海上去。

---

[1] [英]威尔逊·奈特：《象征性的典型》，张隆溪译，收录于杨周翰编《莎士比亚评论汇编(下)》，中国社会科学出版社1981年版，第390页。
[2] [美]阿兰·布鲁姆：《莎士比亚笔下的爱与友谊》，马涛红译，华夏出版社2012年版，第51页。
[3] [英]莎士比亚：《莎士比亚全集10》，朱生豪译，人民文学出版社1978年版，第13页。
[4] [英]莎士比亚：《莎士比亚全集10》，朱生豪译，人民文学出版社1978年版，第83页。

部下坚决反对,艾诺巴勃斯说:

> 我们的船只缺少得力的人手,那些水兵本来都是赶骡种地的乡民,在仓促之中临时拉来充数的;凯撒的舰队里却都是屡次和庞贝交锋、能征惯战的将士;而且他们的船只很轻便,不比我们的那样笨重。您在陆地上已经准备着充分的实力,拒绝和他在海上决战,也不是一件丢脸的事。
>
> 主上,您要是在海上决战,就是放弃了陆地上绝对可操胜算的机会,分散了您那赫赫有名的陆战的才略,牺牲了最稳当的上策,去冒毫无把握的风险。[1]

士兵也说:"啊,皇上! 不要在海上作战;不要相信那些朽烂的木板;难道您怀疑这一柄宝剑的威力,和我这满身的伤疤吗? 让那些埃及人和腓尼基人去跳水吧;我们是久惯于立足地上、凭着膂力博取胜利的。"[2]

但是爱情最终还是蒙蔽了安东尼的智力。

与之相反,他的敌人凯撒清醒得很:"不要在陆地上攻击敌人;保全实力;在我们海上的战事没有完毕以前,避免一切挑衅的行为。遵照这一通密令上所规定的计策实行,不可妄动;我们的成败在此一举。"[3]

部下、敌人甚至普通士兵都清楚的事安东尼却没有认同,他天

---

[1] [英]莎士比亚:《莎士比亚全集 10》,朱生豪译,人民文学出版社 1978 年版,第 70—71 页。

[2] [英]莎士比亚:《莎士比亚全集 10》,朱生豪译,人民文学出版社 1978 年版,第 71 页。

[3] [英]莎士比亚:《莎士比亚全集 10》,朱生豪译,人民文学出版社 1978 年版,第 72—73 页。

第七章 论《安东尼与克莉奥佩特拉》

真地认为:"要是我们失败了,还可以再从陆地上争回胜利。"[1]恐怕起作用的是克莉奥佩特拉的话:"我有六十艘战船,凯撒的船不比我们多。"[2]可是,她忘记了,兵不在多而在精。

克莉奥佩特拉非要到战场上去:"我是一国的君主,必须像一个男子一般负起主持战局的责任。不要反对我的决意;我不能留在后方。"[3]但是在千钧一发之际她却突然带着她所有的船只溜了——此时:

> 那匹不要脸的埃及雌马,但愿她浑身害起癞病来! 正在双方鏖战,不分胜负,或者还是我们这方面略占上风的时候,她像一头被牛虻钉上了身的六月的母牛一样,扯起帆就逃跑了。
>
> ……
>
> 她刚刚拨转船头,那被她迷醉得英雄气短的安东尼就无心恋战,像一只痴心的水鸟一样,拍了拍翅膀飞着追上去。我从来没有见过这样可羞的行为,多年的经验、丈夫的气概、战士的荣誉,竟会这样扫地无余![4]

爱情的力量使战争变成荒谬的模样。

凯尼迪斯说:"我们在海上的命运已经奄奄一息,无可挽回地

---

[1] [英]莎士比亚:《莎士比亚全集 10》,朱生豪译,人民文学出版社 1978 年版,第 71 页。
[2] [英]莎士比亚:《莎士比亚全集 10》,朱生豪译,人民文学出版社 1978 年版,第 71 页。
[3] [英]莎士比亚:《莎士比亚全集 10》,朱生豪译,人民文学出版社 1978 年版,第 69 页。
[4] [英]莎士比亚:《莎士比亚全集 10》,朱生豪译,人民文学出版社 1978 年版,第 73—74 页。

没落下去了。我们的主帅倘不是这样糊涂,一定不会弄到这一个地步。啊!他自己都公然逃走了,兵士们看着这一个榜样,怎么不会众心涣散!"[1]

这一掉头决定了安东尼失败的命运:"听!土地在叫我不要践踏它,它怕我这不光荣的身体会使它蒙上难看的耻辱。朋友们,过来;我在这世上盲目夜行,已经永远迷失了我的路。我有一艘满装黄金的大船,你们拿去分了,各自逃生,不要再跟凯撒作对了吧。"[2]

战场上容不得爱意缠绵。这个献身爱情的人是"难过美人关"的英雄,实际上是"爱情中的女人智商等于零"的男性翻版。他的智商大大下降了。士兵说:"当他还在罗马的时候,他的军队调动掩护得非常巧妙,没有一个间谍不给他瞒过了。"[3]

事后埃及女王道歉:"啊,我的主,我的主!原谅我因为胆怯而扬帆逃避;我没有想到你会跟了上来。"安东尼说:"埃及的女王,你完全知道我的心是用绳子缚在你的舵上的,你一去就会把我拖着走;你知道你是我灵魂的无上主宰,只要你向我一点头一招手,即使我奉有天神的使命,也会把它放弃了来听候你的差遣。"[4]

这是安东尼灵魂的告白——他如此沉迷于爱情无法自拔,影响到了他统帅才能的发挥。他不禁感叹:"我曾经玩弄半个世界在我的手掌之上,操纵着无数人生杀予夺的大权,现在却必须俯首乞

---

[1] [英]莎士比亚:《莎士比亚全集 10》,朱生豪译,人民文学出版社 1978 年版,第 74 页。

[2] [英]莎士比亚:《莎士比亚全集 10》,朱生豪译,人民文学出版社 1978 年版,第 74—75 页。

[3] [英]莎士比亚:《莎士比亚全集 10》,朱生豪译,人民文学出版社 1978 年版,第 72 页。

[4] [英]莎士比亚:《莎士比亚全集 10》,朱生豪译,人民文学出版社 1978 年版,第 76 页。

第七章 论《安东尼与克莉奥佩特拉》

怜,用吞吞吐吐的口气向这小子献上屈辱的降表。你知道你已经多么彻头彻尾地征服了我,我的剑是绝对服从我的爱情指挥的。"[1]

跌入爱情罗网,他的整个身心为爱情占据,容不得理智清醒思索的空间,这使他从世界政坛的风云人物榜上跌落。他品尝爱情的甘美,毫不顾惜地将天地置之度外。爱情蒙蔽了他的双眼,他是清醒着的,却不顾那些他清楚的事实,将自己的命运交付至爱。

爱情"毒"深至此,却是自愿的陷溺!

可那一次海战并非是最后的战斗。最后的战斗发生在重大失败之后。安东尼重整旗鼓,再次战斗——只是可惜,他又一次犯错,选择将主力投入海战。本来第一天的陆战已使凯撒遭受重创,但是第二日海陆再战,精明的凯撒在海上只是做做样子,知道安东尼将主力转移到海上,趁空端掉敌手。安东尼没有吸取上次的教训。如果说一个人一不小心失败,那可能是偶然,但是当一个人没有吸取重大失败的教训,再次在同样的错误下失败,那么他失败就是必然。穷途末路,他倍加愤恨克莉奥佩特拉的背叛。

安东尼的盛怒吓坏了克莉奥佩特拉。她躲进坟墓,让人告诉安东尼说她已经自尽。安东尼命令爱洛斯杀死他,履行之前的约定:"到了形势危急的关头,当我看见我自己将要在敌人手里遭受无可避免的凌辱的时候,我一发出命令,你就必须立刻把我杀死;现在这个时刻已经到了,履行你的义务吧。"[2]

但是爱洛斯却自尽了,以"免去安东尼的死"带给他的悲哀。爱洛斯深爱自己的主帅——即使他已失势,他还是始终不渝地追随他。安东尼多年的亲信爱诺巴勃斯却看穿了安东尼的愚蠢。当

---

[1] [英]莎士比亚:《莎士比亚全集 10》,朱生豪译,人民文学出版社 1978 年版,第 76—77 页。
[2] [英]莎士比亚:《莎士比亚全集 10》,朱生豪译,人民文学出版社 1978 年版,第 105 页。

大战后克莉奥佩特拉问他该怎么办,究竟这一回是安东尼错还是她的错的时候,他这样回答:

> 全是安东尼的错,他不该让他的情欲支配了他的理智。两军相接的时候,本来是惊心怵目的,即使您在战争的狰狞的面貌之前逃走了,为什么他要跟上来呢?当世界的两半互争雄长的紧急关头,他是全局所系的中心人物,怎么可以让儿女之私牵掣了他大将的责任。在全军惶惑之中追随你的逃走的旗帜,这不但是他的无可挽回的损失,也是一个无法洗刷的耻辱。[1]

追随克莉奥佩特拉的旗帜——这就是安东尼。他独立的心理世界不复存在,取而代之的是爱情。这个战场耻辱的标志却是他献身爱情的标识。

战事失利、求和不成,安东尼想要向凯撒挑战,来一次剑对剑的决斗。这时候爱诺巴勃斯旁白道:"是的,战胜的凯撒会放弃他的幸福,和一个剑客比起匹夫之勇来!看来人们的理智也是他们命运中的一部分,一个人倒了楣(霉),他的头脑也就跟着糊涂了。"[2]

在安东尼最后一战的那天早晨,爱诺巴勃斯逃走了,安东尼听说他并没带走财产,就派人将钱财送去给他,并且让人写封信:"希望他今后再也不会有同样充分的理由,使他感到更换一个主人的必要。"[3]这个行动让人看出安东尼的宽宏,他并不因多年的亲信

---

[1] [英] 莎士比亚:《莎士比亚全集 10》,朱生豪译,人民文学出版社 1978 年版,第 79 页。

[2] [英] 莎士比亚:《莎士比亚全集 10》,朱生豪译,人民文学出版社 1978 年版,第 80 页。

[3] [英] 莎士比亚:《莎士比亚全集 10》,朱生豪译,人民文学出版社 1978 年版,第 94 页。

背叛自己而责怪他,相反却归咎于自己。

> 艾克萨斯叛变了,他奉了安东尼的使命到犹太去,却劝诱希律王归附凯撒,舍弃他的主人安东尼;为了他这一个功劳,凯撒已经把他吊死。凯尼狄斯和其余叛离的将士虽然都蒙这里收留,可是谁也没有得到重用。我已经干了一件使我自己捶心痛恨的坏事,从此以后,再也不会有快乐的日子了。[1]

剧情至此,安东尼派来的人将他的财物还有许多赏赐都送来了。守卫的士兵告诉他这个消息,让他最好自己将来人护送出营,"我有职务在身。否则就送他走一程也没甚关系。你们的皇上到底还是一尊天神哩!"[2]

安东尼在命运的沉浮中跌入尘埃,他心灵的伟岸却在此刻蓦地升腾,令人感佩、仰视、膜拜!本已愧悔的爱诺巴勃斯此时更加痛恨自己——他很聪慧,看透了主人的不智——但是很遗憾,他对要投奔的主子凯撒却并没有好好地了解:

> 我是这世上唯一的小人,最是卑鄙无耻。啊,安东尼!你慷慨的源泉,我这样反复变节,你尚且赐给我这许多黄金,要是我对你忠贞不二,你将要给我怎样的赏赉呢!悔恨像一柄利剑刺进了我的心。如果悔恨之感不能马上刺破我这颗心,还有更加迅速的方法呢;不过我想光是悔恨

---

[1] [英]莎士比亚:《莎士比亚全集 10》,朱生豪译,人民文学出版社 1978 年版,第 94—95 页。
[2] [英]莎士比亚:《莎士比亚全集 10》,朱生豪译,人民文学出版社 1978 年版,第 95 页。

也就够了。[1]

一个洞若观火地看出别人错失的人，做出的却是关于自己的愚蠢决断。爱诺巴勃斯终究没能聪明到底。凯撒命令投降的将士去打头阵，可怜的爱诺巴勃斯说："我帮着敌人打你！不，我要去找一处最污浊的泥垢，了结我这卑劣的残生。"[2]

当他进了敌营，才发现自己原来的主人何等仁义、可贵，可一切都太迟了！他已然走错——他进了敌营，他的心却无法跟去，他只有选择死去。可叹人的智慧有限！爱诺巴勃斯看安东尼十分透彻，他看出了安东尼的理智不足与愚蠢，却忘记考虑他的高贵与慷慨。一个人可以在聪明的时刻同时糊涂、愚蠢！人始终保持智慧多么难！他对着月亮忏悔自己的罪恶：

无上尊严的忧郁的女神啊，把黑夜的毒雾降在我的身上，让生命，我的意志的叛徒，脱离我的躯壳吧；把我这一颗为悲哀所煎枯的心投掷在我这冷酷坚硬的罪恶上，让它碎成粉末，结束了一切卑劣的思想吧。安东尼啊！你的高贵的精神，是我的下贱的行为所不能仰望的，原谅我对你个人所加的伤害……啊，安东尼！啊，安东尼！[3]

他呼唤着心爱的主人的名字死去。他的理智使他清醒地看清

---

[1][英]莎士比亚：《莎士比亚全集10》，朱生豪译，人民文学出版社1978年版，第95页。

[2][英]莎士比亚：《莎士比亚全集10》，朱生豪译，人民文学出版社1978年版，第95页。

[3][英]莎士比亚：《莎士比亚全集10》，朱生豪译，人民文学出版社1978年版，第99页。

了形势,可是也同样是他的理智使他背叛了自己的情感,做出错误决策,最终悲惨地死去。

下属的形象衬托出安东尼的慷慨、大度、善良。他是那么一个重情感、有人性美的人,所以才会沉落感情罗网。在风云变幻的战场上,一切都那么危险,心有旁骛对他十分不利。爱洛斯不肯遵从命令杀死他,他只好自己动手:"可是我要像一个新郎似的奔赴死亡,正像登上恋人的卧床一样。"[1]但是没能一剑毙命。此时克莉奥佩特拉害怕出事,派了使者狄俄墨得斯过来,于是他吩咐人将他抬去见她最后一面。

最高贵的人,你死了吗？你把我抛弃不顾了吗？这寂寞的世上没有了你,就像个猪圈一样,叫我怎么活下去呢？啊！瞧,我的姑娘们,(安东尼死)大地消逝它的冠冕了！我的主!啊！战士的花圈枯萎了,军人的大纛摧倒了！……杰出的英雄已经不在人间,月光照射之下,再也没有值得注目的人物了。(晕倒。)[2]

得知他的死讯,阿格立巴说:"从未有过这样罕见的人物操纵过人类的命运;可是神啊,你们一定要给我们一些缺点,才使我们成为人类[3](But you gods will give us some faults to make us men[4])。"

---

[1] [英]莎士比亚:《莎士比亚全集10》,朱生豪译,人民文学出版社1978年版,第106—107页。
[2] [英]莎士比亚:《莎士比亚全集10》,朱生豪译,人民文学出版社1978年版,第111页。
[3] [英]莎士比亚:《莎士比亚全集10》,朱生豪译,人民文学出版社1978年版,第114页。
[4] Evans, G. Blakemore: *The Riverside Shakespeare*. London: Houghton Mifflin Company, 1974, p.1381.

无法去谴责安东尼爱情的沉迷，也无法去责备爱诺巴勃斯聪明一世糊涂一时。在尘世之旅中，人仿佛是在夜里行路，无法看到前途，无法知道哪里才是通途。这些戏剧中的人物是尘世中人的镜像，照见人自己的形影。

　　爱情，带有某种神秘的刚性力量，在这个故事里与政治交织、与战争交叠，搅起阵阵狂澜。庞贝说安东尼的将才"的确要比那两个人胜过一倍"[1]。安东尼曾盼望妻子富尔维亚死去，当她真的死去时，他正在埃及女王的石榴裙下。突来的消息让他感念起她生前的好处来——人是如此复杂。一个他如此痛恨的人，却在无法妨碍他的时候让他感念她的好。也只有在那个时刻，因为没有了俗世牵绊，他才摒弃偏见，从比较客观的角度评判她。作为政治联姻的牺牲品，他们彼此之间毫无感情基础，从一开始就注定了难以避免的悲剧。

　　对于生命能量蕴藏巨大的安东尼来说，一般的女性很难让他倾心。他是高贵的英雄、人中极品，能在举手投足间决定重大事情。处于复杂的风云变幻之间，他能在很大程度上左右世界政局，一般的人无法进入他的心，更何况只是作为政治筹码的联姻。但是同时，他也具有丰富的情感，听到妻子的噩耗，内心受到震撼。这时候他意识到："我必须割断情丝，离开这个迷人的女王；千万种我所意料不到的祸事已在我的怠惰中萌蘖生长。"[2]他意识到埃及女王的危险性——这个风情万种的女王会引他怠惰下去，忘却自己该做的事。此时在罗马庞贝势力大涨，国内形势危急。阿格立巴建议安东尼与凯撒的同母姊妹——贤名久播的奥克泰

---

[1]［英］莎士比亚：《莎士比亚全集 10》，朱生豪译，人民文学出版社 1978 年版，第 27 页。
[2]［英］莎士比亚：《莎士比亚全集 10》，朱生豪译，人民文学出版社 1978 年版，第 13 页。

维娅结婚:"她的美貌配得上世间第一英雄,她的贤德才智胜过任何人所能给她的誉扬。"[1]在政治危机面前,政治联姻成为解决方案。

为了政治上的需要,安东尼毫不犹豫地娶了凯撒的姊妹奥克泰维娅。他"为了息事宁人而缔结了这门婚事"[2],可他的快乐还是在东方。

克莉奥佩特拉女王知道怎样去赢得安东尼的心。第一次见面她就抓住了他的心。

> 她坐的那艘画舫就像一尊在水上燃烧的发光的宝座;舵楼是用黄金打成的;帆是紫色的,熏染着异香,逗引得风儿也为它们害起相思来了;桨是白银的,随着笛声的节奏在水面上下,使那被它们击动的痴心的水波加快了速度追随不舍。……她斜卧在用金色的锦绸制成的天帐之下,比图画上巧夺天工的**维纳斯**女神还要娇艳万倍;在她的两旁站着好几个脸上浮着可爱的酒窝的小童,就像一群微笑的**丘比特**一样,手里执着五彩的羽扇……
>
> 她的侍女们像一群海上的**鲛人神女**,在她眼前奔走服侍,她们的周旋进退,都是那么婉变多姿;一个作着鲛人装束的女郎掌着舵,她那如花的纤手矫捷地执行她的职务,沾沐芳泽的丝缆也都得意得心花怒放了。这画舫之上散出一股奇妙扑鼻的芳香,弥漫在附近的两岸。倾城的仕女都出来

---

[1] [英]莎士比亚:《莎士比亚全集10》,朱生豪译,人民文学出版社1978年版,第33页。
[2] [英]莎士比亚:《莎士比亚全集10》,朱生豪译,人民文学出版社1978年版,第38页。

瞻望她……[1]

这段令人惊叹的文字似乎也沾了美人的香泽,那比维纳斯还要娇艳的美逗引出无限旖旎。这个"尼罗河的花蛇"艳丽、狡黠、妩媚,有着变幻无穷的风姿。她上了岸,安东尼要请她吃晚餐,她则说自己是东道主,请他进宫赴宴。于是安东尼"整容十次方才前去;这一去不打紧,为了他眼睛所享的盛餐,他把一颗心付了下来,作为一席之欢的代价"[2]。

连理性的爱诺巴勃斯都这样说:"我有一次看见她从市街上奔跳过去,一边喘息一边说话;吁吁娇喘的神气,也是那么楚楚动人,在她破碎的语言里,自有一种天生的媚力。"[3]

茂西那斯　　现在安东尼必须把她完全割舍了。

爱诺巴勃斯　　不,他绝不会丢弃她,年龄不能使她衰老,习惯也腐蚀不了她的变化无穷的伎俩;别的女人使人日久生厌,她却越是给人满足,越是使人饥渴;因为最丑恶的事物一到了她的身上,也会变成美好,即使她在卖弄风情的时候,神圣的祭司也不得不为她祝福。

茂西那斯　　要是美貌、智慧和贤淑可以把安东尼的心安定下来,那么奥克泰维娅是他的一位很好的内助。[4]

---

[1] [英]莎士比亚:《莎士比亚全集10》,朱生豪译,人民文学出版社1978年版,第35—36页。

[2] [英]莎士比亚:《莎士比亚全集10》,朱生豪译,人民文学出版社1978年版,第36页。

[3] [英]莎士比亚:《莎士比亚全集10》,朱生豪译,人民文学出版社1978年版,第36页。

[4] [英]莎士比亚:《莎士比亚全集10》,朱生豪译,人民文学出版社1978年版,第36—37页。

第七章　论《安东尼与克莉奥佩特拉》

"美貌、智慧和贤淑"留不住安东尼。善变的克莉奥佩特拉才是常新的。

> 查米恩　　您应该什么事都顺从他的意思,别跟他闹别扭。
> 克莉奥佩特拉　　你是个傻瓜;听了你的教训,我就要永远失去他了。[1]

埃及女王深知人心的奥秘。人的心灵有审美疲劳。一个人再美好,但是时间长了,往往"如入芝兰之室,久而不闻其香"。德行美好的人未必能赢得异性青睐。

人心是厌倦单一、渴求变化的。这个女人出奇地会玩新花样:她叫人钻进水里,悄悄把腌鱼挂在安东尼的钓钩上。当时她笑得他恼羞成怒,晚上又笑得他回嗔作喜。第二天早上九点钟之前就把他灌醉上床,替他穿上自己的衣帽,自己却佩带了他的腓力比宝剑。

埃及女王听说安东尼结婚了,嫉妒得发疯。她派人打探新娘的身高、说话声音是尖的还是低的、走路的姿态是否有威仪、面孔是长的还是圆的,以此来判断自己是否还有机会。

生动的爱情描摹汇成一颗为爱痴迷的心,在外表粗砺的蚌壳里藏着光辉莹润的珍珠。

安东尼的力量促使庞贝议和,接着凯撒利用莱必多斯向庞贝开战,随即却翻脸不承认莱必多斯的地位,也不让他分享胜利战果,并且凭着他以前写给庞贝的信件作为其通敌罪证。罗马三雄被他干掉一个,最后他集中力量对付安东尼。安东尼与克莉奥佩特拉的爱情伴生毁灭的危险。

---

[1]［英］莎士比亚:《莎士比亚全集 10》,朱生豪译,人民文学出版社 1978 年版,第 16 页。

二 爱欲的人性表达

安东尼对克莉奥佩特拉的爱毋庸置疑，诚如布鲁姆所说，"整个世界——真真切切是整个世界为着一个女人呵！许多男人在谈情说爱的时候都随意说过这样的话，但是除了安东尼，没有谁能证明自己说的话当真。这部戏将政治和爱欲的想象推向了各自的绝对极致"[1]。

柏拉图认为，人类灵魂的脊梁是血气（spiritedness）和爱欲——血气指战士的激情，爱欲是情人的激情，安东尼二者兼具。[2] 安东尼的故事"是关于政治与爱的最高矛盾"[3]。他的爱影响了世界政治。爱不只是肉体的满足，还标志着被爱擒获的人具有亲切的人性优点。

安东尼与克莉奥佩特拉彼此都着了魔，丝毫不加掩饰，尽情享受二人世界。他们毫不矜持地相爱。安东尼的妻子富尔维娅是个厉害角色，竟然有能力单枪匹马挑起内战。安东尼希望她死掉，却又禁不住钦佩她。

> 安东尼与克莉奥佩特拉的爱是为爱而爱的完美例子——至少对于安东尼来说是这样，因为除了爱本身的好处，这份爱绝不能给安东尼任何别的好处，而婚姻或子嗣的可能从来没

---

[1]［美］阿兰·布鲁姆：《莎士比亚笔下的爱与友谊》，马涛红译，华夏出版社2012年版，第33页。
[2]［美］阿兰·布鲁姆：《莎士比亚笔下的爱与友谊》，马涛红译，华夏出版社2012年版，第35页。
[3]［美］阿兰·布鲁姆：《莎士比亚笔下的爱与友谊》，马涛红译，华夏出版社2012年版，第36页。

有被考虑过。他们的爱简直无法无天,但不可否认,他们的爱令人敬仰。[1]

他们都有过许多的爱情经历。安东尼已婚,在富尔维娅死后又缔结新的婚姻。他也想和克莉奥佩特拉分手,但是他做不到。他的心已经在她那里,永远地交付与她——无论去哪里,他的欢乐都始终在她那儿。钓鱼人自己也是被钓者——克莉奥佩特拉也被激情控制。布鲁姆对此评论说:

> 这是彻底自私的爱,这样的爱或许更准确地揭示了爱的真实本质:爱是一个人对另一个人疯狂的需要。每一方都要求得到整个儿对方,这种暴虐的性质验证了把双方捆绑在一起的可怕的枷锁。克莉奥佩特拉埋怨垂死的安东尼说:"你抛下我不管了吗?"依我看,克莉奥佩特拉这句话比无私的悲痛和哀悼更像有力的爱的宣言。各自都被无法逃避的需要引向对方。他们对彼此的爱慕意味着:不管结果如何,他们都必须占有对方。他们的爱是比其他任何东西都强烈的一种饥渴和占有欲。极少有哪对男女能拥有如此自私的忘我。[2]

布鲁姆的评论可谓精彩。这旷世之恋的主角,在他们身体里蕴藏着无穷无尽的能量与激情,这充沛的激情似乎使他们超乎世界之上。克莉奥佩特拉有着孙猴子七十二变般的机灵变化,安东

---

[1] [美]阿兰·布鲁姆:《莎士比亚笔下的爱与友谊》,马涛红译,华夏出版社2012年版,第39页。
[2] [美]阿兰·布鲁姆:《莎士比亚笔下的爱与友谊》,马涛红译,华夏出版社2012年版,第40页。

尼更是精力超常,是左右世界的巨头。从爱情里拔出脚来,他立刻披挂上阵,冲向战场;战事完毕,他即回转温柔乡。很显然,他抛弃了全世界的事业,要的是人生幸福。他在克莉奥佩特拉这里找到了生命的快乐。克莉奥佩特拉的百变正是他充沛精力的倒影——他们棋逢对手、将遇良才,巨大的能量掀起翻江倒海的力量。他们的爱嵌入彼此的灵魂和生命,最后,都毫不犹豫地为爱献身。没有对方的世界是寂寥的荒芜,是无可恋慕的存在。因为对方在那里的等待使他们视死亡甘之如饴。他们的爱就这样将死亡和恐怖变作美好——寄望在永生里团聚,不再分离。

因自私到了极致,他们成了无私的典范。她是猎手,热衷于征服猎物,然而她又衷心恋慕他!她主宰着他,却又被他主宰。她是一团炽烈燃烧的熊熊爱火,她本身就是爱欲!他们之间的爱使他们博大的灵魂发出大海般呼啸的涛声。他们的死亡证实了爱情的伟大、纯粹、真挚、深情……这个"野蛮女友"博得了世上最深挚的爱。从罗马回来的使者报告消息时,她的紧张、敏感、失态细致入微地刻画了恋爱中人儿的焦虑、忧愁、担心:

> 克莉奥佩特拉　　安东尼死了!你要是这样说,狗才,你就杀死你的女主人了;可是你要是说他平安无恙,这儿有的是金子,你还可以吻一吻这一只许多君王们曾经吻过的手;他们一面吻,一面还发抖呢。
> 使者　　第一,娘娘,他是平安的。
> 克莉奥佩特拉　　啊,我还要给你更多的金子。可是听着,我们常常说已死的人是平安的;要是你也是这个意思,我就要把那赏给你的金子熔化了,灌下你这报告凶讯的喉咙里去。

> 使者　　好娘娘,听我说。
> 克莉奥佩特拉　　好,好,我听你说;可是瞧你的相貌不像是个好人;安东尼要是平安无恙,不该让这样一张难看的面孔报告这样大好的消息……[1]

恋人的安危令她担忧不已。她察言观色,不安地揣测那到底会是怎样的消息。当使者说安东尼已经和奥克泰维娅结婚了的时候,她诅咒他:

> 最恶毒的瘟疫染在你身上!(击使者倒地。)
> ……
> 你说什么? 滚,(又击)可恶的狗才! 否则我要把你的眼珠放在脚前踢出去;我要拔光你的头发;(将使者拉扯殴辱)我要用钢丝鞭打你,用盐水煮你,用酸醋慢慢地浸死你。[2]

听到这样的消息,高贵的女王失态了,居然上去狠命殴打使者。她那气急败坏却又无可奈何的心境被刻画得生动细腻,瞬息之间截然相反的变化如在眼前。沉溺恋爱的女子丰富的心理活动在这里被惟妙惟肖地展示出来。

安东尼战败后,凯撒派遣使者赛琉斯过来。赛琉斯吻了女王的手,安东尼大怒,叫人把他拉出去抽一顿鞭子:"即使二十个向凯撒纳贡称臣的最大的国君,要是让我看见他们这样放肆地玩弄她的手……狠狠地鞭打他,打得他像一个孩子一般捧住了脸哭着喊

---

[1] [英]莎士比亚:《莎士比亚全集10》,朱生豪译,人民文学出版社1978年版,第40—41页。
[2] [英]莎士比亚:《莎士比亚全集10》,朱生豪译,人民文学出版社1978年版,第42页。

饶命；把他抓出去。"[1]接下来就开始大骂克莉奥佩特拉是个水性杨花的女人，说遇到她的时候，她已经是已故凯撒的残羹冷炙，说世俗流传荒淫无耻的经历，克莉奥佩特拉问他为什么要说这种话，他的理由是：

> 让一个得了人家赏赐说一声"上帝保佑你"的家伙玩弄你那受过我的爱抚的手，那两心相印的神圣的见证！啊！我不能像一个绳子套在脖子上的囚徒一般，向行刑的人哀求早一点了结他的痛苦；我要到高山荒野之间大声咆哮，发泄我的疯狂的悲愤！[2]

从他雷霆般的震怒里可以看到他将"两心相印的见证"看得多么神圣！爱情是他最高的神祇。

在安东尼眼里，克莉奥佩特拉就是神话传说中的美女海伦一样的存在。

> 就是这张脸使千帆齐发，
> 把伊利安的巍巍城楼烧成灰的么？
> 甜蜜的海伦，你一吻就使我永生。
> 看，她的嘴唇吸走了我的灵魂！
> 来，海伦，还我的灵魂来！
> 我住下了，天堂就在你的唇上。

---

[1][英]莎士比亚：《莎士比亚全集10》，朱生豪译，人民文学出版社1978年版，第83页。

[2][英]莎士比亚：《莎士比亚全集10》，朱生豪译，人民文学出版社1978年版，第84页。

第七章 论《安东尼与克莉奥佩特拉》

> 凡是海伦身外的,全是粪土。
> ——V, i, 94—100[1]

为他心中的女王,他可以弃江山,舍生命。

他们不是罗密欧与朱丽叶那样纯情的少男少女。两个如此复杂的人,在某个时刻,他们会揭开彼此的过去,寻找对方的"污点"——他们无法容忍那个不属于自己的"过去",想要全部拥有对方。

爱可照见一个人身上的真性情。只有重感情的人才会沉迷爱情。爱情让安东尼英雄气短、儿女情长、坐失江山。可在他的爱里,却照见了他无比丰富、温暖的人性。

> 克莉奥佩特拉　　我要立个界标,看看爱情的疆域有多么大。
> 安东尼　　那这个世界就太小了,你非开辟新天地不可。[2]

他珍视爱情、珍重生命中的真情,珍视人与人之间的情感。即使对待背叛他的下属,他也十分慷慨。他的宽宏大量、体贴关怀令人肃然起敬。他的失败里更显示了他人性的高贵。他不但不怪罪下属,还为他的将来考虑,甚至将赏赐品派人送到逃走的下属那里。一个人在苦难时最可见出珍贵的品格。

或许连克莉奥佩特拉自己都从未意识到自己对安东尼的爱有多深——直到他死去的那一刻,失去恋人的女王发现世界已不再

---

[1] 王佐良、何其莘:《英国文艺复兴时期文学史》,外语教学与研究出版社 2006 年版,第 119 页。
[2] 见许渊冲:《谈莎士比亚和德莱顿的〈安东尼与克莉奥佩特拉〉》,收录于中国莎士比亚研究会编《莎士比亚研究 2》,浙江文艺出版社 1984 年版,第 247 页。许渊冲译文。

完满:

> 什么都没有了,我只是一个平凡的女人,平凡的感情支配着我,正像支配着一个挤牛奶,做贱工的婢女一样。我应该向不仁的神明怒掷我的御杖,告诉他们当他们没有偷去我们的珍宝的时候,我们的这个世界是可以和他们的天国相媲美的。如今一切只是空虚无聊;忍着像傻瓜,不忍着又像疯狗。[1]

爱情是她生命里灿烂的阳光,为平淡无奇的日子洒上璀璨的金辉。可是,当爱情消逝,生活忽而变得像茫茫暗夜,没了光彩。背负浪荡之名的克莉奥佩特拉曾在年轻的时候经历过几段感情,而在成熟岁月里这段刻骨铭心的爱成为她生命的年轮——没有了恋人等于没有了她自己。"她曾经访求无数易死的秘方"[2],早就做好了准备。世上风云变幻,势力对比难以预料,即便是高贵的国王也难免遭遇不测命运的袭击。

安东尼为了爱情失败了、死去了。不过他的爱情没有辜负他,他的女王始终思念着他。

> 但愿我再有这样一次睡眠,让我再看见这样一个人……他的脸就像青天一样,上面有两轮循环运转的日月,照耀着这一个小小的圆球……他在对朋友说话的时候,他的声音有如和谐的天乐,可是当他发怒的时候,就会像雷霆一样震撼整

---

[1] [英]莎士比亚:《莎士比亚全集10》,朱生豪译,人民文学出版社1978年版,第112页。
[2] [英]莎士比亚:《莎士比亚全集10》,朱生豪译,人民文学出版社1978年版,第130页。

个宇宙。他的慷慨是没有冬天的,那是一个收获不尽的丰年;他的欢悦有如长鲸泳浮于碧海之中;戴着王冠宝冕的君主在他左右追随服役,国土和岛屿是一枚枚从他衣袋里掉下的金钱。"[1]

"他们享受了人间天堂,妒忌的神们剥夺了她的世俗神。但是到了第五幕,她获得了'永恒的向往',并向着天堂去与丈夫相会。"[2]

把我的衣服给我,替我把王冠戴上;我心里怀着永生的渴望;埃及葡萄的芳酿从此再不会沾润我的嘴唇。快点,快点,好伊拉丝;赶快。我仿佛听见安东尼的呼唤;我看见他站起来,夸奖我的壮烈的行动……我的夫,我来了。但愿我的勇气为我证明我可以做你的妻子而无愧!我是火,我是风;我身上其余的元素,让它们随着污浊的皮囊同归于腐朽吧……[3]

伊拉丝先她而去,这让她不安,怕伊拉丝把安东尼本来要给自己的吻抢去:"应该这样卑劣地留恋着人间;要是她先遇见了卷发的安东尼,他一定会向她问起我;她将要得到他的第一个吻,夺去天堂中无上的快乐……"[4]

---

[1] [英]莎士比亚:《莎士比亚全集10》,朱生豪译,人民文学出版社1978年版,第119页。
[2] [美]阿兰·布鲁姆:《莎士比亚笔下的爱与友谊》,马涛红译,华夏出版社2012年版,第62页。
[3] [英]莎士比亚:《莎士比亚全集10》,朱生豪译,人民文学出版社1978年版,第127页。
[4] [英]莎士比亚:《莎士比亚全集10》,朱生豪译,人民文学出版社1978年版,第128页。

她与婢女们告别。

克莉奥佩特拉　……来,你杀人的毒物,(自篮中取小蛇置胸前)用你的利齿咬断这一个生命的葛藤吧;可怜的蠢东西,张开你的怒口,赶快完成你的使命……

查米恩　东方的明星啊!

克莉奥佩特拉　静,静!你没有见我的婴孩在我的胸前吮吸乳汁,使我安然睡去吗?

查米恩　啊,我的心碎了!啊,我的心碎了!

克莉奥佩特拉　像香膏一样甜蜜,像微风一样温柔——啊,安东尼!——让我把你也拿起来。(取另一蛇置臂上)我还有什么留恋呢——(死。)

查米恩　在这万恶的世间?再会吧!现在,死神,你可以夸耀了,一个绝世的佳人已经为你所占有。[1]

没有死亡的恐惧,却视之为"像微风一样温柔"。她满心都是对恋人的向往,要去死亡的幽宫寻他。"克莉奥佩特拉和安东尼死后相聚在神圣的结合中……正如苏格拉底所说,爱欲总是促使人渴望不朽……人身上的爱欲导向神圣。"[2]正是这种爱情的圣洁,让他们可以为爱从容赴死。

她用这种高贵的方式死去,免受凯撒凌辱。她的侍女们也与她同归于尽。凯撒说:

---

[1] [英]莎士比亚:《莎士比亚全集 10》,朱生豪译,人民文学出版社 1978 年版,第 128 页。

[2] [美]阿兰·布鲁姆:《莎士比亚笔下的爱与友谊》,马涛红译,华夏出版社 2012 年版,第 62 页。

图 5　克莉奥佩特拉之死,J. 吉尔伯特画
（引自《莎士比亚的少女和妇人》,第 61 页）

> 她将要和她的安东尼同穴而葬;世上再也不会有第二座坟墓怀抱着这样一双著名的情侣。像这样重大的事件,亲手造成的人也不能不深深感动;他们这一段悲惨的历史,成就了一个人的光荣,可是也赢得了世间无限的同情。我们的军队将要用隆重庄严的仪式参加他们的葬礼,然后再回到罗马去……[1]

这对有情人终于可以同穴而眠,他们没有辜负彼此执着的眷爱,连他们冷血的敌人都赞佩他们惊天动地的爱。克莉奥佩特拉是一代风流女王,她投入地爱着,直至投入宝贵的生命。为追寻心爱的恋人,她热切地奔向死亡。她急不可待地追寻恋人而去,寻求灵魂丰沛的结合!

> 莎士比亚拾起安东尼与克莉奥佩特拉的事业,用他的诗把我们引向了或许最诚挚的爱欲的含义。一代又一代,他们在这个地球的舞台上重生,莎士比亚激起我们心灵中的渴望,不是对一个失落的世界的渴望,而是对人作为人始终可以企及之物的渴望。[2]

《安东尼与克莉奥佩特拉》是莎士比亚最富有想象力的戏剧之一。安东尼与克莉奥佩特拉的死达到爱的极致,虽有许多误解与磨难。无怨无悔地饮尽爱情之杯,拼却甘醇透底的一醉!

三 兼收并蓄的潜力

许多现代研究着重考察剧作《安东尼与克莉奥佩特拉》中的

---

[1] [英]莎士比亚:《莎士比亚全集10》,朱生豪译,人民文学出版社1978年版,第130页。
[2] [美]阿兰·布鲁姆:《莎士比亚笔下的爱与友谊》,华夏出版社2012年版,第64页。

性别关系,将其作为戏剧的重要特征。在剧中,"性别界限、性别差异没有溶解消失,而是被放大。男女角色之间不平等,克莉奥佩特拉像喜剧中的女主人公一样使安东尼成长,最后归依安东尼"[1]。

朱丽叶·杜辛伯雷(1996)研究剧中性别与表演之间的关系,注意到男女主人公始终在竞争观众的注意力……杜辛伯雷说,要记得在莎士比亚时代,克莉奥佩特拉这一角色是由男孩饰演,"在一部赌博或竞争游戏隐喻交织、贯穿整个剧情的戏剧中,这个角色是最大的赌注"[2]。

"莎士比亚的罗马是男性的、实用主义的、军事的,热切渴望军事征服、实现和平有序的统治;而与之相对,亚历山大的埃及是女性的、家庭的、贪图享乐的、个人主义的,与快乐相联。"[3] L. J. 米尔斯(1960)的研究表明:通过控制安东尼,使他忽略自己的个性、军事才华,或对她全身心地情感投入,克莉奥佩特拉加速了自身的悲剧,导致了安东尼的绝望与自我毁灭。[4] 克莱尔·金尼(1990)将克莉奥佩特拉的力量与其变化的身份相联系。[5] 不像

---

[1] Neely, Carol Thomas: "Gender and Genre in *Antony and Cleopatra*." *Shakespearean Criticism*, Ed. Dana Ramel Barnes, Vol.40, Gale, 1998. Gale Literature Resource Center. Accessed 30 Sept. 2020. Originally published in *Broken Nuptials In Shakespeare's Plays*, University of Illinois Press, 1994, pp.136–165. Gale Document Number: GALE|H1420019094.

[2] Lee, Michelle, ed.: "Introduction", *Antony and Cleopatra. Shakespearean Criticism*. Vol.101. Web. Sept. 23, 2020.Gale Document Number: GALE|H1410001782.

[3] Lee, Michelle, ed.: "Antony and Cleopatra." *Shakespearean Criticism*, Vol.81, Gale, 2004. Gale Literature Resource Center, Accessed 23 Sept. 2020. Gale Document Number: GALE|H1410001341.

[4] Lee, Michelle, ed.: "Antony and Cleopatra." *Shakespearean Criticism*, Vol.81, Gale, 2004. Gale Literature Resource Center, Accessed 23 Sept. 2020. Gale Document Number: GALE|H1410001341.

[5] Lee, Michelle, ed.: "Antony and Cleopatra." *Shakespearean Criticism*, Vol.81, Gale, 2004. Gale Literature Resource Center, Accessed 23 Sept. 2020. Gale Document Number: GALE|H1410001341.

那些罗马人物——如安东尼、奥克塔维亚·凯撒都与男性气质、受竞争支配的意识驱动,克莉奥佩特拉代表着兼收并蓄、包罗万象的潜力,既涵盖女性气质,也涵容男性特征。[1]

剧中的对立主题也是评论家们关注的对象。琼·罗德·豪研究剧中的二元主题与冲突:爱情与军事领袖地位、艺术想象与自然(文艺复兴批评热衷的话题)的对抗、面对无常命运时行动的徒劳、世界的变迁、戏剧与角色表演影响感觉与现实的巨大力量。[2] 威廉·D. 伍尔夫(1982)认为这部剧作与莎士比亚的其他悲剧形成强烈对比,戏剧的歧义是其基本特征。除了埃及与罗马相悖的文化价值观这个关键的二元对立外,其象征冲突的中心涉及变化与永恒——促使安东尼与克莉奥佩特拉从这个变幻的世界逃逸的张力。[3] J. 罗伯特·贝克研究了剧中的角色颠覆,主张"莎士比亚的人物动作是出于角色本身必要的、想望的行动,即使痛苦,却是他们要在不受生死、悲剧或喜剧限定的世界栖居所必经的历程"[4]。阿瑟·林德利(1996)调整了米哈伊尔·巴赫金关于狂欢的概念,用于他对安东尼与克莉奥佩特拉的讨论,他注意到戏剧中喜剧性对悲剧的颠覆,埃及作为罗马文化狂欢般

---

[1] Lee, Michelle, ed.:"Antony and Cleopatra." *Shakespearean Criticism*, Vol.81, Gale, 2004. Gale Literature Resource Center, Accessed 23 Sept. 2020. Gale Document Number: GALE|H1410001341.

[2] Lee, Michelle, ed.:"Antony and Cleopatra." *Shakespearean Criticism*, Vol.81, Gale, 2004. Gale Literature Resource Center, Accessed 23 Sept. 2020. Gale Document Number: GALE|H1410001341.

[3] Lee, Michelle, ed.:"Antony and Cleopatra." *Shakespearean Criticism*, Vol.81, Gale, 2004. Gale Literature Resource Center, Accessed 23 Sept. 2020. Gale Document Number: GALE|H1410001341.

[4] Lee, Michelle, ed.:"Antony and Cleopatra." *Shakespearean Criticism*, Vol.81, Gale, 2004. Gale Literature Resource Center, Accessed 23 Sept. 2020. Gale Document Number: GALE|H1410001341.

戏仿的地位。[1] 在阿尔夫·索尔伯格(2002)开展的广泛研究中,认为戏剧将变化作为由斗争界定的现实中唯一的恒常。[2]

  这部戏剧不仅呈现政治的恶化与性爱关系,也表现希望与理想主义的失落。……利奥·萨林格(1999)检视莎士比亚在《安东尼与克莉奥佩特拉》中修辞技法的运用,评论说"剧中杰出的台词不是为一流演员的巅峰表现打造,而是涉足过去的凝眸,或精致繁复的传奇,或对无法实现的期望的表述"。[3]

人们渴望这样一种极致的深情、衷情的缱绻,期待那颠扑不破的忠贞、浸润心田的甘美。作为超越现实的纯粹,它表达了人们内心深情的美好期许。情到深处,生死相随,短暂的生命化入深情的永恒。

  "莎士比亚在别的地方给了我们理想的母亲、理想的妻子、理想的女儿、理想的情人或者理想的少女等完美的典型,但在这里唯独一次他给我们塑造了完美的和永恒的女人。"[4]

四 被搁置的情节

  《安东尼与克莉奥佩特拉》是最难上演的戏剧之一。剧中活

---

[1] Lee, Michelle, ed.: "Antony and Cleopatra." *Shakespearean Criticism*, Vol.81, Gale, 2004. Gale Literature Resource Center, Accessed 23 Sept. 2020. Gale Document Number: GALE|H1410001341.
[2] See Lee, Michelle, ed.: "*Antony and Cleopatra.*" *Shakespearean Criticism*, Vol.81, Gale, 2004. Gale Literature Resource Center, Accessed 23 Sept. 2020. Gale Document Number: GALE|H1410001341.
[3] Lee, Michelle, ed.: "Introduction," *Antony and Cleopatra. Shakespearean Criticism.* Vol.101. Web. Sept. 23, 2020.Gale Document Number: GALE|H1410001782.
[4] Campbell, Oscar James, ed.: *The Reader's Encyclopedia of Shakespeare*. New York: Thomas Y. Crowell Company, 1966, p.29.

动地点有诸多突然转换,忽而在罗马,忽而在埃及,忽而在西西里,转眼又到了叙利亚、墨西拿、雅典……整个世界似乎都是它的舞台。戏剧分景很多,前三幕有 11 景,第四幕多达 13 景。这对于莎士比亚所处的伊丽莎白时代的舞台演出没有影响——那时很少有背景。情节一段一段接连上演,无论如何转换都一气呵成。但是在现代化舞台需要转换布景的时候,这部剧作的上演就遭遇了困境。随着视觉技术的发展,转换布景实现电子化操作,转换布景的困难得以舒缓。从新古典主义尊奉的"三一律"来看,这部剧是"糟糕的",所以,这部剧作演出被搁置了 100 多年。1642 年之前这部剧作没有上演记录,1660 年就更没有上演的希望,因为它的地位被德莱顿的"《一切为了爱》(All for Love)"取代。德莱顿根据新古典主义理论处理这一千古风流佳话,他把地点集中在亚历山大城,时间集中到亚历山大城被围困后,故事范围缩小到奥克泰维娅和克莉奥佩特拉双方争宠。

直到 1759 年,著名的演员加里克(David Garrick,1717—1779)才将这部剧作展现在舞台上。加里克嗓音甜美,表演真切自然,演过 20 个莎剧角色。他最突出的贡献在于逐渐用莎剧原本取代自他登台起就在舞台上通行的"改进"本。他经营剧团也十分成功。此外,他还创作了 20 部戏剧,改编了大量戏剧,受到观众欢迎。他擅长笑剧和行为喜剧。他演出、经营、写作多方面的才能类似莎士比亚。

被认为是坎贝尔(Capell)修改的版本在 1813 年刊出,但是标题上却赫然标注"含有来自德莱顿的若干片段"。本想取两家之长,不过结果并不理想。剧本经过坎贝尔删改,演出进行了六次。西登斯女士一再拒绝坎贝尔,不肯担任该剧主角。她觉得如果按照理想的表演,她会厌恶自己。看来这个绝代佳人、百变的埃及女王对于演员是个极大的挑战。这部剧直至19世纪才有频繁上演的记录。

著名女演员波普夫人(1742—1818)扮演过埃及女王克莉奥佩特拉。她就穿着当时的时髦服装,头戴假发。1878年罗斯·依婷格小姐(Rose Eytinge)在纽约上演这部剧作,连演数星期。1889年科勒·贝里(Kyrle Bellew)在纽约再度上演这部剧作。[1] 美国人将这部剧作拍成电影《埃及艳后》。著名莎剧演员、导演劳伦斯·奥利弗(Lawrence Olivier,1907—1989)也主演过《安东尼与克莉奥佩特拉》。他为舞台上和电影里的莎剧表演吸引了更多观众。

《安东尼与克莉奥佩特拉》虽然属于莎士比亚最难演出的剧作,但由于克莉奥佩特拉这个人物的巨大魅力,该剧在19世纪下半叶起在许多地方演出。

1984年4月23日,莎士比亚诞辰420周年之日,上海青年话剧团上演《安东尼与克莉奥佩特拉》,这是这出戏首次在中国演出。导演胡伟民对这部充满剑与火、情与爱的悲壮爱情的处理展示了诗情画意。舞台采用中性布景,金字塔、陵墓、城堡,间以埃及壁画、罗马雕刻标识环境,用凝练的手法展现历史风云。导演通过简洁抽象的布景创造出莎剧需要的气氛,为演员表演留下广阔的空间。[2] 娄际成在其中扮演凯撒,紧紧把握角色自信、理智、极度冷静、自私冷酷的特点。中央电视台在该剧首演时通过国际卫星向全世界进行实况转播。美国评论家阿瑟·格维兹在《莎士比亚研究季刊》上盛赞表演"惊人的演出效果"。

邦妮·J.蒙特执导的《安东尼与克莉奥佩特拉》在新泽西莎

---

[1] 参见[英]莎士比亚:《安东尼与克莉奥佩特拉》,梁实秋译,中国广播电视出版社2001年版,第5—7页。
[2] 陈方:《近十年来莎士比亚戏剧在中国的演出》,《上海戏剧》1986年第2期,第24页。

士比亚戏剧节上演出，阿尔文·克莱因注意到在上演这部穿越悲剧、喜剧、历史疆域的"最不可演出的演出"中的困境，发现最根本的失败在于罗伯特·库西里饰演被征服（subdued）的马克·安东尼与塔玛拉·突尼饰演现代版的克莉奥佩特拉之间缺乏激情。[1]

最近的几部《安东尼与克莉奥佩特拉》剧作选择尽力弱化贯穿剧作的政治背景，突出主要人物的爱情。保罗·泰勒在评价迈克尔·阿滕伯勒执导的皇家莎士比亚公司演出（2002）时说，舞台设计力图达到引人回眸的罗马与埃及背景象征性的平衡，结果却过于疏离。而且，泰勒惋惜西尼德·库赛克表演的克莉奥佩特拉太过压抑，但他称赏斯图亚特·威尔森对安东尼情感及动作演绎的生机勃勃。[2] 与此相悖，迈克尔·比灵顿认为库赛克的表演"堪称完美"，但威尔森的安东尼缺乏爽脆的台词技巧。[3]

雷克斯·吉布森（2002）认为阿滕伯勒大刀阔斧的删削突出了戏剧主题："罗马与埃及的对比及爱情的毁灭效果。"丽莎·霍普金斯（2002）认为阿滕伯勒的制作"不聚焦""短到令人惊惧"。她认为舞台简单、演员拙劣，但她却称赞几位配角——查米恩、爱诺巴勃斯、奥克泰维娅·凯撒——不过他们的出色表现无法弥补主角的差强人意。[4]

---

[1] Lee, Michelle, ed.:"*Antony and Cleopatra.*" *Shakespearean Criticism*, Vol.81, Gale, 2004. Gale Literature Resource Center, Accessed 23 Sept. 2020. Gale Document Number：GALE|H1410001341.

[2] Lee, Michelle, ed.:"Introduction", *Antony and Cleopatra. Shakespearean Criticism.* Vol.101. Web. Sept. 23, 2020.Gale Document Number：GALE|H1410001782.

[3] Billington Michael:"Stratford Plumps for Solid Tradition." *Guardian.* 25 April, 2002, p.18.

[4] Lee, Michelle, ed.:"*Antony and Cleopatra.*" *Shakespearean Criticism*, Vol.81, Gale, 2004. Gale Literature Resource Center, Accessed 23 Sept. 2020. Gale Document Number：GALE|H1410001341.

第七章 论《安东尼与克莉奥佩特拉》

2003年,在安大略的斯坦福艺术节上演玛莎·亨利导演的《安东尼与克莉奥佩特拉》,由彼得·唐纳德(Peter Donaldson)和戴安娜·达奎拉(Diane D'Aquila)主演。理查·亨廷顿赞赏亨利直截了当、突出亲密关系的表现,两名演员证实了他们"完全能够创造……细致阐释戏剧所需的无限情感空间"。2005年,布拉姆·默里在曼彻斯特皇家交流剧院演出《安东尼与克莉奥佩特拉》,戏剧削减了占重要位置的政治阴谋,突出了不顾一切的激情。林恩·沃克赞扬墨里性格驱动的剧情阐释,认为这部剧作"在物质与精神对峙的大胆描摹中呈现出强烈的戏剧性"。然而理查·伍德却认为墨里删减了太多罗马的政治语境,犯了错,导致"演出充满埃及的表现,损伤了戏剧综合体的平衡"[1]。

对这部戏剧的热衷表明了人们对古典式完美爱情的向往。莎士比亚向我们表明:"安东尼就是古典世界的终结。"[2]正如在环境危机的现代回望林木苍莽的绿色时代,正如遭受人世沧桑的时刻回望无忧无虑的童年时光,"理性的莎士比亚同情安东尼的爱欲癫狂,同情他对世间已然消逝了的一种经验充满怀恋的回望"[3]。

---

[1] Lee, Michelle, ed.: "Introduction", *Antony and Cleopatra. Shakespearean Criticism.* Vol.101. Web. Sept. 23, 2020. Gale Document Number: GALE|H1410001782.
[2] [美] 阿兰·布鲁姆:《莎士比亚笔下的爱与友谊》,马涛红译,华夏出版社2012年版,第36页。
[3] [美] 阿兰·布鲁姆:《莎士比亚笔下的爱与友谊》,马涛红译,华夏出版社2012年版,第54页。

第八章
论大学校园上演的莎剧

大学舞台上演绎莎剧,丰富了青春的色彩,孕育了未来之星!

莎士比亚的魅力无处不在,大学舞台上也逐渐风行莎士比亚剧社及演出。这是一种对莎剧原初状态的回归。特别是在强调了莎士比亚研究、教学、演出的"三重戏剧"理念之后,莎剧表演开始受到越来越多的关注。莎士比亚戏剧原本是用来在舞台上表演的大众文艺活动,后来才在岁月积淀下成为"经典",完成了从通俗文化向高雅文化的华丽变身,并在长久的岁月中散发出越来越香醇的魅力,浸染了书斋,使宁静的校园渐渐透出斑斓色调。

在中国的高等学府中涌现出诸多举行莎剧表演的高校。1935年10月,国立戏剧学校成立于南京,在上演莎剧方面做出了成绩。[1] 1937年6月,学校举行第一届毕业公演,演出《威尼斯商人》。剧本由梁实秋翻译,余上沅、王家齐演出,成为教学、翻译、研究、演出相结合的范例。公演结束后学校出版《莎士比亚特刊》,

---

[1] 傅学敏:《1935—1937国立戏剧学校在南京》,《戏剧》2019年第4期,第160页。参见文献可知,该校在不同历史时期有不同校名,1940年6月前为国立戏剧学校;1940年6月获国民政府教育部批准更名为国立戏剧专科学校;1949年7月并入北京中央戏剧学院。

刊登8篇论文。演出前后学校还举行了5次莎士比亚专题讲座，宗白华教授的报告题目是"莎士比亚的艺术"，余上沅校长的讲座题目是"莎氏剧之演出"。[1] 1937年9月，国立戏剧学校随国民政府迁往长沙；武汉告急，1938年2月，从长沙迁到重庆。在表演课教材中，除了抗战剧本外，采用《奥赛罗》作为教材，在五年级的编剧组开设莎士比亚课程，每周2学时，还规定每届毕业班学生都须演出莎剧。[2] 余上沅认为，"要使学生得到各种演剧的经验"，莎士比亚戏剧是演剧的最高标准，[3] 莎士比亚是近代剧的始祖，有了莎士比亚才有歌德、席勒、雨果，才有近代剧的成功……现代剧的产生，莎士比亚成为戏剧的最高理想，[4] 是表演者追求的最高境界。

1938年7月1—4日，国立戏剧学校在重庆国泰大剧院进行第二届毕业公演，演出五幕悲剧《奥赛罗》，又名《黑将军》。演出采用梁实秋译本，谢重扮演奥赛罗，共演出五场（3日加演日场一次）。为培养新人，导演余上沅配备了两名青年人做助理导演。当时在汉口任教的梁实秋非常高兴，表示要捐献上演税用于劳军。时值台儿庄大捷，演出收入全部慰劳前线将士。1942年，在艰苦的环境中，国立戏剧专科学校第五届毕业生——改为剧专后第一届五年制专科毕业生，在四川江安，在中国舞台上第一次演出《哈姆雷特》，由留法博士焦菊隐导演，采用的也是梁实秋译本。当时的演出剧场由文庙大殿改造而成，演出时连电灯都没有，只能用汽

---

[1] 详见孟宪强：《中国莎学简史》，东北师范大学出版社2014年版，第117页。
[2] 谢增寿、张祐元：《流亡中的戏剧家摇篮——从南京到江安的国立剧专研究》，四川出版集团·天地出版社2005年版，第100—102页。
[3] 余上沅：《我们为什么公演莎氏剧》，《中央日报》1937年6月18日。
[4] 余上沅：《翻译莎士比亚》，收录于《余上沅戏剧论文集》，长江文艺出版社1986年版，第227页。

灯。当时为解决伙食问题,余上沅借鉴美国"交物看戏"的方法,不用买票,交实物,不限数量。观众们有拿鸡蛋、猪肉、青菜的,还有牵羊过来的。[1] 江安首演后,同年 11 月在重庆实验剧场、12 月在重庆国泰大戏院复演。余上沅谈到复演目的时说:"《哈姆雷特》所蕴含的社会意义之一,是哈姆雷特王子反抗命运支配……在恶劣环境中力求摆脱、力求解放的那种革命进取精神。这种精神之感染与升华,正是抗战时期的中国人所需要的。"其次,"莎翁的剧本演得最多最好的国家,也就是文化艺术水准最高的国家。……介绍上演莎翁之剧是不可缺少的。"[2] 哈姆雷特不屈的抗争精神为艰苦斗争的中国人民注入了精神动力。在中国的莎剧演出诸多场景融入了中国人民在各个历史时期鲜明的时代特色。牵着羊、拿着蔬菜去看戏的场景更是莎剧表演史上的风景。无论在怎样艰辛的苦境中,莎士比亚演出都顽强地存在,甚至绽放出异彩。

抗战期间,上海部分大学进行莎士比亚教学,迁移到后方的四川一些大学也在继续莎士比亚教学。在重庆中央大学外文系,莎士比亚是高年级必修课,由文学院楼光来、外文系范存忠轮流主讲。四川大学外文系顾绶昌、四川乐山武汉大学戴镏龄都讲授莎士比亚课程,陈瘦竹在国立戏剧专科学校讲授西洋戏剧课程,还在重庆各报上发表莎士比亚评论文章。

"文革"后,四川大学外文系将莎士比亚列为研究生必修课。西南师范大学外语系英语语言文学专业英美文学方向也开设莎士比亚课程,要求二年级的学生在泛读的基础上精读一两个剧本。1986 年后,何其莘在北京外语学院英语系讲授英国戏剧与莎士比亚戏剧,辜正坤 1991 年开始为北京大学英语系研究生讲授莎士比

---

[1] 余上沅:《关于〈奥赛罗〉的演出》,《国民日报》星期增刊,1938 年 7 月 3 日。
[2] 详见孟宪强:《中国莎学简史》,东北师范大学出版社 2014 年版,第 118 页。

亚课程。

1982年,林同济、陆谷孙建立复旦大学莎士比亚图书馆。1983年,孙家琇建立中央戏剧学院莎士比亚研究中心。

1984年12月3日,中国莎士比亚协会成立,在这之后国内大学开始在一些会议中间穿插莎剧片段演出,如东北师范大学学生剧社、四川外国语大学学生剧社等。1985年7月13日,中国第一个省级莎士比亚研究学术团体——吉林省莎士比亚协会在吉林艺术学院宣告成立,来自吉林大学、东北师范大学、吉林省社会科学院、长春电影制片厂、长春话剧团等单位的学者、译者、编导、演员、爱好者参加了成立大会。1985年12月27日,英国斯特拉福"莎士比亚中心"来函祝贺协会成立;1986年1月3日,英国伯明翰大学莎士比亚图书馆来信祝贺并寄来一些材料,希望建立学术联系,了解中国莎学现况。协会成立一周年之际,美国佛罗里达大学教授、莎士比亚专家霍曼应邀到吉林大学讲学。协会组织了一系列文化交流活动,组织观看中国民族和地方戏演出。协会的成立也成为沟通中国与世界的桥梁。霍曼在接受《吉林日报》采访时说,吉林省莎士比亚协会既有学术讨论,又有导演、演员,还有普通公民和大学生,这种情况在美国是没有的。从1987年5月开始,协会配合吉林人民广播电台进行"莎士比亚戏剧故事与片段欣赏"节目制作、演播工作,不仅撰稿,而且组织专家、学者讨论,帮助提升节目思想及艺术水准。[1] 协会是联系学者、编导、演员的纽带,成为促进教学、研究、演出联系的平台,为莎士比亚走进普通人的生活做出了贡献。

---

[1] 参见史璠:《中国第一个省级莎士比亚研究学术团体——吉林省莎士比亚协会的成立及其学术活动》,收录于张泗洋主编《莎士比亚的三重戏剧:研究·演出·教学》,东北师范大学出版社1988年版,第351—355页。

东北师范大学教授孟宪强的著作《三色堇》是其15年思考与努力的结晶,内容丰厚、观点新颖,是中国第一部关于《哈姆雷特》的学术专著。此前,中国没有与世界艺术巅峰作品《哈姆雷特》相关的专著,因此完成这样一部专著就成为孟教授毕生的愿望。他终其一生为之不懈努力,终于实现了这个愿望。中国第二本关于《哈姆雷特》的专著、首部《哈姆雷特》人物研究专著是桂林理工大学副教授杨秀波的《读哈姆莱特》,该书不仅介绍主要人物,连边缘人物奥菲利娅也发掘出新的意境,并联系舞台传奇,追踪奥菲利娅演出史上引人瞩目、充满浪漫色彩的精彩瞬间,被上海戏剧学院曹树钧教授称为开创了文学研究与舞台研究结合的范例。[1] 两本书均涉及跨学科研究,第二本书中渗透自然科学中的数学、物理学等知识,为莎学研究增添了多元色调。

2008年,四川外语学院建立莎士比亚研究所。2008年,重庆市莎士比亚研究会成立,使重庆市成为中国西南地区莎士比亚研究重镇。中央戏剧学院戏剧研究所也设有莎士比亚中心。沈林博士曾师从孙家琇教授,1983—1989年就读于英国伯明翰莎士比亚研究院,博士毕业后在美国福尔杰图书馆任研究员,回国后在中央戏剧学院任教。

1986年首届中国莎士比亚戏剧节在北京、上海两地同时进行,有25台不同剧种、不同风格的剧目相继上演,演出规模空前。1994年举办中国第二届莎士比亚戏剧节。2016年,上海戏剧学院与国际戏剧协会、中国戏剧家协会在上海举办第九届上海国际小剧场戏剧展演特辑——"2016莎士比亚戏剧节",上演20多台莎剧,前后活动共九天。世界各地各种风格、戏剧手段、演出形式的

---

[1] 曹树钧:《〈读哈姆莱特〉:一部立论务实之作》,《文艺报》2015年10月23日。

剧目纷纷亮相,热闹非凡,令人大开眼界。除了专业剧团,也有业余剧团的演出,尤其是大学生演出的剧目。

2005年,中国首届大学生莎士比亚戏剧节由香港中文大学举办,莎剧表演更加蓬勃开展。但是,2014年第十届莎剧节结束后该活动即告终止。戏剧节停办,大学生莎剧表演却没有停止,结合课堂教学的莎剧演出受到一些学校重视,也备受学生喜爱。

大学生的舞台虽然不免稚嫩,但是在青春勃发的激情与创造力孕育下,却展现出令人刮目相看的成就。

一 大学校园莎剧演出

大学校园是孕育国家未来之地。大学生朝气蓬勃,易于接受新鲜事物,是探索莎剧演出的一支重要的生力军。在过去的精英教育时代,大学校园汇聚诸多社会精英,他们的思想发展历程对自身与社会的未来走向都具有格外重要的意义。莎士比亚戏剧由于贴近心灵、思想深邃、语言优美,有着灵活性、多样性、广阔性与柔韧性,有着"心灵磁石"特征,奏响心灵乐章,穿越无数心灵,跨越时空,成为吸引年轻人的焦点,也成为大学校园戏剧演出热点。在校园里,艺术融入人生,诗意点亮生活。

许多戏剧家在学生时代因接触莎士比亚戏剧受到启蒙,开启了新的人生之路,从此扬帆远航,一发不可收。莎剧成为一颗种子,在一些青年学子的心中种下,在日后生根发芽,结出累累硕果。早在1902年,上海圣约翰书院(今华东政法大学)外语系毕业班学生就演出过《威尼斯商人》;[1] 1921年,燕京大学(今北京大学)女

---

[1] 孟宪强:《中国莎学简史》,东北师范大学出版社2014年版,第112页。

校青年会于12月19、20日在北京协和医院上演《第十二夜》,演员全是女学生。20世纪20年代之后,中国剧坛出现了话剧非职业化运动,提倡业余演出,反对商业化、庸俗化倾向。在这个运动影响下,莎士比亚及易卜生的戏剧开始在学校上演,其中最突出的是天津一学校的莎剧表演。1924年,天津英国教会学校新学书院毕业班学生表演《威尼斯商人》,这次演出引起了黄佐临对莎士比亚戏剧的兴趣。三年后他到英国伯明翰大学学习,参加莎士比亚研究班。1935年他进入剑桥大学专门研习莎士比亚戏剧,成为我国第一个系统研究莎士比亚演出史的专家。1930年5月,天津中西女校毕业班学生演出《如愿》(即《皆大欢喜》),演员都是女生。金润芝(即著名的表演艺术家丹尼)饰演玫瑰莲(罗瑟琳)。之后黄佐临发表英文剧评,赞赏演员的成功表演。后来,黄佐临与丹尼喜结连理。学校演出多使用英语,基本上是为锻炼外语能力。学校莎剧表演见证了戏剧理论家与表演艺术家的成长历程。[1] 1942年6月2—7日,在四川江安县,国立戏剧专科学校第五届毕业生演出戏剧家焦菊隐导演的《哈姆雷特》,11月17日和12月9—19日在重庆重演。

在校长、著名戏剧家余上沅引领下,国立戏剧学校师生相继出演《威尼斯商人》《奥赛罗》《哈姆雷特》等剧目。

1956年,中央戏剧学院表演干部训练班上演《罗密欧与朱丽叶》,由苏联专家雷科夫和丹尼共同执导,雷科夫负责舞美设计,田华、嵇启明主演,台词采用朱生豪译本。周恩来总理观看了演出,并与演员合影留念。第二年他们又去四川公演。1957年6月,上海戏剧学院表演师资进修班结业公演苏联专家叶·康·列普柯夫

---

[1] 孟宪强:《中国莎士比亚评论》,东北师范大学出版社2014年版,第17—18页。

斯卡娅执导的《无事生非》。乔奇扮演唐·彼得罗,孔彬扮演培尼迪克,吴绮云扮演贝特丽丝,马科扮演道勃雷。剧情轻快活泼,一气呵成。该剧之后在北京怀仁堂、北京青年剧场、北京人民剧场等处演出13场;后又在上海演出11场。1957年,北京电影学院表演专修班毕业演出斯坦尼弟子、苏联专家卡赞斯基导演的《第十二夜》。1961年,中央戏剧学院本科毕业班演出《罗密欧与朱丽叶》,刚从苏联学成归来的张奇虹导演对原作做了两处较大改动:原剧结尾处朱丽叶在服药42小时后苏醒时,罗密欧已经死去,她悲痛自杀。这一部分改为朱丽叶苏醒,罗密欧刚刚服下毒药。二人惊喜交加,深情相拥、倾诉衷肠……此时,罗密欧药性发作死去,朱丽叶悲痛欲绝,拔出罗密欧的短剑自刎身亡。这处改动使戏剧冲突更为激烈。另一处改动是"阳台会"。朱丽叶在阳台上,罗密欧远远站在树下,两人距离远,舞台处理难。导演采用中国戏曲抛彩球方式,朱丽叶表达爱情时从披肩上取下三米多长的白纱抛向罗密欧,罗密欧单膝跪下,拾起纱巾一端亲吻。阳台上垂下的白纱巾成为纯洁爱情的象征。[1] 1960年,上海电影专科学校表演学专业首届毕业班公演《第十二夜》,受到电影界著名演员赵丹、张瑞芳等人赞誉。[2]

新中国成立后的十几年中,中央戏剧学院、上海戏剧学院等多所戏剧院校大规模上演莎士比亚剧作。但在随后十多年中,随着"文革"开始,莎士比亚戏剧因被视为"资产阶级文化"而衰落,校园演出遇冷。

进入新时期,中国高校莎剧演出渐趋繁荣。

1980年11月,中央戏剧学院徐晓钟、郦子柏导演的《麦克白》

---

[1] 参见孟宪强:《中国莎学简史》,东北师范大学出版社2014年版,第121—122页。
[2] 参见孟宪强:《中国莎士比亚评论》,东北师范大学出版社2014年版,第29页。

展示麦克白内心的痛苦折磨、灵魂的自我戕害。1981年,北京和上海先后上演五台莎士比亚戏剧。1981年4月5日,《柔蜜欧与幽丽叶》(藏语、汉语)由上海戏剧学院第三届藏族表演班在上海首演。演出舞台精简,只用一组平台、八根廊柱,添一个阳台即为花园,加上一张床即为卧室。阳台前饰有八根爬藤,场景疏朗清爽。导演徐企平结合民族戏的艺术处理使演出带有强烈的民族风。在表现戏剧第一幕第五场一见钟情的时候,导演精心设计凯普莱特家中舞会场景:在音乐中柔蜜欧(即罗密欧)穿过翩翩起舞的人丛,突然看到幽丽叶(即朱丽叶),情不自禁地凝视,此时舞曲戛然停止,舞伴也突然停住,仿佛电影的定格,兀立不动,只有柔蜜欧一人独自活动。幽丽叶上台后柔蜜欧侧跪在她脚前,热烈赞美。动静交替,渲染出难以遏制的青春激情。西藏高原的藏族学子热烈真挚的演绎中忧郁藏激情。导演在"一见钟情""阳台会""墓穴"等重场戏中,将思绪外化为舞台视象,浓墨重彩地渲染生死不渝的爱情。英国皇家莎士比亚剧院总监科克爵士评论说,这是他在国外看到的最年轻的演员演得很好的一台戏。如果到伦敦去演出,一定会受到欢迎。1981年5月22日,文化部和国家民族事务委员会邀请学生们进京演出。同年,中国青年艺术剧院演出《威尼斯商人》、中央戏剧学院导演师资进修班演出《麦克白斯》。1991年,中央戏剧学院表演系1987级毕业班在校内小剧场演出《哈姆莱特》,共演出19场。表演系教授张仁里导演大胆地将剧情时间拉长为400年,突出400年来演出的艺术力量。1982年,上海戏剧学院导演进修班演出《李尔王》。[1]

  1984年,上海戏剧学院表演系1980级毕业班演出悲剧《哈姆

---

[1] 详见陈方:《近十年来莎士比亚戏剧在中国的演出》,《上海戏剧》1986年第2期,第23—24页。

雷特》,将哈姆雷特当作"重整乾坤"的英雄。布景简洁灵活:舞台上设四根可活动的柱子和四座可滑行的高低平台自由组合成各种场景烘托人物,利用灯光变换创造出梦幻色调。[1] 北京师范大学率先成立"北国剧社"。1986年4月首届"中国莎士比亚戏剧节"中,北国剧社演出《第十二夜》《雅典的泰门》,上海越剧三团与北京师范大学联合演出《安东尼与克莉奥佩特拉》。曹禺评论北国剧社《第十二夜》的表演质朴、自然。[2] 1990年,华中师范大学外语系学生用英语演出《威尼斯商人》《训悍记》等喜剧片段。早在1984年,武汉大学就成立了莎士比亚英文戏剧社,每年公演,并举办新生专场、戏剧专家讲座、高校巡回演出等活动。1993年,武汉大学与华中师范大学外语系师生在"武汉国际莎学研讨会"期间用英语演出喜剧《仲夏夜之梦》《皆大欢喜》《奥赛罗》片段。华中师范大学的校园莎剧表演活跃,外语系学生用英语演出《威尼斯商人》《驯悍记》片段,《中国青年报》(1991年1月5日)曾对此予以报道。北京师范大学"北国剧社"1998年演出《麦克白》。2008年,英国皇家莎士比亚协会发起第四届中国莎士比亚戏剧节,香港中文大学承办,内地及港、澳、台大学共同参与,武汉大学莎剧社演出的《哈姆莱特》参加了此次活动。2008年4月3—9日,入围的12支演出代表队参与决赛,担任评委的是英国、美国、澳大利亚等世界各国莎学专家及专业导演,限定表演时间20分钟,演员3个,台词只许删减、换位,不许增加、改动,以体现莎士比亚原剧神韵。在这个代表中国大学生最高表演水平的盛会上,武汉大学选择演

---

[1] 参见戴丹妮:《〈哈姆莱特〉:中国大学生莎剧演出金奖剧目》,收录于曹树钧、赵秋棉、史璠主编《二十一世纪莎学研究》,中国广播电视出版社2010年版,第145页。
[2] 郦子柏:《〈第十二夜〉导演断想——对开展校园戏剧的思索》,《北京师范大学学报》1991年第4期,第58页。

出《哈姆雷特》中的第三幕第一场和第四场,哈姆雷特在奥菲利娅面前装疯、斥责王后乔特鲁德及著名的独白"To be or not to be"三个场景。开场设计为奥菲利娅甜蜜地憧憬,与后面的痛苦绝望形成对比。哈姆雷特反常的表现一次次将奥菲利娅推倒在地,使奥菲利娅害羞、继而莫名其妙、最后愤怒,引出归还信物一节,呈现出清晰的层次感。"拼接"环环相扣,获得评委一致赞扬。澳大利亚大学戏剧研究所主任杰弗里·博尼教授称其将"戏中戏"开场与"去修道院"片段连接得天衣无缝,展现了编导实力。第二场寝宫戏用低沉、压抑又庄重的音乐对接,舍弃王后与波洛涅斯的对话,去掉哈姆雷特刺杀波洛涅斯一节,只保留母子对面场景。令人称道的是鬼魂的处理。因演员限制,无法用另外的演员扮演鬼魂,就用诡异的鼓点表现先王的脚步声,配合灯光时亮时暗,"哈姆雷特"恶毒地咒骂母后,使其羞愧、自责、绝望,演员将复杂的情绪表演得淋漓尽致。从第四幕第五场戏中挑选一段为第二部分作结:

> 我应当怎么做?
> 我负疚的灵魂惴惴惊惶,
> 琐琐细事也像预兆灾殃;
> 罪恶是这样充满了疑猜,
> 越小心越容易流露鬼胎。[1]

这样一场戏顺承之前的激情,前后贯通、水到渠成。伴随演员始终的是一道昏暗的光圈,如同他无法摆脱的梦魇。独白结束时,

---

[1] [英]莎士比亚:《莎士比亚全集9》,朱生豪译,人民文学出版社1978年版,第103页。

伴随舞台中央摇曳的烛光,哈姆雷特转身向舞台深处走去,重复他的惊世独白"To be or not to be, that is the question …",表演结束,给人留下玄想的余音。这一处理受到美国得克萨斯州莎士比亚戏剧节艺术总监雷蒙德·考德威尔的赞赏,称这个退场显示了导演对角色的充分理解和对戏剧舞台表现的深刻领悟。精心的设计、演员精湛的表现使武汉大学剧社一举斩获冠军、最佳男演员、最受观众欢迎奖等诸多奖项,在比赛中大放光彩,并在同年8月,演出人员去英国牛津大学等地访问。在四届"中国大学生戏剧节"比赛中,武汉大学代表队获得冠军一次、第四名两次、最受观众欢迎奖三次、最佳演员奖三个、最佳配角奖一个等。[1] 1994年,为纪念莎士比亚诞辰430周年,东北师范大学中文系学生演出八个莎剧片段,大受欢迎。[2] 在上海国际莎剧节期间,东北师范大学的学生演出了《温莎的风流娘儿们》,复旦大学复旦剧社演出《威尼斯商人》。

2013年11月16—17日,第三届"武汉大学莎士比亚国际学术研讨会"召开,由武汉大学主办,中国外国文学学会莎士比亚研究会合办。美国、日本、加拿大、法国等国学者以及全国各地包括台湾、香港等地在内的学者参加了会议。国际莎学会上任主席、加拿大多伦多大学教授吉尔·莱文森(Jill Levenson)也应邀参加研讨会。11月15日晚在武汉大学外国语言文学学院报告厅举行了独角戏演出,约瑟夫·格雷夫斯表演《一个人的莎士比亚》,一个人演一台戏,演出声情并茂、感情丰沛。11月16日晚演出汉剧《驯悍记》,角色生动,主角美目流盼、光彩动人,丑角媒婆滑稽生

---

[1] 参见戴丹妮:《〈哈姆莱特〉:中国大学生莎剧演出金奖剧目》,收录于曹树钧、赵秋棉、史璠主编《二十一世纪莎学研究》,中国广播电视出版社2010年版,第147—151页。
[2] 孟宪强:《中国莎学简史》,东北师范大学出版社2014年版,第131页。

动。戏剧改编合情合理,将"男权中心"意味的剧作改为体贴对方、同甘共苦,心理刻画细腻,全场观众不时报以热烈的掌声。英文由武汉大学讲师熊杰平翻译。舞台两侧设有字幕翻译,组织者十分周到,照顾不同语言使用者的需求。演出期间,演员与观众互动,吉尔·莱文森受邀披挂上中国传统戏剧服装上台,这一身华彩流溢的戏装令她激动不已!"钱袋子"送交前排观众保存,演员与观众即兴的台词互动引发全场喝彩。这是专业剧团在大学舞台上的演出,会上也有学生演出。

2015年9月19—27日,第四届世界戏剧院校联盟国际大学生戏剧节在中央戏剧学院举行。中央戏剧学院、墨西哥韦拉克鲁斯大学、西班牙戏剧学院、保加利亚国立戏剧影视学院、德国恩斯特·布施戏剧学院、乌克兰卡宾·卡利国立戏剧影视大学、日本桐朋学园艺术短期大学——这七所大学分别展示七台《罗密欧与朱丽叶》,都没有具体展示空间,也不呈现时间链,更没有进行颠覆原作的改编,只突出其浪漫、悲情、诗意的凄美。[1] 2016年,上海戏剧学院举办"2016国际莎士比亚戏剧节暨首届中华学刊联盟学术会议"(第三届中国莎士比亚戏剧节),共演出三十多场戏剧。

在许多学校莎剧表演常态化,例如1999年,江西上饶师范学院举办"第一届莎士比亚戏剧节",至2017年,共举办了17届。至2018年,上海外国语大学共举办了21届莎剧节,在一些文学或戏剧课堂上,学生也会有小组演出,在课堂里表演。2007年5月,上海师范大学外国语学院举办首届莎士比亚戏剧节。2007年11月,武汉大学举办第四届中国大学生莎士比亚戏剧节大师班。四川外国语大学举办过三届"莎士比亚艺术节",2009年成立博艺莎

---

[1] 沙嫣婆:《讲好莎剧的中国故事——莎士比亚的东西互渐:莎剧走出去与迎进来》,《中国莎士比亚研究通讯》2015年第1期,第164页。

剧社,先后上演《李尔王》《仲夏夜之梦》《无事生非》等。清华大学2010年举办第一届莎士比亚戏剧节,2017年举办第四届莎士比亚戏剧节(莎士比亚之夜·戏剧专场)。2011年11月,黑龙江外国语学院举办首届莎剧节,用英文演出《哈姆雷特》。2012年,黑龙江外国语学院成立莎士比亚剧团,演出《温莎的风流娘儿们》《罗密欧与朱丽叶》《仲夏夜之梦》《威尼斯商人》《终成眷属》,2013年推出《泰特斯·安德洛尼克斯》。2017年4月,河北北方学院外国语学院在河北省莎士比亚研究会会议期间演出《罗密欧与朱丽叶》。2017年7月,广西大学外语学院演出《驯悍记》。10月,华东师范大学扬之水中文话剧社演出《麦克白不白》。上海大学2018年5月17日举办了第七届莎剧节。为纪念莎士比亚逝世400周年。2016年,河南师范大学外国语学院承办河南省文学年会,主题为"永恒的莎士比亚"。梁晓冬社长、鲁跃峰指导的学生莎剧社演出原创剧目《诗歌何为?》《莎士比亚本地化中的阿Q》及多个莎剧片段,演出十分精彩,展示了深厚的功力。2017年5月1日,他们在河南大学音乐厅演出《哈姆雷特》《罗密欧与朱丽叶》《奥赛罗》《麦克白》《李尔王》《快乐的温莎巧妇》等剧目。在2018年12月为英国伯明翰大学莎士比亚研究所所长迈克尔·道布森举办了专场演出。

  2005年4月,在香港中文大学举办的第一届中国高校莎士比亚戏剧节决赛上,北京大学的《亨利五世》夺冠,复旦大学的《第十二夜》亚军,香港中文大学的《第十二夜》季军。2006年第二届决赛上,对外经贸大学的《凯撒大帝》夺冠,南京大学的《一报还一报》亚军,澳门大学的《暴风雨》季军。2007年,第三届戏剧节决赛上,北京外国语大学的《奥赛罗》获得冠军,香港岭南大学的《驯悍记》亚军,澳门理工大学的《驯悍记》季军。2008年4月,第四届戏剧节决赛上，武汉大学的《哈姆雷特》获冠军，香港中文大学的《安东尼与克莉奥佩特拉》获亚军，厦门理工学院的《奥赛罗》获季军。这些剧目极大地推动了校园演出的蓬勃发展，展现了中国大学生的才华。

重庆是中国莎士比亚研究蓬勃开展的中心之一，也是校园莎剧表演重镇之一。2016年是莎士比亚逝世400周年，英国广播公司(BBC)决定拍摄莎士比亚在世界各国的表演、教学和传播情景。他们在中国选取了北京和中国西南莎学研究活动集中的重庆作为拍摄地点。4月8日，英国广播公司制片人黛博拉·巴斯克欣等四人到莎剧表演表现突出的重庆大学进行莎剧排练拍摄。重庆市莎士比亚研究会副会长、系主任毛凌滢参与戏剧表演指导，重庆大学英语专业的学生表演莎剧不仅发音标准、表演也拿捏得恰到好处，表现令制片方刮目相看。[1]

2019年4月20日，重庆市莎士比亚研究会第十二届年会暨国际学术研究会在重庆师范大学举行。当天下午，在该校音乐厅里，来自全国各地八个院校的学生剧社进行了莎剧演出。大学生群体正处于创造力和青春勃发时期，他们的演出较之专业剧团，虽然不免有点稚嫩，但更有扑面而来的青春气息。

在南京、武汉、河南、重庆等地一些大学校园演出渐成亮点，莎剧演出渐成规模，组织、表演、比赛渐成体系。随着河南师范大学外国语学院、英国伯明翰大学、南京大学外国语学院的互动，终于推动全国规模莎士比亚戏剧节活动的开启。南京大学在校友企业"友邻优课"、凤凰出版传媒集团、译林出版社及英国伯明翰大学莎士比亚研究院支持下，于2019年10月启动"友邻杯"莎士比亚（中国）学生戏剧节。戏剧节面向全国（含港澳台地区）大、中学

---

[1] 蒋方圆：《英广播公司(BBC)来校摄制莎剧表演纪录片》，《重庆大学报》2016年4月15日。

生,由"学生莎士比亚戏剧大赛"和"莎士比亚戏剧工作坊"组成。

"首届'友邻杯'莎士比亚(中国)学生戏剧节"旨在通过莎士比亚经典戏剧的中英文表演和基于莎剧的戏剧创作,提高中国青年学生的文学艺术修养、跨文化交流及中英文表达能力,发挥莎士比亚人文主义资源在我国社会文化发展中的现实作用,加强校园文化与美育建设。大学组自愿参与报名,中学组为邀请制。

该活动设"组织委员会"及"评审委员会",分别负责戏剧节的组织协调工作和戏剧大赛评判工作。组委会常设秘书处设在南京大学—伯明翰大学—凤凰出版传媒莎士比亚(中国)中心(以下简称莎士比亚(中国)中心)。主办单位为莎士比亚(中国)中心,由友邻优课、译林出版社支持,莎士比亚(中国)中心承办。

首届"友邻杯"莎士比亚(中国)学生戏剧节虽因新冠疫情推迟举行,但它的设立昭示中国大学生莎剧表演进入了规模化、体系化、常态化的新阶段。

二 校园莎剧演出特点分析

校园莎剧表演是专业表演的萌芽、基础。虽难免稚嫩,却绽放出耀眼的光华。2019年4月,重庆市莎士比亚研究会第十二届年会暨国际学术研究会在重庆师范大学校园的莎剧表演呈现出几个明显的特色。

(一)中国传统文化元素的融入

重庆师范大学剧社演出的《暴风雨》中开场的海难设计别开生面:几根粗大的绳索被固定在舞台下面,众人在暴风雨中挣扎,场景颇为壮观。随剧情发展,米兰达与斐迪南两人欢悦成婚后,向台下撒糖,黄色包装的大虾糖打在下面观众身上,人们爆发出一阵阵欢声。发喜糖是纯粹的中国文化元素，糅进莎剧，却也与剧情水乳交融，可谓"中西合璧"。然后，两人从舞台穿过，从左侧走向右侧，米兰达手捧着鼓起的"大肚子"，瘦弱纤细的公爵拿着拐杖，掐指计算日子，喊一声"baby"，之后婴儿哭声嘹亮，两人怀抱婴儿出场。这一连串程式演出幻化出生活、生命和爱情的美好，这一"婴儿出世"情节可谓独出心裁，也使外国戏剧有了中国化的新体验。

（二）"众声喧哗"式戏剧呈现

河南师范大学莎士比亚剧社的演出剧目叫"How do we play with Shakespeare"，是倒数第二个演出。这场演出探讨如何演出莎剧、如何表现人物及各个演员对人物塑造的不同理解。演出以"对话""探讨"形式展开，一个人物几种演绎。就奥菲利娅来说，现代改编版的"奥菲利娅"不甘默默无言地死去，不再楚楚可怜、依附父兄："如果我演奥菲利娅，我就不要她被哈姆雷特欺负。我想要做真正的贵族少女。"而"哈姆雷特"也渴望享受爱情：

啊，女神，我美丽的奥菲利娅，
别去修道院。我们结婚吧，快快乐乐享受人生。

另一位学生演员王雨晴则说："如果我演奥菲利娅，我要比哈姆雷特还要疯。她没有犯错，却受苦太多。太多的痛苦她无法承托，她在死之前先疯了。"接下来她唱"情人节"以歌声演绎悲情。

(Sings)
To-morrow is Saint Valentine's day,
All in the morning betime,
And I a maid at your window,

第八章 论大学校园上演的莎剧

> To be your Valentine.
> Then up he rose, and donn'd his clothes,
> And dupp'd the chamber-door;
> Let in the maid, that out a maid
> Never departed more.
>
> By Gis and by Saint Charity,
> Alack, and fie for shame!
> Young men will do't, if they come to't;
> By cock, they are to blame.
> Quoth she, before you tumbled me,
> You promised me to wed.
> So would I ha' done, by yonder sun,
> And thou hadst not come to my bed.[1]

美声唱法的虚幻、缥缈将奥菲利娅唯美的悲情恰到好处地传达出来,入乐借魂、词曲动心,使这个沉默的形象在音乐中获得了清新的生命。

东北林业大学演出的《罗密欧与朱丽叶》在殉情场景中,用雪地中两只鲜艳的玫瑰作为背景。画面简洁、玫瑰突出,映在雪地上的影子呈蓝色。色调素雅中含鲜丽,冰雪的寒冷衬托被覆冰霜的玫瑰,象征意义显豁,令人同情其爱恋凄恻。艺术的美与剧情美相得益彰,给人以美的享受。

创造力的发挥是以对剧本的认知、研究为基础深入发掘的结

---

[1] [英] 莎士比亚:《哈姆莱特》,辜正坤译,外语教学与研究出版社 2015 年版,第 293 页。

果,是莎士比亚研究与教学结合孕育而生的成果。

（三）译本效果经受检验

河南师范大学表演的罗密欧与朱丽叶告别场景采用的是辜正坤译本,"罗郎",这古色古香的汉译本初看去颇有点怪异,但半古典的剧词在小演员口中却清雅婉转、韵致宛然。

朱丽叶　　天未曙,罗郎,何苦别意匆忙?
　　　　鸟音啼,声声亮,惊骇罗郎心房。
　　　　休听作破晓云雀歌,只是夜莺唱,
　　　　石榴树间,夜夜有它设歌场。
　　　　信我,罗郎,端的只是夜莺轻唱。

罗密欧　　我巴不得栖身此地,永不他往。
　　　　来吧,死亡!倘朱丽叶愿遂此望。
　　　　如何,心肝?畅谈吧,趁夜色迷茫。

朱丽叶　　不是夜,天已亮;快走,快逃!
　　　　那鸣啼嚣嚷,正是云雀跑调高腔,
　　　　如此喧声,难听刺耳,扰我胸膛。
　　　　人道,云雀多美声,荡气回肠,
　　　　这只不一样,唯使我们天各一方。
　　　　人道,云雀曾与丑蟾蜍交换双眼,
　　　　啊!我但愿它们也交换歌喉音腔,
　　　　那噪音迫你,松开我俩缠绵拥抱,
　　　　猎猎晨歌急,促你远赴白日边疆。
　　　　啊!现在快逃吧;天越来越亮。

罗密欧　　天越来越亮,我们悲哀的心却越来越黑暗。[1]

别意匆匆忙,今宵歌嘹亮。悲声婉,词传情。眉目秋波,跃动姿态,幽幽传心曲。曲径通处,林山夜月、云雀唱晓,催情人了却缠绵,白日却送情人入幽暗。古调声韵清,读来婉转清扬。

阅读与演出效果存在差异,不同译本确实需要经过舞台检验才能显现其表现力。

(四) 舞台"时差"的能动掌握

大学生剧社演出时间一般为二三十分钟,最后一部剧因表现人物、场景众多,用时稍长。在这样短暂的时间内,观众却感觉看了很久,似乎演出并不止二三十分钟,而是两三个小时。短短的时间里包含了很大的戏剧容量,造成时间"延异"效果。当然,这与观众预先了解莎剧剧情有关。在座的多是英语专业学生、教师、莎士比亚戏剧研究者,对剧情多了然于心,对剧本改编也比较敏感。舞台上下的互文是演出的辅助元素。

背景、服装、道具与表演结合,达到了良好的舞台效果。

四川外国语大学的《驯悍记》中,两个演员能量充沛的"打斗",突出了凯瑟琳娜的勇武、彪悍以及彼特鲁乔"驯悍"的辛苦。肢体冲撞中,两人耳麦纷纷掉落,煞是热闹。彼特鲁乔的演绎演出了个性,富于观赏性,青春能量在舞台上充分释放。西南大学演出的《麦克白》剧情紧凑,一气呵成,颇有紧张感。

河南师范大学外国语学院 TNT 莎士比亚剧社演出的《麦克白》曾在 2017 年度第八届"希望中国"青少年英语教育戏剧大赛全国总决赛中荣获特等奖暨最佳语言质量奖,演员英语纯正、悦

---

[1] [英]莎士比亚:《罗密欧与朱丽叶》,辜正坤译,外语教学与研究出版社 2015 年版,第 88—89 页。

耳。剧社原创作品注重挖掘人物内心世界、现代人的心灵欲求。青春的舞台成为中外文学、戏剧、文化交流的试验场，演出与教学实现了良性互动。

2016年，在上海戏剧学院举行的"莎士比亚国际戏剧节"演出中，各种戏剧充分运用灯光、音响等现代化手段突出背景元素，烘托气氛，产生震慑感。而学生演出主要运用图片背景，辅之以简单道具，虽没有闪电、雷霆的震撼之势，却因此突出了演员的表演，更接近莎士比亚时代那种简朴的舞台特质。学生身上"萌新"的清纯、充盈的朝气、青春的气息别具特色。

莎士比亚课程是南京大学英语系传统的必修课之一。20世纪90年代初，本科生、研究生同时上课，讲授"文艺复兴时期的英国戏剧（Drama of the English Renaissance）""莎士比亚戏剧（Shakespeare in Perspective）"。

北京大学李赋宁曾招收莎士比亚博士学位的学生。复旦大学著名学者林同济、陆谷孙等，在任教时都讲授过莎士比亚课程。上海外国语大学硕士生、博士生、博士后都上莎士比亚课程。每节课只讲一首十四行诗，或者每学期只讲一部剧，精雕细刻、旁征博引。这种上课方式精研深挖，很见功力。因为莎剧语言蕴含丰厚、层层见奇、精彩迭出、真理之光频现，值得人们花时间学习。此外，复旦大学索天章、北京外国语学院王佐良和何其莘、北京大学辜正坤、武汉大学阮珅、四川大学罗义蕴、北京师范大学郑敏、广西师范大学贺祥麟、西南师范大学江家骏等都教过硕士生莎士比亚课程。河北师范大学中文系石宗山、山东师范大学徐克勤和王化学、东北师范大学孟宪强、桂林理工大学杨秀波都曾为本科生讲授过莎士比亚课程。

四川大学于20世纪90年代初也已经设置莎剧课程。教育部关于高等教育自学考试汉语言文学专业考试计划1984(009)号文件规定,"莎士比亚研究"是中文专业本科专业选修课,不过只有山东省从1988年起进行考试。山东师范大学中文系自1983年开始设立"莎士比亚研究"选修课,后改为"外国文学专题",扩展到夜大、函授本科。

2020年5月6日晚,在新冠疫情期间,武汉大学别出心裁地举行了一场名为"莎剧之夜"的线上核心通识课"莎士比亚与西方社会"与一般通识课"莎士比亚戏剧导读"联合结课式。结课式使用腾讯会议,在会议上展示了武汉大学各专业学生及莎剧社精彩的作品及表演,有独具匠心的海报设计、编曲演唱、音乐动画、浪漫喜剧《第十二夜》配音表演、原创的作品、以某一主题串联的各种莎剧片段混剪,有学生自己做的手绘视频作品,也有钢琴演奏的莎士比亚十四行诗第18首的优雅演绎,有动画版的《麦克白》,甚至还有中文自制剧《奇迹再现》,构思精巧的"Thief King"。戴丹妮老师"英语戏剧选"课的同学带来了一段原汁原味的英式配音"Women in Shakespeare's Plays(莎士比亚剧作中的女性)"。莎士比亚英文戏剧社徐天一、苏恒悦带来的两段《麦克白》配音令人惊讶。动画版中,一人分饰多角,还有反串表演;真人版更似"原音重现,堪比原版"。结课仪式开场便是莎士比亚英文戏剧社褚心怡演唱的《罗密欧与朱丽叶》主题曲"What is a Youth(《什么是青年》)",饱含爱情甜蜜与忧伤的歌唱营造出结课式的特殊气氛。压轴出场的,是由莎士比亚英文戏剧社苏恒悦演唱、学生独立编曲的《无事生非》主题曲"Sigh no more(《不再叹息》)",结课式在轻灵的歌声中结束。学生充分利用网络资源和个人的聪明才智,在作品上倾注了匠心和创造力,展示了他们的想象力和才华。虽然有的作品不免会有点瑕疵,但总的来说令人对学生的才能和创造力刮目相看。这些作品观赏性强,充分体现了学生的青春好动、活泼顽皮。会议邀请了南京大学从丛、西南大学罗益民、上海大学张薇、天津师范大学邱佳岑、辽宁师范大学宁平、独立莎士比亚学者和地方志研究专家史璠、厦门理工学院刘芭、四川外国语大学廖运刚和胡鹏、北京理工大学徐嘉等全国各地专家,对学生的作品展示给予点评。与会专家及武汉大学莎士比亚课程教师都是中国莎士比亚研究会的成员。结课仪式使校园莎剧表演提升到学术地位层次,提高了整个学校的通识教育水平。中国莎士比亚研究会的成员每隔一段时间召开地方性、全国或国际莎士比亚会议,在推动莎士比亚研究、表演、教学等方面做出了积极的贡献。

莎士比亚的教学、研究、演出三位一体,演出是新鲜的、活的莎剧,赋予莎剧以生命、质感和灵魂。这种运用灯光背景、简单道具、靓丽服饰、精湛表演的艺术,使校园里诞出清新的学风。

莎士比亚教学的主力是莎士比亚学者、研究者、演出专家。每个莎士比亚研究中心都是这样的学者聚集地。老一代莎学学者有梁实秋、王佐良、李赋宁、杨周翰、黄佐临、孙家琇、陈嘉、林同济等。王佐良在清华大学毕业后先后在西南联大、清华大学任教;1947年去英国牛津大学茂登学院攻读英国文学;1949年回国后在北京外国语学院(现在的北京外国语大学)教学。20世纪30年代末,孙家琇从美国深造回来之后,先后在西南联大、武汉大学、金陵大学、南京戏剧专科学校等工作;1957年她被错划为右派;1986年,她与周培桐等将《李尔王》改编为中国话剧《黎雅王》,保留了大部分莎士比亚原故事情节与风格。

《黎雅王》在中国首届莎士比亚戏剧节上演出,清晰、生动、雅致,语言优美。布景开始时在宫廷,周遭装饰华美,国王的御座设在高处正中位置。国王第一次走下御座,拥抱考狄利娅,继而归座宣告"爱的测试"仪式。当小女儿表示"没有话说"的时候,他再次走下御座,想再次表达嬉戏般的爱意。但再次归座时,他却展现出不可侵犯的威仪。国王让位,舞台掠过阴影。大女儿掌权后,轻易地将国王贬到侍从之位。在荒野场景中,舞台下面出现空场,用作茅屋、牛舍,有一些疯乞丐在那里疯狂舞蹈。在最后一场中,私生子荣登舞台,在完全转到正面之前,垂死的国王和已死女儿的惨景形成高潮。这部剧由北京中央戏剧学院演出。[1]

河南大学莎士比亚与英国散文研究中心主任刘炳善教授,吉林省东北师范大学研究中心孟宪强教授、东华大学莎士比亚研究中心杨林贵教授等都是莎士比亚教学、研究带头人。1989年4月,武汉莎士比亚中心成立,阮珅教授担任主任。1993年5月14—16日,由武汉莎士比亚中心与武汉大学英文系联合举办"武汉国际莎学研讨会"。这是我国第一次规模较大、层次较高的国际莎学交流活动,来自美国、中国30多所高校和研究机构的近百名专家学者参会,促进了莎学研究的繁荣。1989年7月,天津市莎士比亚学会成立。1993年5月22日,浙江莎士比亚学会成立,张君川任会长。同年6月,北京大学莎士比亚中心成立,辜正坤任主任。

浙江大学2016年底成立浙江大学中世纪与文艺复兴研究中心,中心多次举办学术讲座,邀请国际著名莎学家讲学,讲座对外开放,并创办《中世纪与文艺复兴研究》集刊。这些学术活动都为大学校园莎剧演出奠定了知识基础、表演基础、学术基础,培养了学生对戏剧演出的兴趣。

莎士比亚的作品以深刻的哲思、深厚的底蕴成为受英语学习

---

[1] 详见[英]J. P. 勃劳克班克:《莎士比亚在中国新生》,张泗洋译,收录于张泗洋主编《莎士比亚的三重戏剧:研究·演出·教学》,东北师范大学出版社1988年版,第15—16页。

者欢迎的教材。一位有经验的博士生导师说过:"研究莎士比亚的博士,后来英语也会变得非常优美。"

莎士比亚的著作中到处都是知识,然而那些知识却常常是无法从书本中得到的,那是属于生活、属于辽阔的世界、属于人类心灵的知识——辽远博大、包罗众多,是未经世事的青少年绝佳的教材,是滋润心灵的丰富营养。

结　语

莎士比亚的戏剧永远充满了事件——事件比情感或议论更容易抓住观众或读者的注意力,使人追随事件起伏,始终关心其走向与终局。在他的悲剧中,主人公往往地位很高,天性也异乎寻常——在某方面大大超乎一般人之上,他们的行动或痛苦也非同寻常。当他们从高处赫然跌落,与其毁灭形成强烈的反差与对比……人是怎样地无能为力、命运拨弄多么反复无常!

最伟大的人物……是在宏大的规模上创造出来的,愿望、热情或意志在他们身上获得了一种可怕的力量。……他们身上又几乎都具有显著的片面性,一种特殊方向的癖性,在某种环境下对朝这个方向靠近的力量的抵拒完全无能为力……这是一种致命的禀赋,但它本身带有伟大的意味。当高尚的心灵、或天才、或巨大的力量一旦同它结合,我们就会认识到灵魂的全部力量和整个限度,其冲突也就具有宏大的规模——这种规模不仅可以激起同情和怜悯,而且可以激起赞仰、恐怖和敬畏。[1]

---

[1] [英]布拉德雷:《莎士比亚悲剧的实质》(1904),曹葆华译,收录于杨周翰编《莎士比亚评论汇编(下)》,中国社会科学出版社1981年版,第33—34页。

他激起读者永不休止、压抑不住的好奇心,驱使读他作品的人非读完不可,莎士比亚在达到一个作家所要达到的首要目的这一点上可能超过了除荷马以外的一切作家。……莎士比亚懂得怎样给人以最大的快感……[1]

人们在这些故事中清楚地意识到人类天性的种种图景、种种可能。亚历山大·蒲伯(Alexander Pope)在《莎士比亚戏剧集》序言中称赞莎士比亚极为自然、真实、动人地描绘了人的各种感情。最微妙、最难以描摹的情感在莎士比亚的笔下却历历如见、生动鲜活。蒲伯说:"他的人物在很大程度上就是自然本身,称其为'复制品'未免是一种伤害。"[2]"复制品"这个称谓有谬以千里之感。

著名学者李赋宁注意到蒲伯的评论,他说,古希腊柏拉图和亚里士多德的艺术模仿论应用到莎士比亚身上不免捉襟见肘,委屈了这位冠凌千古的剧作家、诗人。自然状态的情感模糊难辨、虚无缥缈,人们通常的感觉是无法言说,但是莎士比亚的情感表现却历历如绘、生动活泼,若说模仿,是要与真本差不多吧?人们无以解说其奥妙,只能冠之以"天才"之名。

沃尔特·怀特(Walter Whiter)曾在《莎士比亚评论的一个样本》(A Specimen of a Commentary on Shakespeare)一文中用心理学的潜意识和联想阐释莎士比亚的创作,分析过其中的"意象"和"意象群(image clusters)"。莎剧中的意象、意象群构成联系心灵活动的"神经元"与"感受突触",构成心理密码传输网络,将神秘

---

[1] [英]约翰逊:《〈莎士比亚戏剧集〉序言》(1765)(选),李赋宁、潘家洵译,收录于杨周翰编《莎士比亚评论汇编(上)》,中国社会科学出版社1979年版,第60—61页。

[2] 李赋宁:《西方莎士比亚评论和研究概述》,收录于中国莎士比亚研究会编《莎士比亚研究3》,浙江文艺出版社1986年版,第35页。

幽微的心灵活动描绘得活灵活现。

> 莎士比亚的戏剧中有一些性格只呈现一部分,然而它们能够整个地被揭示和理解,那么读者是不会感到吃惊的,因为每一个部分事实上是彼此联系、并且可以推知其他部分。……他往往大胆地使他的人物性格根据天性中那些只能推测到而不能清楚显示出来的部分行动和说话。这就产生了一种令人惊奇的效果:它好像把我们带出诗人范围之外,到了自然本身面前,它给予事实和性格以完整性和真实性,而这些是无法用其他方式得到的。这实际上就是莎士比亚的艺术,它由于隐蔽很难注意到,我们就把它叫作自然。[1]

这种"只能推测到而不能清楚地显示出来的部分"通过意象给予曲折地展示,让人心有所感,以"幽隐"的方式表述那些原本无从言说的情绪,填充了虚无的空洞,达到了以"虚写"表述丰富——"无中生有、以虚写实"的艺术境界。"他使每一段话深入到我们的头脑和心灵。他随心所欲地陶冶我们的性情,而且是那样地轻而易举。"[2]"理性只限于可见存在物的范围;我们的热情和幻想却远远伸展到虚无缥缈之境。"[3]他的意象描述是蛰伏的精灵,有着轻灵的翅翼,在人们视域外飞翔,"一下子就抓住人的心

---

[1] [英]摩尔根:《论约翰·福斯塔夫爵士的性格特征》(1777),曹葆华、徐仙洲译,收录于杨周翰编《莎士比亚评论汇编(上)》,中国社会科学出版社1979年版,第103页。文字有改动。
[2] [英]摩尔根:《论约翰·福斯塔夫爵士的性格特征》(1777),曹葆华、徐仙洲译,收录于杨周翰编《莎士比亚评论汇编(上)》,中国社会科学出版社1979年版,第106页。
[3] [英]摩尔根:《论约翰·福斯塔夫爵士的性格特征》(1777),曹葆华、徐仙洲译,收录于杨周翰编《莎士比亚评论汇编(上)》,中国社会科学出版社1979年版,第108页。

灵,获得最崇高的东西而不泄露自己上升的阶梯"[1]。

莎士比亚剧中充满激荡的能量与激情,或沉郁警策、发人深省;或惊悚恐怖、牵动神思;或轻灵曼妙、戏谑幽默……激荡在主人公身上的情愫透过神秘通渠抵达读者、观者心中。人物命运始终牵动读者心灵的悸动,利用生动的意象、意象群的"触角",透过潜意识与自由联想作用,传导人物心灵深处的情感灼热。

莎士比亚运用语言达到了高超的艺术境界。他的创作磅礴、恢宏、收放自如。约翰逊曾评价说,莎士比亚的创作像森林:橡树伸展,松树耸立云端,间杂野草、荆棘,时见桃金娘与玫瑰……其华丽壮观赏心悦目,变化无穷令人心醉神迷。[2] 他思想的火花似铁匠铺星花飞溅,如流星划过黑暗长空;他奔放的精神如激流汹涌;充满能量、满载电荷的伟大的诗的语言似丝绸闪亮、色调变幻,如闪电凌空,集结人世最靓的瞬息。

莎士比亚是文艺复兴时代的骄子。他的剧作展示了自由的天性、探索和创造精神。他的创造力与探索精神与他所处的时代息息相联。

哈姆雷特对精神世界的探索是文艺复兴时代探索精神在文学领域的体现。只是让人惊讶的是,他不仅仅体现其诞生的时代,自身还具有内在的自我丰富性与无限的成长潜力——始终站在时代的前沿与巅峰!莎士比亚惊人的创造力集中体现在哈姆雷特这个人物身上。他高居思想巅峰,成为文学中的蒙娜丽

---

[1][英]摩尔根:《论约翰·福斯塔夫爵士的性格特征》(1777),曹葆华、徐仙洲译,收录于杨周翰编《莎士比亚评论汇编(上)》,中国社会科学出版社1979年版,第108页。

[2]观点参见[英]约翰逊:《〈莎士比亚戏剧集〉序言》(1765)(选),李赋宁、潘家洵译,收录于杨周翰编《莎士比亚评论汇编(上)》,中国社会科学出版社1979年版,第61页。

结　语

莎——在他每个思索的纹理似乎都潜藏着神秘的编码！从任何一个角度看都已然变换了风色！他深陷尘世罗网却又如此超脱人世之外。

在莎士比亚的每一部诗剧中,在每一个主人公胸中都熊熊地燃烧生命之火！莎士比亚像是在太阳车上用茴香杆盗取天火的普罗米修斯,将天火的热力注入诗剧。无穷的激情在他每一部剧作中弥漫,像星星点点的燎原之火。他点燃了人们心中深沉的激情,唤醒了读者心中尘俗的向往。那火焰中燃烧炫目的生命之美,涤荡滚滚红尘中漂泊的灵魂！一幕幕悲喜剧在世界各地搬演,演出一幕幕悲喜交集的沉醉！

"除了给具有普遍性的事物以正确的表现之外,没有任何东西能够被许多人所喜爱,并且长期受人喜爱。……我们的理智只能把真理的稳固性作为自己的倚靠。"[1] 莎士比亚的剧本遍布睿智的格言和处世的道理,具备"真理的稳固性",也具有生活样态的生动性、趣味性。丰富、博大、雄浑,使他的作品到处流传、经久不衰。

莎士比亚的悲剧体现了人生体验深沉的悲剧感。"必然性是生命低微、荒诞、脆弱的具体表现,它是对人类所有经验的局限与必败性质的认可。人类与必然性的斗争……正是悲剧的永恒性质……"[2] 深沉、无奈、悲壮的悲剧感给"人们赋予命运某种意义的强烈愿望。历史上伟大的悲剧以宏伟的气势歌颂了这种精神"[3]。"他们在命运面前所表现出的强烈情感与非凡智慧表现

---

[1] [英]约翰逊：《〈莎士比亚戏剧集〉序言》(1765)(选),李赋宁、潘家洵译,收录于杨周翰编《莎士比亚评论汇编(上)》,中国社会科学出版社 1979 年版,第 38—39 页。

[2] [美]罗伯特·W. 科里根：《悲剧与悲剧精神》,颜学军、鲁跃峰译,《文艺理论研究》1990 年第 3 期,第 94 页。内容稍有改动。

[3] [美]罗伯特·W. 科里根：《悲剧与悲剧精神》,颜学军、鲁跃峰译,《文艺理论研究》1990 年第 3 期,第 94 页。

出他们伟大的品性。我们之所以崇拜悲剧主人公——是因为他们抵抗了残暴的命运。"[1]

莎士比亚的喜剧却是另一番天地。轻灵、曼妙、绮丽、柔美……带给我们一个如此神奇、却如此丰美的另一重美学世界！在轻盈的喜剧里，人们纵声大笑、喜自难禁！荒诞与迷狂上演恣情喧嚣的梦幻，智慧的闪电引来灵魂密云层中或惊悚或低沉的隆隆雷声，滚滚向前，连续不断。不可见的电流触碰心灵和肺腑，激情风暴席卷人们的灵魂，像暴雨荡涤尘埃，像清溪潺潺流淌，冲去灵魂被琐屑的日常覆上的尘埃！

"诗人担负着灵魂的责任。"[2]灵魂需要极致的美去实现超越、飞升。莎士比亚对心灵的观察精辟透彻。他抚摩着美，时而对它妩媚微笑，时而以巨人之力掀起激荡的狂飙，让人们在各种情感洗礼下历练人生、舒畅精神。他在人世时充实了他的时代，然后悄然退隐，但他的光辉却不止辉耀他生活的时代，也泽及后世。他的头脑涵容整个人类浩渺的精神……他萃取人类情感精华，写出一幕幕悲剧、喜剧、悲喜交集的悲喜剧、瑰丽奇幻的传奇剧。

> 莎士比亚像一切伟大的诗人和伟大的事物一样，充满梦想。他自己的成长使他自己也惊愕，他自己的风暴使他自己也害怕，人们简直可以说，有时莎士比亚吓唬了莎士比亚，他对自己的深沉也有点害怕——这是最高智慧的标志。正是他的广度震撼着他自己，并且使他发生一种难以形容的巨大摆动……

---

[1] [美]罗伯特·W. 科里根：《悲剧与悲剧精神》，颜学军、鲁跃峰译，《文艺理论研究》1990年第3期，第94—95页。内容稍有改动。
[2] [法]维克多·雨果：《莎士比亚论》，柳鸣九译，译林出版社2013年版，第174页。

> 唯有雄鹰才能稍稍使人对这种辽阔的姿态有一个概念,莎士比亚展翅高翔,他高踞、俯冲、沉落、疾飞,一时向下界倾斜,一时隐没于苍穹。他是这样一个天才,上帝故意没有紧紧地加以羁勒,使他得以勇往直前,并在无垠中自由地展翅翱翔。[1]

莎士比亚的剧作激情汹涌澎湃,字里行间都是生命的热力、生命的悲欢、流淌着无穷无尽的能量。红尘滚滚,在他诗剧里狂欢;悲欢喜乐,在他文字里舞蹈。智慧化成充满哲理的格言警句,如一颗颗莹润的珍珠,散落各处。

莎士比亚创造了一个美不胜收的戏剧世界!他戏剧的生成世界是向存在世界的极度接近,让人迷惑:究竟是艺术创造了生活,还是生活汲取了艺术?

> ……他不怜悯那些想要进学士院的胃口很小的人。人们称之为"纯正趣味"的那种胃炎,他是没有的。他是健康强壮的。他用响彻史章的歌喉所歌唱的这支丰富而放肆的歌曲究竟是什么?是一支战歌、一支饮酒歌、情歌……有时悲伤得像是一声呜咽,有时雄伟得如同《伊利亚特》![2]

艾略特说:"这些莎士比亚的阐述使人想起一连串关于文艺批评的问题和文艺批评的局限性来,想起一般的美学问题和人类理解的局限性来。"[3]莎士比亚浩渺的诗篇使文艺批评理论有时难

---

[1] [法]维克多·雨果:《莎士比亚论》,柳鸣九译,译林出版社2013年版,第165页。
[2] [法]维克多·雨果:《莎士比亚论》,柳鸣九译,译林出版社2013年版,第164页。
[3] [英]艾略特:《莎士比亚和塞内加的苦修主义》(1927),方平译,杨周翰校,收录于杨周翰编《莎士比亚评论汇编(下)》,中国社会科学出版社1981年版,第107页。

免捉襟见肘,丰富灵动的内容映射出人类的欢喜和悲愁、高贵和鄙俗、卓越和局限。"光与影的种种微妙产生的和谐静静上达阿波罗的无言的命令高度。"[1]正如摩尔根所说:莎士比亚"可以使任何事物变成美妙绝伦"[2]。莎士比亚的诗剧是戏剧,是诗——放射出诗歌想象的光辉,表现人类流转的情感悸动,蕴含无穷的能量与美。岁月溶解在瞬息之间,将他戏剧的无数个刹那布满诗韵光华。

---

[1] [英]柯勒律治:《关于莎士比亚的演讲(1818)(选)·莎士比亚的判断力与其天才同等》,刘若端译,收录于杨周翰编《莎士比亚评论汇编(上)》,中国社会科学出版社1979年版,第125页。文字有改动。

[2] [英]摩尔根:《论约翰·福斯塔夫爵士的性格特征》(1777),曹葆华、徐仙洲译,收录于杨周翰编《莎士比亚评论汇编(上)》,中国社会科学出版社1979年版,第106页。

参考文献

[1] Alexander, Nigel: "Poison, Play, and Duel." *Shakespearean Criticism*. Ed. Michelle Lee, Vol.92, Gale, 2005. Literature Resource Center. Accessed 14 July 2018. Originally published in Poison, Play, and Duel: A Study in Hamlet, University of Nebraska Press, 1971.

[2] Aristotle: *Poetics*. Trans. Richard Janko. *Indianapolis*, Hackett Ind., 1987.

[3] Arnold, Paul: *William Shakespear — Oeuvres III*. Traduit par. Paul Arnaud. Paris: les presses des Petis-Fils de Léonard Panel, 1962.

[4] Barnes, Dana Ramel, ed.: "Review of *Hamlet* in *Shakespeare's Imagined Persons: The Psychology of Role-Playing and Acting*". In *Shakespearean Criticism*. Vol.37. Detroit: Gale, 1998. Literature Resource Center. Accessed 5 July 2018. Originally published in Barnes & Noble Books, 1996.

[5] Barnes, Dana Ramel, ed.: *Shakespearean Criticism*, Vol.35, Gale, 1997. Gale Literature Resource Center, Accessed 28 Dec. 2019. Originally published in *Culture*, Vol.29, No.2, June 1968, pp.142 – 149. Gale Document Number: GALE|H1420018847.

[6] Bate, Jonathan & Eric Rasmussen, ed.: *William Shakespeare Complete Works*. Beijing: Foreign Language Teaching and Research Press, 2008.

[7] Baumgart, Hildegard: *Jealousy-Experiences and Solutions*. Chicago: The University of Chicago Press, 1985.

[8] Benjamin, Walter: *The Origin of German Tragic Drama*. Trans. John Osborne. London: New Left Bank, 1977.

[9] Benjamin, Walter: "The Talk of the Translator: An Introduction to the Translation of Baudelaire's Tableaux Paris." *Illuminations*. Edited and introduced by Hannah Arendt, New York: Schoken Books, 1968.

[10] Billington, Michael: "Stratford Plumps for Solid Tradition." *Guardian*, 25 April 2002.

[11] Bloom, Harold: *Shakespeare: The Invention of the Human*. New York: Riverhead Books, 1998.

[12] Bradley, Andrew Cecil: "Lecture IV: Hamlet." *Shakespearean Criticism*. Ed. Lawrence J. Trudeau, Vol.178, Gale, 2018. Literature Resource Center. Accessed 14 July 2018.

Gale Document Number: GALE|H1420123766.
[13] Bradley, Andrew Cecil: "The Noble Othello." *A Casebook on "Othello."* Ed. Leonard F. Dean. New York: Thomas Y. Crowell Company, 1961.
[14] Bradley, Andrew Cecil: *Shakespearean Tragedy: Lectures on "Hamlet," "Othello," "King Lear," "Macbeth."* Harmonds-worth: Penguin, 1991.
[15] Brandes, George: *William Shakespeare: A Critical Study.* New York: Macmillan, 1902.
[16] Brooke, Stopford A.: "'Romeo and Juliet'." *Shakespearean Criticism.* Ed. Mark W. Scott, Vol.5, Gale, 1987. Gale Literature Resource Center,. Accessed 3 Oct., 2020. Originally published in *On Ten Plays of Shakespeare*, by Stopford A. Brooke, 1905. Gale Document Number: GALE|H1420019264.
[17] Brown, Carolyn E.: "Juliet's Taming of Romeo." *Studies in English Literature, 1500 – 1900*, Vol.36, No.2, 1996, p.333. Gale Literature Resource Center, Accessed 12 May 2020. Gale Document Number: GALE|A18692190.
[18] Carey, Gary, ed.: *Cliffs Notes on Shakespeare's King Lear.* Chicago, NewYork: IDG Books Worldwide, Inc, 1968.
[19] Cline, Lauren Eriks: "Audiences Writing Race in Shakespeare Performance." *Shakespeare Studies*, Vol.47, 2019, p.112. Gale Literature Resource Center, Accessed 5 Jan. 2020. Gale Document Number: GALE | A606173492. See Joyce Green MacDonald, "Acting Black: Othello, Othello Burlesques, and the Performance of Blackness," *Theatre Journal*, Vol.46, 1994.
[20] Coleridge, Samuel Taylor: "Lectures on Shakespeare and Milton." In *Critical Responses to "Hamlet," 1600 – 1900.* Ed. David Farley-Hills, 4 Vols. New York: AMS Press, 2 (1995).
[21] Coleridge, Samuel Taylor: "Notes on Hamlet" (1836). *Critical Responses to "Hamlet," 1600 – 1900.* Ed. David Farley-Hills, 4 Vols. New York: AMS Press, 2 (1995).
[22] Coupe, Lawrence: *Green Studies Reader: From Romanticism to Ecocriticism.* London & New York: Routledge, 2000.
[23] Daniels, Anthony: "Diagnosing Lear." *New Criterion* 25.10 (2007), p.8. Literature Resource Center. Accessed 11 Oct. 2016. Gale Document Number: GALE|A179237045.
[24] Derrida, Jacques: *Specters of Marx: The State of the Debt, the Work of Mourning, and the New International.* Trans. Peggy Kamuf.New York: Routledge, 1994.
[25] Emerson, Ralph Waldo: *Representative Men: Seven Lectures.* Boston: Houghton, Mifflin, 1883.
[26] Evans, G. Blakemore: *The Riverside Shakespeare.* London: Houghton Mifflin Company, 1974.
[27] Freud, Sigmund: "Five Lectures on Psychoanalysis" (1909), reprinted in *Two Short Accounts of Psychoanalysis.* Ed. and Trans. James Strachey. Harmondsworth: Pelican Books, 1962.

[28] Gay, Peter, ed.: *The Freud Reader*. New York: Norton, 1989.
[29] Gervinus, Georg Gottfried: "Shakespeare Commentaries" (1849, Trans. 1863), in *A New Variorum Edition of Shakespeare*: "*Hamlet*," 2 Vols. Vol.2. Horace Howard Furness, ed. New York: American Scholar, 1963.
[30] Gibbons, Brian: *Romeo and Juliet*. Beijing: China Renmin University, 2008.
[31] Gibbons, Brian, ed.: *Romeo and Juliet*. London: Routledge, 1980.
[32] Goethe, Wolfgang Von: *Wilhelm Meister's Apprenticeship*. Ed. and Trans. Eric A. Blackall. Vol.9 of *The Collected Works*. Princeton, N.J.: Princeton University Press, 1995.
[33] Goldberg, Jonathan: "Romeo and Juliet's Open Rs." *Queering the Renaissance*. Ed. Jonathan Goldberg. Durham: Duke University Press, 1994.
[34] Goldhill, Simon: "The Audience of Athenian Tragedy." Ed. Patricia D. Easterling. *The Cambridge Companion to Greek Tragedy*. Cambridge: Cambridge University Press, 1997.
[35] Goossen, Jonathan: "Macbeth, Julius Caesar, A Midsummer Night's Dream and Bartholomew Fair." *Early Modern Literary Studies*, Vol.15, No.1, 2010. Literature Resource Center. Accessed 27 July 2019. Gale Document Number: GALE|A264271120.
[36] Grazia, Margreta de: "*Hamlet*" *Without Hamlet*. Cambridge: Cambridge UP, 2007.
[37] Grazia, Margreta de: "Hamlet before Its Time." *Modern Language Quarterly*, Vol.62, No.4, 2001. Literature Resource Center. Accessed 14 July 2018. GALE|A80856584.
[38] Grazia, Margreta de: *Shakespeare Verbatim: The Reproduction of Authenticity and the 1790 Apparatus*. Oxford: Clarendon, 1991.
[39] Greenblatt, Stephen, ed.: *The Norton Shakespeare*. London: W.W. Norton & Company, Inc, 1997.
[40] Hall, Edith: *Inventing the Barbarian: Greek Self-Definition through Tragedy*. Oxford: Clarendon Press, 1989, pp.80 - 83, 207 - 210; Deborah Tarn Steiner, *The Tyrant's Writ: Myths and Images of Writing in Ancient Greece*. Princeton: Princeton University Press, 1994.
[41] Hanmer, George & Stubbes Thomas: "In an Extract from Shakespeare." *Shakespearean Criticism*. Ed. Harris, Laurie Lanzen, Vol.1, Gale, 1984. Literature Resource Center, Accessed 7 July 2018. Originally published in Critical Heritage: 1733 - 1752. Ed. Brian Vickers, Vol.3, Routledge & Kegan Paul, 1975.
[42] Hazlitt, William: "Characters of Shakespeare's Plays" (1817). *Critical Responses to "Hamlet," 1600 - 1900*. Ed. David Farley-Hills, 4 Vols. New York: AMS Press, 2 (1995).
[43] Herder, Johann Gottfried: *Shakespeare*. Trans, Edited, and with an Introduction by Gregory Moore. Princeton: Princeton University Press, 2008.
[44] Johnson, Samuel: "Preface to Shakespeare." *Selected Readings in Classical Western Critical Theory*. Beijing: Foreign Language Teaching and Research Press, 2002.
[45] Jones, Ernest: *Hamlet and Oedipus*. New York: Norton, 1976.

[46] Klein, Holger: "Hamlet: Overview." *Reference Guide to English Literature*. Ed. D. L. Kirkpatrick, 2nd ed., St. James Press, 1991. Literature Resource Center, Accessed 8 July 2018. Gale Document Number: GALE|H1420007252.

[47] Laroque, François: *Shakespeare's Festive World: Elizabethan Seasonal Entertainment and the Professional Stage*. Trans. Janet Lloyd. Cambridge: Cambridge University Press, 1991.

[48] Lawson, Mark: "Double Scotch." *New Statesman*, 23 Mar. 2018, p. 87. Literature Resource Center, Accessed 26 July 2019. Gale Document Number: GALE|A534633164.

[49] Michelle Lee, ed.: "A Midsummer Night's Dream." *Shakespearean Criticism*, Vol. 92, Gale, 2005. Literature Resource Center, Accessed 8 Oct. 2019. Gale Document Number: GALE|H1410001479.

[50] Lee, Michelle, ed.: "A Midsummer Night's Dream." *Shakespearean Criticism*. Vol. 102. Detroit: Gale, 2007. From Literature Resource Center. Accessed 16 June 2020. Gale Document Number: GALE|H1410001787.

[51] Lee, Michelle, ed.: "Antony and Cleopatra." *Shakespearean Criticism*, Vol. 81, Gale, 2004. Gale Literature Resource Center, Accessed 23 Sept. 2020. Gale Document Number: GALE|H1410001341.

[52] Lee, Michelle, ed.: "Introduction," Antony and Cleopatra. *Shakespearean Criticism*, Vol. 101. Accessed. Sept. 23, 2020. Gale Document Number: GALE|H1410001782.

[53] Lee, Michelle, ed.: "Macbeth." *Shakespearean Criticism*. Vol. 90. Gale, 2005. Literature Resource Center. Accessed 23 July 2019. Gale Document Number: GALE|H1410001473.

[54] Lee, Michelle, ed.: "Macbeth." *Shakespearean Criticism*. Vol. 100, Gale, 2006. Literature Resource Center. Accessed 22 July 2019. Gale Document Number: GALE|H1410001759.

[55] Lee, Michelle, ed.: "Othello." *Shakespearean Criticism*, Vol. 99, Gale, 2006. Literature Resource Center. Accessed 20 Oct. 2018. Gale Document Number: GALE|H1410001731.

[56] Lee, Michelle, ed.: *Shakespearean Criticism*. Vol. 89. Detroit, MI: Gale, 2005. From Literature Resource Center. Accessed 21 June, 2019. Gale Document Number: GALE|H1410001468.

[57] Liebler, Naomi Conn: "'There is no World without Verona's Walls': The City in Romeo and Juliet." *A Companion to Shakespeare's Works*, Vol. 1. Ed. Richard Dutton & Jean E. Howard, Oxford: Blackwell, 2003, pp. 303 – 318.

[58] Litz, Walton A.: *The Cambridge History of Literary Criticism*, Vol. VII, *Modernism and the New Criticism*. Cambridge: Cambridge University Press, 2006.

[59] Looma, Ania: Colonialism/Postcolonialism. London & NY: Routledge, 1998.

[60] MacDonald, Joyce Green: "Acting black: 'Othello,' 'Othello' Burlesques, and the Performance of Blackness." *Theatre Journal*, Vol. 46, No. 2, 1994, p. 231. Literature

Resource Center. Accessed 21 June 2019. Gale Document Number: GALE|A15263647.
[61] Mangan, Michael: *A Preface to Shakespeare's Tragedies*. Beijing: Peking University Press, 2005.
[62] McGinn, Donald J.: *Shakespeare's Influence on the Drama of His Age, Studied in "Hamlet."* New Brunswick, N. J.: Rutgers University Press, 1938. In Margreta de Grazia. "Hamlet before its Time." *Modern Language Quarterly*, Vol.62, No.4, 2001, p.355. Gale Literature Resource Center. Accessed 14 July 2018. GALE|A80856584.
[63] Milne, Joseph:"*Hamlet*: The Conflict between Fate and Grace." *Shakespearean Criticism*. Ed. Michelle Lee, Vol.123, Gale, 2009. Literature Resource Center. Accessed 14 July 2018. Originally published in *Hamlet Studies*, Vol.18, No.1 – 2, Summer-Winter 1996.
[64] Moss, Joyce & George Wilson: *Literature and its Times: Profiles of 300 Notable Literary Works and the Historical Events that Influenced Them*. Vol.1: *Ancient Times to the American and French Revolutions (Prehistory – 1790s)*. Detroit, MI: Gale, 1997. From Literature Resource Center. Accessed 21 July 2019. Gale Document Number: GALE|H1430002624.
[65] Muir, Kenneth:"Imagery and Symbolism in Hamlet." *Études Anglaises*, xvii (1964), pp.352 – 363. R. B. Heilman, in "To Know Himself: An Aspect of Tragic Structure," *Review of English Literature*, v (1964).
[66] Neely, Carol Thomas:"Gender and Genre in *Antony and Cleopatra*." *Shakespearean Criticism*. Ed. Dana Ramel Barnes, Vol.40, Gale, 1998. Gale Literature Resource Center. Accessed 30 Sept. 2020. Originally published in *Broken Nuptials In Shakespeare's Plays*, University of Illinois Press, 1994, pp.136 – 165. Gale Document Number: GALE|H1420019094.
[67] Nietzsche, Friedrich:"The Birth of Tragedy." *Basic Writings of Nietzsche*. Ed. & Trans. Walter Kaufmann. New York: Random House, [1872]1968.
[68] Nietzsche, Friedrich: *The Birth of Tragedy*. Trans. Shaun Whiteside. London: Penguin, 1993.
[69] Nietzsche, Friedrich: *The Birth of Tragedy. Twilight of the Idols*. Trans. Walter Kaufmannand R. J. Hollingdale. Harmondsworth: Penguin, 1968. Beijing: Central Compilation & Translation Bureau, 2012.
[70] Ornellas, Kevin De: "Review of Romeo and Juliet." *Early Modern Literary Studies*, 2008. Gale Literature Resource Center, Accessed 12 May 2020. Gale Document Number: GALE|A212261009.
[71] Paglia, Camille:"'Stay, illusion': Ambiguity in Hamlet." *Shakespearean Criticism*. Ed. Michelle Lee, Vol.111, Gale, 2008. Literature Resource Center. Accessed 14 July 2018. Originally published in *Ambiguity in the Western Mind*. Ed. Craig J. N. De Paulo, et al., Peter Lang, 2005, pp.117 – 130. Gale Document Number: GALE|H1420081745.
[72] Paterson, Ronan: "Each Actor on His Ass". *News Report of Shakespeare Study in*

China, 1(2018).

[73] Reynolds, Bryan & Janna Segal:"Fugitive explorations in Romeo and Juliet: Transversal Travels Through R&Jspace." *Journal for Early Modern Cultural Studies*, Vol.5, No.2, 2005, p.37. Gale Literature Resource Center. Accessed 23 Oct. 2020. Gale Document Number: GALE|A139835568.

[74] Richardson, William: "On the Character of Hamlet." *Shakespearean Criticism*. Ed. Laurie Lanzen Harris, Vol.1, Gale, 1984. Literature Resource Center, Accessed 6 July 2018. Originally published in *Shakespeare, the Critical Heritage: 1774 – 1801*. Ed. Brian Vickers, Vol.6, Routledge & Kegan Paul, 1981.

[75] Richardson, William & Thomas Robertson. "An Essay on the Character of Hamlet" (1790). In *Critical Responses to "Hamlet," 1600 – 1900*. Ed. David Farley-Hills, 4 Vols. Vol.2. New York: AMS Press, 1995.

[76] Sauer, Thomas C. & August Wilhelm von Schlegel: *Shakespearean Criticism in England, 1811 – 1846*. Bonn: Bouvier Verlag Herbert Grundmann, 1981.

[77] Schein, Seth L.: "Tyranny and Fear in Aeschylus's Oresteia and Shakespeare's Macbeth." *Comparative Drama*, Vol.52, No.1 – 2, 2018, p.85. Literature Resource Center. Accessed 5 Aug. 2019. Gale Document Number: GALE|A567326993.

[78] Scoloker, Anthony: Diaphantus; or, The Passions of Love. *Critical Responses to "Hamlet," 1600 – 1900*. Ed. David Farley-Hills, 4 Vols. New York: AMS Press, 1995.

[79] Stampfer, Judah:"The Catharsis of 'King Lear'." *Shakespeare Survey*, 1960, Vol.13.

[80] Spurgeon, Caroline: *Shakespeare's Imagery and What it Tells Us*. London: Cambridge University Press, 1935.

[81] Stumpf, Samuel Enoch & James Fieser. *Socrates to Sartre and Beyond: A History of Philosophy*. Beijing: World Publishing Corporation, 2008.

[82] Thompson, Ann & Neil Taylor. *Hamlet*. Beijing: China Renmin University Publishing House, 2008.

[83] Ulrici, Hermann: "Criticisms of Shakspeare's Dramas: 'Hamlet'." Trans. J. W. Morrison. *Shakespearean Criticism*. Ed. Laurie Lanzen Harris, Vol.1, Gale, 1984. Literature Resource Center. Accessed 14 July 2018. Originally published in *Shakspeare's Dramatic Art: And His Relation to Calderon and Goethe*, by Hermann Ulrici. Ed. J. W. Morrison, Chapman, Brothers, 1846, pp.213 – 233. Gale Document Number: GALE| H1420018407.

[84] Voltaire:"Dissertation sur la tragedie" (1752). *A History of Hamlet Criticism, 1601 – 1821*. Ed. Paul S. Conklin. London: Cass, 1967.

[85] Weimann, Robert: *Shakespeare and the Popular Tradition in the Theater: Studies in the Social Dimension of Dramatic Form and Function*. Ed. Robert Schwartz. Baltimore: Johns Hopkins University Press, 1978.

[86] Went, Alex: *Cliffs Notes Shakespeare's Macbeth*. Chicago: IDG Books Worldwide, Inc.,

2000.

[87] Werder, Karl："The Heart of Hamlet's Mystery." Trans. Elizabeth Wilder. *Shakespearean Criticism*. Ed. Laurie Lanzen Harris, Vol.1, Gale, 1984. Literature Resource Center, Accessed 9 July 2018. Originally published in *The Heart of Hamlet's Mystery*, by Karl Werder, G. P. Putnam's Sons, 1907. Gale Document Number：GALE|H1420018410.

[88] White, Richard Grant：*Shakespeare's Scholar*. New York：D. Appleton, 1854.

[89] Wilson, Jeffrey R.："Macbeth and Criminology." *College Literature*, Vol.46, No.2, 2019, p.453. Literature Resource Center. Accessed 22 July 2019. Gale Document Number：GALE|A584178645.

[90] Wilson, Jeffrey R.："Shakespeare and Criminology." *Crime Media Culture*, Vol.10, 2（2014）.

[91] Yang, Gexin："Ethical Literary Criticism：a New Approach to Literature Studies." *Forum for World Literature Studies*, Vol.6, No.2, 2014, p.335. Literature Resource Center, Accessed 7 July 2018. Gale Document Number：GALE|A380342011.

[92] Zott, Lynn M., ed.："Macbeth." *Shakespearean Criticism*. Vol.69, Gale, 2003. Literature Resource Center. Accessed 23 July 2019. Gale Document Number：GALE|H1410000802.

[93] [美] 阿兰·布鲁姆：《莎士比亚笔下的爱与友谊》,马涛红译,华夏出版社2012年版。

[94] [唐] 白居易：《白氏长庆集·白氏文集·卷第六十五》,四部丛刊景日本翻宋大字本。

[95] 北京师范大学苏联文学研究所编译：《苏联当代作家谈创作》,北京师范大学出版社1984年版。

[96] 卞之琳：《莎士比亚悲剧论痕》,安徽教育出版社2007年版。

[97] 卞之琳：《莎士比亚悲剧四种》,人民文学出版社1997年版。

[98] [英] 布拉德雷：《莎士比亚悲剧》,张国强、朱涌协、周祖炎译,上海译文出版社1992年版。

[99] 曹树钧：《〈读哈姆莱特〉：一部立论务实之作》,《文艺报》2015年10月23日。

[100] 曹树钧：《尚长荣和他塑造的李尔王形象》,《艺海》2010年第6期。

[101] 曹树钧、赵秋棉、史瑶主编：《二十一世纪莎学研究》,中国广播电视出版社2010年版。

[102] 曹树钧：《莎翁名剧登上燕赵舞台——简论丝弦戏〈李尔王〉》,《大舞台》1995年第2期。

[103] 陈方：《近十年来莎士比亚戏剧在中国的演出》,《上海戏剧》1986年第2期。

[104] 陈红薇、唐小彬：《爱德华·邦德：理性剧场与暴力政治》,《世界文学》2013年第1期。

[105] 陈晓兰：《为人类"他者"的自然——当代西方生态批评》,《文艺理论与批评》2002年第6期。

[106] 戴锦华、孙柏：《〈哈姆雷特〉的影舞编年》,上海人民出版社2014年版。

[107] 董健:《戏剧性简论》,《戏剧艺术》2003 年第 6 期。
[108] [德] 恩斯特·卡西尔:《人论》,甘阳译,上海译文出版社 1985 年版。
[109] 方汉文主编:《东西方比较文学史上》,北京大学出版社 2005 年版。
[110] 方幸福:《幻想彼岸的救赎:弗洛姆人学思想与文学》,中央编译出版社 2014 年版。
[111] [德] 费尔巴哈:《费尔巴哈哲学著作选集(下卷)》,荣震华、王太庆、刘磊译,生活·读书·新知三联书店 1962 年版。
[112] [美] 弗吉尼亚·伍尔夫:《一间自己的房间及其他》,贾辉丰译,人民文学出版社 2003 年版。
[113] [奥地利] 西格蒙德·弗洛伊德:《文明及其缺憾》,傅雅芳、郝冬瑾译,安徽文艺出版社 1987 年版。
[114] 耿兴永主编:《潜意识·心理学帮你发现未知的自己》,第 3 版,中国纺织出版社 2016 年版。
[115] 广告:剧评,《申报》1917 年 6 月 2 日。
[116] [宋] 郭茂倩:《乐府诗集·卷第六十一》,四部丛刊景汲古阁本。
[117] 郭沫若:《沫若文集·第 10 卷》,人民文学出版社 1959 年版。
[118] [美] 哈罗德·布鲁姆:《西方正典 伟大作家和不朽作品》,江宁康译,译林出版社 2005 年版。
[119] [德] 海因里希·海涅:《莎士比亚的少女和妇人》,绿原译,上海文艺出版社 2007 年版。
[120] [唐] 韩愈:《昌黎先生文集》,宋蜀本。
[121] [宋] 何溪汶:《竹庄诗话·卷二两汉》,清文渊阁四库全书本。
[122] [德] 黑格尔:《美学》(第 2 卷),朱光潜译,湖南人民出版社 1981 年版。
[123] 胡耀恒:《西方戏剧改编为平剧的问题——以〈欲望城国〉为例》,《中外文学》,1987 年第 11 期。
[124] 黄汉平:《拉康与弗洛伊德主义》,《外国文学研究》2003 年第 1 期。
[125] 黄寿祺、张善文:《周易译注》,中华书局 2016 年版。
[126] [英] 杰里·布罗顿:《文艺复兴简史》,赵国新译,外语教学与研究出版社 2007 年版。
[127] 蒋方圆:《英广播公司(BBC)来校摄制莎剧表演纪录片》,《重庆大学报》2016 年 4 月 15 日。
[128] [瑞士] 卡尔·古斯塔夫·荣格:《寻求灵魂的现代人》,黄奇铭译,上海译文出版社 2013 年版。
[129] [德] 康德:《判断力批判(上卷)》,宗白华译,商务印书馆 1964 年版。
[130] [美] 拉尔夫·沃尔多·爱默生:《爱默生散文选》,丁放鸣译,花城出版社 2005 年版。
[131] 李康映:《错位的人伦——莎士比亚剧本〈李尔王〉人物形象解析》,《时代文学》2011 年第 18 期。
[132] 李毅:《二十世纪西方〈李尔王〉研究述评》,《四川外语学院学报》1996 年第

4 期。

[133] 郦子柏:《〈第十二夜〉导演断想——对开展校园戏剧的思索》,《北京师范大学学报》1991 年第 4 期。

[134] 陆谷孙:《莎士比亚研究十讲》,复旦大学出版社 2005 年版。

[135] [美] 罗伯特·W. 科里根:《悲剧与悲剧精神》,颜学军、鲁跃峰译,《文艺理论研究》1990 年第 3 期。

[136] 罗益民:《奥赛罗人物形象两面观》,《国外文学》2002 年第 1 期。

[137] [宋] 吕祖谦:《观澜集注·甲集卷五》,清嘉庆宛委别藏本。

[138] 马奇主编:《西方美学史资料选编上卷》,上海人民出版社 1987 年版。

[139] [汉] 毛亨:《毛诗·卷三》,四部丛刊景宋本。

[140] 孟宪强编:《中国莎士比亚评论》,东北师范大学出版社 2014 年版。

[141] 孟宪强:《中国莎学简史》,东北师范大学出版社 2014 年版。

[142] 孟宪强主编:《中国莎学年鉴》,东北师范大学出版社 2014 年版。

[143] [法] 米歇尔·帕斯图罗:《色彩列传·黑色》,张文敬译,生活·读书·新知三联书店 2016 年版。

[144] 缪朗山:《缪朗山文集 8·西方文艺理论史纲》,章安祺编订,中国人民大学出版社 2011 年版。

[145] [英] 尼古拉斯·罗伊尔:《爱的疯狂与胜利》,欧阳淑铭译,中信出版集团 2015 年版。

[146] [美] 拉尔夫·沃尔多·爱默生:《代表人物》,蒲隆译,生活·读书·新知三联书店 1998 年版。

[147] [英] 莎士比亚:《第十二夜》,曹未风译,上海文艺出版社 1961 年版。

[148] [英] 莎士比亚:《第十二夜中英文对照全译本》,朱生豪译,中国国际广播出版社 2001 年版。

[149] [英] 莎士比亚:《莎士比亚全集》,辜正坤译,外语教学与研究出版社 2015 年版。

[150] [英] 莎士比亚:《莎士比亚全集》,朱生豪译,人民文学出版社 1978 年版。

[151] [英] 莎士比亚:《莎士比亚全集》,朱生豪等译,新世纪出版社 1997 年版。

[152] [英] 莎士比亚:《莎士比亚戏剧朱生豪原译本全集》,朱生豪译,朱尚刚审定,中国青年出版社 2014 年版。

[153] [英] 莎士比亚:《十四行诗》,梁宗岱译,湖南文艺出版社 2011 年版。

[154] [英] 莎士比亚:《中英对照莎士比亚全集》,梁实秋译,中国广播电视出版社 2001 年版。

[155] [英] 莎士比亚:《中英对照四大喜剧》,梁实秋译,中国广播电视出版社 2002 年版。

[156] 沙嫣婆:《讲好莎剧的中国故事——莎士比亚的东西互渐:莎剧走出去与迎进来》,《中国莎士比亚研究通讯》2015 第 5 卷第 1 期。

[157] 上海书局编:《莎士比亚》,上海书局有限公司 1980 年版。

[158] 沈林:《黑色的莎士比亚》,《读书》1998 年第 8 期。

[159] 沈林：《红色的莎士比亚》，《读书》2007 年第 7 期。
[160] [唐] 司空图：《二十四诗品·缜密》，清同治艺苑捃华本。
[161] [法] 泰纳：《莎士比亚论》，收录于歌德等《读莎士比亚》，张可、元化译，上海书店出版社 2008 年版，第 1—110 页。
[162] 唐汶：《〈罗密欧与朱丽叶〉彩排参观》，《大公报》1937 年 6 月 8 日。
[163] [明] 汤显祖：《牡丹亭》，徐朔方、杨笑梅校注，古典文学出版社 1958 年版。
[164] [三国] 王弼：《周易·卷十》，四部丛刊景宋本。
[165] [宋] 王之望：《汉滨集·卷十六》，清文渊阁四库全书本。
[166] 王忠祥：《建构崇高的道德伦理乌托邦——莎士比亚戏剧的审美意义》，《外国文学研究》2006 年第 2 期。
[167] 王佐良、何其莘：《英国文艺复兴时期文学史》，外语教学与研究出版社 2006 年版。
[168] [法] 维克多·雨果：《莎士比亚论》，柳鸣九译，译林出版社 2013 年版。
[169] [奥] 西德尼·阿德勒：《自卑与超越》，李心明译，光明日报出版社 2006 年版。
[170] [英] 西德尼·比斯利：《莎士比亚的花园》，张娟译，莫海波、北塔审校，商务印书馆 2017 年版。
[171] 谢增寿、张祐元：《流亡中的戏剧家摇篮——从南京到江安的国立剧专研究》，四川出版集团·天地出版社 2005 年版。
[172] 杨秀波：《读哈姆莱特》，广西人民出版社 2015 年版。
[173] 杨周翰编：《莎士比亚评论汇编（上）》，中国社会科学出版社 1979 年版。
[174] 杨周翰编：《莎士比亚评论汇编（下）》，中国社会科学出版社 1981 年版。
[175]《"业实"昨晚公演罗密欧与朱丽叶》，《大公报（上海版）》1937 年 6 月 5 日。
[176] 尹子契：《文艺复兴与中世纪的斗争》，《罗密欧与朱丽叶——上海业余实验剧团公演特辑之一》，生活书店 1937 年版，转引自陈莹：《革命与抒情的"统一"——"业实"演出〈罗密欧与朱丽叶〉与中国戏剧现代性》，《戏剧艺术》2017 年第 6 期。
[177] 瑜青主编：《休谟经典文存》，上海大学出版社 2002 年版。
[178] 余上沅：《翻译莎士比亚》，《余上沅戏剧论文集》，长江文艺出版社 1986 年版。
[179] 余上沅：《关于〈奥赛罗〉的演出》，《国民日报》星期增刊，1938 年 7 月 3 日。
[180] 余上沅：《我们为什么公演莎氏剧》，《中央日报》1937 年 6 月 18 日。
[181] 乐黛云：《跨文化之桥》，北京大学出版社 2017 年版。
[182] [美] 约翰·克罗·兰色姆：《新批评》，王腊宝、张哲译，江苏教育出版社 2006 年版。
[183] 曾艳兵：《语言的悲剧——〈麦克白〉新论》，《外国文学》1999 年第 4 期。
[184] 章泯：《悲剧论》，选自《章泯戏剧选》，中国戏剧出版社 1987 年版，转引自陈莹：《革命与抒情的"统一"——"业实"演出〈罗密欧与朱丽叶〉与中国戏剧现代性》，《戏剧艺术》2017 年第 6 期。
[185] 张泗洋主编：《莎士比亚大辞典》，商务印书馆 2001 年版。
[186] 张泗洋主编：《莎士比亚的三重戏剧：研究·演出·教学》，东北师范大学出版

社 1988 年版。
[187] 张泗洋、孟宪强主编：《莎士比亚在我们的时代》，东北师范大学出版社 2014 年版。
[188] 张泗洋、徐斌、张晓阳：《莎士比亚戏剧研究》，东北师范大学出版社 2014 年版。
[189] 张薇：《艺术与学术交相辉映的盛会》，《文学报》2016 年 11 月 17 日第 4 版。
[190] 赵扬：《归来，奥赛罗——追记加拿大男高音乔恩·维克斯》，《歌剧》2015 年第 9 期。
[191] [汉] 郑玄：《周礼疏·附释音周礼注疏卷第十》，清嘉庆二十年南昌府学重刊宋本十三经注疏本。
[192] 中国莎士比亚研究会编：《莎士比亚研究 2》，浙江文艺出版社 1984 年版。
[193] 中国莎士比亚研究会编：《莎士比亚研究 3》，浙江文艺出版社 1986 年版。
[194] 朱刚编著：《二十世纪西方文论》，北京大学出版社 2006 年版。
[195] 朱光潜译：《歌德谈话录》，人民文学出版社 1978 年版。
[196] 朱光潜：《无言之美》，北京大学出版社 2011 年版。
[197] [春秋战国] 庄周：《庄子·南华真经卷第五》，四部丛刊景明世德堂刊本。

后 记

终于,我的第二部研究莎士比亚的专著《莎士比亚论》完成了。此刻,我正坐在动车上。车窗外,楼宇、村庄、田野、树木一一从眼前掠过……我百感交集,心绪久久难以平静。

我一直觉得,激情对学者来说十分重要:当一个人胸中澎湃着激情,他就有了一双渴望振翅高飞的翅膀。我希望在我生命的盛年,不浪费我尚存的激情,我该一心一意做一件事——做一件我能够做成的事情,于是我开始了这部书稿的准备。

艺术,首先是美的。因艺术而生的评论,是艺术的产儿,也该是美的。可是它一生出来,就像几乎所有的孩子一样,是丑的,需要岁月慢慢地舒展,慢慢地滋润,使生命绽放美丽的光彩。"蓝田日暖玉生烟",艺术要焕发内在的光彩,那氤氲的美感,需要一点点地去细细描摹……

与大量资料为伍的四年里,那是一个怎样繁复错综的过程!莎士比亚戏剧提出的问题与各个时代纠结在一处,观点纷杂盘绕,和时代演进交缠,呈现出阶段性变化,甚至一样的评价"措辞"所指却大相径庭,呈现出纷繁的色彩。每一个有关莎剧的话题都连着曲折、迂回。而我的使命,却是剥离出它们中独有的"这一个"。

似乎在学术上有一个让人费解的现象,就是写得越玄奥越显高深,而我则追求生动有趣、有文采的表现,让读者在色彩缤纷中

后　记

领略莎士比亚的魅力。学术评论也应是美的，不应一味摆着枯燥、冷傲、拒人千里之外的面孔，而应飞扬着智慧的神采，有着优美的神韵。莎士比亚是属于大众的，他的作品不仅有适合阳春白雪的高雅，也有适合下里巴人的亲和；既有哲人的深邃，也有百姓的智慧。他的作品既适合读者领略艺术魅力，也适合青少年的教育——生活是一本最深刻的教科书，莎士比亚的作品书写生活，如果文学无法哺育精神，那还要文学何用？

我一直在艰难中前行，巨大的困难没使我却步，却驱使我顽强地坚持下去、发掘下去。再进一步时尽见"曲径通幽，禅意深深"，终于有了这本书，有了自己的释然。

以此感悟就教于莎士比亚专家、学者们，也向所有关心、支持我的领导、家人、朋友们致谢！感谢上海外国语大学王岚教授、大连交通大学外国语学院王成杰老师对这本书英文目录的修改意见！特别的感谢献给史璠老师，他一直坚定地支持后学，给我提出许多修改意见，始终不渝地帮助我，使这本书得以早日出版！

在写作本书的过程中，引用资料时对个别字句做了适当校订，特此说明。

2021 年 3 月 16 日